LES LIVRES DE LA TERRE FRACTURÉE 3

Les cieux pétrifiés

Du même auteur
aux Éditions J'ai lu

Les livres de la Terre fracturée

1. – La Cinquième Saison, *J'ai lu* 12712
2. – La Porte de cristal, , *J'ai lu* 12751

N.K. JEMISIN

LES LIVRES DE LA TERRE FRACTURÉE 3

Les cieux pétrifiés

ROMAN

Traduit de l'anglais (États-Unis)
par Michelle Charrier

J'AI LU

Collection dirigée par Thibaud Eliroff

Titre original
THE STONE SKY

Carte

À ceux qui ont survécu : Respirez.
Voilà. Encore une fois. Bien.
Vous êtes doués. Et même si vous ne l'êtes pas,
vous êtes vivants. C'est une victoire.

Minimal
Arctique
Toundra
Moyennord
Maximal
Grande Forêt orientale
Rift
Route impériale de Lumen-Allia
Allia
Lumen
Alebid
Meov
Côtière Occidentale
Désert du Merz
Tirimo
Moyensud
Pièges de Kidsh
Lac Tekkaris
Mont Akok
Antarctique
le Fixe
distance en kilomètres
0
1600
3200
N
W
E
S
copyright 2014 by Tim Paul. www.timpaulmaps.com

Prologue
Moi, quand j'étais je

Le temps ne va pas tarder à manquer, mon amour. Je te propose d'en finir avec le commencement du monde. Tu es d'accord ? Tu es d'accord. Bon. Allons-y.

C'est tout de même étrange. Mes souvenirs évoquent des insectes fossilisés dans l'ambre, vies figées depuis longtemps éteintes, rarement intactes. Il n'en subsiste souvent qu'une patte, quelques écailles tombées des ailes, un morceau du métathorax – fragments qui seuls permettent de reconstituer le tout, restes brouillés, fondus par des fêlures sales erratiques. En affûtant mon regard pour scruter ma mémoire, les yeux plissés, je distingue des visages et des événements qui devraient avoir un sens à mes yeux et qui en ont un… sans l'avoir. C'est bien moi qui ai été témoin de tout cela, et pourtant, ce n'est pas moi.

Dans mes souvenirs, j'étais un autre être, comme le Fixe était un autre monde. Alors et maintenant. Vous et toi.

Alors. Ce continent est *trois* continents – quoique occupant presque la même position que celui qui s'appellera un jour le Fixe. L'enchaînement des Saisons finira par créer davantage de glace aux pôles, le niveau de la mer par baisser, vos « Arctique » et « Antarctique » par devenir plus vastes et plus froids. Mais alors…

… me fait *maintenant* l'effet de maintenant quand je l'évoque, voilà ce que je veux dire en parlant d'étrangeté…

Maintenant, à cette époque d'avant le Fixe, le Nord et le Sud lointains sont des régions assez fertiles. Ce que tu considères comme la Côtière Occidentale se compose pour l'essentiel de marécages et de forêt pluviale, qui disparaîtront au millénaire suivant. Il faudra des milliers d'années d'éruptions, suivies d'épanchements volcaniques, pour créer la partie des Moyennord qui n'existe pas encore. La zone où sera construite Palela, ta ville natale, n'existe pas encore. Réflexion faite, les changements ne sont pas si importants, mais il est vrai que ce *maintenant* est tout proche, du point de vue tectonique. N'oublie pas : quand on dit « C'est la fin du monde », il s'agit le plus souvent d'un mensonge, parce que la *planète* va très bien.

Comment appeler ce monde perdu, ce *maintenant*, sinon le Fixe ?

Laisse-moi d'abord te parler d'une cité.

Une cité d'une conception déplorable, d'après tes critères, car elle s'*étend* comme ne s'étendrait nulle comm moderne, qui se trouverait alors condamnée à s'entourer de kilomètres de murailles. Ses banlieues les plus excentrées se sont ramifiées le long des rivières et autres axes essentiels pour donner naissance à des cités secondaires – on dirait une moisissure, se divisant et s'étirant le long des veines opulentes d'un milieu de culture. Trop rapprochées, estimerais-tu. Leurs territoires se chevauchent trop ; elles entretiennent des liens trop forts. Ces villes en expansion et leurs rejetons tentaculaires seraient incapables de survivre, coupés de l'ensemble.

Certains se voient donner un nom propre, surtout s'ils sont assez grands et âgés pour avoir à leur tour engendré des enfants urbains, mais peu importe. Ta perception des liens qui les unissent est justifiée : ils ont les mêmes infrastructures, la même culture, les mêmes peurs et besoins. Ils se ressemblent tous. De fait, ils constituent tous une unique cité, dont le monde de ce maintenant-ci porte le nom : Syl Anagist.

Toi qui es une enfant du Fixe, peux-tu réellement comprendre de quoi est capable une *nation* ? Lorsque enfin l'Antique Sanze aura cousu ensemble les fragments des centaines de « civilisations » qui vivent et meurent entre alors et maintenant, il ne sera rien par comparaison – simple assemblage de cités-États et de communes paranoïaques d'accord pour partager, à l'occasion, au motif que la survie l'exige. Les Saisons réduiront le monde à des rêves si misérables…

Ici et *maintenant*, les rêves n'ont pas de limites. Les habitants de Syl Anagist ont maîtrisé les forces et la composition de la matière ; ils ont façonné à leur gré la vie même ; ils ont si bien exploré les mystères du ciel qu'ils en sont venus à les trouver ennuyeux et à reporter leur attention sur la terre qu'ils foulent. Et Syl Anagist vit ; oh, oui, elle déborde de vie – rues animées, commerce permanent, constructions que ton esprit peinerait à définir comme telles. Leurs murs de cellulose à motifs disparaissent presque sous les feuilles, la mousse, l'herbe, les grappes de fruits et de tubercules. Sur leurs toits flottent parfois des bannières composées d'immenses fleurs de fongus déployées. Les rues fourmillent de ce que tu hésiterais peut-être à qualifier de véhicules, bien qu'il s'agisse de moyens de transport. D'aucuns – des sortes d'arthropodes massifs – se déplacent sur des pattes. D'autres, simples plates-formes non couvertes, glissent sur des coussins de potentiel résonnant – ah, tu ne saurais comprendre. Je dirai juste qu'ils flottent à quelques centimètres du sol. Nul animal ne les tire. Nulle vapeur, nul produit chimique ne leur sert de carburant. En admettant qu'un animal familier ou un enfant passe sous un de ces engins, l'imprudent cesserait momentanément d'exister puis reprendrait corps une fois dégagé, sans que son déplacement ni sa conscience en aient été altérés. Nul n'y pense comme à la mort.

Au centre de la cité se dresse quelque chose que tu reconnaîtrais. Il n'y a rien de plus haut ni de plus brillant à des kilomètres à la ronde. Les moindres rails ou venelles de la cité y sont reliés, d'une manière ou d'une autre. Je veux parler de ta vieille amie, l'améthyste. Elle ne lévite pas… pas encore. Elle est quasiment au repos, dans son alvéole. Il lui arrive de palpiter, d'une façon qui t'est familière depuis Allia, mais d'une pulsation plus saine ; il ne s'agit pas du grenat endommagé, agonisant. Toutefois, si la similarité t'arrache un frisson, ta réaction n'est pas malsaine.

Où que se trouvent les nœuds importants de Syl Anagist, quel que soit le continent qui les abrite, ils sont tous centrés sur un obélisque. Les artefacts éparpillés de par le monde évoquent deux cent cinquante-six araignées, tapies au cœur de deux cent cinquante-six toiles ; ils nourrissent les cités qui les nourrissent aussi.

Des toiles de vie, si tu as envie de les considérer sous cet angle. La vie est sacrée à Syl Anagist, vois-tu ?

Maintenant, imagine l'améthyste entourée d'immeubles disposés en hexagone. Tu peux bien imaginer ce que tu veux, ce sera à mille lieues de la réalité, mais imagine quelque chose de ravissant, ça suffira. Regarde de plus près ce bâtiment-ci, celui qui borde la facette sud-ouest de l'obélisque – sur la petite colline asymétrique, oui, c'est ça. Aucun barreau n'en défend les fenêtres de cristal, mais représente-toi un entrelacs de tissu plus sombre plaqué sur le matériau transparent. Les nématocystes, qui protègent n'importe quelle vitre d'un éventuel contact indésirable, n'en couvrent cependant que la surface extérieure, afin d'empêcher toute intrusion. Et, s'ils piquent, ils ne tuent pas. (La vie est sacrée à Syl Anagist.)

Il n'y a pas de gardes, dans cet immeuble. De toute manière, ils ne serviraient à rien. D'autres institutions ont appris avant le Fulcrum cette éternelle vérité de l'humanité : les gardes sont inutiles quand les prisonniers collaborent à leur propre enfermement.

Regarde, voici une des cellules de cette ravissante prison.

Ça ne ressemble pas à une cellule, je sais. Il s'y trouve un meuble magnifiquement sculpté, que tu qualifierais peut-être de canapé, bien qu'il soit dépourvu de dossier et se compose de plusieurs modules, rassemblés par groupes. Quant au reste du mobilier, sa banalité te permettrait de le reconnaître ; n'importe quelle société a besoin de tables et de chaises. La fenêtre donne sur un jardin, qui occupe le toit d'un autre bâtiment. Il bénéficie à cette heure-ci de la lumière oblique traversant l'immense cristal, clarté violacée où baignent sentiers et végétation. On dirait que les fleurs brillent vaguement dans ce bain coloré, en prévision duquel elles ont été produites et plantées. Certaines ont même l'air de brasiller ; leur parterre de minuscules corolles blanches est aussi scintillant que le ciel nocturne.

Regarde, un enfant contemple de la fenêtre les fleurs chatoyantes.

À vrai dire, il s'agit d'un jeune homme. D'une maturité superficielle, à sa manière sans âge. Moins trapu que *compact*. Visage rond aux pommettes accentuées, petite bouche, blancheur omniprésente : peau et cheveux incolores, yeux de givre, vêtement au drapé élégant. Blancheur omniprésente de la pièce : meubles, tapis, sol qu'ils dissimulent, murs de cellulose décolorée, sur lesquels rien ne pousse. Seule la fenêtre a des couleurs. En ce lieu stérile, dans la lumière pourpre réfléchie de l'extérieur, seul l'enfant est évidemment vivant.

Cet enfant, c'est moi, oui. J'ai beau avoir oublié son nom, je me souviens qu'il comportait trop de lettres rouillées. Nous l'appellerons donc Houwha – les mêmes sons, augmentés de toutes sortes de lettres silencieuses et de sens cachés. Ça y ressemble assez et c'est un bon *symbole* de…

Oh. Me voici plus en colère que je ne devrais l'être. Fascinant. Changeons donc de sujet, passons à quelque chose de moins épineux. Retournons au maintenant qui sera et à un ici bien différent.

Le maintenant du Fixe, à travers lequel résonnent toujours les échos de la création du rift. Note que *ici* n'est pas exactement le Fixe, mais une caverne située juste au-dessus de la chambre magmatique principale d'un bouclier volcanique plurimillénaire de grande taille. Le cœur du volcan, si tu préfères – et si tu as le sens de la métaphore ; dans le cas contraire, il s'agit d'une vésicule profonde, obscure, quasi instable, incluse dans une roche qui n'a guère refroidi depuis qu'un hoquet du Père Terre a expulsé cette bulle d'air, des milliers d'années auparavant. Je me tiens dans cette caverne, partiellement fondu à une bosse de la paroi, de manière à mieux observer les perturbations infimes ou les déformations majeures qui laissent présager un effondrement. Cette vigilance n'est pas nécessaire. Le processus que j'ai initié ici fait partie des plus irréversibles. Je n'en comprends pas moins ce que représente la solitude quand on est perdu, effrayé, ignorant de ce qui va se passer.

Tu n'as pas à redouter la solitude. Tu ne seras jamais seule, à moins de le vouloir. Je sais ce qui importe ici, à la fin du monde.

Oh, mon amour. Une apocalypse est chose très relative, tu sais ? Lorsque la terre vole en éclats, la vie qui dépend d'elle affronte un désastre… mais le Père Terre ne s'en soucie guère. Lorsqu'un homme meurt, la fillette qui l'appelait papa autrefois devrait en être dévastée, mais elle n'en souffre guère si on l'a traitée de monstre assez souvent pour qu'elle finisse par épouser cette étiquette. Lorsqu'un esclave se rebelle, ceux qui l'apprennent plus tard dans les livres n'y pensent guère. Des mots fragiles, couchés sur un papier fragile, encore fragilisé par la friction de l'histoire. (« Tu étais donc esclave, murmurent les lecteurs. Et alors ? » Comme si ça n'avait aucune importance.) Mais pour ceux qui vivent une rébellion d'esclaves, peu importe à quelle faction ils appartiennent : peu importe qu'ils tiennent leur domination pour naturelle, tant que la catastrophe n'est pas venue à eux dans le noir, ou qu'ils préfèrent au contraire voir le monde ravagé par le feu plutôt que de rester une seconde de plus à leur place d'esclaves.

Il ne s'agit pas d'une métaphore, Essun. Ni d'une hyperbole. J'ai bel et bien vu le monde en feu. Ne me parle pas de spectateurs innocents, de souffrance imméritée, de vengeance cruelle. Si une comm se construit sur une ligne de faille, blâmes-tu ses murailles quand elles finissent – forcément – par écraser sa population ? Non ; tu blâmes quiconque a été assez stupide pour se croire capable de défier à jamais les lois de la nature. Eh bien, il est des mondes construits sur des lignes de faille faites de douleur, maîtrisées par des cauchemars. Ne pleure pas leur chute. Non ; indigne-toi qu'ils aient été condamnés dès leur construction.

Je vais maintenant te raconter quelle fin a connue ce monde-là, Syl Anagist. Quelle fin je lui ai donnée. Ou, du moins, quelle fin j'ai donnée à une fraction assez importante de ce monde pour l'obliger à tout reprendre depuis le début en se reconstruisant à partir de rien.

Je vais te raconter comment j'ai ouvert la Porte et lancé au loin la Lune, le sourire aux lèvres.

Et je vais te raconter dans les moindres détails comment, plus tard, tandis que descendait le calme de la mort, j'ai murmuré :

Maintenant.

Maintenant.

Alors le Père Terre m'a répondu :

Brûle.

1. Toi, dans l'éveil et le rêve

Maintenant. Récapitulons.

Tu es Essun, seule orogène vivante au monde à avoir ouvert la Porte de cristal. Nul ne s'attendait que tu connaisses un si fabuleux destin. Tu appartenais autrefois au Fulcrum, mais tu n'avais rien d'une étoile montante, contrairement à Albâtre. Non, tu étais une sauvage découverte en province, unique en cela seul que tu possédais des capacités innées plus étendues que le gèneur moyen, né par pur hasard. Malgré des débuts prometteurs, tu avais rapidement stagné, pour des raisons indéterminées. La passion de l'innovation ou de l'excellence te faisait tout simplement défaut, du moins était-ce ce dont les seniors se plaignaient derrière des portes closes. Tu t'étais conformée trop vite au système du Fulcrum. Il te limitait.

Heureusement, parce que dans le cas contraire, jamais tes supérieurs ne t'auraient laissé la bride sur le cou comme ils l'ont fait en t'envoyant en mission avec Albâtre. Lui, il leur fichait une trouille bleue. Alors que toi… ils te croyaient de ceux qui ne présentaient aucun risque, bien dressée, entraînée à l'obéissance, peu susceptible de détruire une ville par accident.

Ils ont été grugés ; combien de villes as-tu détruites, à ce jour ? Une quasi volontairement, les trois autres par accident, mais franchement, qui s'en soucie ? Pas les morts.

Il t'arrive de rêver de défaire ce que tu as fait. Tu ne te tends pas vers le grenat, à Allia ; tu préfères regarder des enfants noirs jouer dans les vagues sur une plage de sable noir en te vidant de ton sang autour du couteau noir d'un Gardien. Antimoine ne t'emmène pas à Meov ; tu retournes au Fulcrum donner naissance à Corindon. On te le prend peu après et tu ne fais jamais la connaissance d'Innon, mais sans doute sont-ils encore en vie tous les deux. (Bon. Pour ce que ça vaut d'être « en vie », une fois installé dans un nœud.) Par conséquent, tu ne vas jamais vivre à Tirimo, tu ne donnes jamais naissance à Uche pour qu'il meure sous les coups de son père, tu n'élèves jamais Nassun pour que son père s'enfuie avec elle, tu ne massacres jamais tes anciens voisins au moment où ils essaient de te tuer.

Tu aurais sauvé tant de vies, si seulement tu étais restée en cage. Ou si tu étais morte sur ordre.

Ici et maintenant, libérée depuis longtemps des mornes restrictions du Fulcrum, tu es devenue puissante. Tu as sauvé la communauté de Castrima au prix de Castrima elle-même ; ce n'était pas cher payer, comparé au sang qu'il en aurait coûté si l'armée ennemie l'avait emporté. Tu as obtenu la victoire en déchaînant le pouvoir muselé d'un mécanisme mystérieux, plus vieux encore que l'histoire (ton histoire) écrite. Et, parce que tu es celle que tu es, tu as assassiné Albâtre dix-anneaux en apprenant à maîtriser ce pouvoir. Ce n'était pas intentionnel. À vrai dire, tu soupçonnes lbâtre d'avoir voulu être assassiné de cette manière. Quoi qu'il en soit, il est mort, et cette succession d'événements a fait de toi l'orogène la plus puissante de la planète.

Elle signifie aussi que ton titre de « plus puissante » a une date de péremption, parce qu'il t'arrive ce qui est arrivé à Albâtre : tu te transformes en pierre. Le phénomène se limite pour l'instant à ton bras droit. Ça pourrait être pire. Ça le sera, la prochaine fois que tu ouvriras la Porte ou, tout simplement, que tu manieras assez de cette étrange non-orogénie argentée qu'Albâtre appelait magie. Mais tu n'as pas le choix. Tu as du travail, grâce à lui et à la faction nébuleuse des mangeurs de pierre qui essaient discrètement de mettre un terme à l'antique guerre opposant la vie au Père Terre. Il y a ce que tu *dois* faire – la partie la plus facile, à ton avis. Il te suffit de capturer la Lune. De sceller le rift lumenien. De ramener l'impact de la Saison actuelle – censée se prolonger des milliers, voire des millions d'années – à quelque chose de gérable, pour que l'espèce humaine ait une chance de survie. De mettre fin à jamais aux Cinquièmes Saisons.

Il y a ce que tu as *envie* de faire… Retrouver Nassun, ta fille. La reprendre à l'homme qui l'a obligée à parcourir la moitié du monde en pleine apocalypse, après avoir tué ton fils.

À ce sujet : j'ai de bonnes et de mauvaises nouvelles. Mais nous nous intéresserons à Jija plus tard.

Tu n'es pas réellement dans le coma. Tu es un composant essentiel d'un système complexe, un ensemble qui vient de subir un démarrage accompagné d'un afflux d'énergie massif, mal contrôlé, puis un arrêt d'urgence avec pause de refroidissement insuffisante.

D'où une résistance d'état de phase arcanochimique et une rétroaction mutagène. Il te faut le temps de… réinitialiser.

Ce qui signifie que tu n'es pas inconsciente. Plutôt en état de semi-éveil, semi-sommeil, si tu vois ce que je veux dire. Tu sais vaguement ce qui t'arrive. Tu enregistres les secousses quand on te déplace, les rares bousculades. On te met de l'eau et de la nourriture dans la bouche. Heureusement, tu as la présence d'esprit de mâcher puis d'avaler, parce que l'heure et le lieu seraient mal choisis pour avoir besoin d'une perfusion : c'est la fin du monde, sur une route couverte de cendre. Des mains tirent sur tes vêtements, et quelque chose te ceint les hanches : une couche. L'heure et le lieu sont mal choisis pour ça aussi, mais quelqu'un est disposé à s'occuper de toi de cette manière, et peu t'importe. C'est tout juste si tu t'en rends compte. Tu n'as ni faim ni soif avant d'être nourrie et abreuvée ; tes évacuations ne t'apportent aucun soulagement particulier. La vie persiste. Elle n'a pas à le faire avec *enthousiasme*.

Les périodes d'éveil et de sommeil finissent par s'accentuer. Un jour enfin, tu ouvres les yeux pour découvrir le ciel couvert au-dessus de toi. Il se balance. Des branches squelettiques le dissimulent par moments. La forme sombre d'un obélisque se devine à travers les nuages. Le spinelle, à ton avis. Retourné à sa forme et son gigantisme habituels et… ah, te suivant tel un chiot esseulé, maintenant qu'Albâtre est mort.

Regarder le ciel ne tarde pas à devenir ennuyeux. Tu tournes la tête et cherches à comprendre ce qui se passe. Des silhouettes se déplacent autour de toi, comme surgies d'un rêve, drapées de gris-blanc…

Non. Non, elles portent des vêtements normaux, mais couverts de cendre claire. Elles portent même beaucoup de vêtements, parce qu'il fait froid. Pas assez pour que l'eau gèle, mais pas loin. La Saison a commencé il y a près de deux ans ; deux ans sans soleil. Le rift a beau cracher autour de l'équateur une chaleur intense, elle ne suffit pas, et de loin, à compenser l'absence d'une boule de feu céleste géante. Enfin… sans le rift, le froid serait pire encore. La température serait bien assez basse pour qu'il gèle au lieu de s'en approcher. Petits avantages.

Quoi qu'il en soit, une des silhouettes drapées de gris s'aperçoit que tu t'es réveillée, à moins qu'elle ne sente remuer ton poids. Une tête affublée d'un masque et de lunettes enveloppantes pivote dans ta direction puis reprend sa position initiale. Les deux personnes qui te précèdent échangent des murmures incompréhensibles. Non qu'elles s'expriment dans une autre langue. C'est juste que tu es déphasée et que la pluie de cendre absorbe à moitié les mots.

Une voix derrière toi. Tu te retournes en sursaut. Encore un visage dissimulé par un masque et des lunettes. Qui sont ces gens ? (L'idée d'avoir peur ne te vient pas. Les émotions viscérales sont à présent aussi détachées de toi que la faim.) Une pièce du puzzle finit toutefois par se mettre en place. La compréhension s'impose. Tu occupes une civière, portée par quatre personnes et constituée de deux simples perches entre lesquelles on a cousu un grand morceau de peau. Un de tes porteurs crie quelque chose ; d'autres cris lui répondent, plus lointains. Une multitude de cris. Une multitude de gens.

Un dernier cri, au loin. Tes porteurs s'arrêtent. Ils échangent un coup d'œil puis te posent d'un commun accord, aisément, signe qu'ils ont souvent pratiqué la manœuvre. La civière atterrit sur une couche de cendre moelleuse pulvérulente qui couvre une couche de cendre plus épaisse qui couvre peut-être une route. Tes porteurs s'éloignent, ouvrent des sacs et s'assoient. Le rituel t'est familier, car tu as passé des mois sur la route. Une pause.

Tu connais le rituel, oui. Tu devrais te lever. Manger un morceau. Vérifier que tes bottes ne sont pas trouées, qu'aucun caillou ne s'y est glissé, que tu n'as pas aux pieds d'ampoule sournoise, que ton masque… Attends, tu as un masque ? Si tout le monde en a un… Il était dans ton sac de survie, non ? Où est passé ton sac de survie ?

Quelqu'un émerge de la pénombre et de la pluie de cendre. Grande carcasse aussi imposante qu'un plateau de montagne, dépouillée par ses vêtements et son masque de son identité, que lui restituent cependant les frisures familières de sa crinière acendre.

« Hum. Tu n'es pas morte, en fin de compte. On dirait que j'ai perdu mon pari avec Tonkee.

— Hjarka. »

Ta voix est plus rocailleuse encore que la sienne.

Le tissu qui lui dissimule le visage se plisse ; sans doute sourit-elle. C'est déconcertant de savoir qu'elle sourit sans subir en même temps la vague impression de menace distillée par ses dents taillées en pointe.

« On dirait aussi que ton cerveau est intact. Au moins, je gagne mon pari avec Ykka. » Un coup d'œil alentour, puis un rugissement : « Lerna ! »

Tu aimerais lever la main pour attraper ton interlocutrice par la jambe de son pantalon, mais on dirait que tu cherches à déplacer une montagne. Remarque, tu devrais être capable de déplacer les montagnes, alors tu te concentres, tu arrives à remuer le bras… et tu oublies ce que tu voulais demander à Hjarka. Heureusement, elle regarde autour d'elle, une fois de plus, et s'aperçoit que tu as vaguement tendu la main. Laquelle tremble sous l'effort. Hjarka réfléchit avant de la prendre en soupirant puis détourne les yeux, embarrassée.

« Passe, réussis-tu à dire.

— La rouille le sait. On n'avait pas besoin d'une autre halte si vite. »

Ce n'est pas à ça que tu pensais, mais exprimer le reste de ta question exigerait de toi un effort trop important. Tu restes donc allongée sur ta civière, la main dans celle d'une femme qui préférerait manifestement s'occuper de n'importe quoi d'autre. Elle daigne pourtant te témoigner la compassion dont tu as besoin, à son avis ; si infondée que soit cette opinion, son attitude te met du baume au cœur.

Deux silhouettes supplémentaires se différencient du tourbillon, reconnaissables à leurs formes familières. L'une masculine et fine, l'autre féminine et moelleuse. La plus mince écarte Hjarka de ton chevet et se penche pour te retirer les lunettes que tu n'avais pas conscience de porter.

« Caillou, dit Lerna, ce qui n'a aucun sens.

— Hein ? » demandes-tu.

Il ne te prête aucune attention. Tonkee, la moelleuse, repousse Hjarka d'un coup de coude, soupire, farfouille dans son sac jusqu'à y dénicher quelque chose de petit et le tend à Lerna.

Il te pose la main sur la joue en levant la chose, qui commence à luire d'un éclat blanc familier. Un morceau de cristal de la Castrima souterraine, qui brille comme au contact d'un orogène, parce que Lerna te touche. Ingénieux. Il se penche et, grâce à la lumière, t'examine les yeux de près.

« Les pupilles se contractent normalement », murmure-t-il pour lui-même. Sa main tressaille contre ta joue. « Pas de fièvre.

— Je me sens lourde, marmonnes-tu.

— Tu es en vie », riposte-t-il, à croire que c'est une réponse parfaitement raisonnable. Aujourd'hui, tout le monde s'exprime dans une langue incompréhensible – pour toi. « Capacités motrices réduites. Cognition… ?

— De quoi as-tu rêvé ? » intervient Tonkee.

C'est aussi dépourvu de sens que « Caillou », mais tu essaies de répondre, parce que tu es trop déphasée pour comprendre que tu ne devrais pas.

« Il y avait une cité », chuchotes-tu. Un flocon de cendre te tombe sur les cils. Tu sursautes. Lerna te remet tes lunettes. « Une cité vivante. Avec un obélisque au-dessus. » Au-dessus ? « Dedans, peut-être. Je crois. »

Tonkee acquiesce.

« Il est rare que les obélisques s'attardent à l'aplomb d'habitations humaines. Une de mes amies de la Septième avait diverses théories à ce sujet. Ça t'intéresse ? »

Tu comprends enfin l'idiotie de ce que tu fais : tu l'encourages. Un énorme effort te permet de la fixer d'un air menaçant.

« *Non.* »

Elle jette un coup d'œil à Lerna.

« Ses facultés m'ont l'air intactes. Elle est peut-être un peu lente, mais bon, ça n'a rien de neuf.

— Oui, merci de me le confirmer. » Lerna finit de faire ce qu'il fait et se laisse aller en arrière sur les talons. « Tu veux essayer de marcher, Essun ?

— Ce n'est pas un peu soudain ? » demande Tonkee. Elle fronce les sourcils, ça se voit même à travers ses lunettes. « Avec son coma et tout ça.

— Ykka va lui laisser le moins de temps possible pour récupérer, tu le sais aussi bien que moi. Et ça lui fera peut-être du bien. »

Elle soupire, ce qui ne l'empêche pas de donner un coup de main à Lerna quand il te glisse un bras sous le corps pour te soulever le buste et te faire adopter la position assise. Cela seul te coûte un effort interminable. La tête te tourne dès que ton torse se retrouve à la verticale, après quoi le vertige se dissipe rapidement, mais il y a quelque chose qui cloche. Peut-être faut-il y voir un témoignage des épreuves que tu as traversées ? En tout cas, tu as manifestement pris l'habitude de te tenir voûtée en permanence, l'épaule gauche affaissée, le bras pendant, comme si

comme s'il était de

Oh. *Oh.*

Les autres cessent de te casser les pieds dès que tu te rends compte de ce qui se passe et te regardent remuer le dos autant que possible pour amener le bras bien en vue. C'est lourd. Le mouvement te fait mal à l'épaule, parce que l'essentiel de l'articulation est toujours organique et que le poids de la pierre tire sur la chair. Certains tendons, bien que transformés, restent attachés à l'os vivant ; des particules graveleuses grincent dans la cavité articulaire, où devrait se trouver un assemblage bien huilé. La douleur n'est pourtant pas aussi vive que tu l'aurais cru, après avoir vu Albâtre en supporter autant. C'est déjà ça.

Quelqu'un t'ayant ôté la manche correspondante de ta veste et de ta chemise, tu constates que ton bras dénudé a changé au point d'en être quasi méconnaissable. Il s'agit bien de ton bras, tu en es à peu près sûre. Non seulement il est toujours attaché à ton corps, mais tu en reconnais la forme comme tienne… Bon. Il ne te semble ni aussi fuselé ni aussi gracieux que dans ta jeunesse. À un moment, tu avais grossi. Ça se voit encore à l'arrondi moelleux de l'avant-bras et au discret affaissement de la chair près de l'aisselle. Le biceps a cependant gagné en netteté : deux ans de survie. La main est fermée, le coude légèrement plié. Tu as tendance à serrer les poings, dès que tu affrontes un exercice d'orogénie particulièrement difficile.

Le grain de beauté qui constituait autrefois au beau milieu de l'avant-bras une minuscule cible noire a quant à lui disparu. Comme tu ne peux faire jouer aucune articulation pour examiner le coude, tu le palpes. Il devrait s'y trouver une chéloïde, à cause de la cicatrice que t'a laissée autrefois une chute. Tu ne la sens plus, alors qu'elle formait un petit bourrelet. Ce niveau de finesse a été englouti par une texture granuleuse et dense qui évoque le grès brut. Tu te frottes le bras, mue peut-être par un désir d'autodestruction, mais aucune particule ne s'en détache sous tes doigts. Il est plus solide qu'il n'en a l'air. Son brun grisâtre uniforme ne ressemble en rien à ta couleur propre.

« Il était comme ça quand Hoa t'a ramenée, explique Lerna d'un ton neutre, après t'avoir laissée sans un mot te livrer à ton examen. Il dit qu'il lui faut ta permission pour… euh… »

Tu renonces à essayer d'arracher ta peau de pierre. Peut-être es-tu en état de choc, peut-être la peur t'en a-t-elle tirée, peut-être n'éprouves-tu pas grand-chose, en réalité.

« Bon. » L'effort consenti pour t'asseoir et la vision de ton bras t'ont rendu un minimum d'intelligence. « En tant que… professionnel, que me conseilles-tu à ce sujet ? »

C'est au médecin que tu t'adresses.

« À mon avis, tu devrais laisser Hoa le manger ou l'un de nous y aller au marteau-piqueur. »

Tu tressailles.

« Tu ne crois pas que c'est un peu beaucoup ?

— Je ne pense pas qu'on puisse ne serait-ce que l'écorner avec quelque chose de moins violent. N'oublie pas que j'ai eu tout loisir d'examiner Albâtre pendant que ça lui arrivait. »

Un souvenir surgit soudain de nulle part : il fallait que tu rappelles de manger à Albâtre, parce qu'il ne ressentait plus la faim. Ça n'a rien à voir ; la pensée s'impose, c'est tout.

« Il te laissait faire ?

— Il n'avait pas le choix. Il fallait que je sache si c'était contagieux, puisque, apparemment, ça progressait chez lui. Un jour, j'ai prélevé un échantillon. Il m'a dit pour rire qu'Antimoine… la mangeuse de pierre… allait me le réclamer. »

Ce n'était pas pour rire. Albâtre énonçait toujours les vérités les plus crues avec le sourire.

« Tu le lui as rendu ?

— Je peux t'assurer que oui. » Lerna se passe la main dans les cheveux, délogeant un petit tas de cendre. « Tu sais, on est obligés de t'envelopper le bras, la nuit, pour qu'il ne devienne pas froid au point de faire baisser ta température corporelle. Ton épaule présente des vergetures, là où il te tire sur la peau. À mon avis, il est en train de te déformer les os et de t'étirer les tendons. L'articulation n'est pas conçue pour supporter un poids pareil. » Il hésite. « On peut le couper maintenant et le donner à Hoa plus tard, si tu veux. Tu n'es pas obligée de… de faire ça à sa façon. »

Hoa se trouve sans doute en ce moment quelque part sous tes pieds, l'oreille tendue, mais Lerna se montre curieusement délicat. Pourquoi ? Tu as ta petite idée.

« Ça ne me dérange pas qu'il le mange. » Tu ne le dis pas seulement pour Hoa. Ton indifférence est parfaitement sincère. « Si ça lui fait du bien et que ça me débarrasse de ce truc, je ne vois pas où est le problème. »

L'expression de Lerna se modifie fugacement, quand son masque d'impassibilité vacille. L'idée que Hoa te mâchouille le bras sur le corps le révolte, c'est évident. Bon, dit comme ça, c'est intrinsèquement révoltant, en effet ; toutefois, ce point de vue est beaucoup trop utilitariste. Trop atavique. Les heures passées à nager entre les cellules et les particules du corps en transformation d'Albâtre te permettent d'avoir une connaissance très intime de ce qui arrive à ton bras. Quand tu le regardes, il te semble presque distinguer les fils de magie argentés qui réalignent les particules et l'énergie de ta propre substance, les voir déplacer ce fragment-ci pour l'orienter de la même manière que celui-là, afin de composer avec soin un maillage capable de lier le tout. Le processus, quel qu'il soit, se révèle tout simplement trop précis, trop puissant pour être aléatoire – ou pour que l'ingestion de son produit par Hoa se réduise à la monstruosité grotesque qu'y voit Lerna. Mais tu ne saurais le lui expliquer ; tu n'en aurais d'ailleurs pas l'énergie, si tu essayais.

« Aidez-moi à me lever », demandes-tu.

Tonkee s'empare maladroitement de ton bras de pierre pour t'aider à en porter le poids et éviter qu'il ne glisse de côté ou ne tombe, te démettant l'épaule. Elle fixe Lerna d'un regard noir jusqu'à ce qu'il se maîtrise et te glisse à nouveau son bras sous le corps. À eux deux, ils te permettent de te mettre sur tes pieds, non sans peine. Tu te retrouves debout, haletante, les genoux flageolants. Le sang qui circule dans tes veines n'étant pas voué à la cause, tu vacilles un instant, prise de vertige.

« Bon, allez, on la repose », dit aussitôt Lerna.

Te revoilà assise, le souffle court, l'épaule bizarrement soulevée par le bras, avant que Tonkee n'en rajuste la position. Ce truc est vraiment très lourd.

(Ton *bras*. Pas « ce truc ». Il s'agit de ton bras droit. Tu as perdu ton bras droit. Tu en es consciente, tu ne tarderas pas à le regretter, mais il est plus facile pour l'instant d'y penser comme à quelque chose de distinct, qui ne fait pas partie de toi. Une prothèse particulièrement inutile. Une tumeur bénigne, qu'il va falloir ôter. Tout cela est vrai. Mais il s'agit aussi de ton bras rouillé.)

Tu es assise là, haletante, à ordonner au monde d'arrêter de tournoyer, quand quelqu'un d'autre s'approche. Quelqu'un qui parle fort, qui crie aux gens de reprendre leurs affaires, la pause est finie, il faut parcourir sept à huit kilomètres de plus avant la nuit. Ykka. Tu lèves la tête au moment où elle arrive, et tu t'aperçois à ce moment-là que tu penses à elle comme à une amie. Tu t'en aperçois parce que ça te fait du bien d'entendre sa voix et de la voir se matérialiser dans la cendre tourbillonnante. La dernière fois que tu l'as vue, elle risquait sérieusement de se faire tuer par les mangeurs de pierre hostiles qui attaquaient la Castrima souterraine. C'est une des raisons qui t'ont poussée à les combattre en te servant des cristaux de la géode pour les piéger. Tu voulais qu'elle vive – ainsi que les autres orogènes castrimiens et, par extension, les autres Castrimiens, qui dépendaient d'eux.

Voilà pourquoi tu lui souris. Un faible sourire. Tu es faible. Voilà pourquoi tu accuses le coup quand elle te considère, la bouche pincée par une grimace de dégoût sur laquelle on ne peut se méprendre.

Elle a écarté le tissu qui lui voilait le bas du visage, mais ses yeux te sont invisibles derrière ses lunettes protectrices de fortune – des lunettes normales, entourées de chiffons qui empêchent la cendre de se glisser derrière. Tu distingues juste le maquillage de khôl et de gris qu'elle s'obstine à arborer, même à la fin du monde.

« Et merde, dit-elle à Hjarka. Je n'ai pas fini de t'entendre avec ça, hein ? »

La Dirigeante hausse les épaules.

« Pas avant d'avoir payé, c'est sûr. »

Tu ne quittes pas Ykka du regard, ton petit sourire hésitant figé sur les lèvres.

« Elle va sans doute se remettre complètement », intervient Lerna d'un ton neutre, que tu estimes aussitôt prudent. La prudence de celui qui s'aventure au-dessus d'un tunnel de lave. « Mais il va lui falloir quelques jours pour tenir debout. »

Ykka soupire, se pose la main sur la hanche et hésite très visiblement entre plusieurs réponses, avant de choisir elle aussi quelque chose de neutre :

« D'accord. Je vais étendre la rotation de ses porteurs, mais débrouille-toi pour qu'elle soit en état de marcher le plus tôt possible. Chacun porte ses affaires dans cette comm, s'il ne veut pas qu'on l'abandonne. »

Sur ce, elle se détourne et s'éloigne.

« Ouais, bon, murmure Tonkee, une fois sûre que la chef ne risque plus de l'entendre. Elle a un peu les boules que tu aies détruit la géode. »

Tu sursautes.

« Détruit… » Ah, mais. Emprisonner dans les cristaux tous ces mangeurs de pierre. Afin de sauver la population, certes. Seulement Castrima était une machine… une machine très vieille, très délicate, à laquelle tu ne comprenais rien. Et vous voici tous en surface, à vous traîner sous la pluie de cendre. « Rouille de terre ! Je l'ai vraiment détruite !

— Hein ? Tu ne t'en étais pas rendu compte ? » Hjarka a un petit rire, pas totalement dénué d'amertume. « Tu t'imaginais quoi ? Qu'on était là-dehors, toute la comm rouillée, à marcher vers le nord dans le froid et la cendre pour *s'amuser* ? »

Elle s'éloigne d'un bon pas en secouant la tête. Ykka n'est pas la seule à être contrariée.

« Je ne l'ai pas… »

Tu t'interromps, alors que tu allais dire que tu ne l'avais pas fait exprès. Tu ne le fais jamais exprès, et ton intention n'a jamais aucune importance, en fin de compte.

Lerna, qui ne t'a pas quittée des yeux, pousse un léger soupir.

« C'est Rennanis qui a détruit la comm, Essun, pas toi. » Il t'aide à te rallonger, sans toutefois croiser ton regard. « On l'a perdue à la seconde où on a infesté de bouilleurs la Castrima de surface pour notre sécurité. Ils ne seraient pas repartis comme ça, et ils n'auraient rien laissé à manger sur notre territoire. Rester dans la géode nous aurait condamnés, quoi qu'il arrive. »

C'est vrai et parfaitement rationnel, mais la réaction de Ykka prouve que la raison n'est pas toute-puissante. On ne peut pas priver les gens de leur foyer et de la sécurité d'une manière aussi théâtrale, aussi immédiate, puis s'attendre à ce qu'ils examinent une longue chaîne de responsabilité avant de se montrer rancuniers.

« Ils s'en remettront. » Tu t'aperçois en battant des paupières que Lerna te fixe à présent d'un regard serein. Son expression respire la franchise. « Si moi, je l'ai fait, ils le feront. Ça prendra juste un peu de temps. »

Tu ne t'étais pas aperçue qu'il s'était en effet remis de Tirimo.

Indifférent à tes yeux ronds, il fait signe aux quatre personnes qui se sont réunies à proximité. Il t'a déjà aidée à te recoucher, et il ne lui reste plus qu'à disposer ton bras pétrifié à ton côté en veillant à le placer sous les couvertures. Les porteurs reprennent le travail pendant que tu étouffes fermement ton orogénie, qui

– maintenant que tu t'es réveillée – insiste pour réagir à chaque embardée comme s'il s'agissait d'une secousse. La tête de Tonkee apparaît dans ton champ de vision.

« Eh ! Ne t'en fais pas, ça ira. Moi, un tas de gens me détestent. »

C'est peut-être vaguement rassurant. C'est aussi agaçant que tu y attaches de l'importance et que d'autres s'en rendent compte. Toi qui avais un cœur de pierre…

Tu comprends brusquement pourquoi tu ne l'as plus.

« Nassun.

— Oui ? répond Tonkee.

— Je sais où elle est. » Tu cherches à lever la main droite pour prendre celle de l'Innovatrice, ce qui déclenche dans ton épaule une sorte de martèlement à la fois douloureux et flottant. Un tintement te résonne aux oreilles. Ça ne fait pas vraiment mal, mais tu te reproches en ton for intérieur d'avoir oublié. « Il faut que j'aille la chercher. »

Tonkee jette un coup d'œil furtif à tes porteurs puis dans la direction où est partie Ykka.

« Moins fort.

— Hein ? »

Ykka sait parfaitement que tu as l'intention de retrouver ta fille. C'est la première chose que tu lui as dite ou presque.

« Si vraiment tu as envie de te faire abandonner au bord de la route rouillée, vas-y, continue. »

Voilà qui te réduit au silence – ça, plus l'effort permanent pour maîtriser ton orogénie. Ykka est donc *à ce point* contrariée.

La cendre qui tombe toujours finit par obscurcir tes lunettes, car tu n'as pas l'énergie nécessaire pour les essuyer. Dans la pénombre grise qui en résulte, ton besoin physique de récupérer prend le dessus ; le sommeil t'emporte à nouveau. Si tu te réveilles une deuxième fois, c'est qu'on vient de te reposer. Quelque chose s'enfonce au creux de tes reins, un caillou ou une branche, sans doute. Tu chasses la cendre de ton visage et te débats pour t'asseoir, appuyée sur un coude. C'est plus facile que la première fois, bien que tu ne puisses pas faire grand-chose d'autre.

La nuit est tombée. Plusieurs dizaines de personnes s'installent sur un affleurement rocheux, dans ce qu'on peut presque qualifier de forêt clairsemée. L'affleurement t'est familier à la valuation, à cause de tes explorations orogéniques des alentours de Castrima, ce qui te permet de te situer : cette formation récente, du point de vue tectonique, se trouve à environ deux cent cinquante kilomètres de la géode. Tu en déduis que l'exode a commencé quelques jours plus tôt, car un groupe d'une importance pareille ne peut progresser rapidement ; et, puisque vous vous dirigez vers le nord, vous ne pouvez avoir qu'un but : Rennanis. Quelqu'un a appris d'une manière ou d'une autre que la ville était déserte et habitable. À moins que les Castrimiens ne l'espèrent juste et n'aient que cet unique espoir. Bon, tu peux au moins les rassurer sur ce point-là… en admettant qu'ils t'écoutent.

Les gens qui t'entourent construisent des cercles de pierres destinés aux feux de camp, disposent des broches, installent des latrines. De petits tas d'éclats de cristal arrachés à Castrima fournissent aussi de la lumière à différents endroits du campement ; tu es ravie d'apprendre qu'il reste assez d'orogènes pour les faire fonctionner. Toute cette activité se révèle parfois inefficace, quand les gens n'en ont pas l'habitude, mais elle est en général ordonnée. La plupart des membres de la comm ont l'expérience de la vie sur la route, ce qui constitue en l'occurrence un avantage. Tes porteurs t'ont toutefois abandonnée où ils t'avaient posée. Quelqu'un va peut-être t'allumer un feu ou t'apporter à manger, mais tu n'en vois aucun signe. Tu repères Lerna, accroupi parmi un petit groupe de gens également allongés, mais il est manifestement occupé. Eh oui ; il a dû y avoir beaucoup de blessés, après l'irruption des soldats rennains dans la géode.

Bon, tu n'as pas besoin de feu et tu n'as pas faim. L'indifférence des autres ne te dérange donc pas, pour l'instant, à part d'un point de vue émotionnel. Ce qui te dérange, c'est la disparition de ton sac de survie. Tu l'as baladé à travers la moitié du Fixe, tu y avais caché tes vieux anneaux de grade, tu avais même veillé à ce qu'il ne soit pas réduit en cendre quand un mangeur de pierre s'était transformé dans ta chambre. Il ne contenait pratiquement plus rien de précieux à tes yeux, mais tu en es au point où il a en lui-même une certaine valeur sentimentale.

Oh, bon. Tout le monde a perdu quelque chose.

Une montagne pèse soudain sur ta perception proche. Tu ne peux empêcher le sourire de te monter aux lèvres.

« Je me demandais quand tu te montrerais. »

Hoa se tient au-dessus de toi. Le voir ainsi te saisit toujours : un adulte de taille moyenne au lieu d'un enfant, marbre noir veiné au lieu de chair blanche. Il n'en reste pas moins facile à voir comme la personne que tu as côtoyée un an durant – même forme du visage, mêmes yeux de givre obsédants, même étrangeté ineffable, même parfum de fantaisie sous-jacente. Ç'a beau être un mangeur de pierre, il ne te paraît plus étranger. Qu'est-ce qui a changé ? Chez lui, rien que de superficiel. Chez toi, tout.

« Comment te sens-tu ? demande-t-il.

— Mieux. » Quand tu changes de position afin de le regarder, ton bras droit tire sur ta chair, rappel permanent du contrat non écrit qui vous lie. « C'est toi qui leur as dit, pour Rennanis ?

— Oui. Je leur sers de guide aussi.

— Toi ?

— Dans la mesure où Ykka m'écoute. Je crois qu'elle préfère voir les mangeurs de pierre comme des menaces silencieuses que comme des alliés actifs. »

La déclaration t'arrache un rire las. Mais.

« Parce que tu es un allié, Hoa ?

— Pas le leur. Ykka en est consciente. »

Oui. Ce qui explique sans doute que tu sois toujours en vie. Tant que Ykka veille à ta sécurité et te nourrit, Hoa lui apporte son aide. Tu es de retour sur la route : il n'y a plus à nouveau que des transactions. La comm qui a eu nom Castrima existe encore, mais ce n'est plus une véritable communauté, juste un groupe de voyageurs qui ont le même but et collaborent pour survivre. Peut-être parviendra-t-elle plus tard à redevenir une vraie comm, quand elle aura un autre foyer à défendre, mais en attendant, la colère de Ykka est compréhensible. Vous avez tous perdu quelque chose de beau et de sain.

Enfin. Tu parcours ton corps des yeux. Tu as beau ne plus être saine, toi non plus, ce qu'il reste de toi peut parfaitement reprendre des forces. Tu seras bientôt en état de partir à la recherche de Nassun. Mais commence par le commencement.

« On s'occupe de ça ? »

Le silence s'étire avant que Hoa ne réponde :

« Tu es sûre ?

— Ce bras ne me fait aucun *bien* tel qu'il est. »

Le plus léger des sons. Un grincement de pierre, lent et inexorable. Une main très lourde se pose sur ton épaule à demi transformée. Malgré son poids, son contact te semble délicat, selon les critères des mangeurs de pierre. Hoa fait très attention, avec toi.

« Pas ici », dit-il en t'entraînant dans la roche.

Ça ne dure qu'un instant. Il veille à la brièveté de vos trajets dans le sol, sans doute pour t'éviter d'avoir du mal à respirer… et te permettre de conserver ta santé mentale, que des translations plus longues mettraient en péril. Cette fois, tu n'en retires guère qu'une impression de mouvement flouté, un clin d'œil d'obscurité, un parfum fugace de terreau, plus luxuriant que l'âcreté de la cendre. Déjà, tu reposes à nouveau sur un affleurement rocheux – toujours celui sur lequel s'installent les Castrimiens, à ton avis ; Hoa t'a juste emmenée à l'écart du campement. Il n'y a plus le moindre feu de camp en vue. Seul le reflet rougeoyant du rift sur le lourd plafond nuageux éclaire les alentours. Tes yeux s'y habituent vite, mais il n'y a pas grand-chose d'autre à voir que des rochers et les ombres des arbres. Ainsi qu'une silhouette humaine, accroupie près de toi.

Hoa tient ton bras de pierre à deux mains avec douceur, presque avec révérence. Tu es sensible malgré toi à la solennité de l'instant. D'ailleurs, pourquoi ne serait-il pas solennel ? Il s'agit du sacrifice exigé par les obélisques. Du prix exorbitant à payer pour racheter la dette de sang qui te coûterait ta fille.

« Ce n'est pas ce que tu crois », dit Hoa. Tu redoutes un instant qu'il ne soit capable de lire dans ton esprit, mais sa perspicacité s'explique sans doute davantage par son antiquité – il est littéralement aussi vieux que les collines alentour – et l'intuition qui lui permet de déchiffrer ton expression. « Tu vois ce que nous avons perdu, mais nous avons aussi gagné. Ce n'est pas l'horreur dont ça donne l'impression. »

Tu as bien l'impression qu'il va te manger le bras. Ça ne te dérange pas, mais tu aimerais comprendre.

« Qu'est-ce que c'est, alors ? Pourquoi… »

Tu secoues la tête, ne sachant même quelle question poser. Peut-être le *pourquoi* n'a-t-il pas d'importance. Peut-être t'est-il impossible de comprendre. Peut-être n'y es-tu pas destinée.

« Il ne s'agit pas de nourriture. Nous n'avons besoin pour vivre que de la vie. »

La seconde moitié de la réplique n'a aucun sens en ce qui te concerne ; autant te concentrer sur la première.

« Ce n'est pas de la nourriture, d'accord ; c'est quoi, alors ? »

Les mouvements de Hoa ont repris une lenteur dont les siens usent rarement. Elle met en valeur leur nature troublante, leur ressemblance et leur dissemblance extrême avec l'humanité. Ce serait plus facile s'ils étaient totalement étrangers. Quand ils bougent de cette manière, on voit ce qu'ils ont été autrefois, évidence qui constitue à la fois une menace et un avertissement pour tout ce qu'il y a en toi d'humain.

Néanmoins. *Tu vois ce que nous avons perdu, mais nous avons aussi gagné.*

Il lève ta main en se servant des deux siennes, l'une positionnée sous ton coude, l'autre ouverte pour soutenir sans insister ton poing fermé craquelé. Lentement, lentement. Il ne veut pas te faire mal à l'épaule. Lorsque tes doigts arrivent à mi-chemin de son visage, la main qui supportait le poids de ton coude va t'envelopper le haut du bras. Sa pierre glisse contre la tienne dans un crissement léger, contact étonnamment sensuel, bien que tu ne sentes rien.

Voilà, ton poing repose contre les lèvres de Hoa. Des lèvres qui restent immobiles quand il demande, dans son torse :

« Tu as peur ? »

Tu réfléchis un bon moment à la question. Ne devrais-tu pas avoir peur ? Mais...

« Non.

— Parfait. C'est pour toi que je le fais, Essun. Tout ce que je fais, c'est pour toi que je le fais. Tu me crois ? »

Sur l'instant, tu n'en sais rien. Tu lèves impulsivement ta main valide, doigts tendres contre la joue dure, fraîche, polie de Hoa. Il est à peine discernable, noir sur fond de nuit, mais ton pouce trouve ses sourcils puis dessine son nez, plus long dans sa forme adulte. Il t'a dit un jour qu'il se considère comme humain, malgré son corps étrange. Tu t'aperçois à retardement que tu as choisi toi aussi de le voir comme tel. Ce qui se passe en devient autre chose qu'un pur acte de prédation. Tu ne sais pas vraiment de quoi il s'agit, mais... ça te fait l'effet d'un don.

« Oui, je te crois. »

Sa bouche s'ouvre. Grand, plus grand, si grand qu'aucune bouche humaine ne pourrait s'ouvrir ainsi. À une époque, tu craignais qu'elle ne soit trop petite, mais la voici de taille à engloutir un poing. Et quelles dents – petites, égales, d'une transparence de diamant, joliment scintillantes dans la clarté rouge du soir. Il n'y a rien au-delà que l'obscurité.

Tu fermes les yeux.

*
**

Elle était de mauvaise humeur. La vieillesse, d'après un de ses enfants. Mais d'après *elle*, c'était juste le stress, parce qu'elle essayait de prévenir des gens qui ne voulaient pas l'entendre qu'une époque difficile s'annonçait. Il ne s'agissait pas de mauvaise humeur, juste du privilège de l'âge, qui la dispensait du mensonge de la politesse.

« Il n'y a pas de méchant dans cette histoire », a-t-elle affirmé.

Nous nous étions installés sous la coupole du jardin, dont sa volonté seule faisait une coupole. Les sceptiques de Syl persistent dans leur scepticisme : rien ne prouve que les choses tourneront comme elle l'a dit… mais aucune de ses prédictions ne s'est jamais démentie, et elle est plus Syl qu'aucun d'eux. Dont acte. Elle buvait du sin, comme pour exprimer une vérité par les produits chimiques.

« Il est impossible d'incriminer un unique problème ou d'accuser du basculement un unique moment, a-t-elle continué. Les choses allaient mal, elles se sont encore gâtées, puis elles se sont arrangées avant de se gâter à nouveau, et ainsi de suite, encore et encore, parce que personne n'a rien arrêté. Il est possible d'opérer des… ajustements. De prolonger le mieux, de prédire et de raccourcir le pire. Parfois même de le prévenir en acceptant le moindre mal. J'ai renoncé à essayer de vous arrêter, tous autant que vous êtes. Je me suis contentée d'entraîner mes enfants à se rappeler, à apprendre et à survivre… jusqu'à ce que quelqu'un finisse par briser le cycle pour de bon.

— Vous voulez parler du Grand Feu ? » me suis-je enquis, déconcerté.

Après tout, j'étais là pour ça. Cent ans, avait-elle annoncé, il y a de cela cinquante ans. Le reste, quelle importance ?

Pour toute réponse, elle a souri.

Traduction de la transcription d'une interview, réalisée par le Constructeur d'Obélisque C et découverte dans la ruine n° 723 du plateau de Tapita par Shinash Innovateur Dibars. Date inconnue, transcripteur inconnu. Supposition : Le premier mnésiste ? Personnel : Tu devrais voir cet endroit, Albâtre. Il y a des trésors historiques partout. La plupart si abîmés qu'ils en sont indéchiffrables, mais n'empêche… Si seulement tu étais là !

2. Nassun sur le fil du rasoir

Nassun se tient près du corps de son père, en admettant qu'on puisse qualifier de corps un tas de pierres fines brisées. Elle vacille légèrement : la tête lui tourne, parce que la blessure qu'il lui a infligée à l'épaule saigne abondamment. Le coup de poignard résulte du choix impossible qu'il a exigé d'elle : être sa fille ou une orogène. Elle a refusé le suicide existentiel. Jija a refusé de laisser vivre une orogène. Ils étaient aussi dépourvus de méchanceté l'un que l'autre en cet ultime instant ; seule les habitait la sombre violence de l'inévitable.

D'un côté du tableau se tient Schaffa, le Gardien de Nassun, qui contemple les restes de Jija avec un mélange d'émerveillement et de froide satisfaction. De l'autre Acier, le mangeur de pierre de Nassun. Nous pouvons à présent le qualifier de sien, car il est venu la trouver alors qu'il lui fallait impérativement de l'aide. Il n'avait aucune intention de l'aider, jamais de la vie, mais il ne lui en a pas moins apporté – offert – quelque chose dont elle avait grand besoin, elle l'a enfin compris. Un *but*. Schaffa en personne a été incapable de lui en donner un, parce qu'il l'aime d'un amour inconditionnel – amour qui lui est également nécessaire, ô combien. Mais son cœur vient de se briser en miettes si nombreuses, ses pensées s'effilochent à tel point qu'elle aspire ardemment à plus de… de consistance.

Elle aura celle qu'elle appelle de ses vœux. Elle se battra pour la conserver, elle tuera s'il le faut, parce qu'elle y a été obligée si souvent qu'elle s'y est habituée. Après tout, c'est la fille de sa mère – et on ne craint la mort que quand on pense avoir un avenir.

Dans la main valide de Nassun vibre un éclat de cristal pointu d'un mètre de long, au bleu profond, aux facettes bien dessinées, dont la base plus ou moins déformée constitue une sorte de garde. Par moments, cet étrange loncouteau scintille, vire à la translucidité et l'intangibilité, passe à un état de réalité contestable. Il est pourtant extrêmement réel. Seule l'attention de Nassun l'empêche de la métamorphoser en pierre colorée comme il l'a fait de Jija. La fillette redoute ce qui risque d'arriver si l'hémorragie lui fait perdre conscience ; elle aimerait vraiment réexpédier le saphir dans le ciel, où il reprendrait sa forme par défaut et son gigantisme, mais ce n'est pas possible. Pas encore.

Pour deux raisons, qui se trouvent à proximité du dortoir : Nida et Umber, les deux autres Gardiens de Nouvelle Lune. Ils la regardent, et lorsqu'elle les regarde, elle aussi, la dentelle d'argent aux vrilles onduleuses tissée entre eux scintille. Ils n'échangent pas un mot, pas un coup d'œil ; seule les unit cette communion, que Nassun n'aurait pas remarquée si elle n'était pas celle qu'elle est. Des fils d'argent délicats attachent leurs pieds à la terre qui les porte et qu'ils relient à la minuscule épingle d'acier logée dans leur cerveau, par l'intermédiaire de leurs systèmes nerveux et sanguin chatoyants. Ces entraves de lumière – ces sortes de racines – ont toujours été là, mais c'est la première fois que Nassun s'aperçoit de leur *épaisseur*, peut-être parce que l'atmosphère est extrêmement tendue. Celles de Schaffa sont nettement moins robustes. Et sa protégée comprend enfin ce que signifie ce spectacle : les deux autres Gardiens sont les marionnettes d'une volonté supérieure. Elle a essayé de ne pas penser à eux de cette façon, de les considérer comme leurs propres maîtres, mais, ici et maintenant, le saphir entre les mains, son père mort à ses pieds… il n'est pas toujours possible à la maturité d'attendre une saison adaptée.

Voilà pourquoi Nassun plante un tore profond dans la terre : ils vont le sentir, elle en est parfaitement consciente. C'est une feinte ; elle n'a pas besoin du pouvoir de la terre et les soupçonne de le savoir. Ça ne les empêche pourtant pas de s'animer. Umber décroise les bras et Nida, penchée sur la balustrade de la véranda, se redresse. Schaffa aussi réagit ; ses yeux seuls se tournent vers ceux de la fillette, mais il est inévitable que les deux autres s'en aperçoivent. Personne n'y peut rien. Nassun n'a pas de fragment de la Terre cruelle logée dans le cerveau pour faciliter la communication. Où la matière échoue, l'attention fait l'affaire.

« Nida », dit Schaffa.

Il n'en faut pas davantage à sa pupille.

Umber et Nida s'ébranlent. Ils sont rapides – si rapides –, parce que leur entrelacs d'argent intérieur a renforcé leurs os et tendu les cordes de leurs muscles de manière à leur permettre l'impossible pour une chair ordinaire. La pulsation de négation qui les précède, aussi inexorable que le déferlement d'une tempête, réduit aussitôt à l'insensibilité les lobes principaux des valupinae de Nassun, mais elle est déjà passée à l'offensive. Pas physiquement ; elle n'est pas de taille à les affronter dans ce domaine, et c'est tout juste si elle tient debout. Il ne lui reste que la volonté et l'argent.

Aussi – le corps figé, l'esprit déchaîné – se saisit-elle des fils d'argent qui l'entourent afin d'en tisser un filet efficace, quoique grossier. (Elle n'a jamais fait une chose pareille, mais personne ne lui a dit que c'était impossible.) Elle en drape une partie autour de Nida, sans s'occuper d'Umber, dont Schaffa lui a dit de ne pas s'occuper. Il ne lui faut d'ailleurs qu'une seconde pour comprendre les raisons qui ont poussé son mentor à lui demander de se concentrer sur la seule Gardienne. Le léger tissu d'argent dont Nassun enveloppe l'ennemie devrait l'immobiliser rapidement, tel un insecte pris dans une toile d'araignée, mais si Nida s'arrête, chancelante, elle éclate ensuite de rire pendant que des vrilles *autres* jaillissent d'elle en se tortillant, fouettent les alentours et réduisent en lambeaux le piège arachnéen. Cela fait, elle reprend sa course en direction de la fillette, laquelle – après avoir ouvert des yeux ronds devant la rapidité et l'efficacité des représailles – arrache à la terre des aiguilles de pierre destinées à lui transpercer les pieds. L'expédient ne retarde guère Nida, qui continue sur sa lancée en brisant les piques rocheuses et fonce sur Nassun alors que leur pointe dépasse toujours de ses bottes. Elle tend vers sa cible une main aux doigts raidis qui ressemble à une lame, tandis que l'autre est assez crochue pour évoquer des serres. La manière dont elle réduira sa victime en pièces sans avoir besoin d'aucune arme dépendra de celle qui la touchera la première.

Nassun panique. Un peu, pas davantage, parce que sinon, elle perdrait le contrôle du saphir, mais elle panique. Une sorte de réverbération brute, avide, désordonnée anime les fils d'argent qui vibrent en Nida. La fillette n'a jamais rien perçu de tel, mais en est soudain inexplicablement terrifiée, bien qu'elle ignore ce que lui ferait cet étrange écho si Nida entrait en contact direct avec elle. (Sa mère le sait.) Elle recule d'un pas en souhaitant que le saphir se positionne de manière défensive, devant son attaquante. Comme elle n'a pas lâché la garde du loncouteau, on dirait qu'elle brandit une arme d'une main tremblante, beaucoup trop lente. Nida éclate à nouveau de rire, un rire clair et ravi, tant il est évident que le saphir même ne pourra pas l'arrêter. Sa main-serres jaillit, doigts écartés, tendue vers la joue de sa victime, pendant qu'elle ondule tel un serpent pour contourner le loncouteau qui s'agite maladroitement…

Et que Nassun lâche en hurlant. Ses valupinae insensibilisées se crispent désespérément, inutilement…

Les Gardiens avaient oublié son gardien.

Acier ne bouge pas, dirait-on. Il est planté là, dans la position qu'il occupe depuis quelques minutes, le dos tourné au petit tas de pierres qui a été Jija, l'air serein, presque languide, le regard perdu au nord. Une fraction de seconde plus tard, il se tient juste à côté de Nassun, après s'être transporté si vite que le déplacement d'air provoque un claquement sec.

L'élan de Nida se brise brusquement quand la main levée d'Acier se referme autour de son cou comme un étau.

Elle hurle. Nassun, qui l'a entendue radoter des heures durant d'une voix flûtée, a peut-être fini par voir en elle un oiseau chanteur inoffensif, au pépiement interminable, mais ce hurlement est celui d'un prédateur qu'on empêche de se jeter sur sa proie. La Gardienne a beau chercher à se dégager d'une torsion, prête à se laisser déchirer la peau et les tendons pour se libérer, la poigne d'Acier est de pierre. Elle est prise.

Nassun se retourne en sursaut aux bruits qui s'élèvent dans son dos. Deux à trois mètres plus loin, Umber et Schaffa sont plongés dans un corps-à-corps flou dont elle ne distingue pas les détails tant ils bougent vite, combattants rapides et cruels. Chaque fois que le fracas d'un coup lui parvient, ils sont déjà passés à une autre position. Elle ne saurait dire ce qu'ils font… mais elle a peur, tellement peur pour Schaffa. L'argent coule à flots en Umber, pouvoir déversé en lui par ses racines luisantes, alors que les minces ruisselets de Schaffa, succession de rapides et de trous d'eau, secouent ses nerfs et ses muscles, flamboient parfois sans prévenir dans l'espoir de le distraire. La concentration inscrite sur ses traits prouve qu'il reste maître de son corps, ce qui l'a sauvé jusqu'ici ; ses mouvements se révèlent imprévisibles, stratégiques, réfléchis. Il n'empêche. C'est un miracle qu'il réussisse à se battre.

La lutte s'achève de manière horrible, quand il plonge la main jusqu'au poignet dans le menton d'Umber.

Lequel produit un son affreux et s'immobilise par saccades… juste avant que sa main ne s'élance une fois de plus vers la gorge de Schaffa, rapide à en être brouillée. Schaffa inspire brusquement, si vite qu'il pourrait presque s'agir d'un simple halètement, mais l'inquiétude charriée par cette inhalation est perceptible à Nassun. Son mentor a beau dévier le coup, Umber persiste à bouger, malgré ses yeux révulsés et ses mouvements hachés, maladroits. Nassun comprend alors : Umber n'est plus là. Quelque chose d'autre a pris sa place pour se servir de ses membres et de ses réflexes pendant que les connexions essentielles de son corps fonctionnent toujours. La preuve : en un souffle, Schaffa le jette à terre, se dégage brutalement la main puis lui piétine la tête.

Nassun ne veut pas voir ce qui se passe, mais elle l'entend. Ça lui suffit. Elle entend aussi Umber continuer à se tortiller, agitation persistante quoique de plus en plus faible ; le léger froissement des vêtements de Schaffa, qui se penche ; quelque chose que sa mère a entendu dans une petite pièce de l'aile du Fulcrum réservée aux Gardiens, il y a de cela une trentaine d'années : le craquement de l'os, suivi d'un déchirement crissant, quand les doigts de Schaffa s'enfoncent à la base du crâne brisé d'Umber.

Incapable de fermer les oreilles, Nassun se concentre sur Nida, qui lutte toujours pour échapper à la poigne invincible d'Acier.

« Je… je… » balbutie Nassun.

Son cœur n'a guère ralenti. Nida est toujours décidée à la tuer. L'attitude d'Acier le désigne comme un allié potentiel, mais elle n'a encore aucune certitude ; il suffit qu'il ouvre la main pour la condamner à mort. Mais.

« Je ne v… veux pas te tuer », parvient-elle à bredouiller.

C'est la pure vérité.

Nida se fige soudain, muette. La fureur inscrite sur ses traits cède peu à peu la place à un néant absolu.

« La dernière fois, il a fait ce qu'il avait à faire », dit-elle.

Un fourmillement naît sur la peau de Nassun quand elle comprend que quelque chose d'intangible a changé. Elle ne sait pas vraiment quoi, mais à son avis, ce n'est plus tout à fait à Nida qu'elle a affaire. Elle déglutit.

« Il a fait quoi ? Qui ? »

Le regard de la Gardienne se pose sur Acier. Un léger crissement s'élève de la bouche du mangeur de pierre, qui s'incurve en un grand sourire plein de dents. Sans laisser à Nassun le temps de réfléchir à une autre question, il déplace la main. Il ne l'ouvre pas, il la tourne, avec une lenteur contre-nature peut-être censée imiter le mouvement humain. (Ou le caricaturer.) Il plie le bras et opère une rotation du poignet pour faire pivoter sa captive, le dos tourné vers lui. Le creux de la nuque contre ses lèvres.

« Il est en colère, continue-t-elle avec calme, sans se soucier que Nassun et Acier se trouvent à présent derrière elle. Mais, maintenant encore, il se peut qu'il accepte un compromis et qu'il pardonne. Même s'il exige justice…

— Il a obtenu justice mille et mille fois, coupe Acier. Je ne lui dois plus rien. »

Sa bouche s'ouvre en grand.

Nassun se détourne, une fois de plus. Par cette matinée où elle a réduit son père en pièces, il existe toujours des choses trop obscènes pour ses yeux d'enfant. Au moins, Nida ne bouge plus, une fois qu'Acier a laissé son corps s'effondrer.

« On ne peut pas rester », dit Schaffa. Nassun déglutit péniblement puis se concentre sur lui. Posté près du cadavre d'Umber, il tient dans une main tachetée de sang une petite chose pointue, qu'il considère avec autant de froideur et de détachement que les gens qu'il est prêt à tuer. « Il en viendra d'autres. »

L'adrénaline apporte la lucidité à ceux qui ont frôlé la mort. Nassun comprend donc qu'il parle d'autres Gardiens contaminés – et pas à moitié, comme lui, qui a réussi à conserver en partie son libre arbitre. Elle déglutit, une fois de plus, puis hoche la tête, un peu calmée, maintenant que personne n'essaie plus de la tuer.

« Et les… les enfants ? »

Certains des enfants en question se tiennent sur la véranda du dortoir. La commotion provoquée par la transformation du saphir en loncouteau les a réveillés – à temps pour qu'ils assistent au combat final. La vue de leurs Gardiens morts en a fait fondre deux en larmes, mais la plupart sont juste en état de choc, les yeux fixés sur les vainqueurs. Un des plus petits vomit par-dessus la balustrade.

Schaffa les contemple un long moment avant de jeter un coup d'œil en coin à Nassun. La froideur qui ne l'a pas totalement déserté dit ce que tait sa voix.

« Il va falloir qu'ils quittent Jekity au plus vite. Sans Gardiens, il est peu probable que la comm tolère leur présence. »

Il peut aussi les tuer. Il a bien tué tous les orogènes à avoir croisé son chemin sans passer sous son contrôle. Soit ils lui appartiennent, soit ils constituent une menace.

« Non », laisse échapper Nassun – en réponse à sa froideur silencieuse, pas à ce qu'il vient de dire. La froideur s'accroît légèrement. Il n'aime pas qu'elle lui dise non. Elle inspire à fond, reprend un peu de calme et se corrige : « S'il te plaît, Schaffa. Je… je n'en peux plus. »

Pure hypocrisie. Que dément sa dernière décision, serment silencieux prêté sur le corps de son père. Schaffa ne peut pas savoir quel choix elle vient de faire, mais elle est douloureusement consciente du sourire peinturluré de sang qui incurve toujours les lèvres d'Acier, qu'elle distingue du coin de l'œil.

Sa propre bouche se pince. Elle est sincère, malgré tout. Ça n'a rien d'un mensonge. Elle ne supporte plus la cruauté, la souffrance sans fin ; justement. Au moins, ce qu'elle compte faire sera miséricordieux et rapide.

Schaffa la considère à son tour un moment, contemplation interrompue par un des sursauts qui le secouent souvent en lui crispant les traits, depuis quelques semaines. Le spasme passé, il s'affuble d'un sourire avant de s'approcher d'elle, non sans avoir refermé le poing avec force sur le petit morceau de métal arraché à Umber.

« Comment va ton épaule ? »

Elle porte la main à la plaie. Le tissu de son pyjama est humide, pas trempé. Son bras lui obéit toujours.

« J'ai mal.

— Ça va durer un moment, j'en ai peur. »

Il regarde autour de lui, va se pencher sur le corps d'Umber et lui arrache une des manches de sa chemise – la moins sanglante, Nassun s'en aperçoit avec soulagement. Il vient ensuite lui relever sa propre manche, l'aide à attacher le lambeau de tissu autour de son épaule puis le noue bien serré. Bonne idée, qui permettra peut-être d'éviter les points de suture. Toutefois, la douleur enfle brièvement, obligeant Nassun à s'appuyer contre lui. Il la laisse faire et lui caresse les cheveux de sa main libre. L'autre, pleine de sang, reste crispée sur l'écharde de métal.

« Qu'est-ce que tu vas en faire ? » demande-t-elle, les yeux fixés sur le poing serré.

Elle ne peut s'empêcher de se représenter un objet maléfique, dont les vrilles explorent les alentours, en quête de quelqu'un d'autre à infecter avec la volonté du cruel Père Terre.

« Je ne sais pas, répond Schaffa d'un ton las. Elle ne présente aucun danger pour moi, mais je me rappelle… » Les sourcils froncés, il cherche manifestement un souvenir enfui. « Autrefois, ailleurs, il suffisait de les recycler. Ici, je suppose qu'il va falloir trouver un endroit isolé où l'abandonner, en espérant que personne ne tombe dessus avant longtemps. Et toi, qu'est-ce que tu vas faire de *ça* ? »

Elle suit son regard. Le loncouteau de saphir, dont personne ne s'occupe plus, est allé se placer en lévitation derrière elle, à une trentaine de centimètres de son dos. Il bourdonne tout bas en suivant plus ou moins ses mouvements. Nassun a beau ignorer pourquoi il fait des choses pareilles, elle puise un certain réconfort dans la proximité de cette force discrète.

« Je ferais sans doute mieux de le remettre en place.

— Comment as-tu… ?

— J'en avais besoin, c'est tout. Il le savait, alors il s'est transformé pour moi. » Elle hausse les épaules, à peine. Ce genre de choses est si difficile à expliquer avec des mots. Sa main valide se referme soudain sur la chemise de Schaffa. Quand il ne répond pas à une question, c'est que quelque chose ne va pas. « Les autres. »

Il soupire.

« Je vais les aider à faire leurs sacs. Tu peux marcher ? »

Le soulagement de Nassun est tel que, sur l'instant, il lui semble qu'elle pourrait voler.

« Oui. Merci, Schaffa, merci. »

Il secoue la tête avec une tristesse évidente, mais n'en sourit pas moins.

« Va chez ton père. Prends tout ce qui est facile à transporter et pourrait nous être utile. Je te retrouve là-bas. »

Elle hésite. Si jamais il décide de tuer les enfants de Nouvelle Lune… Il ne ferait pas une chose pareille, hein ? Il a dit qu'il ne le ferait pas.

Il attend, le sourcil arqué au-dessus de son sourire, image même de l'interrogation calme et polie. Simple illusion. L'argent est toujours en lui un fouet cinglant, qui l'exhorte à éliminer Nassun. Sans doute subit-il des souffrances étonnantes, mais il n'en résiste pas moins à ce harcèlement ; il y résiste même depuis des semaines. Il n'élimine pas Nassun, parce qu'il l'aime. Elle ne peut faire confiance à rien ni à personne si elle ne lui fait pas confiance, à lui.

« D'accord, dit-elle. Rendez-vous chez mon père. »

En s'écartant de Schaffa, elle jette un coup d'œil à Acier, qui s'est également tourné vers lui. Le mangeur de pierre a profité des derniers instants pour nettoyer ses lèvres dégoulinantes, elle ignore comment, et tendu une main grise vers eux… Non. Vers Schaffa. Schaffa qui, à cette vue, penche la tête de côté, réfléchit puis, enfin, pose l'épingle de métal sanglante dans la main minérale. Laquelle se ferme en un clin d'œil avant de se rouvrir lentement, comme pour exécuter un tour de passe-passe. La minuscule aiguille a disparu. Schaffa incline la tête, remerciement poli.

Les deux protecteurs monstrueux de Nassun sont contraints de coopérer pour son bien, mais n'est-elle pas un monstre, elle aussi ? Elle pense à ce qu'elle a perçu juste avant la tentative d'assassinat de Jija – ce pic de pouvoir immense, concentré, amplifié par des dizaines d'obélisques œuvrant de concert. Acier a appelé ça la Porte de cristal : un grand mécanisme complexe, créé par la civilisation disparue qui a construit les obélisques dans un but inconcevable. Il a également été question d'une certaine Lune. Nassun connaît les histoires ; autrefois, il y a de cela bien longtemps, le Père Terre avait un enfant. C'est la perte de cet enfant qui a éveillé sa colère et amené les Saisons.

Les histoires offrent un message d'espoir impossible et une expression dépourvue de sens dont les mnésistes se servent pour intriguer les publics agités : *Un jour, si l'enfant de la Terre revient…* Ce qui signifie qu'un jour, peut-être, le Père Terre se laissera apaiser, les Saisons s'achèveront et tout ira bien de par le monde.

Sauf que les pères essaieront toujours de tuer leurs enfants orogènes. Que la Lune revienne ou non. Rien n'empêchera jamais ça.

Acier a proposé à Nassun de ramener la Lune chez elle. De mettre fin à la souffrance universelle.

Il est des choix qui n'en sont absolument pas.

Il suffit à Nassun de vouloir que le saphir se remette à léviter devant elle. La négation exercée par Nida et Umber l'empêche toujours de valuer, mais elle dispose d'autres moyens de percevoir le monde. Dans la non-eau scintillante de l'artefact, qui se détruit et se recrée à partir de l'immensité concentrée de lumière argentée stockée dans son réseau cristallin, attend un message subtil, écrit en équations de force et d'équilibre qu'elle résout d'instinct, sans avoir besoin des mathématiques.

Loin, par-delà la mer inconnue, sa mère détient peut-être la clé de la Porte de cristal, mais Nassun a appris sur les routes de cendre qu'il existe d'autres moyens de se servir des portes – les dégonder, les escalader et passer par-dessus ou creuser en dessous. Loin, à l'autre bout du monde, se trouve un endroit où il est possible de subvertir le contrôle qu'exerce Essun sur le mécanisme.

« Je sais où il faut aller, Schaffa », annonce Nassun.

Il la considère longuement – son regard se posant une seconde sur Acier avant de revenir à elle.

« Tu es sûre ?

— Oui. Mais c'est très, très loin. » Elle se mord la lèvre. « Tu veux bien m'accompagner ? »

Il incline la tête, un grand sourire chaleureux aux lèvres.

« Je t'accompagnerais n'importe où, mon enfant. »

Elle pousse un long soupir de soulagement en lui adressant un sourire hésitant. Puis elle tourne délibérément le dos à Nouvelle Lune et à ses cadavres, avant de descendre la colline sans un coup d'œil en arrière.

*
**

2729 de l'Impérial : des témoins de la comm d'Amand (Quartant de Dibba, ouest des Moyennord) rapportent qu'une gèneuse non enregistrée a ouvert une poche de gaz près de la ville. Substance indéterminée. Tuait en quelques secondes – langue empourprée, suffocation plutôt qu'empoisonnement ? Les deux ? Une seconde gèneuse aurait contrecarré d'une manière ou d'une autre les efforts de la première et refait passer le gaz dans la déchirure avant de la sceller. Les habitants d'Amand les ont éliminées toutes les deux dès que possible pour éviter d'autres incidents. Le Fulcrum a estimé la poche de gaz substantielle – assez importante pour tuer la plupart des bêtes et des gens de la moitié ouest des Moyennord, avec contamination subséquente de la couche de terre arable. Âge de la première gèneuse, dix-sept ans ; réaction face au supposé violeur de sa jeune sœur. Âge de la seconde, sept ans, sœur de la première.

Notes préparatoires de Yaetr Innovateur Dibars

Syl Anagist : cinq

« Houwha », dit une voix derrière moi.

(Moi ? Moi.)

Je me détourne de la fenêtre urticante et du jardin de fleurs clignotantes. Gaewha et une contrôleuse sont là, accompagnées d'une femme. Une inconnue. Mon regard me dit qu'elle est des leurs – grande, la peau d'un brun pâle uniforme, les yeux gris, les cheveux brun-noir aux longues mèches bouclées. La largeur de son visage suggère des traces *autres*, mais peut-être vois-je ce que j'ai envie de voir, quand je considère ce souvenir à travers la lentille des millénaires. Son aspect n'a aucune importance. La parenté qui la lie aux miens est aussi nette pour mes valupinae que la chevelure blanche bouffante de Gaewha pour mes yeux : la pression qu'elle exerce sur le milieu est en effet force vive en mouvement, d'une pesanteur inouïe, irrésistible. Ce qui fait d'elle l'une des nôtres, comme si on l'avait obtenue par décantation du même mélange biomestrique.

(Tu lui ressembles. Non. J'ai *envie* que tu lui ressembles. C'est injuste, bien que vrai ; tu lui ressembles, mais par d'autres caractéristiques que l'apparence. Je te présente mes excuses pour t'avoir ainsi réduite.)

La contrôleuse parle à la manière des siens, par vibrations fragiles qui ne rident que l'air et animent à peine le sol. Par *mots*. Je connais son nom – Pheylen –, je sais qu'elle est extrêmement gentille, pour une contrôleuse, mais ces bribes de savoir sont figées, indistinctes, comme tant de choses à leur sujet. Les distinguer les uns des autres m'a demandé très longtemps, car s'ils diffèrent par l'aspect, ils se ressemblent par leur non-présence dans le milieu. Maintenant encore, je dois faire l'effort de me souvenir que la texture de leurs cheveux, la forme de leurs yeux, leurs odeurs corporelles personnelles ont autant d'importance pour eux que les perturbations des plaques tectoniques pour moi.

Il faut respecter leurs différences. Après tout, c'est nous qui sommes déficients, dépouillés en grande partie de ce qui aurait dû faire de nous des êtres humains. Nos imperfections étaient nécessaires. Je ne regrette pas d'être tel que je suis, car j'aime me rendre utile. Mais tant de choses seraient plus simples si je comprenais mieux nos créateurs.

Les yeux fixés sur l'inconnue, la femme-nous, j'essaie donc de prêter attention aux *présentations* dont se charge la contrôleuse. Un rituel qui consiste à expliquer les sons des noms et les relations entre… familles ? Professions ? Honnêtement, je n'en sais rien. Je me tiens où je suis censé me tenir et dis ce que je suis censé dire. La contrôleuse explique donc à l'inconnue que je suis Houwha et que Gaewha est Gaewha – il s'agit des mots-noms qu'ils nous appliquent. L'inconnue est quant à elle Kelenli, ajoute Pheylen à notre intention. Ce n'est pas vrai non plus. La nouvelle visiteuse s'appelle en fait *percement profond explosion douce brisure de l'argile suave sous-couche de silicate réverbération*, mais je vais essayer de ne pas oublier « Kelenli » quand je m'exprime avec des mots.

Pheylen a l'air ravie de m'entendre dire « Comment allez-vous ? » au moment adéquat. Je suis content ; les *présentations* nous donnent toujours beaucoup de mal, mais j'ai fait de gros efforts pour les traverser sans encombre. Après en avoir terminé, Pheylen se met à discuter avec Kelenli. Une fois persuadé qu'elle n'a plus rien à me dire, je me poste derrière Gaewha pour tresser une partie de son épaisse crinière bouffante. Il semblerait que les contrôleurs aiment nous voir faire ce genre de choses, mais je ne sais pas au juste pourquoi. L'un d'eux a dit un jour que c'était « mignon », quand nous nous occupions les uns des autres comme des gens. Je ne connais pas le sens exact du mot « mignon ».

Quoi qu'il en soit, j'écoute.

« Ça n'a aucun sens, dit Pheylen en soupirant. Je veux dire, les chiffres ne mentent pas, mais…

— Si vous voulez enregistrer une objection… » commence Kelenli.

Ses paroles sont les plus fascinantes que j'ai jamais entendues. Contrairement à celle de la contrôleuse, sa voix a du poids et une texture : elle est feuilletée et d'une profondeur de strate. Kelenli enfonce les mots dans la terre en une sorte de subvocalisation qui leur donne davantage de réalité, si je puis dire. Le malaise de Pheylen est palpable, bien qu'elle n'ait pas l'air de remarquer jusqu'où plongent les sons produits par son interlocutrice – à moins qu'elle n'y attache juste aucune importance.

« Si vous voulez, répète Kelenli, je peux demander à Gallat de me retirer de la liste.

— Pour qu'il se mette à hurler ? Mort funeste, on n'en finirait jamais. Il a un caractère tellement épouvantable ! » Pheylen sourit, sans aucun amusement. « Je suppose que c'est difficile pour lui. La réussite du projet lui tient à cœur, mais il ne veut pas que vous… bon. *Moi*, ça ne me pose pas de problème que vous soyez là, au cas où, mais je n'ai pas vu les données de la simulation.

— Moi si, répond Kelenli d'un ton grave. Le risque d'échec en cas de report est minime, mais significatif.

— Ah, voilà. N'importe quel risque, même minime, est de trop, si on y peut quelque chose. À mon avis, ils sont plus inquiets qu'ils ne veulent bien le dire, ou ils ne vous feraient pas… » L'embarras s'inscrit soudain sur les traits de Pheylen. « Oh… désolée. Je ne voulais pas vous vexer. »

Kelenli sourit. Gaewha et moi voyons bien qu'il s'agit juste d'une expression superficielle, sans réelle profondeur.

« Je ne suis pas vexée. »

Pheylen pousse un soupir de soulagement.

« Bon, très bien alors. Je vais aller en Observation et vous laisser faire connaissance tous les trois. Frappez quand vous en aurez terminé, Kelenli. »

Sur ces mots, la contrôleuse quitte la pièce. Tant mieux, parce qu'il nous est plus facile de discuter en l'absence des contrôleurs. La porte refermée, je me place face à Gaewha (en fait, *géode fissurée parfum de sels adularescence écho décroissant*). Elle me gratifie d'un infime hochement de tête : je ne me suis pas trompé, elle a quelque chose d'important à me dire. Mais, comme on nous surveille en permanence, il est nécessaire de consentir à un certain niveau d'exhibition.

« La conductrice Pheylen m'a informée qu'ils allaient apporter un changement à notre configuration », dit la bouche de Gaewha.

Le reste de son être s'exprime en perturbations atmosphériques et tiraillements anxieux des fils d'argent : *Tetlewha a été jeté aux orties.*

« Un changement, si tard ? » Je jette un coup d'œil à la femme-nous pour voir si elle suit l'ensemble de la conversation. Elle leur ressemble tellement, avec toute cette coloration de surface et ces longs os qui lui donnent une tête de plus que nous. « Vous êtes impliquée dans le projet ? » Tout en lui posant la question, je réponds aux nouvelles que vient de me transmettre Gaewha. *Non.*

Il ne s'agit pas d'un déni, mais d'une constatation : Tetlewha *point chaud bouillonnement soulèvement de la strate crissement de l'affaissement* nous est toujours perceptible, quoique… différent, par certains côtés. Il n'est plus à proximité, du moins pas à portée de nos recherches sismiques, et ses bouillonnements et crissements se sont presque évanouis.

Mise hors service – telle est l'expression consacrée qu'emploient les contrôleurs quand l'un de nous se voit retirer son poste. Ils nous ont demandé à tous individuellement de décrire ce que nous ressentons lors de ces changements, parce qu'ils représentent des perturbations de notre réseau. Par un accord tacite, nous avons parlé de sensation de perte – retrait, drainage, affaiblissement du signal. Par un accord tacite, aucun de nous n'a mentionné le reste, de toute manière indescriptible par des mots. Une impression de cautérisation, un fourmillement général, l'*enchevêtrement résistance en ruine* de l'antique réseau pré-sylanagistin que nous croisons parfois durant nos explorations de la terre, rouillé et coupant dans son pourrissement et son potentiel affaibli. Quelque chose de ce genre.

Qui a donné l'ordre ? je veux savoir.

Gaewha s'est transformée en lente onde de faille aux motifs brouillés, austères et frustrés. *Gallat. Les autres contrôleurs se sont mis en colère et l'un d'eux l'a rapporté à leurs supérieurs. C'est pour ça qu'ils ont envoyé Kelenli. Il a fallu que nous nous unissions tous pour contrôler l'onyx et la pierre de lune. Notre stabilité les inquiète.*

Ils auraient peut-être dû y penser avant… C'est l'agacement qui m'a fait riposter de cette manière.

« Oui, je suis impliquée », coupe Kelenli, bien qu'il n'y ait eu ni interruption ni perturbation de la conversation parlée. Les mots sont très lents, comparés à la communication terrestre. « J'ai une certaine conscience des arcanes et des capacités semblables aux vôtres, voyez-vous. »

Je suis ici pour vous servir de professeur, ajoute-t-elle.

Elle passe aussi facilement que nous des mots des contrôleurs à notre langue, celle de la terre. Sa présence communicative est *métal pesant rayonnant lignes magnétiques cristallisées cautérisantes de fer météorique*, sous-tendu par diverses couches plus complexes d'une telle puissance et aux contours si aiguisés que Gaewha et moi en inspirons tous deux brusquement, émerveillés.

Mais que raconte-t-elle ? Nous servir de professeur ? Nous n'avons pas besoin de professeur. Lors de la décantation, nous savions déjà presque tout ce que nous avons besoin de savoir. Le reste, nous l'avons appris pendant les premières semaines de notre vie, avec nos frères accordeurs. Autrement, nous aurions été nous aussi jetés aux orties.

Je veille à froncer les sourcils.

« Je ne comprends pas que vous soyez une accordeuse, comme nous ? »

Mensonge destiné à nos observateurs, qui ne voient que la surface des choses et s'imaginent qu'il en va de même pour nous. Elle n'est pas petite et bizarre, comme nous, mais nous savons qu'elle est des nôtres depuis que le cataclysme de sa présence s'est fait sentir. Elle est des nôtres, oui, je n'en doute pas. Je ne puis douter de l'incontestable.

Son sourire désabusé prouve qu'elle est consciente de mon mensonge.

« Je ne suis pas tout à fait comme vous, mais pas loin. Vous êtes l'œuvre d'art achevée à laquelle j'ai servi de modèle. » Les fils de magie inclus dans la terre se réchauffent, résonnent, enrichissent ses mots d'autres significations. *Un prototype*. Un témoin destiné à l'expérience que nous sommes, fabriqué plus tôt pour montrer de quelle manière nous fabriquer, nous. Elle ne présente avec eux qu'une différence, contrairement à nous, qui en présentons beaucoup : les valupinae, conçues avec soin. Cela suffira-t-il à nous aider dans la tâche qui nous a été dévolue ? La certitude de sa présence-terre affirme que oui.

« Je ne suis pas la première à avoir été créée, poursuit-elle en mots. Juste la première à avoir survécu. »

Nous poussons tous l'air de la main pour écarter la Mort Cruelle, mais je me permets de feindre la perplexité, l'incompréhension, en me demandant s'il est prudent de lui faire confiance. J'ai bien vu que la contrôleuse se détendait en sa présence. Pheylen a beau être gentille, elle n'oublie jamais ce que nous sommes… mais elle a oublié, en ce qui concerne Kelenli. Peut-être les humains la prennent-ils pour une des leurs, tant que personne ne les détrompe. Quel effet cela fait-il d'être traitée en humaine, quand on ne l'est pas ? Et puis ils l'ont laissée seule avec nous. Nous qu'ils traitent comme des bombes, susceptibles d'exploser n'importe quand… alors qu'à elle, ils font confiance.

« Combien de fragments vous êtes-vous accordés ? »

J'ai posé la question à voix haute, pour les inciter à croire que la réponse a de l'importance. C'est aussi un défi.

« Un seul. » Elle n'a pas perdu le sourire. « L'onyx. »

Oh. *Oh.* Cette réponse a bel et bien de l'importance. Gaewha et moi échangeons un coup d'œil où se mêlent émerveillement et inquiétude, avant de reposer le regard sur Kelenli.

« La raison de ma présence ici, continue-t-elle, avec une obstination abrupte à nous donner cette information essentielle en simples mots – donc, d'une manière perverse, à la mettre en valeur –, c'est que l'ordre est tombé. Les fragments sont à leur capacité de stockage optimale, prêts pour le cycle générateur. Aunoyau et le site Zéro s'animent dans vingt-huit jours. Nous allumons enfin la Machine Plutonique. »

(Dans des dizaines de milliers d'années, quand les gens auront oublié plusieurs fois de suite ce qu'est une machine et ne connaîtront plus les fragments que sous le nom d'obélisques, la chose qui règle nos vies maintenant sera elle aussi rebaptisée. On l'appellera la Porte de cristal, ce que je trouve à la fois plus poétique et d'une primitivité pittoresque. Je préfère.)

Au présent, pendant que Gaewha et moi restons figés, les yeux ronds, Kelenli livre dans les vibrations baignant nos cellules une dernière information stupéfiante :

Ce qui signifie que je dispose de moins d'un mois pour vous montrer qui vous êtes vraiment.

Gaewha fronce les sourcils. Je parviens à éviter toute réaction, car les contrôleurs observent notre corps autant que notre visage, mais il s'en faut de peu. Je suis extrêmement déconcerté, plus qu'un peu dérouté. Au présent de cette conversation, il ne me vient pas une seconde à l'esprit que c'est le début de la fin.

Les accordeurs ne sont pas des orogènes, comprends-tu. L'orogénie, c'est ce que deviendra notre différence au fil des générations d'adaptation à un monde transformé. Vous êtes le distillat plus naturel, plus superficiel, plus spécialisé de notre étrangeté si étrangère à la nature. Seuls quelques-uns d'entre vous – Albâtre, par exemple – approcheront jamais de notre pouvoir et de notre polyvalence, parce que notre création a été aussi délibérée, aussi artificielle que celle des fragments baptisés obélisques par les tiens. Nous sommes nous aussi des fragments de la grande machine – nous représentons nous aussi le triomphe de la génégénierie, de la biomestrise, de la géomestrise et autres disciplines pour lesquelles l'avenir n'aura pas de nom. Nous glorifions par notre seule existence le monde qui nous a fabriqués, de même que n'importe quel sceptre, statue ou objet précieux.

Cela ne nous dérange en rien, car nos opinions et notre vécu ont été façonnés avec autant de soin que nous. Kelenli est là pour nous donner le sens de la *communauté* que nous formons, mais nous ne le comprenons pas. Ce concept nous a été jusqu'ici interdit, mais nous ne comprenons pas davantage pourquoi. Notre ignorance ne durera pas.

Nous finirons par comprendre que les membres d'une communauté, les *gens*, ne sauraient être des *possessions*. Et, parce que nous sommes l'un et l'autre et qu'il ne devrait pas en être ainsi, un concept nouveau se dessinera en nous, bien que nous n'en ayons jamais entendu parler, car il est interdit aux contrôleurs de seulement formuler son nom en notre présence. *Révolution*.

Bon. Les mots ne nous servent pas à grand-chose, de toute manière. Pourtant, c'est bien de cela qu'il s'agit. Le début. Toi, Essun, tu assisteras à la fin.

3. Toi, en déséquilibre

Quelques jours plus tard, tu as repris assez de force pour marcher sans aide. Ykka se réapproprie aussitôt les porteurs de ta civière afin de leur confier d'autres tâches, ce qui t'oblige à clopiner sur la route, faible et maladroite, à cause de ton bras en moins. Tu passes les premiers jours à la traîne derrière le gros des Castrimiens, que tu rattrapes seulement quand ils ont monté le camp pour la nuit depuis des heures. À ton arrivée, il ne reste pas grand-chose à manger dans les marmites. Heureusement, la faim t'est à présent inconnue. Il ne reste pas non plus beaucoup de place où installer ton couchage, mais au moins, on t'a donné les fournitures de base, ton sac de survie ayant disparu. Tu n'as le choix qu'entre les pires endroits, aux limites du campement ou carrément sur le bas-côté, là où on risque le plus de se faire attaquer par des bêtes sauvages ou des hors-comm. Ça ne t'empêche pas de dormir, car tu es épuisée. Si tu cours un réel danger, sans doute Hoa t'y soustraira-t-il, une fois de plus ; apparemment, il peut te transporter sous terre sur de courtes distances sans aucun problème. La colère de

Ykka n'en est pas moins difficile à supporter, de bien des manières.

Tonkee et Hoa te tiennent compagnie à l'arrière-garde. Ça te rappellerait le bon vieux temps, si Hoa ne préférait pas maintenant apparaître devant toi pendant que tu marches, se laisser distancer puis réapparaître un peu plus loin. Dans une attitude neutre, en général, même s'il lui arrive de choisir une position ridicule – lors d'une de ses matérialisations, par exemple, il a l'air de s'être figé en pleine course. Il semblerait que les mangeurs de pierre connaissent l'ennui, eux aussi. Hjarka tenant quant à elle compagnie à Tonkee, vous vous retrouvez en réalité à quatre. Enfin, à cinq, car Lerna reste lui aussi à ta hauteur, furieux de ce qu'il considère manifestement comme de mauvais traitements infligés à une de ses patientes. À son avis, quelqu'un qui vient de sortir du coma ne devrait pas avoir à marcher, sans parler d'être laissé à la traîne. Tu lui déconseilles de calquer son allure sur la tienne, au risque de s'attirer la colère des Castrimiens, à quoi il répond avec dédain que si les Castrimiens ont envie de contrarier le seul d'entre eux réellement formé à la chirurgie, ils ne méritent pas de le garder. C'est… ma foi, c'est un très bon argument, qui te convainc de te taire.

Tu te débrouilles mieux qu'il ne s'y attendait, c'est déjà ça. D'abord parce que tu n'étais pas réellement dans le coma, ensuite parce que le conditionnement de la route n'a pas totalement disparu pendant tes sept à huit mois à Castrima. À vrai dire, les vieilles habitudes te reviennent facilement : adopter un pas régulier, quoique lent, qui grignote obstinément les kilomètres ; porter ton sac assez bas pour que l'essentiel de son poids repose sur tes fesses au lieu de tirer sur tes épaules ; marcher la tête basse afin d'éviter que la cendre ne couvre tes lunettes. Le bras manquant représente une gêne plus qu'une réelle épreuve, vu les compagnons secourables qui t'entourent. Si tu oublies le déséquilibre qui en résulte, les démangeaisons et douleurs fantômes qui s'obstinent à tourmenter des doigts ou un coude inexistants, tu as surtout des problèmes le matin, pour t'habiller. Tu maîtrises étonnamment vite l'art et la manière de pisser et de chier accroupie sans tomber, peut-être grâce à la motivation, après avoir passé plusieurs jours engoncée dans une couche.

Tu te débrouilles donc. Tu es juste lente, au début, quoique tu gagnes en rapidité au fil des jours. Reste pourtant un sérieux problème : vous allez dans la mauvaise direction.

Un soir, Tonkee vient s'asseoir en ta compagnie.

« Tu ne peux pas partir tant qu'on n'est pas nettement plus à l'ouest, dit-elle sans préambule. Presque au Merz, à mon avis. Mais si tu veux arriver jusque-là, il faut te réconcilier avec Ykka. »

Tu lui jettes un regard noir, bien qu'elle ne soit nullement indiscrète, d'après ses critères habituels. Elle a attendu que Hjarka ronfle dans son couchage et que Lerna se rende aux latrines. Hoa, lui, est encore là, montant une garde dénuée de subtilité sur ton petit groupe, au sein du campement. Le feu éclaire par en dessous les courbes de marbre noir de son visage. Tonkee sait toutefois qu'il t'est loyal, dans la mesure où la loyauté a un sens pour lui.

« Elle me déteste », objectes-tu enfin, ton regard noir n'ayant dérangé en rien ton interlocutrice.

Elle lève les yeux au ciel.

« Je sais ce que c'est que la haine, crois-moi. Ykka éprouve… de la peur et une certaine colère, mais tu ne les as pas volées. Du moins une partie. Tu as mis les siens en danger.

— Je les ai *sauvés.* »

Comme pour illustrer ton propos, quelqu'un se déplace maladroitement à l'autre bout du campement. Un des soldats rennains capturés après la dernière bataille. Une femme, affublée d'un carcan – un collier de bois à charnière, aux planches trouées pour qu'elle reste les bras en l'air et écartés, relié par deux chaînes aux entraves de ses chevilles. Primitif, mais efficace. Lerna soignant les plaies infligées aux prisonniers par le frottement, tu sais qu'on les autorise à se débarrasser des cangues, la nuit. À vrai dire, ils sont mieux traités que ne l'auraient été les Castrimiens aux mains des Rennains, si ces derniers avaient remporté la victoire, mais la situation n'en est pas moins bizarre. Après tout, les captifs ne risquent pas de s'enfuir. Si l'un d'eux s'échappait maintenant, même sans carcan, il ne lui faudrait que quelques jours pour être transformé en tas de viande, puisqu'il n'aurait plus ni la protection du groupe ni aucunes provisions. Les chaînes et le reste ne servent qu'à les mortifier et à rappeler de façon inquiétante à l'ensemble des voyageurs que les choses pourraient être pires. Tu détournes les yeux.

« Tu as sauvé Castrima, c'est vrai, acquiesce Tonkee, qui a surpris ton regard, mais tu l'as livrée à un danger tout aussi redoutable que celui dont tu l'as protégée. En ce qui concerne Ykka, tu aurais dû te contenter de faire la première moitié du travail.

— Je ne pouvais pas. Tu crois que j'aurais dû laisser les mangeurs de pierre tuer tous les gèneurs ? La tuer, elle ? N'importe comment, les mécanismes de la géode auraient cessé de fonctionner !

— Elle le sait. C'est pour ça qu'il ne s'agit pas de haine. Mais... » Tonkee soupire, à croire qu'elle te trouve d'une rare stupidité. « Écoute. Castrima était... est... une expérience. Pas la géode, les gens. Elle a toujours eu conscience de sa précarité... une comm de gèneurs et de fixes mélangés... mais ça marchait. Grâce à elle, les vieux de la vieille ont compris qu'ils avaient besoin des nouveaux. Grâce à elle, tout le monde en est venu à voir les gèneurs comme humains. À accepter de vivre sous terre, dans une ruine de civilisation disparue qui aurait pu tuer jusqu'au dernier de ses occupants n'importe quand. Ykka a même empêché les Castrimiens de s'en prendre les uns aux autres quand le mangeur de pierre gris leur a donné des raisons de s'entretuer...

— C'est *moi* qui suis intervenue », marmonnes-tu.

Tu n'en es pas moins attentive.

« Tu l'as aidée, concède Tonkee, mais sans elle... tu sais très bien que tu n'y serais pas arrivée. Castrima fonctionne grâce à *Ykka*. Parce que tout le monde sait qu'elle donnerait sa vie pour la comm. Apporte ton aide à Castrima, et Ykka te rendra son amitié. »

Il va falloir des semaines, si ce n'est des mois, pour atteindre la cité à présent déserte de Rennanis.

« Je sais où se trouve Nassun en ce moment, ripostes-tu, rageuse. Le temps qu'on atteigne à Rennanis, elle sera repartie ! »

Tonkee soupire.

« Il s'est déjà écoulé plusieurs semaines, Essun. »

Nassun était sans doute repartie avant même que tu ne te réveilles. Tu trembles. C'est irrationnel, tu en es bien consciente, mais ça t'échappe :

« Si j'y vais maintenant, peut-être que… peut-être que j'arriverai à la rattraper, peut-être que Hoa arrivera de nouveau à s'accorder à elle, peut-être… »

Tu t'interromps sur ce balbutiement, à cause du chevrotement de ta voix trop aiguë. Ton instinct maternel intervient, rouillé mais toujours aussi tranchant : *Arrête de pleurnicher*. Parce que tu pleurniches. Tu ravales donc la suite, mais tu trembles toujours, légèrement.

Tonkee secoue la tête. Elle te semble… compatissante, peut-être, à moins que ton attitude pathétique ne l'attriste juste vaguement.

« Bon. Au moins, tu *sais* que c'est une mauvaise idée. Mais puisque tu es décidée, tu ferais mieux d'y aller maintenant. »

Sur ces mots, elle te tourne le dos. Tu ne peux pas vraiment le lui reprocher, hein ? Soit elle s'aventure dans un inconnu presque certainement mortel, en compagnie d'une femme qui a détruit de nombreuses communautés, soit elle reste avec une comm qui, théoriquement, aura bientôt un nouveau foyer. La question ne se pose même pas.

Franchement, tu devrais avoir la jugeote de ne pas chercher à deviner ce que va faire Tonkee. Une fois calmée, tu te tasses sur le rocher qui vous sert de siège. Elle soupire.

« J'arriverai sans doute à extorquer des provisions supplémentaires à l'intendance, si je prétends partir en exploration pour les Innovateurs. Ils ont l'habitude. Mais je ne suis pas sûre de réussir à les convaincre de me donner assez pour deux. »

Tu es surprise de la gratitude que t'inspire sa… loyauté ? Ce n'est pas le mot juste. Son attachement ? Peut-être. Peut-être aussi répugne-t-elle à te laisser filer, après t'avoir étudiée durant des dizaines d'années à travers la moitié du Fixe.

Tes sourcils se froncent brusquement.

« Deux ? Pas trois ? »

Il te semblait que ça marchait bien, entre Hjarka et elle.

Elle hausse les épaules en se penchant maladroitement pour piocher dans le petit bol de riz et de haricots puisé à la marmite commune.

« Je préfère m'en tenir à des estimations prudentes, explique-t-elle après avoir dégluti. Il vaudrait d'ailleurs mieux que tu en fasses autant. »

Elle pense à Lerna, lequel est apparemment en train de s'attacher à toi. Tu te demandes bien pourquoi. Outre que tu n'es pas exactement un premier prix de beauté, couverte de cendre et manchote, il passe quand même la moitié du temps à t'en vouloir à mort. Tu es d'ailleurs surprise que ce soit juste la moitié. Lerna a toujours été un peu spécial.

« Quoi qu'il en soit, j'aimerais que tu réfléchisses à une chose, continue Tonkee. Que faisait Nassun, quand tu l'as trouvée ? »

Tu tressailles. Parce que rouille ! Elle vient de dire une fois de plus tout haut ce que tu aurais préféré laisser dans le domaine du non-dit, voire du non-pensé.

Et parce que tu te souviens de l'instant où le pouvoir de la Porte s'est déversé en toi, où tu t'es étendue, tu as établi le contact et une résonance familière t'a répondu. Une résonance soutenue et amplifiée par quelque chose de bleu, de profond, d'étrangement résistant à la liaison constituée par la Porte. Laquelle t'a dit, tu ne sais comment, qu'il s'agissait du saphir.

Que trafique ta fille de dix ans, avec un obélisque ?

Comment ta fille de dix ans peut-elle être en *vie*, après avoir trafiqué avec un obélisque ?

Tu évoques ce bref contact. Frémissement-goût familier d'une orogénie que tu as étouffée avant même la naissance de Nassun puis entraînée à partir de ses deux ans… mais en tellement plus intense, tellement plus aiguisée, à présent. Tu n'as pas cherché à prendre le saphir ; la Porte si, à cause des instructions que ses constructeurs depuis longtemps disparus avaient d'une manière ou d'une autre gravées dans les réseaux feuilletés de l'onyx. Nassun n'en a pas moins conservé son obélisque. Elle a battu la Porte de cristal.

Qu'a fait ta petite fille pendant cette longue année assombrie pour développer un talent pareil ?

« Tu ne sais rien de sa situation », poursuit Tonkee. Tu clignes des yeux en émergeant de cette terrible rêverie et te concentres sur ton interlocutrice. « Tu ne sais pas qui l'a recueillie. D'après toi, elle se trouve en Antarctique, près de la côte est… Une région du monde où la Saison ne devrait pas encore être trop sensible. Alors que vas-tu faire ? L'enlever à une comm où elle est en sécurité, où elle a assez à manger et où elle voit encore le ciel, pour la traîner jusqu'en Équatorial, dans une ville bâtie sur le rift, où les secousses sont permanentes et où une émanation de gaz risque de tuer tout le monde n'importe quand ? » Tonkee te fixe d'un regard dur. « Tu veux l'aider ou juste la récupérer ? Ce n'est pas la même chose.

— Jija a tué Uche », ripostes-tu. Les mots ne sont pas douloureux, du moment que tu n'y penses pas en les prononçant. Que tu ne te rappelles ni l'odeur ni le petit rire de ton fils – ni son corps brisé sous la couverture. Que tu ne penses pas à Corindon. La colère te permet de comprimer les douleurs jumelles du chagrin et du remords. « Il faut que j'éloigne Nassun de lui. Il a tué mon fils !

— Il n'a pas encore tué ta fille. Alors qu'il a eu… quoi ? Une vingtaine de mois pour le faire ? Vingt et un ? C'est significatif. » Lerna apparaît et se rapproche à travers la foule. Tonkee soupire. « Moi, tout ce que je dis, c'est que tu devrais réfléchir un peu. Et je n'arrive pas à croire que je le dise. Ta fille utilise les obélisques, elle aussi, mais je ne peux pas étudier ce qu'elle fait. » Un grognement de frustration lui échappe. « Je déteste cette saleté de Saison. Je suis obligée d'être tellement *pragmatique*. »

Tu te surprends à pouffer, quoique sans conviction. Tonkee a soulevé de bonnes questions, évidemment, dont quelques-unes auxquelles tu es bien incapable de répondre. Cette nuit-là et les jours suivants, tu y réfléchis beaucoup.

Rennanis se trouve presque en Côtière Occidentale, passé le désert de Merz. La comm va donc devoir traverser ledit désert pour y accéder, parce que le contourner allongerait démesurément le voyage – il ne prendrait plus des mois, mais des années. La progression des Castrimiens est assez rapide dans les Moyessud centrales, où l'état des routes reste correct et où ils ne sont harcelés ni par les bandits, ni par des bêtes impressionnantes. Les Chasseurs y trouvent aussi pas mal de nourriture, y compris un peu plus de gibier qu'aux alentours de Castrima, ce qui permet de faire durer les réserves : rien d'étonnant à cela, puisque la concurrence des essaims de bouilleurs a disparu. Ces suppléments sont insuffisants – campagnols et oiseaux ne vont pas nourrir longtemps une comm de plus de mille membres –, mais c'est toujours mieux que rien.

Lorsque le paysage change d'une manière qui annonce le désert – éclaircissement des arbres squelettiques, aplatissement des reliefs, éloignement graduel de la nappe phréatique dans les strates –, tu décides qu'il est temps d'essayer de parler à Ykka.

Vous allez vous engager dans une forêt de pierre, où les éclaireurs entreprennent de se glisser avec précaution entre les longues aiguilles noires tranchantes qui griffent le ciel par endroits. Les structures de ce genre sont rares. Les secousses en détruisent la plupart, à moins que ce ne soient les bêtes noires du Fulcrum – à l'époque où il existait un Fulcrum –, à la demande officielle des comms locales. Aucune communauté ne s'*installe* dans une forêt de pierre, évidemment, et aucune communauté bien gérée n'en veut près de l'endroit où elle s'est installée. Outre leur propension à s'écrouler en écrasant tout ce qui les entoure, la plupart de ces formations fourmillent de cavernes humides et autres creux sculptés par l'eau qui offrent des abris idéaux à une flore et une faune dangereuses. Voire à des gens dangereux.

La route passe tout droit à travers celle-là. C'est ridicule. Franchement, il faut être fou pour tracer une route à travers une structure pareille. Si le gouverneur du quartant avait annoncé qu'on allait construire un appât à bandits aussi dangereux grâce aux taxes payées par la population, il aurait été remplacé dès l'élection suivante… ou assassiné la nuit même. Premier indice que quelque chose cloche. Il y en a un deuxième : la pauvreté de la végétation aux alentours. À ce stade de la Saison, la végétation est pauvre partout, certes, mais a priori, elle l'a toujours été ici. Cette forêt de pierre n'existe donc que depuis une date récente – si récente que le vent et la pluie n'ont pas eu le temps de l'éroder, ce qui aurait permis aux plantes de pousser. Si récente qu'elle n'existait pas au début de la Saison.

Indice numéro trois : le témoignage de tes valupinae. La plupart des forêts de pierre se composent de calcaire, sculpté par l'eau des millions d'années durant. Celle qui s'étend devant toi est d'obsidienne – du verre volcanique. Au lieu de se dresser à la verticale, ses aiguilles meurtrières s'incurvent vers l'intérieur ; certaines forment même des arches complètes au-dessus de la route. Il est impossible de rien affirmer d'aussi près, mais ton intuition te donne une idée de l'ensemble du motif : la forêt tout entière constitue une fleur de lave, solidifiée en pleine explosion. L'éruption environnante n'a pas gauchi un centimètre de route. Du beau travail, franchement.

Tu finis par trouver Ykka, en pleine dispute avec tu ne sais qui. Une pause ayant été décrétée à une trentaine de mètres des premières pointes d'obsidienne, les gens errent aux alentours en se demandant manifestement s'il s'agit juste d'un court répit ou s'ils devraient monter le camp, car la journée est déjà bien avancée. Tu finis par reconnaître la contradictrice de Ykka : Esni Costaude, porte-parole de sa caste d'usage. Elle te jette un coup d'œil embarrassé quand tu t'arrêtes à côté d'elles, mais ses traits s'adoucissent dès que tu retires tes lunettes et ton masque. Elle ne t'avait pas reconnue avant, à cause des chiffons dont tu bourres la manche de ton bras disparu pour te tenir chaud. Sa réaction réconfortante te rappelle que tous les Castrimiens ne t'en veulent pas. Si Esni est en vie, c'est que l'essentiel de l'assaut – les soldats rennains cherchant à se frayer un passage sanglant à travers les Costauds postés au Point de Vue – a pris fin quand tu as emprisonné dans les cristaux les mangeurs de pierre ennemis.

Ykka, elle, ne se retourne pas, bien qu'elle soit sans doute capable de valuer d'office ta présence.

« Je ne veux plus entendre un traître mot de protestation pour l'instant. »

A priori, elle s'adresse à Esni, mais l'avertissement pourrait aussi bien te viser, toi.

« Tant mieux, déclares-tu, parce que je comprends parfaitement pourquoi tu t'es arrêtée ici et que c'est à mon avis une excellente idée. »

Tu t'es exprimée un peu plus fort que nécessaire, en regardant fixement Esni pour lui signaler ton intention de mettre les choses au point avec Ykka sur-le-champ. Peut-être la Costaude n'a-t-elle pas envie d'assister à ce genre de scène. Toutefois, elle ne s'effraye pas facilement ; après tout, c'est la chef des défenseurs de la comm. Tu n'es donc pas très surprise de la voir croiser les bras, l'air amusée, prête à profiter du spectacle.

Ykka se tourne vers toi, lentement, à la fois exaspérée et incrédule.

« Je suis ravie de ton approbation, commence-t-elle, d'une voix d'où le ravissement est exclu. Même si je n'en ai strictement *rien* à fiche. »

Tu pinces les lèvres.

« Tu le values aussi, hein ? Je dirais qu'on a affaire à un quatre ou cinq-anneaux, si je n'avais pas découvert que les sauvages possèdent parfois des talents inhabituels. »

C'est d'elle que tu parles. C'est ta manière personnelle de lui tendre un rameau d'olivier. À moins qu'il ne s'agisse juste de vile flatterie.

Elle ne s'y laisse pas prendre.

« On va aller le plus loin possible avant la nuit et camper là-dedans. » Petit signe de tête en direction de la forêt. « C'est trop grand, on ne pourrait pas traverser en une journée. On arriverait peut-être à contourner, mais il y a quelque chose… »

Son regard se perd au loin, puis elle fronce les sourcils et se détourne en faisant la grimace, furieuse de t'avoir dévoilé une de ses faiblesses. Elle est assez sensible pour valuer le quelque chose en question, mais pas assez pour savoir de quoi il s'agit.

C'est toi qui as passé des années à déchiffrer à l'orogénie les roches souterraines. Tu l'informes donc de ce détail :

« Il y a un piège rempli de pieux, oui. » Petit coup de tête en direction de l'herbe haute, morte depuis longtemps, qui borde la forêt de pierre d'un côté. « Et, après, une zone de collets. Je ne sais pas combien, mais je value une forte tension cinétique dans du fil de fer ou de la corde. Malheureusement, si on passe par l'autre côté, la lisière est truffée de colonnes de pierre à moitié coupées et de rochers. Rien de plus facile que de provoquer un éboulement. À la valuation, je dirais aussi que les aiguilles extérieures ont été percées à des endroits stratégiques. Tels que des arbalètes ou même des arcs très ordinaires pourraient infliger de là des dommages considérables.

— Eh oui, soupire Ykka. Alors il vaut réellement mieux traverser. »

Elle regarde Esni, qui essayait sans doute de la convaincre de *contourner*. Esni soupire à son tour puis lui concède la victoire d'un haussement d'épaules.

« Si celui qui a créé cette forêt est encore en vie, reprends-tu en te tournant vers Ykka, il est capable de geler avec précision la moitié de la comm en quelques secondes, presque sans avertissement. Toi, tu es décidée à traverser… Alors il faut qu'on établisse un roulement garde/corvées… par *on*, j'entends les orogènes qui ont le contrôle le plus fin. Et cette nuit, pas question de dormir.

— Pourquoi ? demande-t-elle, les yeux plissés.

— Parce que si l'un de nous dort au moment de l'attaque… » tu es bien persuadée qu'attaque il y aura « … il réagira d'instinct. »

Elle fait la grimace. Ykka a beau être davantage qu'une banale sauvage, elle l'est assez pour savoir ce qui se passera si quelque chose la fait réagir orogéniquement dans son sommeil. Ceux que les assaillants ne tueront pas, elle les éliminera peut-être par accident.

« Et merde. » Quand elle détourne le regard, tu te demandes une seconde si elle doute de toi, mais il semblerait qu'elle soit juste plongée dans ses réflexions. « Bon. On organisera des tours de garde. Les gêneurs qui n'en seront pas travailleront, ah, tiens, à écosser les pois des champs qu'on a trouvés il y a quelques jours. Ou à réparer les harnais qu'utilisent les Costauds pour tracter. Parce que demain, il faudra nous transporter. On sera trop ramollis et endormis pour marcher tout seuls.

— Oui, et... » Tu hésites. Pas encore. Tu ne peux pas révéler tes faiblesses aux deux femmes. Pas encore. Mais. « Sauf moi. »

Les yeux de Ykka se plissent aussitôt. Esni te jette un coup d'œil incrédule, comme pour dire : *Quand je pense que tu te débrouillais tellement bien.* Tu t'empresses d'ajouter :

« Je ne sais pas de quoi je suis capable, en ce moment. Après ce que j'ai fait à Castrima, je suis... différente. »

Ce n'est même pas un mensonge. Sans réellement y penser, tu cherches à tâtons ton bras manquant ; ta main erre le long de la manche de ta veste. Personne ne risque de voir ton moignon, mais tu en es soudain hyper consciente. Il s'est avéré que Hoa n'avait pas très bonne opinion des marques de dents bien visibles laissées par Antimoine sur ceux d'Albâtre. Le tien est lisse, rond, presque poli. Perfectionniste rouillé.

Le regard de Ykka suit ton geste emprunté ; nouvelle grimace.

« Mmh, oui, je vois ce que tu veux dire. » Sa bouche se crispe. « Mais apparemment, tu values sans problème.

— Oui. Je peux monter la garde. Il vaut juste mieux que... que je ne fasse rien. »

Elle secoue la tête, mais n'en accepte pas moins :

« D'accord. Tu prendras le dernier tour de la nuit. »

Le moins agréable, celui où il fait le plus froid, maintenant que les températures nocturnes sont descendues au-dessous de zéro. La plupart des gens préfèrent le passer endormis dans leur couchage, bien au chaud. Le plus dangereux aussi, celui que choisit n'importe quel ennemi intelligent pour s'en prendre à un groupe de la taille du vôtre, dans l'espoir que la somnolence ralentisse les gardes. S'agit-il de la part de Ykka d'une marque de confiance ou d'une punition ?

« Est-ce que je peux au moins avoir une arme ? » demandes-tu, pour voir.

Tu n'en as plus depuis que tu as quitté Tirimo ou presque : au bout de quelques mois sur la route, tu as troqué ton couteau contre des baies d'églantier séchées, dans l'espoir de prévenir le scorbut.

« Non. »

Rouille de merde. Tu entreprends de croiser les bras, te rappelles que tu ne peux pas en sentant s'agiter ta manche vide et fais la grimace à la place. (Tes deux compagnes aussi.)

« Qu'est-ce que je suis censée faire, alors ? Hurler de toutes mes forces ? Sérieux, tu vas mettre toute la comm en danger parce que tu m'en veux, à moi ?

— Rouille de merde ! » Ykka lève les yeux au ciel. Ce qu'elle vient de dire fait si bien écho à tes propres pensées que tes sourcils se froncent. « Je n'y crois pas. Tu t'imagines que j'ai la haine à cause de la géode, c'est ça ? »

Tu ne peux t'empêcher de jeter un coup d'œil à Esni, qui, elle, fixe Ykka comme pour dire : *Ah bon, tu ne l'as pas ?* Son expression est assez éloquente.

La chef vous enveloppe toutes deux d'un regard furieux puis se frotte le visage en poussant un soupir de martyre.

« Bon… Esni, va… ah, merde, va faire quelque chose de Costaud. Essie… viens ici. *Ici*, je te dis. Viens faire un tour avec moi. »

Elle t'adresse un petit signe brusque, où transparaît l'exaspération, mais tu es trop perplexe pour te vexer. Aussi lui emboîtes-tu le pas quand elle s'éloigne, après t'avoir tourné le dos. Esni, elle, hausse les épaules et repart de son côté.

Tu parcours la foule en silence avec Ykka. Tout le monde a manifestement une conscience aiguë du danger que présente la forêt de pierre, ce qui fait de cette pause une des plus animées que tu aies jamais vues. Quelques Costauds modifient la répartition des affaires et provisions dans les charrettes, de manière à ranger le nécessaire dans celles qui ont les roues les plus solides, mais seront les moins lourdement chargées : elles seront plus faciles à manœuvrer et à emmener en cas de problème. Les Chasseurs taillent dans les branches et les arbustes morts environnants des perches pointues, qu'ils disposeront plus tard autour du campement afin de canaliser les assaillants vers des zones de destruction. Les autres Costauds profitent de ce répit pour faire la sieste, sachant qu'ils seront condamnés cette nuit à dormir sur le pourtour du bivouac, quand ils ne patrouilleront pas. *Les Costauds veillent sur tout et tous*, dit la lithomnésie. Ceux à qui le rôle de bouclier humain ne convient pas n'ont guère le choix : soit ils trouvent comment se distinguer pour intégrer une autre caste, soit ils intègrent une autre comm.

Ton nez se fronce quand tu dépasses en compagnie de Ykka la tranchée creusée à la hâte au bord de la route, occupée à cet instant par six ou sept personnes et entourée de quelques très jeunes Résistants, chargés pour leur malheur de pelleter de la terre sur les excréments. D'autres Castrimiens font la queue en attendant leur tour. C'est inhabituel, mais ça ne t'étonne pas qu'ils soient aussi nombreux à avoir besoin de se soulager ; tout le monde est sur les nerfs, à l'ombre menaçante de la forêt de pierre. Personne n'a envie d'être surpris le pantalon baissé, une fois la nuit tombée.

Au moment où tu te dis que tu vas peut-être devoir te servir de la tranchée, toi aussi, Ykka te tire inopinément de ces ruminations scintillantes.

« Alors, tu nous aimes bien ?

— Hein ? »

Elle englobe d'un geste le désordre alentour. Les gens.

« Tu as passé près d'un an à Castrima. Tu t'es fait des amis ? »

Oui, toi, penses-tu, avant de pouvoir t'en empêcher.

« Non », réponds-tu.

Elle te considère un moment – tu te demandes non sans remords si elle s'attendait à ce que tu donnes son nom –, puis elle soupire.

« Tu couches avec Lerna, en fin de compte ? Tous les goûts sont dans la nature, je suppose. Enfin, d'après les Reproducteurs, les signes sont clairs. Moi, quand j'ai envie d'un homme, j'en choisis un qui parle moins. Mais il vaut mieux parier sur les femmes. Elles ont assez de jugeote pour ne pas casser l'ambiance. »

Elle s'étire, grimaçant quand son dos craque. Tu en profites pour maîtriser l'embarras horrifié qui s'est inscrit sur ton visage. Manifestement, ces rouilleux de Reproducteurs manquent d'occupation.

« Non, répètes-tu.

— Pas encore ? »

Tu soupires.

« Non… pas encore.

— Mais qu'est-ce que tu attends, bordel de rouille ? Ce n'est pas comme si on était en sécurité, sur la route. »

Tu lui jettes un regard noir.

« Je croyais que tu t'en fichais ?

— Je m'en fiche. Je te casse juste les pieds avec ça pour te faire comprendre ce que je veux dire. »

Elle t'entraîne en direction des chariots, du moins est-ce ce que tu crois au début, jusqu'au moment où vous les dépassez. La surprise te raidit tout entière

Les sept prisonniers rennains sont là, en train de manger. Même assis, ils se distinguent des Castrimiens, parce qu'ils sont tous cent pour cent sanziens ou, du moins, si sanziens qu'on ne voit aucune différence : plus grands que la moyenne, y compris d'ailleurs celle de leur race, ils exhibent des crinières acendres ébouriffées – que certains rendent encore plus voyantes en se rasant les tempes et en tressant ou en rassemblant en touffes raides les cheveux restants. On les a momentanément débarrassés de leurs carcans, mais pas des chaînes qui les y relient. Quelques Costauds les surveillent.

Tu es surprise de les voir manger, car le campement n'a pas encore été dressé. Les gardes mangent aussi, mais ça, c'est normal : une longue nuit les attend. Les prisonniers lèvent la tête à votre approche, ce qui te fige net, parce que tu reconnais parmi eux Danel, la générale de l'armée rennaine. En parfaite santé, semble-t-il, si on oublie les marques rouges qui lui entourent le cou et les poignets. La dernière fois que tu l'as vue de près, elle venait de convoquer pour te tuer une Gardienne torse nu.

Elle te reconnaît aussi. Sa bouche se pince en une ligne à la fois ironique et résignée. Puis, très lentement, elle te salue de la tête avant de replonger le nez dans son bol.

À ta grande surprise, Ykka s'accroupit près d'elle.

« Alors, c'est bon ? »

Danel hausse les épaules, sans cesser de manger.

« Ça vaut mieux que de mourir de faim.

— C'est bon », intervient un Rennain, de l'autre côté du cercle. Un de ses compagnons lui jette un regard noir ; il hausse les épaules. « Ben quoi, c'est *vraiment* bon.

— Tout ce qu'ils veulent, c'est qu'on arrive à tirer leurs chariots, grogne le type au regard noir.

— Ouais, approuve Ykka. Exactement. Les Costauds de Castrima ont droit à une part des provisions de la comm et à un lit, quand on en a, en échange de leur contribution. Vous avez droit à quoi, à Rennanis ?

— À notre fierté rouillée, riposte son interlocuteur, le regard encore plus noir.

— Ferme-la, Phauld, lance Danel.

— Ces bâtards s'imaginent que… »

Elle pose son bol. Il se tait aussitôt, tendu, les yeux légèrement écarquillés. Au bout d'un moment, elle reprend son bol et se remet à manger. Son expression ne s'est modifiée à aucun moment. Tu la soupçonnes maintenant d'avoir élevé des enfants.

Ykka, un coude appuyé à un genou, cale son menton contre son poing pour considérer ledit Phauld.

« Qu'est-ce que tu veux que j'en fasse ? » finit-elle par demander à Danel.

Il fronce immédiatement les sourcils.

« Hein ? »

Danel hausse les épaules. Son bol est vide, à présent, mais elle passe le doigt sur la courbure intérieure de la faïence pour essuyer ce qu'il y reste de sauce.

« Ce n'est plus à moi d'en décider.

— Il n'a pas l'air très malin. » Ykka fait la moue. « Le physique vaut mieux, mais on obtient plus facilement par reproduction une belle gueule qu'une bonne cervelle. »

Danel ne répond pas. Le regard de Phauld oscille entre les deux femmes, empli d'une incrédulité croissante. Enfin, Danel pousse un soupir pesant et lève elle aussi les yeux vers lui.

« Que veux-tu que je te dise ? Je ne suis plus son officier. Je n'ai jamais voulu l'être, pour commencer. J'ai été enrôlée. Maintenant, je n'en ai plus rien à fiche.

— Je n'arrive pas à y croire ! » La voix trop forte du type enfle encore sous l'effet de la panique. « Je me suis *battu* pour toi.

— Et tu as été vaincu. » Elle secoue la tête. « À partir de là, on parle de survie, d'adaptation. Tu ferais mieux d'oublier toutes les conneries que tu as entendues à Rennanis sur les Sanziens et les bâtards ; c'était de la pure propagande, conçue pour unifier la comm. Les choses ont changé. *Nécessité fait loi.*

— Ne t'avise pas de me citer la lithomnésie !

— Elle te cite la lithomnésie parce que tu n'y comprends rien ! s'agace un des autres prisonniers, celui qui aimait bien son ragoût. Ils nous nourrissent. Ils nous laissent nous rendre utiles. C'est un test, pauvre con ; pour voir si on a envie de se gagner une place dans cette comm !

— *Cette comm ?* » Phauld englobe son environnement d'un grand geste du bras. Son rire se réverbère contre les à-pics rocheux. Les Castrimiens regardent autour d'eux en cherchant à déterminer si ces braillements sont le signe d'un problème quelconque. « Non mais, vous vous entendez ? Ces gens n'ont aucune chance. Ils devraient trouver un endroit où se retrancher, peut-être reconstruire une des comms qu'on a rasées sur notre route, mais non… »

Ykka s'anime avec une désinvolture qui ne te trompe pas. Tout le monde l'a vu venir, y compris Phauld, bien qu'il soit trop têtu pour admettre ce qu'il en est. Elle se lève, se débarrasse de la cendre en s'époussetant les épaules, alors que ce n'est pas nécessaire, traverse le cercle et lui pose la main sur la tête. Il essaie de s'écarter d'une secousse en lui tapant sur le bras.

« Je ne te permets pas de… »

La phrase reste inachevée. Les yeux de Phauld deviennent vitreux. Ykka lui a fait son truc – le même qu'à Cutter, dans la Castrima souterraine, quand la population s'excitait toute seule, prête à se transformer en populace tueuse d'orogènes. Cette fois-ci, tu savais ce qui allait se passer ; tu arrives à mieux saisir l'étrange pulsation. C'est de la magie, pas de doute, une manipulation quelconque des fils d'argent qui dansent et scintillent entre les points minuscules de la substance composant les êtres humains. La pulsation émise par Ykka tranche le nœud qu'ils forment à la base du cerveau, juste au-dessus des valupinae. Du point de vue physique, Phauld est intact ; du point de vue magique, elle lui a coupé la tête.

Il s'affaisse en arrière. Elle se décale pour lui permettre de s'effondrer à terre telle une poupée de chiffon.

Une Rennaine lâche une exclamation étouffée et recule à toute allure ; ses chaînes tintent. Les gardes échangent des coups d'œil, mal à l'aise, mais pas surpris ; la nouvelle de ce que Ykka a fait à Cutter s'est très vite répandue dans toute la comm. Un des prisonniers, qui n'avait pas encore pris la parole, marmonne un bref juron en créole côtier ; ce n'est pas de l'éturpique, tu ne comprends pas ce qu'il dit, mais la peur y transparaît clairement. Danel se contente de soupirer.

Ykka soupire aussi, les yeux fixés sur le cadavre, puis les relève vers Danel.

« Désolée.

— On a essayé, répond la captive, un mince sourire aux lèvres. Et puis tu l'as dit toi-même : il n'était pas très malin. »

Ykka acquiesce. Pour une raison ou pour une autre, elle te jette un coup d'œil. Tu te demandes bien quelle leçon tu es censée tirer d'une scène pareille.

« Otez-leur les entraves », lance-t-elle.

Ta perplexité ne dure pas : elle s'adressait évidemment aux gardes, puisque l'un d'eux s'approche d'un de ses collègues, qu'ils échangent quelques mots puis commencent à examiner un porte-clés très chargé.

« Qui est à l'intendance, aujourd'hui ? reprend Ykka d'un ton las, l'air écœurée. Memsid ? Dites-lui de venir avec quelques autres Résistants s'occuper de ça. »

Coup de tête en direction de Phauld.

Tout le monde se fige, mais personne ne proteste. Les Chasseurs ont beau trouver depuis le départ de la géode davantage de gibier et de végétaux, beaucoup de Castrimiens ont besoin de plus de protéines qu'ils n'en reçoivent. Sans oublier que le désert s'annonce. La comm était condamnée à en arriver là.

Suit un long silence, puis un des gardes vient débarrasser Danel des entraves de ses chevilles. Danel, qui a essayé de tuer jusqu'au dernier habitant de Castrima. Qui a essayé de te tuer, toi. Tu rejoins Ykka pour lui demander à voix basse :

« Tu es sûre ?

— Je ne vois aucune raison de ne pas l'être. » Haussement d'épaules. Elle s'exprime assez fort pour que les prisonniers l'entendent. « Depuis l'attaque des Rennains, on manquait de Costauds. Maintenant, on a six remplaçants.

— Des remplaçants qui nous poignarderont dans le dos… ou peut-être juste toi… à la première occasion !

— Si je ne les vois pas venir, peut-être. Mais ce serait idiot de leur part, et j'ai tué le plus idiot. » Il ne te semble pas qu'elle cherche à faire peur aux captifs ; elle se contente d'énoncer l'évidence. « Tu vois, Essie, c'est ce que je me tue à te dire. Il n'y a pas d'un côté tes amis et de l'autre tes ennemis. Il y a d'un côté les gens susceptibles de t'aider et de l'autre ceux qui vont te mettre des bâtons dans les roues. Ceux-là, admettons que tu les élimines. Qu'est-ce qu'il te reste ?

— La *sécurité*.

— Il y a différentes manières de l'obtenir. À partir de maintenant, je risque davantage de me faire assassiner cette nuit, mais la comm, elle, est plus en sécurité. Et plus la comm est sûre, plus tout le monde a de chances d'arriver sain et sauf à Rennanis. » Elle hausse les épaules, une fois de plus, puis parcourt des yeux la forêt de pierre. « Celui ou celle qui a créé ça est des nôtres et a de réelles capacités. On va en avoir besoin.

— Hein ? Tu veux dire que tu es disposée à adopter… » tu secoues la tête « … des bandits sauvages ? »

Tu t'interromps brusquement. Parce que, autrefois, tu as aimé un bandit sauvage.

Ykka regarde le souvenir d'Innon t'endeuiller, encore et toujours, avant de te dire avec une gentillesse remarquable :

« Moi, Essie, au moment de jouer, je ne pense pas seulement avec un coup d'avance. Tu devrais peut-être essayer de voir plus loin que le lendemain, toi aussi, ça te changerait. »

Tu détournes les yeux, curieusement sur la défensive. Le luxe de penser plus loin que le lendemain ne t'a guère été offert, dans la vie.

« Ce n'est pas moi la chef. Je ne suis qu'une simple *gèneuse*. »

Elle incline la tête, signe ironique qu'elle t'a bien entendue. Tu n'utilises pas le mot aussi souvent qu'elle, loin de là. Elle le prononce avec fierté ; tu le transformes en arme.

« Eh bien, moi, je suis les deux. Chef et gèneuse. Je *choisis* d'être les deux et davantage. » Elle repart et te jette la suite par-dessus son épaule, comme si ce qu'elle disait n'avait pas d'importance. « Tu n'as pensé à aucun de nous en te servant des obélisques, hein ? Tout ce que tu voulais, c'était détruire l'ennemi. Survivre. Tu étais incapable de voir plus loin. C'est pour ça que je suis tellement en rogne contre toi, Essie. Tu passes des mois dans ma comm, et tu n'es *toujours* qu'une *simple gèneuse*. »

Sur ce, elle s'éloigne, en hurlant à qui peut l'entendre que la pause est finie. Tu la regardes s'évanouir parmi les Castrimiens qui grognent, qui s'étirent, puis tu te tournes vers Danel. La prisonnière s'est levée et frotte son poignet couvert de marques rouges. Elle conserve une impassibilité soigneuse en te rendant ton regard.

« Si elle meurt, toi aussi », préviens-tu.

Puisque Ykka ne veut pas surveiller ses arrières, tu vas faire ton possible pour t'en charger.

Une petite expiration amusée salue l'avertissement. « Oui, mais tes menaces n'y seront pour rien. Ce n'est pas comme si quelqu'un d'autre ici allait me donner ma chance. » Le coup d'œil que te jette Danel reflète son scepticisme. Sa fierté de Sanzienne est intacte, malgré l'évolution de la situation. « Tu n'es *vraiment* pas douée pour ça, hein ? »

Feux souterrains et seaux rouillés. Tu t'éloignes, parce que Ykka a déjà mauvaise opinion de toi du seul fait que tu détruis le moindre danger potentiel. Ça lui plairait encore moins que tu commences à massacrer par pure mauvaise humeur quiconque te contrarie.

*
**

2562 : Secousse de magnitude neuf en Côtière Occidentale, épicentre aux alentours du quartant de Baga. D'après les comptes rendus des mnésistes de l'époque, le séisme a « liquéfié la terre ». (Poétique ?) Un village de pêcheurs s'en est sorti, intact. À en croire le récit écrit d'un des habitants : « Un salopard de gèneur a tué la secousse avant qu'on ne le tue, lui. » Le rapport rédigé au Fulcrum (partage permis) par l'orogène impérial qui s'est ensuite rendu sur place signale que la secousse aurait pu crever une poche de pétrole sous-marine, mais que le gèneur non enregistré du village l'en a empêché. L'eau et les plages de la côte en auraient été empoisonnées sur des kilomètres.

Notes préparatoires de Yaetr Innovateur Dibars

4. Nassun, errante

Schaffa a la gentillesse d'emmener les huit autres élèves de Nouvelle Lune, quand il quitte Jekity avec Nassun. Il dit à la chef qu'ils partent tous s'entraîner à quelques kilomètres pour ne pas infliger à la ville de séismes supplémentaires. Comme Nassun vient de réexpédier le saphir dans le ciel – bruyamment, grâce au coup de tonnerre produit par le déplacement d'air ; théâtralement, parce qu'il s'est soudain retrouvé là-haut, énorme, bleu foncé, trop proche –, la chef s'empresse de donner aux enfants des sacs de survie lestés de tout le nécessaire du voyageur, y compris de la nourriture, afin qu'ils puissent se mettre en route sans tarder. Il ne s'agit pas des fournitures de qualité nécessaires à un long périple – il n'y a pas de compas, les bottes ne sont pas extraordinaires, les rations se gâteront au bout de deux ou trois semaines –, mais ça vaut mieux que de partir les mains vides.

Personne à Jekity ne sait qu'Umber et Nida sont morts. Schaffa a porté leurs corps dans le dortoir des Gardiens, où il les a allongés sur leurs lits respectifs dans une posture pleine de dignité. Ç'a été assez facile pour Nida, plus ou moins intacte, si on oublie le creux de sa nuque, alors que la tête d'Umber est en charpie. Ensuite, Schaffa a couvert de terre les taches de sang. Les habitants de Jekity finiront par découvrir ce qu'il en est, mais d'ici là, les habitants de Nouvelle Lune seront hors d'atteinte, sinon en sécurité.

Quant à Jija, Schaffa l'a laissé où Nassun l'a tué. À vrai dire, son cadavre se réduit à un tas de jolis cailloux, jusqu'à ce qu'on y regarde de plus près.

Les enfants quittent en silence la comm qui les a abrités, des années pour certains. Ils empruntent les escaliers de gêneurs – le surnom (grossier) des rangées de colonnes basaltiques situées du côté nord et que seuls peuvent emprunter les orogènes. C'est Wudeh qui amène ses compagnons au niveau du sol en obligeant un des piliers minéraux à réintégrer l'antique volcan. Jamais encore son orogénie n'avait semblé si stable à la valuation de Nassun, qui n'en remarque pas moins le désespoir inscrit sur son visage. Elle ne peut s'empêcher d'en souffrir.

Ils prennent tous ensemble la direction de l'ouest, mais un ou deux enfants pleurent tout bas au bout de quelques centaines de mètres à peine. Nassun partage leur chagrin, les yeux secs, malgré les pensées qui lui passent parfois par la tête – *J'ai tué mon père* ou *Tu me manques, papa*. Le monde est cruel d'imposer ces tourments aux autres et de les obliger à rester dehors sous la cendre en Saison à cause de ce qu'elle a fait, elle. (À cause de ce qu'a voulu faire Jija, essaie-t-elle de se dire, mais elle n'en croit rien.) Il serait cependant plus cruel encore de les abandonner à Jekity, où les fixes finiraient par deviner ce qui s'est produit et par se retourner contre eux.

Seules Oegin et Ynegin, les jumelles, regardent Nassun avec ce qui ressemble à de la compréhension. Elles ont été les premières à sortir, quand le saphir a été arraché au ciel. Les suivants ont vu pour l'essentiel Schaffa et Umber se battre puis Acier éliminer Nida ; elles, elles ont été témoins de ce que Jija a tenté de faire à sa fille. Elles savent que Nassun s'est contentée de se défendre, comme l'aurait fait n'importe qui d'autre, mais personne n'a oublié qu'elle a tué Eitz. Schaffa avait raison : certains le lui ont pardonné – notamment Furtive, la timide balafrée, qui lui a raconté en privé ce qu'elle avait fait, elle, à la grand-mère qui l'avait poignardée au visage, il y a bien longtemps. Les orogènes découvrent le regret très jeunes.

Pardon ou pas, ses condisciples ont peur de Nassun, une peur qui leur donne une lucidité assez aiguisée pour transpercer les rationalisations enfantines. Après tout, ils n'ont pas une nature de tueurs… contrairement à elle.

(Elle n'a pas plus envie que toi d'avoir une nature pareille.)

Le groupe se trouve maintenant à un carrefour – physique –, où une piste nord-est - sud-ouest rejoint la route plus occidentale Jekity-Tevamis qui, d'après Schaffa, finit par aboutir à une route impériale. C'est au croisement avec le sentier qu'il a décidé de prévenir les autres enfants : il n'est plus question pour eux de le suivre.

Flemmarde est la seule à protester, non sans désespoir :

« Il ne nous faut pas grand-chose à manger. Vous… vous n'aurez pas à nous nourrir. Il suffit que vous nous laissiez venir. On trouvera le nécessaire. Je sais y faire !

— Il y a de fortes chances que nous soyons poursuivis, Nassun et moi », répond Schaffa. La gentillesse persistante de sa voix rend ce qu'il dit plus terrible encore, car il n'est évidemment pas indifférent. La cruauté facilite les adieux. « Et un long voyage très dangereux nous attend, nous aussi. Vous êtes plus en sécurité de votre côté.

— Plus en sécurité hors-comm », commente Wudeh, avant d'éclater de rire.

Nassun ne l'avait jamais entendu produire un son si amer.

Flemmarde s'est mise à pleurer. Les larmes laissent des traînées d'une propreté saisissante dans la cendre qui commence à lui griser le visage.

« Je ne comprends pas. Vous avez veillé sur nous. Vous nous aimez plus que ne nous aimaient Nida et Umber ! Pourquoi avoir… si c'était juste pour… pour…

— Ça suffit », intervient Lashar. Elle a grandi pendant l'année qui vient de s'écouler, en bonne Sanzienne bien née. L'essentiel de son arrogance – *Mon grand-père était équatorial…* – s'est évanoui avec le temps, mais elle s'en remet toujours à la hauteur quand quelque chose la contrarie. Les bras croisés, elle regarde quelques collines pelées, non loin de là, un peu à l'écart de la piste. « Tu n'as donc aucune fierté ? On est dehors, mais vivants. C'est ça qui compte. On n'a qu'à passer la nuit à l'abri dans les collines, là-bas.

— Il n'y a pas d'abri ! riposte Flemmarde, furieuse. On va *mourir de faim* ou…

— Non. » Deshati relève soudain les yeux, elle qui les gardait rivés au sol en remuant du pied la cendre encore légère. Elle s'adresse à Flemmarde et compagnie, mais c'est Schaffa qu'elle regarde. « Il y a des comms où vivre. Il suffit de les persuader de nous ouvrir leurs portes. »

Elle est tendue et décidée. Schaffa a beau la considérer d'un œil aigu, elle ne tressaille même pas, ce qui est tout à son honneur.

« Tu veux dire que tu forcerais le passage ? demande-t-il.

— C'est ce que vous voulez, non ? Vous ne nous chasseriez pas, si vous n'étiez pas d'accord pour qu'on… qu'on fasse le nécessaire. » Elle essaie de hausser les épaules, mais la nervosité la raidit au point de lui interdire un geste aussi négligent. La tentative lui donne juste momentanément l'air agitée, comme à une vieille malade. « On serait déjà morts, si vous n'étiez pas d'accord. »

Nassun baisse la tête. C'est sa faute si les autres en sont réduits à ce genre de choix. Nouvelle Lune avait une certaine beauté ; elle s'y délectait de ce qu'elle était et de ses capacités, parmi des gens qui comprenaient et partageaient sa délectation. Cette saine beauté est morte, à présent.

Tu finiras par tuer tout ce que tu aimes, lui a dit Acier. Il a raison, et elle déteste ça.

Schaffa regarde longtemps les enfants, pensif. Ses doigts s'agitent, peut-être au souvenir d'une autre vie, d'un autre lui, qui n'aurait pas supporté l'idée de déchaîner sur le monde huit jeunes Misalem. Toutefois, cette version de son être est morte. Les tressaillements sont purs réflexes.

« Oui, acquiesce-t-il, je veux que vous fassiez le nécessaire, si vous avez besoin de me l'entendre dire. Vous aurez de meilleures chances dans une grande comm prospère que tout seuls. Alors laissez-moi vous donner un conseil. » Il s'avance puis s'accroupit pour regarder Deshati dans les yeux, en attrapant Furtive par son épaule maigrichonne. Lorsqu'il reprend, il s'adresse cependant à l'ensemble du groupe, avec la gentillesse pressante dont il faisait déjà preuve un peu plus tôt : « Tuez quelqu'un dès le début. Choisissez une personne qui cherche à vous éliminer… une seule, même si elles sont plusieurs à essayer ; les autres, mettez-les juste hors jeu… mais celle que vous choisissez, prenez votre temps pour la tuer. Faites-la souffrir. Veillez à ce qu'elle hurle. C'est important. Si la première ne hurle pas… tuez-en une autre. »

Les enfants le fixent en silence. Lashar en personne a l'air abasourdie. Nassun, elle, a vu Schaffa tuer. Il a renoncé en partie à ce qu'il était, mais n'en reste pas moins un artiste de la terreur. S'il a jugé bon de partager avec eux les secrets de son art, ils ont de la chance. Pourvu qu'ils s'en rendent compte.

« Après avoir éliminé l'adversaire, continue-t-il, faites bien comprendre aux témoins que vous avez agi en état de légitime défense, puis proposez de vous charger du travail du mort ou de protéger la comm en cas de danger… Ils sauront qu'il s'agit d'un ultimatum. Ils seront *obligés* de vous adopter. » Il s'interrompt. Ses yeux de givre se reposent sur Deshati. « S'ils refusent, que faites-vous ? »

Elle déglutit.

« On… on les tue tous. »

Le sourire aux lèvres, pour la première fois depuis qu'ils ont quitté Jekity, il lui caresse l'arrière du crâne, approbation affectueuse.

Flemmarde halète un peu, arrachée à ses larmes par le saisissement. Oegin et Ynegen s'étreignent, inexpressives, si on oublie le désespoir gravé sur leurs traits. Lashar serre les dents, les narines palpitantes. Elle va avoir les conseils de Schaffa à cœur. Deshati aussi, ça se voit… mais ça tuera quelque chose en elle.

Schaffa en est conscient. Lorsqu'il se relève et l'embrasse sur le front, le geste trahit un tel chagrin que Nassun en a mal, une fois de plus.

« "Tout change, en Saison", dit-il. *Vivez*. Je veux que vous viviez. »

Une larme coule sur la joue de Deshati avant qu'elle ne puisse la chasser d'un battement de paupières. Elle déglutit audiblement, mais acquiesce ensuite et recule pour rejoindre le reste du groupe. Un fossé sépare à présent Schaffa et Nassun des autres enfants de Nouvelle Lune. Leurs chemins se sont séparés. Schaffa n'en éprouve apparemment aucun malaise. Il le devrait pourtant ; l'argent vit en lui, palpite, proteste contre son choix – il n'aurait pas dû laisser les petits orogènes en liberté –, mais il ne montre aucun signe de ses souffrances. Lorsqu'il fait ce qu'il a à faire – à son avis –, la douleur ne sert qu'à lui donner des forces.

Il se redresse.

« Et si jamais la Saison se calme, ne serait-ce qu'un peu… sauvez-vous. Dispersez-vous et fondez-vous de votre mieux dans une autre comm. Les Gardiens ne sont pas morts. Ils reviendront. Et quand la nouvelle de ce que vous aurez fait se répandra, ils se lanceront à votre recherche. »

Les Gardiens normaux, c'est d'eux qu'il parle, Nassun le sait – ceux qui n'ont pas été « contaminés » comme lui. Ceux qui ont disparu depuis le début de la Saison. En tout cas, elle n'a pas entendu dire qu'aucun d'eux se soit joint à une comm ou soit passé sur la route. *Ils reviendront*... ce qui signifie qu'ils sont allés *quelque part*, mais où ? À un endroit où ni Schaffa ni les autres contaminés n'ont pu ou voulu aller.

Mais ce qui compte, c'est que ce Gardien-*ci* les aide, tout contaminé qu'il soit. Un espoir irrationnel soulève brusquement Nassun. Les conseils de Schaffa leur permettront sans doute de trouver la sécurité, d'une manière ou d'une autre. Aussi déglutit-elle et ajoute-t-elle :

« Vous êtes tous de super bons orogènes. Peut-être que la comm que vous choisirez... peut-être que les gens... »

Elle s'interrompt, hésitante, ne sachant ce qu'elle voulait dire au juste. *Peut-être que les gens seront contents de vous avoir* – voilà ce qu'elle pense, mais ça paraît complètement idiot. Ou *Peut-être que vous vous rendrez utiles* – mais ça n'a jamais fonctionné comme ça. Schaffa le lui a expliqué : autrefois, les comms louaient les services des orogènes du Fulcrum pour des durées très limitées, quand elles avaient à leur confier un travail précis qu'ils étaient seuls capables de faire. Le contrat rempli, ils repartaient. Les fixes ne voulaient pas cohabiter en permanence avec des gêneurs, même s'ils vivaient près des points chauds ou des lignes de faille, alors qu'ils auraient parfois eu grand besoin de valupinae exceptionnelles.

Nassun n'a pas le temps de rassembler ses mots, car Wudeh lui jette un regard noir.

« Toi, ferme-la. »

Elle cligne des yeux.

« Hein ? »

Furtive a beau chercher à le faire taire, le garçon continue, sans lui prêter attention :

« Oui, ferme-la. Je te déteste. Nida me chantait des chansons. »

Puis, sans avertissement, il éclate en sanglots. Son attitude déconcerte Furtive, mais d'autres enfants se pressent autour de lui pour le réconforter par leurs murmures et leur contact.

Lashar contemple un moment la scène, finit par jeter à Nassun un dernier coup d'œil de reproche et conclut, à l'intention de Schaffa :

« Bon, nous allons nous mettre en route. Merci, Gardien, pour… pour ce que ça vaut. »

Elle tourne le dos au duo et s'attelle à la tâche d'entraîner ses compagnons. Deshati lui emboîte le pas, la tête basse, sans un regard en arrière. Ynegen s'attarde un instant entre les deux groupes puis considère Nassun en coin.

« Désolée », murmure-t-elle, avant de s'éloigner, elle aussi, en se dépêchant de rattraper les autres.

Sitôt les enfants hors de vue, Schaffa pose la main sur l'épaule de Nassun afin de la pousser sur la route, en direction de l'ouest.

« Tu crois toujours qu'il aurait mieux valu les tuer ? demande-t-elle, au bout de plusieurs kilomètres de silence.

— Oui. » Il lui jette un coup d'œil. « D'ailleurs, tu le sais aussi bien que moi. »

Elle pince les lèvres.

« C'est vrai. »

Cette constatation ne lui donne que davantage de raisons d'arrêter ça. De tout arrêter.

« Tu as une destination en tête », reprend Schaffa.

Ce n'est pas une question.

« Oui, je... Il faut que j'aille de l'autre côté du monde. »

Elle a un peu l'impression de demander à aller dans les étoiles mais, après tout, ce ne serait pas si éloigné de ce qu'elle veut faire. Sauf que l'absurdité à laquelle elle pense est très modeste, par comparaison.

À sa grande surprise, Schaffa penche la tête de côté au lieu d'éclater de rire.

« À Aunoyau ?

— Hein ?

— Une cité de l'autre côté du monde. C'est là que tu veux aller ? »

Elle déglutit ; se mord la lèvre.

« Je n'en sais rien. Tout ce que je sais, c'est que j'ai besoin de... » Comme les mots lui manquent pour exprimer sa pensée, elle exécute une petite pantomime en agitant les doigts, les mains en coupe, afin de créer des vaguelettes imaginaires qui se heurtent et s'entrecroisent. « Les obélisques... tirent sur cet endroit. Ils sont faits pour ça. Si j'y vais, je devrais arriver à... pousser de mon côté ? Je ne peux le faire que de là, parce que... » Impossible d'expliquer ça. Les lignes de force et de vision, les configurations mathématiques... Tout ce qu'elle a besoin de savoir est là, dans son esprit, mais sa langue n'a pas le pouvoir de le traduire. Le saphir lui en a offert une partie, les théories enseignées par sa mère lui en ont fourni une autre, le lien qu'elle a établi entre théories et observation une troisième, et son intuition englobe le tout. « Je ne sais pas où je dois aller au juste de l'autre côté du monde. Si j'arrive près du bon endroit, en me baladant un peu dans le coin, peut-être que je...

— Il n'y a rien d'autre qu'Aunoyau sur cette face-là de la planète, mon enfant.

— C'est... hein ? »

Schaffa s'arrête brusquement en se débarrassant de son sac. Nassun l'imite – sans doute est-il temps de faire une pause. Ils se trouvent du côté sous le vent d'une colline ou, plutôt, d'une excroissance de lave plurimillénaire du gigantesque volcan qui occupe le sous-sol de Jekity. Les alentours ne sont que terrasses naturelles, sculptées dans l'obsidienne par les éléments. Malgré les quelques centimètres de terre qui couvrent la roche, elle est si dure qu'il n'y a pas de cultures dans la région et qu'il n'y pousse même pas de véritable forêt. Quelques arbres têtus aux racines superficielles se balancent au-dessus des vastes gradins déserts, poudrés de cendre, mais la plupart agonisent, à cause de la pluie de cendre, justement. De là où ils se trouvent, les deux voyageurs verront arriver de loin le moindre danger potentiel.

Pendant que Nassun sort de son sac à manger pour deux, Schaffa promène le bout du doigt dans la couche grise étalée par le vent. Sa pupille se tord le cou, décidée à voir ce qu'il a dessiné : deux cercles. Il esquisse dans le premier les contours du Fixe, dont elle connaît l'allure grâce aux cours de géographie de la crèche… sauf que là, il est coupé en deux par un trait qui suit plus ou moins l'équateur – le rift, oui : une limite plus infranchissable que des milliers de kilomètres d'océan.

Dans le second, en revanche, dont Nassun comprend maintenant qu'il représente une moitié de la planète, Schaffa se contente d'imprimer un unique point juste au-dessus de l'équateur, légèrement à l'est du méridien médian. Pas d'île, pas de continent. Juste ce point.

« À une époque, explique le Gardien, il existait d'autres cités sur la face déserte de la Terre. Quelques civilisations ont construit sur ou sous les flots au fil des millénaires. Aucune ne s'est perpétuée. Il ne reste qu'Aunoyau. »

À un monde de là, littéralement.

« Comment on fait pour y aller ?

— Si… »

Il s'interrompt. Les entrailles de Nassun se nouent quand elle voit s'inscrire sur ses traits l'égarement qu'elle connaît si bien. Cette fois, en plus, il tressaille et ferme les yeux, comme s'il avait suffi qu'il cherche à accéder à son ancienne personnalité pour démultiplier ses souffrances.

« Tu ne te rappelles pas ? »

Il soupire.

« Je me rappelle que je me rappelais. »

Bien sûr. Elle aurait dû s'y attendre. Elle se mord à nouveau la lèvre.

« Acier le sait peut-être. »

Légère contraction du muscle qui longe le menton de Schaffa. Une fraction de seconde, puis plus rien.

« Peut-être, en effet. »

Acier a disparu pendant que Schaffa s'occupait des corps de ses collègues, mais il est fort possible qu'il se trouve dans la roche, non loin de là, à écouter les voyageurs. S'il n'est pas encore sorti de terre pour leur dire que faire, devraient-ils en déduire quelque chose ? Il se peut que son aide soit inutile.

« Et le Fulcrum antarctique ? Ils n'ont pas des archives, des trucs de ce genre ? »

Elle se rappelle avoir vu une bibliothèque, là-bas, avant qu'ils s'installent, Schaffa, Umber et elle, pour boire une tasse de sain en compagnie des seniors puis les tuent tous. Une pièce étrange, emplie du sol au plafond – élevé – d'étagères chargées de livres. Nassun aime les livres. Sa mère en achetait de temps en temps – une petite folie –, et il lui arrivait, à elle, de les récupérer plus tard quand Jija les estimait adaptés aux enfants. Toujours est-il qu'elle a considéré la bibliothèque du Fulcrum avec des yeux ronds, sidérée, car jamais elle n'avait vu autant de livres. Certains parlaient sans doute de… des antiques cités dont personne ne sait rien et où seuls les Gardiens sont capables de se rendre. Hum. Bon.

« C'est peu probable. » La réponse de Schaffa confirme ses doutes. « Quoi qu'il en soit, au point où on en est, une autre comm a sans doute annexé le Fulcrum, à moins qu'une bande de hors-comm n'en ait pris possession. Après tout, ses champs débordaient de nourriture à ramasser et ses bâtiments étaient habitables. Ce serait une erreur d'y retourner. »

Elle se mord la lèvre, une fois de plus.

« Alors… peut-être… un bateau ? »

Elle n'y connaît absolument rien à la navigation.

« Non, mon enfant. Un bateau ne nous permettrait pas de faire un aussi long voyage. »

Il s'interrompt, une pause significative, un avertissement qui pousse Nassun à se préparer autant que possible. Voilà, il va l'abandonner là, elle en est douloureusement, affreusement certaine. Il va exiger de savoir ce qu'elle mijote… et refuser d'y participer d'aucune manière. Pourquoi y participerait-il ? Elle a bien conscience de vouloir faire quelque chose de terrible.

« Je déduis de tout cela que tu as l'intention de prendre le contrôle de la Porte de cristal », ajoute-t-il.

Elle en reste bouche bée. Il sait donc ce qu'est la Porte de cristal ? Elle n'en a appris le nom que le matin même, de la bouche d'Acier. Il est vrai que l'histoire du monde, de ses étranges mécanismes, modes de fonctionnement et secrets millénaires repose toujours en Schaffa, intacte. Seuls les événements et informations liés à son ancienne personnalité ont été perdus à jamais… d'où on peut déduire que le Schaffa d'autrefois avait un réel besoin de savoir se rendre à Aunoyau. Qu'est-ce que ça signifie ?

« Oui… C'est pour ça que je veux aller à Aunoyau. »

La bouche de Schaffa frémit de la surprise de Nassun.

« Tu sais, mon enfant, c'est pour trouver un orogène capable d'activer la Porte que nous avons créé Nouvelle Lune, au départ.

— Hein ? Mais pourquoi ? »

Il lève les yeux au ciel, où le soleil entame son coucher. Les deux voyageurs pourraient marcher une heure de plus avant que l'obscurité les empêche de continuer leur route, mais c'est le saphir qui l'intéresse.

L'obélisque n'a pas l'air d'avoir bougé ; il se trouve toujours au-dessus de Jekity. Schaffa en contemple les contours presque invisibles à travers les nuages de plus en plus épais en se frottant machinalement l'arrière du crâne, puis il hoche la tête, comme pour lui-même.

« Nida, Umber et moi, reprend-il. Il y a une dizaine d'années, environ, on nous a... ordonné... d'aller au sud et de nous rencontrer. Nous étions censés chercher et entraîner tous les orogènes dotés du potentiel nécessaire pour se connecter aux obélisques. Comprends-moi bien. Les Gardiens ne font pas ce genre de choses, en principe, parce qu'il ne peut y avoir qu'une raison d'encourager un orogène à suivre le chemin des obélisques. Mais le Père Terre le voulait. Je ne sais pas pourquoi. À l'époque, j'étais moins... inquisiteur. » Sa bouche s'incurve en un sourire aussi fugace que mélancolique. « Maintenant, j'ai quelques hypothèses.

— Lesquelles ? demande Nassun, les sourcils froncés.

— Je crois qu'il a des projets pour l'humanité... »

Le corps de Schaffa se raidit brusquement. Il vacille. Nassun l'enlace aussitôt pour lui éviter de tomber, ce qui le pousse à la prendre machinalement par les épaules. Elle ne proteste pas, malgré la manière dont il la serre contre lui. Il a évidemment besoin du réconfort qu'elle lui apporte par sa seule présence. La Terre est plus furieuse contre lui que jamais, peut-être parce qu'il trahit ses secrets. Sa colère est aussi palpable que les pulsations brutes de l'argent qui écorchent le moindre nerf, la moindre cellule de Schaffa.

« Tais-toi, dit Nassun, la gorge nouée. Pas la peine de continuer. Si c'est pour que tu aies mal comme ça...

— C'est moi le maître. » Il s'exprime par syllabes hachées, entrecoupées de halètements. « Le cœur de mon être m'appartient toujours. Je me suis peut-être… fff… laissé mettre en cage, mais on ne me promène pas en laisse.

— Je sais. » Elle fait la grimace. Il s'appuie si lourdement à elle qu'elle en a un genou – celui qui repose à terre – atrocement douloureux. Peu importe. « Mais tu n'es pas obligé de tout dire *maintenant*. Je ne vais pas tarder à deviner. »

Elle pense disposer des indices nécessaires. Un jour, Nida a dit de la capacité à se connecter aux obélisques : *Au Fulcrum, c'est quelque chose qu'on éliminait.* Nassun n'a pas compris, sur le moment, mais maintenant qu'elle a perçu en partie l'immensité de la Porte de cristal, elle devine pourquoi le Père Terre veut la tuer, dans la mesure où elle n'est plus sous son contrôle – par l'intermédiaire de Schaffa.

Elle fronce les sourcils. Comprendra-t-il, lui ? S'il décide de l'abandonner – ou, pire, s'il se retourne contre elle –, elle n'est pas sûre de le supporter. Elle inspire donc à fond.

« Acier dit que la Lune revient. »

Silence prolongé de Schaffa, lesté de surprise. Puis :

« La Lune.

— Elle existe ! » s'exclame Nassun, bien que, en réalité, elle n'en sache rien, disons-le clairement.

Elle n'a à ce sujet que la parole d'Acier, et elle ne sait pas vraiment de quoi il s'agit, sinon de l'enfant perdu du Père Terre, disparu il y a fort longtemps, les histoires en font foi. Elle sait cependant que le mangeur de pierre lui a dit la vérité, du moins en l'occurrence. Elle ne value pas exactement la Lune, il n'y a pas de filaments d'argent révélateurs en formation dans le ciel, mais elle y croit, comme elle croit qu'il existe une autre face à la planète, même si elle ne l'a jamais vue, comme elle sait de quelle manière naissent les montagnes ou que le Père Terre est réel, vivant, hostile. Il est des vérités trop immenses pour être niées.

« Oh, je sais que la Lune existe », répond Schaffa, à sa grande surprise. Peut-être souffre-t-il un peu moins ; ses traits se sont durcis tandis qu'il contemplait le disque brumeux du soleil, visible par intermittence quand il réussit presque à percer le voile de nuages, à l'horizon. « Ça, je m'en souviens.

— Tu… C'est vrai ? Alors Acier ne ment pas ? Tu le crois ?

— Je te crois, *toi*, mon enfant, parce que les orogènes subissent la traction de la Lune à son approche. Il vous est aussi naturel d'avoir conscience d'elle que de valuer les secousses. Et puis je l'ai vue. » Il regarde soudain Nassun avec la plus extrême attention. « Mais pourquoi le mangeur de pierre t'a-t-il parlé de la Lune ? »

Elle inspire à fond puis laisse échapper un grand soupir.

« Moi, tout ce que je voulais, c'était vivre dans un endroit sympa… n'importe où… avec… avec toi. Ça ne m'aurait pas dérangée de travailler et de faire ce qu'il fallait pour être une bonne commune. J'aurais peut-être pu devenir mnésiste. » Elle sent ses mâchoires se crisper. « Mais je ne peux pas. Nulle part. Pas sans cacher ce que je suis. Tu sais, Schaffa, j'*aime* ça, l'orogénie, quand je ne suis pas obligée de la cacher. Je ne crois pas qu'avoir de l'orogénie, être une… une gèneuse… » Elle s'interrompt, contrainte et forcée, rougissante, mais repousse la honte d'avoir dit un aussi vilain mot, parce que ce vilain mot est en l'occurrence le bon mot. « Je ne crois pas qu'être une gèneuse fasse de moi quelqu'un de mauvais ou de bizarre… »

Elle s'interrompt à nouveau et arrache ses pensées à ce chemin, parce qu'il mène tout droit à *Mais tu as fait tellement de mal.*

Sans le vouloir, elle montre les dents, les poings serrés.

« Ce n'est pas *juste*, tu comprends. Les gens veulent que je sois bizarre ou mauvaise, ils me *rendent* mauvaise… » Elle secoue la tête, cherchant ses mots. « Moi, j'aimerais être comme tout le monde ! Mais je ne peux pas… et tout le monde, un tas de gens… ils me détestent tous parce que… parce que je suis ce que je suis. Ce n'est pas juste.

— Non, en effet. » Schaffa remue pour s'appuyer à son sac. Il semble épuisé. « Mais à t'entendre, mon enfant, on croirait qu'il est facile de dominer ses peurs. »

Il n'en dit rien, mais la pensée s'impose soudain à sa pupille : *Jija en a été incapable.*

L'estomac de Nassun se soulève si brusquement qu'elle se presse un instant le poing contre la bouche en se concentrant de toutes ses forces sur la cendre et ses oreilles glacées. Elle a le ventre vide, à part les quelques dattes qu'elle vient de manger, mais la sensation n'en est pas moins horrible.

Schaffa ne cherche pas à la consoler, ce qui est inhabituel. Il se contente de la regarder, l'air las mais par ailleurs indéchiffrable.

« Je sais qu'ils en sont incapables. » Oui. Ça aide de parler. L'estomac de Nassun ne se remet pas en place, mais la perspective des nausées s'éloigne. « Je sais qu'ils… les fixes… qu'ils auront toujours peur. Si mon père n'a pas réussi… » Étourdissement, dégoût. Elle éloigne d'une secousse ses pensées de la fin de la phrase. « Ils continueront à avoir peur, et nous, on continuera à vivre comme ça, à jamais, et *ce n'est pas juste*. Il devrait y avoir un… une façon de réparer. Ce n'est pas juste que ça ne s'arrête *jamais*.

— Mais dis-moi, mon enfant, tu veux réparer le monde de force ? » La voix de Schaffa est si douce. Il a deviné, bien sûr. Il la connaît tellement mieux qu'elle ne se connaît elle-même. Voilà pourquoi elle l'aime. « Ou y mettre fin ? »

Elle se lève et commence à faire les cent pas en décrivant de petits cercles entre leurs deux sacs. Le mouvement calme sa nausée et sa nervosité – l'agitation croissante qui la démange sous la peau et pour laquelle elle n'a pas de nom.

« Je ne sais pas comment le réparer. »

Ce n'est pas la vérité pleine et entière, et Schaffa détecte le mensonge comme les prédateurs le sang. Ses yeux se plissent.

« Si tu savais comment le faire, le ferais-tu ? »

À cette question, un souvenir qu'elle ne s'était pas autorisée à voir ou à examiner depuis plus d'un an flamboie soudain en elle : son dernier jour à Tirimo.

Elle rentre à la maison. Son père se tient au milieu du séjour, haletant. Elle se demande ce qui lui arrive. Pourquoi il n'a pas tout à fait l'air de son père – les yeux écarquillés, la bouche molle, les épaules voûtées, comme s'il souffrait. Et puis elle baisse le regard.

Elle baisse le regard et elle voit, elle voit et elle pense *Mais qu'est-ce que c'est ?* elle voit et elle pense : *C'est un ballon ?* Il y en a à la crèche, les enfants jouent avec pendant la pause déjeuner, mais ce sont des ballons en cuir alors que celui qui se trouve aux pieds de son père est d'un brun différent, tout tacheté de pourpre, bosselé, ridé, à moitié dégonflé, mais *Non, ce n'est pas un ballon, oh, attends, c'est bien un œil, ça ?* Peut-être, mais à moitié fermé par l'enflure qui le déforme, on dirait un gros, un énorme grain de café. *Rien à voir avec un ballon* parce que c'est enveloppé des vêtements de son frère y compris le pantalon que Nassun lui a mis ce matin même pendant que Jija essayait de bien ranger leur déjeuner dans leur cartable pour la crèche. *Uche ne voulait pas de ce pantalon.* Uche n'est encore qu'un bébé, il aime faire l'idiot, alors Nassun a dansé comme un canard et il a tellement, tellement ri ! C'est ce qu'elle aime le plus au monde, ce rire, et une fois la danse terminée, il a accepté d'enfiler le pantalon pour la remercier, ce qui signifie que l'espèce de ballon dégonflé méconnaissable là par terre c'est *Uche Uche Uche…*

« Non, souffle Nassun, je ne le réparerais pas. Même si je savais comment m'y prendre. »

Elle s'est arrêtée. Un bras autour de son ventre, l'autre main serrée en poing, pressé contre la bouche. Elle crache les mots autour de ce poing, elle s'étrangle sur les mots qui jaillissent de sa gorge, elle s'étreint le ventre, plein de choses si terribles qu'elle doit les laisser sortir si elle ne veut pas être déchiquetée de l'intérieur. Ces choses distordent sa voix, en font un grognement vacillant qui grimpe au hasard en volume et en hauteur, tandis qu'elle se retient de toutes ses forces de se mettre à hurler. « Je ne le *réparerais* pas, Schaffa, non, je suis désolée, je ne *veux* pas le réparer, je veux *tuer tous ceux qui me détestent*… » Son ventre est si lourd qu'il l'empêche de tenir debout. Elle s'effondre, accroupie, puis à genoux. Elle a envie de vomir, mais ce qu'elle crache, ce sont des mots qui s'enfoncent dans la terre entre ses mains écartées.

« *F… fini ! Je veux que tout soit fini ! Tout ! Je veux que tout brûle, que ça brûle, que ça meure, que ce soit fini fini fini, qu'il ne reste RIEN, plus de haine, plus de meurtres, rien rien rien pour l'ÉTERNITÉ…* »

Les mains de Schaffa la relèvent, dures et puissantes. Elle se débat, elle cherche à le frapper, non par peur ou par méchanceté, elle n'a aucune *envie* de lui faire mal, jamais, il faut juste qu'elle laisse sortir un peu de ce qu'il y a en elle si elle ne veut pas devenir folle. Pour la première fois, elle comprend son père. Elle hurle, elle donne des coups de pied et de poing, elle mord, elle tire sur ses vêtements et ses cheveux, elle essaie de cogner de toutes ses forces la tête de Schaffa. Il la fait aussitôt pivoter et l'enveloppe d'un de ses grands bras. Ceux de Nassun se retrouvent ainsi plaqués le long de son corps, ce qui l'empêche de s'en prendre à elle-même ou à son compagnon, malgré sa crise de rage.

Voilà ce qu'a éprouvé papa, dit une facette de son être lointaine, détachée, en lévitation à la manière d'un obélisque. *Voilà ce qui l'a envahi quand il a compris que maman mentait, que je mentais, qu'Uche mentait. Voilà ce qui l'a poussé à me faire tomber de la charrette. Ce qui l'a entraîné à Nouvelle Lune ce matin, un vitrocouteau à la main.*

Oui, c'est ça. Un Jija en elle qui la fait lutter, crier, pleurer. En cet instant de pure rage démentielle, elle se sent plus proche de son père que jamais.

Schaffa attend pour la lâcher qu'elle soit épuisée. Elle finit par s'avachir, tremblante, haletante, gémissante, des larmes et de la morve plein la figure.

Une fois persuadé qu'elle ne va pas se remettre à frapper à l'aveuglette, il s'assied en tailleur et l'attire sur ses genoux. Elle se blottit contre lui comme l'a fait une autre enfant, il y a de cela des années, à des kilomètres de là, quand il lui a demandé de passer un examen afin de rester en vie pour lui. Nassun a déjà passé le sien ; l'ancien Schaffa en personne le reconnaîtrait. La fillette n'a pas eu un tressaillement orogénique de toute sa crise de rage et n'a pas non plus essayé d'entrer en contact avec l'argent.

« Chut », murmure le Gardien, qui cherche à l'apaiser ainsi depuis le début. Mais à présent il lui frotte le dos et efface du pouce ses dernières larmes. « Chut. Pauvre petite. Je suis tellement injuste. Alors que ce matin même… » Il soupire. « Chut, mon enfant. Repose-toi. »

Elle est épuisée, vidée, hormis le chagrin et la fureur qui courent en elle, lahars ravageurs écrasant tout sur leur passage, réduisant son être à une boue brûlante tourbillonnante. Chagrin, fureur et une dernière émotion précieuse, lumineuse.

« Je n'aime que toi, Schaffa, balbutie-t-elle d'une voix rauque, affaiblie. La seule raison pour laquelle je n… ne le ferais pas, c'est toi. Mais… mais… »

Il l'embrasse sur le front.

« Termine l'histoire selon tes besoins, ma Nassun.

— Je ne veux pas. » Elle est obligée de déglutir. « Je veux que… que tu restes en vie ! »

Il rit tout bas.

« Tu es encore une enfant, malgré tout ce que tu as traversé. »

Elle trouve la remarque vexante, mais elle sait ce qu'il veut dire : elle ne peut obtenir à la fois qu'il vive et que la haine du monde meure. Il faut qu'elle fasse son choix entre ces deux fins.

« Termine l'histoire selon tes besoins », répète-t-il alors d'un ton ferme.

Elle s'écarte de lui pour le regarder. Il sourit, serein.

« Comment ça ?

Il la serre très tendrement dans ses bras.

« Tu es ma rédemption, Nassun. Il y a en toi tous les enfants que j'aurais dû aimer et protéger, y compris de moi-même. Si tu dois y trouver la paix… » Nouveau baiser sur le front de la fillette. « Je serai ton Gardien jusqu'à ce que le monde s'abîme dans les flammes. »

C'est une bénédiction, un baume. La nausée relâche enfin son emprise sur Nassun. Dans les bras de Schaffa, protégée et acceptée, elle s'endort. Ses rêves lui montrent un monde éclatant, brûlant, fondu, paisible à sa façon.

*
**

« Acier », appelle-t-elle, le lendemain matin.

Le mangeur de pierre se matérialise au milieu de la route, les contours brouillés une fraction de seconde. Les bras croisés, l'air vaguement amusé.

« L'accès le plus proche à Aunoyau n'est pas très loin, toutes proportions gardées, déclare-t-il quand Nassun lui demande les informations qui font défaut à Schaffa. À un mois de trajet environ. Sauf si… »

La phrase reste ostensiblement inachevée. Il a proposé à Nassun de les emmener de l'autre côté de la planète, Schaffa et elle, puisque les mangeurs de pierre sont apparemment capables de ce genre de choses. Ça leur éviterait d'affronter bien des risques et des épreuves, mais ils devraient se fier à lui pendant qu'il les transporterait, à la manière étrange et terrifiante des siens, dans la terre.

« Non, merci », répète Nassun, sans demander ce qu'il en pense à Schaffa, pourtant appuyé à un rocher, tout près de là. Acier ne s'intéresse qu'à elle, ça se voit. Il lui serait facile d'oublier purement et simplement le Gardien… ou de le perdre en chemin. « Mais tu as des informations sur l'endroit où on va ? Schaffa ne s'en souvient pas. »

Les yeux gris d'Acier se posent sur le Gardien, qui sourit, d'une sérénité trompeuse. L'argent même se fige en lui une seconde. Peut-être le Père Terre n'aime-t-il pas Acier non plus.

« C'est une *gare*, explique ce dernier au bout d'un moment. Une très vieille gare. Tu la qualifierais de ruine de civilisation disparue, bien qu'elle soit intacte, nichée dans d'autres ruines qui, elles, ne le sont pas. Il y a bien longtemps, les gens se servaient de ces gares ou, plutôt, des véhicules qui s'y trouvent pour parcourir des distances importantes nettement plus vite qu'à pied. De nos jours, il ne reste que nous, les mangeurs de pierre, et les Gardiens pour se rappeler leur existence. »

Le sourire immuable qu'il arbore depuis son apparition, à la fois figé et désabusé, a curieusement l'air destiné à Schaffa.

« Nous payons tous le prix du pouvoir, dit ce dernier de la voix calme et sans inflexion qui lui vient quand il envisage de faire des choses terribles.

— Oui. » Acier s'interrompt, un battement de cœur de trop. « Et l'utilisation du moyen de transport auquel je pense a aussi un prix.

— Nous n'avons pas d'argent ni d'affaires intéressantes à troquer, objecte Nassun, inquiète.

— Il existe heureusement d'autres modes de paiement. » Acier se tient soudain dans une position différente, la tête levée. Nassun pivote pour suivre son regard… Ah. Il contemple le saphir, qui se trouve maintenant à mi-chemin entre les voyageurs et Jekity, car il s'est déplacé pendant la nuit.

« La gare a été construite avant les Saisons, poursuit le mangeur de pierre. À la même époque que les obélisques. Tous les artefacts subsistants de cette civilisation reconnaissent la même source d'énergie.

— Tu veux parler de… » Nassun inspire « … de l'argent.

— C'est le nom que tu lui as donné ? Que de poésie. »

Elle hausse les épaules, mal à l'aise.

« Je ne sais pas comment ça s'appelle.

— Le monde a bien changé. » La fillette a beau froncer les sourcils, Acier n'explicite en rien cette constatation énigmatique. « Continue de suivre la route jusqu'à la Lippe du Vieillard… Tu sais où c'est ? »

Elle se rappelle avoir lu ce nom sur les cartes de l'Antarctique, il y a de cela une vie, et l'avoir trouvé comique. Un coup d'œil à Schaffa. Il acquiesce et ajoute :

« Nous la trouverons.

— Alors je vous y rejoindrai. La ruine se trouve au beau milieu de la forêt d'herbe, au cœur du cercle intérieur. Engagez-vous dans la Lippe juste après l'aube, et dépêchez-vous d'en gagner le centre. Vous n'aimeriez pas être surpris par le crépuscule avant d'avoir quitté la forêt. » Acier s'interrompt et adopte une nouvelle posture – indéniablement pensive. Le visage détourné, le bout des doigts touchant le menton. « Je croyais que ce serait ta mère. »

Schaffa se fige. Nassun est surprise par la double vague brutale qui déferle en elle – la chaleur immédiatement suivie du froid.

« Comment ça ? demande-t-elle lentement en passant au crible l'étrange complexité de ses émotions.

— Je m'attendais que ce soit elle qui fasse tout ça, voilà ce que je veux dire. » Acier ne hausse pas les épaules, mais sa voix trahit une certaine nonchalance. « J'ai mis sa comm en danger. Ses amis, les gens qu'elle en est venue à aimer. Je pensais qu'ils se retourneraient contre elle, ce qui lui rendrait cette option plus acceptable. »

Les gens qu'elle en est venue à aimer.

« Elle n'est plus à Tirimo ?

— Non. Elle s'est jointe à une autre comm.

— Qui ne s'est pas retournée contre elle ?

— Non. C'est étonnant. » Les yeux d'Acier coulissent pour croiser ceux de Nassun. « Elle sait où tu es. La Porte le lui a dit. Mais elle ne vient pas par ici, pas encore, du moins. Elle veut d'abord veiller à ce que ses amis s'installent en sécurité. »

Nassun serre les dents.

« De toute manière, moi, je ne suis plus à Jekity. Et bientôt, elle perdra aussi la Porte ; elle n'arrivera pas à me retrouver. »

Acier pivote pour lui faire face, mouvement trop lent, trop humainement coulé pour être humain, mais il a bel et bien l'air surpris. Elle déteste le voir bouger avec cette lenteur. Ça lui donne la chair de poule.

« Rien n'est éternel, reprend-il. C'est un fait.

— Qu'est-ce que ça veut dire ?

— Que je t'ai sous-estimée, petite Nassun. » Elle déteste aussi instantanément cette manière de s'adresser à elle. Il retourne à sa posture méditative, en bougeant vite, cette fois, au grand soulagement de la fillette. « Je ferais mieux d'éviter cela à l'avenir. »

Ce sont les derniers mots d'Acier avant qu'il ne s'évanouisse. Elle se tourne vers Schaffa, les sourcils froncés ; il secoue la tête. Ils hissent leur sac sur leur dos et repartent vers l'ouest.

*
**

2400 : Est équatorial (vérifier si le réseau des nœuds était relâché dans la région, parce que…), comm inconnue. Vieille chanson du cru sur une infirmière qui a interrompu une éruption soudaine et une nuée ardente en transformant le tout en glace. Un de ses patients s'est jeté sur le trajet d'un carreau d'arbalète pour la protéger de la foule. Laquelle l'a laissée partir ; elle a disparu.

Notes préparatoires de Yaetr Innovateur Dibars

Syl Anagist : quatre

L'énergie est une, bien qu'en des états et sous des noms multiples. Le mouvement crée la chaleur, équivalente à la lumière, qui ondule tel le son, lequel resserre ou disjoint les liens atomiques des cristaux, bourdonnants de forces plus ou moins puissantes. Résonance reflet de tout cela : la magie, émission rayonnante produite par la vie et la mort.

Voici notre rôle : tisser les fils de ces énergies disparates. Les manipuler, les limiter et, à travers le prisme de notre conscience, produire une force unique qui ne puisse être niée. Transformer la cacophonie en symphonie. L'engin immense appelé Machine Plutonique est l'instrument ; nous sommes les accordeurs.

Voici notre but : la Géoarcanité. Laquelle vise à établir un cycle énergétique d'une efficacité infinie. Si nous réussissons, le monde ne connaîtra plus jamais le besoin ni le conflit… du moins est-ce ce qu'on nous dit. Les contrôleurs ne nous donnent guère que les explications nécessaires pour nous permettre de jouer notre rôle. Il nous suffit de savoir que nous – petits nous sans importance – aiderons l'humanité à s'engager sur le chemin d'un avenir à l'éclat inimaginable.

Nous sommes des outils, certes, mais de bons outils, servant un but magnifique. Il est facile d'y puiser une certaine fierté.

Nous sommes assez accordés les uns aux autres pour que la perte de Tetlewha cause des problèmes un certain temps. Lors de nos retrouvailles, le réseau d'initialisation que nous formons se révèle déséquilibré. Tetlewha, notre haute-contre, maîtrisait la moitié des longueurs d'onde du spectre ; c'est moi qui m'en rapproche le plus, à présent, mais ma résonance naturelle est un peu trop élevée. Le réseau résultant est plus faible que prévu. Nos filaments nourriciers s'obstinent à chercher les notes médianes désertées par Tetlewha.

Au bout du compte, Gaewha se révèle capable de compenser cette absence. Elle plonge plus profond, résonne plus puissamment, comble ainsi le fossé. Il nous faut quelques jours pour forger les connexions du réseau métamorphosé afin d'obtenir une nouvelle harmonie, mais la tâche ne présente aucune difficulté ; elle demande du temps, voilà tout. Nous n'en sommes pas à notre coup d'essai.

Il arrive à Kelenli de nous rejoindre dans le réseau. Ses interventions sporadiques se révèlent frustrantes, à cause de la perfection de sa voix – puissante, étoffée, assez aiguisée pour nous chatouiller la plante des pieds. Elle fait mieux que Tetlewha, et sa tessiture surpasse celle de notre groupe réuni. Les contrôleurs nous préviennent cependant de ne pas nous habituer à elle.

« Il se peut qu'elle participe à la mise en route de la Machine, me dit l'un d'eux quand je l'interroge à ce sujet, mais elle est censée vous apprendre à faire ce qu'elle fait, de manière à éviter ça. Le contrôleur Gallat a décidé que le jour du lancement, elle serait là juste au cas où. »

Ça semble raisonnable, superficiellement.

Lorsqu'elle se joint à nous, Kelenli prend tout naturellement la tête du groupe, car sa présence surpasse la nôtre de beaucoup. Pourquoi ? Est-ce dû à la manière dont elle est conçue ? Il y a autre chose. Une… note tenue. Une brûlure à la béance permanente au mitan de ses lignes d'équilibre, en son fulcrum. Aucun de nous ne comprend de quoi il s'agit. Certes, nous sommes dotés de la même brûlure, mais faible, intermittente, flammes sporadiques qui s'élèvent puis retombent presque aussitôt dans leur endormissement. Alors qu'elle est brasier perpétuel, alimenté par un combustible apparemment inépuisable.

Quoi que puisse être cette note tenue-brûlure, les contrôleurs se sont aperçus qu'elle se mêle merveilleusement au chaos dévorant de l'onyx, qui constitue le cabochon de contrôle de la Machine Plutonique. Il existe d'autres moyens plus frustes de lancer la Machine – grâce à des sous-réseaux et à la pierre de lune –, mais le jour du démarrage, nous aurons absolument besoin de la précision et du contrôle de l'onyx car, sans lui, nos chances d'initier la Géoarcanité seraient très diminuées. Or, jusqu'ici, aucun de nous n'a eu la force de le tenir plus de quelques minutes. Kelenli nous inspire un respect admiratif en le chevauchant parfois une heure d'affilée puis, après l'avoir relâché, en se montrant plus imperturbable que jamais. Lorsque c'est nous qui nous en emparons, son châtiment ne se fait pas attendre : il nous dépouille de tout ce qui ne nous est pas strictement nécessaire puis nous plonge dans un sommeil stupéfié qui dure des heures, sinon des jours. Les choses sont différentes, avec elle. Les filaments de l'onyx la caressent au lieu de l'écorcher. Il l'*aime*. Si irrationnelle que paraisse cette explication, elle s'impose à notre esprit à tous ; c'est donc ainsi que nous y pensons. Il faut que Kelenli nous apprenne à nous attirer nous aussi les sympathies de l'onyx.

Après en avoir terminé avec le rééquilibrage, avoir été autorisés à quitter les fauteuils en fil de fer qui accueillent notre corps pendant que notre esprit travaille puis être retournés dans nos quartiers individuels en titubant, soutenus par les contrôleurs – oui, après en avoir terminé avec tout cela, nous recevons sa visite. Séparément, car il ne faut pas éveiller les soupçons. Elle profite de ces face-à-face pour raconter n'importe quoi en sons – tout en racontant dans la terre des choses qui éveillent notre intelligence.

Si elle nous paraît plus affûtée que nous, c'est qu'elle a davantage d'expérience, nous dit-elle. Parce qu'elle a vécu hors le complexe bâti autour du fragment local et qui constitue les limites de notre monde depuis notre décantation. Elle a visité d'autres nœuds de Syl Anagist que celui où nous vivons ; elle a vu et touché d'autres fragments que notre améthyste. Elle est même allée au site Zéro, où se trouve la pierre de lune. Nous en sommes respectueusement émerveillés.

« Je connais le contexte, nous dit-elle – *me* dit-elle, assise sur mon canapé, pendant que je regarde dehors, à plat ventre sur l'appui de la fenêtre. Quand tu le connaîtras aussi, tu gagneras en acuité. »

(Nous employons entre nous une sorte de charabia, car la terre nous permet d'étoffer les mots audibles. Lesquels, en l'occurrence, se limitent à : « Je suis plus âgée. » Un long discours d'affaissement nuance toutefois cette petite phrase, en y ajoutant l'idée de la déformation induite par le passage du temps. Kelenli est *métamorphique*, car il a fallu qu'elle se transforme pour supporter l'insupportable pression. Je vais tout traduire en mots pour simplifier, sauf en cas de réelle impossibilité.)

« Il serait bon que nous soyons aussi affûtés que toi *maintenant* », réponds-je avec lassitude. Non que je me plaigne, mais les jours de rééquilibrage sont difficiles. « Transmets-nous ce contexte pour que l'onyx nous écoute et que mon mal de tête disparaisse. »

Elle soupire.

« Il n'y a rien entre ces murs qui puisse vous permettre de vous affûter. » (Effritement de rancune, rapidement pulvérisé et dispersé. *Ils vous ont tellement protégés.*) « Mais je crois avoir un moyen de vous aider, les autres et toi. Si j'arrive à vous faire sortir.

— M'aider… à m'affûter ? »

(Elle m'apaise d'une caresse polisseuse. *Ce n'est pas vous faire une faveur que de vous garder aussi émoussés.*) « Il faut que vous compreniez mieux ce que vous êtes. »

Je ne comprends pas qu'elle s'imagine que je ne comprends pas.

« Je suis un outil.

— Si tu es un outil, ne devrais-tu pas être aussi affûté que possible ? » riposte-t-elle.

Malgré la sérénité de sa voix, son environnement tout entier vibre d'une colère étouffée – les molécules d'air frissonnent, la strate se contracte en dessous de nous, écrasement dissonant à la limite de la valuation. Ce que je viens de dire lui fait horreur. Je me tourne vers elle. Son visage ne trahit en rien la dichotomie à laquelle elle est en proie, ce que je trouve fascinant. En cela aussi, elle nous ressemble. Nous avons appris très tôt à ne montrer ni douleur ni peur ni chagrin où que ce soit, sur terre ou sous le ciel. Les contrôleurs nous disent que nous sommes construits pour ressembler à des statues – froides, immuables, silencieuses. Nous ignorons ce qui les incite à nous voir comme tels ; après tout, nous sommes aussi chauds qu'eux au toucher. Nous avons des émotions, de même qu'eux, apparemment, bien que nous soyons apparemment moins disposés à les exprimer par notre langage corporel ou nos expressions. Peut-être nous en gardons-nous parce que nous avons la langue de la terre ? (Ils n'ont pas l'air de s'en rendre compte. Tant mieux. Dans la terre, il nous est permis d'être vrais.) Nous sommes bien incapables de déterminer si c'est notre construction ou leur vision de nous qui est fautive. Ni si cela importe.

Kelenli conserve son calme extérieur, alors qu'elle brûle à l'intérieur. Je la contemple si longtemps qu'elle finit par se calmer et par prendre conscience de mon attention.

« Je crois que je te plais », déclare-t-elle, souriante.

Je réfléchis aux implications possibles de la chose.

« Pas comme ça », dis-je, par habitude.

Il a parfois fallu que j'explique ce qu'il en est à de jeunes contrôleurs. De ce point de vue-là aussi, nous évoquons des statues – car cette implémentation de conception a fonctionné. Non seulement nous ne connaissons pas le rut, mais nous n'avons aucune envie de le connaître – et, quand bien même nous en aurions envie, nous sommes stériles. En va-t-il ainsi de Kelenli ? Non. À en croire les contrôleurs, elle ne diffère d'eux que par un unique aspect : elle possède nos valupinae puissantes, complexes, flexibles, telles qu'aucun autre humain au monde n'en possède. Par ailleurs, elle est comme eux.

« Heureusement, je ne parlais pas de sexe. »

Un bourdonnement amusé traînant émane d'elle. J'en suis à la fois agacé et ravi, je ne sais pourquoi.

Imperméable à ma soudaine perplexité, elle se lève.

« Au revoir. »

Et elle s'en va.

Son absence a beau se prolonger plusieurs jours, elle n'en constitue pas moins une partie indépendante de notre dernier réseau, ce qui signifie qu'elle est là lors de nos promenades, nos repas, nos défécations, dans les rêves esquissés durant notre sommeil et la fierté d'être de ce que nous sommes, individuellement et collectivement. Son regard ne nous donne pas l'impression d'être surveillés. Je ne peux parler au nom des miens, mais en ce qui me concerne, j'aime qu'elle soit là.

Ce n'est pas forcément le cas des autres. Gaewha, qui lui est particulièrement hostile, émet ainsi pendant une discussion privée :

« Elle apparaît au moment précis où nous perdons Tetlewha. Quand le projet approche de sa conclusion. Nous avons travaillé dur pour devenir ce que nous sommes. Récoltera-t-elle les lauriers de notre travail, lorsqu'il s'achèvera ?

— Elle n'est là qu'en réserve. » J'essaie d'être la voix de la raison. « D'ailleurs, elle poursuit le même but que nous. Il faut coopérer.

— C'est ce qu'elle dit », intervient Remwha, qui s'estime le plus intelligent du groupe. (Nous sommes conçus pour être d'intelligence égale. Remwha est un imbécile.) « Si les contrôleurs l'ont tenue à l'écart jusqu'ici, il y a bien une raison. Peut-être s'agit-il d'une perturbatrice. »

À mon avis, ils sont complètement idiots, mais je ne me permets pas de le dire, même dans la terre. Nous sommes des éléments de la grande machine. Tout ce qui en améliore le fonctionnement a de l'importance ; tout ce qui ne tend pas à cela n'en a aucune. Si Kelenli était une perturbatrice, Gallat l'aurait jetée aux orties avec Tetlewha. Nous le savons tous. Gaewha et Remwha se montrent juste pénibles.

« Dans ce cas, elle se trahira avec le temps », dis-je d'un ton ferme.

La dispute ne s'en achève pas pour autant, mais du moins est-elle ajournée.

Kelenli reparaît le lendemain. Les contrôleurs nous réunissent pour nous donner des explications.

« Kelenli a demandé la permission de vous emmener en mission pour vous accorder », annonce l'homme chargé de nous parler.

Il est très mince, plus grand que nous et que Kelenli en personne, toujours vêtu de tenues aux couleurs parfaitement assorties et aux boutons ornementés. Ses longs cheveux noirs contrastent avec sa peau très pâle, quoique moins blanche que la nôtre. Ses yeux, en revanche, sont comme les nôtres : blancs sur blanc. D'un blanc de givre. Personne d'autre parmi *eux* n'a des yeux comme les nôtres. Il s'agit du contrôleur Gallat, le chef de projet. Lorsque je pense à lui, je vois un fragment plutonique, d'une transparence de diamant – angles précis, facettes nettes. Beau à sa manière unique, mais mortel, implacablement, si on ne le manipule pas avec précision. Nous ne nous permettons pas de penser que c'est lui qui a tué Tetlewha.

(Gallat n'est pas celui que tu crois. J'ai envie qu'il lui ressemble comme j'ai envie que tu lui ressembles, à elle. Tels sont les risques des souvenirs imparfaits.)

« Une mission… pour nous accorder », répète Gaewha d'une voix lente, afin de montrer qu'elle ne comprend pas.

Kelenli ouvre la bouche, prête à répondre, puis se fige et se tourne vers Gallat. Lequel sourit chaleureusement.

« Kelenli obtient les résultats que nous espérions de chacun de vous, mais les vôtres sont toujours inférieurs », explique-t-il. Nous nous raidissons, mal à l'aise, trop conscients de la critique, mais il se contente de hausser les épaules. « J'en ai discuté avec la biomestre en chef. Elle persiste à dire qu'il n'existe pas entre Kelenli et vous de différence significative de capacités. Vous avez les mêmes *dispositions*, mais vous ne faites pas preuve des mêmes *aptitudes*. Nous pourrions tenter diverses altérations pour corriger la divergence, un réglage minutieux, si l'on peut dire, mais nous préférons ne pas courir le risque aussi près du lancement. »

Nous résonnons un instant en un unique accord, ravis de ce que nous venons d'entendre.

« Elle a dit qu'elle devait nous apprendre le contexte », dis-je, très prudemment.

Gallat acquiesce à mon intention.

« D'après elle, la solution réside dans l'expérience de l'extérieur. Une exposition accrue à des stimuli qui défient votre capacité cognitive à résoudre les problèmes, ce genre de choses. La suggestion a un certain mérite et l'avantage de ne pas mener à préconiser quelque chose de trop envahissant, mais il nous est impossible, pour le bien du projet, de vous faire sortir tous ensemble. Si jamais il arrivait quelque chose… C'est pourquoi nous allons vous diviser en deux groupes. Kelenli étant cependant unique, la moitié d'entre vous va sortir en sa compagnie maintenant, l'autre moitié dans une semaine. »

À l'extérieur. Nous allons nous rendre à l'extérieur. Je meurs d'envie de faire partie du premier groupe, mais nous ne sommes pas assez naïfs pour formuler nos vœux en présence des contrôleurs. Un outil ne devrait pas éprouver un désir aussi ardent de sortir de sa boîte.

« Nous nous sommes accordés plus qu'assez les uns aux autres sans la mission dont vous parlez », dis-je donc d'une voix inexpressive. Une vraie statue. « Les simulations montrent bien que nous avons une capacité fiable à contrôler la Machine, comme prévu.

— Et il vaudrait mieux former six groupes que deux, ajoute Remwha – dont la proposition imbécile me révèle l'ardeur. Chaque unité ne vivra-t-elle pas une expérience différente ? Si je comprends bien le… l'extérieur, il est impossible de contrôler la cohérence de l'exposition. En admettant qu'il soit nécessaire de raccourcir nos préparatifs dans le but d'accomplir cette mission, sans doute serait-il plus prudent de minimiser le plus possible les risques.

— Former six groupes ne serait ni payant ni efficace », intervient Kelenli en nous signalant dans la terre l'approbation amusée que lui inspire notre comédie. Elle jette un coup d'œil à Gallat et hausse les épaules, sans se donner la peine de feindre l'impassibilité ; on dirait même qu'elle s'ennuie. « Autant se limiter à *un seul* groupe. Il suffit de décider quel chemin suivre, de poster des gardes tout du long et de faire collaborer la police nodale à la surveillance, en renfort. Franchement, plus on fera de trajets, plus les citoyens mécontents auront de chances de les anticiper et de mettre au point un ou deux... désagréments. »

La possibilité desdits désagréments nous intrigue tous, mais Kelenli douche nos secousses excitées.

Le contrôleur Gallat, lui, tressaille ; elle a visé juste.

« Vous irez, parce qu'il est possible que cela vous permette un gain significatif », nous dit-il.

Son sourire reste en place, mais semble à présent un peu hésitant. N'aurait-il pas légèrement accentué le mot *irez* ? Les perturbations du discours audible sont si infimes. Je déduis de la conversation que non seulement il va nous laisser sortir, mais aussi qu'il a changé d'avis et que nous n'allons pas nous séparer. D'une part, la proposition de Kelenli se révèle la plus raisonnable ; d'autre part, il trouve notre répugnance apparente exaspérante.

Ah, Remwha manie vraiment sa nature agaçante comme un ciseau aiguisé. *Bravo, bon travail*, palpité-je. Il me répond par une onde de remerciement polie.

Nous sortons aujourd'hui même. Un jeune contrôleur apporte dans mes quartiers une tenue adaptée à l'extérieur. J'enfile avec précaution chaussures et vêtements épais, fasciné par leurs différentes structures, avant de m'asseoir sagement pour me laisser tresser les cheveux.

« Est-ce nécessaire, à l'extérieur ? »

Ma curiosité n'est pas feinte, car ses collègues arborent toutes sortes de coiffures, dont certaines que je ne saurais imiter : mes cheveux rêches et bouffants ne restent pas en forme quand on les boucle et sont impossibles à raidir. Il n'y a que nous pour avoir des cheveux pareils. Les leurs offrent un vaste éventail de textures.

« Ça peut aider, répond-il. De toute manière, vous allez vous faire remarquer, tous les six, mais plus vous aurez l'air normaux, mieux ça vaudra.

— Les gens sauront que nous sommes des composantes de la Machine. »

Je me redresse un peu, pénétré de fierté par cette certitude.

Ses doigts ralentissent brièvement. Je ne crois pas qu'il en soit conscient.

« Ce n'est pas exactement... Ils vous prendront sans doute plutôt pour autre chose. Mais ne t'en fais pas. On va poster des gardes sur votre chemin. Ils veilleront à ce qu'il n'y ait aucun problème. En toute discrétion, mais n'empêche. D'après Kelenli, il ne faut pas que vous vous sentiez trop protégés, même si vous êtes en totale sécurité.

— Ils nous prendront sans doute pour autre chose. »

Je reste rêveur.

Ses doigts tressaillent, tirant quelques cheveux plus fort que nécessaire. Je ne sursaute ni ne m'écarte. Ils sont plus à l'aise quand ils pensent à nous comme à des statues, et les statues ne sont pas censées connaître la douleur.

« Ma foi, ce n'est qu'une vague possibilité, mais ils verront bien que vous n'êtes pas... je veux dire... »

Mon interlocuteur soupire. « Mort cruelle, c'est compliqué. Enfin bref, ne t'inquiète pas, voilà. »

Le leitmotiv des contrôleurs dès lors qu'ils ont commis une erreur… Je ne le signale pas immédiatement aux autres, parce que nous communiquons le moins possible en dehors des rencontres autorisées. Certes, les non-accordeurs n'ont de la magie qu'une perception rudimentaire, il leur faut des machines et des instruments pour faire ce qui nous est naturel, mais ils ne nous en surveillent pas moins en permanence d'une manière ou d'une autre. Il est hors de question de les laisser découvrir que nous discutons énormément et qu'il nous est possible de les écouter quand ils nous en croient incapables.

Je ne tarde pas à être prêt. Après une petite conversation vidéo avec ses collègues, mon contrôleur décide de me maquiller en m'appliquant du fond de teint et de la poudre. C'est censé me donner leur allure à eux, mais à vrai dire, ça me donne simplement celle de quelqu'un dont la peau très blanche a été teinte en brun. Sans doute ai-je l'air sceptique, quand il me fait contempler mon reflet ; il se plaint en soupirant de ne pas être un artiste.

Enfin, il m'emmène à un endroit où je ne suis que rarement allé, bien qu'il se trouve dans le bâtiment où je vis : le hall du rez-de-chaussée. Les murs n'en sont pas blancs, car on a permis au brun et au vert naturels de la cellulose autoréparatrice d'y prospérer sans les décolorer. Quelqu'un y a semé des fraisiers grimpants couverts pour une moitié de fleurs blanches, pour l'autre de fruits rouges mûrissants. Très joli. Nous restons tous les six près de la piscine en attendant Kelenli et en essayant de ne pas prêter attention aux gens qui vont et viennent, les yeux fixés sur nous : six petites personnes trapues, aux cheveux blancs bouffants et au visage maquillé, aux lèvres étirées par un sourire avenant, sur la défensive. S'il y a des gardes parmi eux, nous ignorons comment les distinguer des badauds.

À l'arrivée de Kelenli, je n'en finis pas moins par repérer ses deux protecteurs personnels. Grands, le teint très brun, ils se déplacent à son allure, sans chercher à être discrets – peut-être sont-ils sœur et frère. À vrai dire, je les ai déjà vus dans son sillage lors de ses visites. Ils restent un peu en retrait quand elle nous rejoint.

« Vous êtes prêts, constate-t-elle. Parfait. » Elle fait la grimace en levant la main pour effleurer la joue de Dushwha. Son pouce se couvre de poudre. « Franchement ? »

Dushwha détourne les yeux, mal à l'aise. On n'a jamais aimé que nos créateurs nous poussent à les imiter – que ce soit en nous habillant, en adoptant un comportement genré ou, pire encore, en nous maquillant.

« C'est censé aider, marmonne-t-on tristement, peut-être dans l'espoir de s'en convaincre.

— Vous n'en êtes que *plus* voyants, riposte Kelenli. N'importe comment, ils sauront ce que vous êtes. » Elle se tourne vers le duo qui l'accompagne – plus particulièrement la femme. « Je vais les emmener se débarrasser de cette saleté. Vous venez m'aider ? »

Pour toute réponse, l'autre la fixe sans mot dire. Kelenli lâche un petit rire, où perce me semble-t-il une réelle gaieté.

Elle nous entraîne dans une alcôve destinée à la satisfaction des besoins personnels, à l'extérieur de laquelle ses gardes prennent position. Là, elle nous asperge le visage avec l'eau puisée du côté propre du bassin des latrines puis nous ôte notre maquillage en nous frottant la peau avec un chiffon absorbant, le tout en fredonnant. Cela signifie-t-il qu'elle est contente ? Quand elle me prend par le bras pour me nettoyer le visage, je scrute le sien dans l'espoir de comprendre. Elle s'en aperçoit, et son regard s'aiguise.

« Toi, tu es un penseur », dit-elle.

Je ne sais pas trop ce que c'est censé signifier.

« Nous en sommes tous », réponds-je, me permettant un bref grondement pour nuancer mes paroles : *Il le faut.*

« Exactement. Tu penses plus qu'il ne le faut. »

Il semblerait qu'une tache brune s'obstine à la naissance de mes cheveux. Elle frotte, fait la grimace, frotte derechef, soupire, rince le chiffon, recommence à frotter.

Je scrute toujours son visage.

« Pourquoi leur peur te fait-elle rire ? »

Question stupide. J'aurais dû la poser dans la terre, pas à voix haute. Elle arrête de frotter. Remwha me considère, réprobateur quoique impassible, puis gagne le seuil de l'alcôve, d'où il prie le garde de bien vouloir aller demander à un contrôleur si nous risquons d'être brûlés par le soleil, sans la protection du maquillage. L'homme éclate de rire, avant de répéter la question à sa collègue comme s'il s'agissait d'une interrogation franchement ridicule. Cet échange les distrait un instant, pendant lequel Kelenli se remet à me nettoyer.

« Pourquoi ne *pas* en rire ?

— Ils t'aimeraient mieux si tu n'en riais pas. »

Je nuance par signaux : alignement, entrelacs harmonieux, docilité, conciliation, atténuation. Si elle veut être appréciée.

« Je n'ai peut-être pas envie qu'ils m'aiment. »

Elle hausse les épaules en se détournant pour rincer une fois de plus son chiffon.

« Ils pourraient. Tu es comme eux.

— Pas assez.

— Plus que moi. » C'est évident. Elle a leur beauté à eux, leur normalité à eux. « Si tu essayais... »

Elle se remet à rire – de moi. Sans méchanceté, je le sais d'instinct. Elle me plaint. Mais, sous le rire, sa présence est soudain aussi figée, aussi contenue que la pierre compressée juste avant qu'elle ne devienne autre. La colère est de retour. Pas dirigée contre moi, quoique déclenchée par ce que j'ai dit. Il semblerait que je passe mon temps à la mettre en colère.

Ils ont peur parce que nous existons, explique-t-elle. *Nous n'avons rien fait qui justifie cette peur, à part exister. Nous ne pouvons rien faire qui nous vaille leur approbation, à part cesser d'exister. Alors soit nous mourons, comme ils le veulent, soit nous rions de leur lâcheté et nous vivons notre vie.*

Il me semble d'abord que ce qu'elle vient de dire échappe en partie à ma compréhension, mais est-ce bien vrai ? Nous avons autrefois été seize. Les autres se sont interrogés, ce qui leur a valu la mise hors service. Ils ont obéi sans poser de questions, ce qui leur a valu la mise hors service. Ils ont marchandé. Renoncé. Aidé. Désespéré. Nous avons tout essayé, nous avons fait tout ce qu'ils voulaient, voire davantage, mais il ne reste cependant que six d'entre nous.

Parce que nous sommes meilleurs que les autres, me dis-je, maussade. Plus intelligents, plus adaptables, plus doués. C'est important, non ? Nous sommes des composants de la grande machine, le pinacle de la biomestrise sylanagistine. S'il fallait retirer certains d'entre nous de la Machine à cause de leurs tares…

Tetlewha n'était pas taré, riposte Remwha, telle une faille brutale.

Je cligne des yeux, tourné vers lui. De retour dans l'alcôve, il attend en compagnie de Bimniwha et Salewha ; ils se sont tous servis de la fontaine pour se débarrasser de leur maquillage pendant que Kelenli s'occupait de Gaewha, Dushwha et moi. Les gardes dont Remwha a détourné l'attention rient toujours de ce qu'il leur a dit, dans le hall. Il me fixe d'un regard noir. Devant mes sourcils froncés, il répète : *Tetlewha n'était pas taré.*

Je serre les dents. *S'il n'était pas taré, cela veut dire qu'on l'a mis hors service sans raison.*

Oui. Il est rare que Remwha témoigne la moindre satisfaction, y compris dans les bons jours ; là, une moue de dégoût lui plisse les lèvres. C'est moi qui le dégoûte. J'en suis si secoué que j'oublie de feindre l'indifférence. *C'est exactement ce qu'elle veut dire. Peu importe ce que nous faisons. Le problème, c'est eux.*

Peu importe ce que nous faisons. Le problème, c'est eux.

Après m'avoir lavé la figure, Kelenli la prend dans ses deux mains en coupe.

« Connais-tu le mot *héritage* ? »

J'ai beau l'avoir déjà entendu, dans un contexte qui m'a permis d'en déduire le sens, j'ai du mal à remettre mes pensées en ordre après la réplique coléreuse de Remwha. Nous ne nous sommes jamais beaucoup aimés, lui et moi, mais… Je secoue la tête afin de me concentrer sur ce que vient de me dire Kelenli.

« C'est quelque chose d'obsolète, mais dont on ne peut pas se débarrasser totalement. Dont on ne veut plus, mais dont on a encore besoin. »

Mi-souriante, mi-grimaçante, elle nous considère, moi d'abord, Remwha ensuite.

« Ça ira. Rappelle-toi ce mot-là, aujourd'hui. »

Elle se relève alors. Nous la regardons tous. Elle n'est pas seulement plus grande et plus brune que nous, elle bouge plus, elle respire plus. Elle *est* plus. Nous révérons ce qu'elle est. Nous redoutons ce qu'elle va faire de nous.

« Venez », lance-t-elle.

Nous la suivons dans le monde extérieur.

*
**

2613 : Éruption d'un énorme volcan sous-marin dans le détroit de Tasr, entre les étendues polaires antarctiques et le Fixe. Il semblerait que Selis Dirigeante Zenas, dont nul jusque-là ne connaissait l'orogénie, ait réussi à apaiser le volcan, mais pas à échapper au tsunami qu'il avait provoqué. Le ciel antarctique s'est assombri pour cinq mois puis éclairci juste avant qu'une Saison ne soit officiellement déclarée. Le mari de Selis Dirigeante, chef de Zenas à l'époque de l'éruption, mais déposé après une élection d'urgence, a été tué dans la foulée du tsunami pendant qu'il cherchait à protéger leur enfant d'un an d'une foule en colère. La cause de sa mort n'est pas établie : à en croire certains témoins, les survivants l'ont lapidé, mais d'autres affirment qu'un Gardien l'a étranglé, avant d'emmener l'orphelin à Mandat.

Notes préparatoires de Yaetr Innovateur Dibars

5. On se souvient de toi

L'attaque se produit à l'aube, réglée comme du papier à musique.

Tout le monde est prêt. Les Castrimiens ont monté le camp lorsque l'obscurité totale a rendu la marche dangereuse, après avoir traversé environ le tiers de la forêt de pierre. Ils devraient en sortir le lendemain, avant le crépuscule – en admettant qu'ils survivent à la nuit.

Tu parcours sans répit le campement, et tu n'es pas la seule. Les Chasseurs, qui, de jour, ne se contentent pas de traquer le gibier et de chercher de quoi manger aux alentours, mais servent aussi d'éclaireurs, sont censés dormir. N'empêche qu'ils sont nombreux à veiller. Les Costauds, eux, sont supposés se reposer à tour de rôle, mais ils restent tous debout, de même qu'un tas de gens des autres castes. Tu repères à un moment Hjarka, assise sur un tas de bagages, la tête basse, les yeux clos, mais les jambes prêtes à la propulser d'un bond, un vitropoignard dans chaque main. Le sommeil ne lui a pas fait lâcher prise.

Bref, c'est idiot d'attaquer à ce moment-là, mais il n'y en aurait pas de mieux choisi, ce qui persuade apparemment l'ennemi de se contenter de ce qu'il a. Comme tu es la première à valuer ce qui se passe, tu pivotes en braillant un avertissement, ce qui ne t'empêche pas de concentrer ta perception et de te laisser tomber dans l'endroit de ton esprit d'où tu commandes aux volcans. Un fulcrum très puissant, très profond, a été enraciné dans la terre à proximité. Tu le suis tel un faucon traquant sa proie jusqu'au mitan de son tore potentiel, le centre du cercle. À droite de la route. Six mètres dans la forêt de pierre, hors de vue, passé les sorbiers et les buissons fanés.

« Ykka ! »

Elle apparaît aussitôt, surgie d'entre les tentes parmi lesquelles elle s'était assise.

« Ouais, je l'ai senti.

— Il n'est pas encore actif. »

Tu veux dire par là que le tore n'a pas commencé à pomper chaleur ou mouvement aux alentours. Le fulcrum n'en plonge pas moins aussi droit qu'une racine pivotante. Il n'y a guère de potentiel sismique dans la région – et, à vrai dire, l'essentiel de la pression sur la strate inférieure a été absorbé par la création de la forêt –, mais on trouve toujours de la chaleur si on descend assez profond. Or ce fulcrum est profond. Solide. De la précision du Fulcrum.

« On n'est pas obligés de se battre », crie soudain Ykka en direction des aiguilles de lave pétrifiée.

Tu sursautes, alors que tu ne devrais pas. Sa sincérité te stupéfie, alors que tu devrais t'y attendre, maintenant. Elle s'avance, les muscles bandés, les jambes fléchies, comme si elle allait foncer à travers la forêt, les mains tendues en avant, les doigts frémissants.

Il t'est plus facile à présent de t'accorder à la magie, bien que tu commences toujours par te concentrer sur ton moignon, par habitude. Il ne te sera jamais *naturel* d'utiliser l'argent plutôt que l'orogénie, mais au moins, ta perception change vite. Tu as pris du retard sur Ykka. Des vaguelettes et des arcs brillants dansent par terre autour d'elle, devant surtout, s'étendent, scintillent quand elle les tire du sol pour se les approprier. Le peu de végétation que tu values lui facilite les choses ; les plantes grimpantes stériles et les mousses avides de lumière sont des câbles qui canalisent et disposent l'argent en motifs significatifs. Prévisibles. Qui *cherchent*... Ah. Tu te raidis en même temps que Ykka. Oui. Là.

Au-dessus du fulcrum profondément enraciné, au centre du tore dont le tissage n'a pas encore commencé, se blottit un corps dessiné à l'argent. Pour la première fois, tu remarques par comparaison que l'argent d'un orogène est à la fois plus brillant et moins complexe que celui des plantes et des insectes environnants. Il y en a la même... *quantité*, si l'on peut dire, ou peut-être vaut-il mieux parler de *capacité*, de *potentiel*, voire de *vivacité* – mais le motif en est différent. Celui de l'orogène adverse se concentre en quelques lignes, toutes orientées à l'identique, qui ne scintillent pas. Son tore non plus. Il écoute – ton intuition te souffle que c'est un homme, et elle te semble avoir raison.

Ykka, autre dessin argenté précis et concentré, hoche la tête, satisfaite. Elle grimpe sur le chargement d'une charrette pour que sa voix porte mieux.

« Je suis Ykka Gèneuse Castrima », crie-t-elle. Tu devines le doigt qu'elle tend vers toi. « Elle, c'est une gèneuse aussi. Et lui. » Temell. « De même que les enfants, là-bas. Chez nous, on ne tue pas les gèneurs. » Une pause, puis : « Vous avez faim ? On a un peu de réserves. Vous n'avez pas à essayer de nous voler. »

Le fulcrum ne bouge pas.

Quelque chose d'autre si, à la lisière de la forêt de pierre : des agglomérats ténus d'argent pâli se brouillent soudain dans un mouvement chaotique en fonçant vers le campement. D'autres assaillants. Terre cruelle ! Vous étiez tous si concentrés sur le gèneur que vous n'avez même pas remarqué ce qu'il y avait dans votre dos. Vous les entendez, maintenant. Cris, jurons, martèlement des pieds sur le sable cendreux. Les Costauds les plus proches de la barrière de pieux dressée de ce côté-là donnent l'alarme.

« Ils attaquent, brailles-tu.

— Sans déc' », riposte Ykka en tirant un vitropoignard.

Tu bats en retraite jusque dans le cercle des tentes, en proie à une conscience aiguë de ta propre vulnérabilité – sensation à la fois étrange et profondément désagréable. Ta capacité persistante à valuer et l'instinct qui te pousse à intervenir quand tu *pourrais* manifestement aider ne font qu'empirer les choses. Quand un groupe d'attaquants arrive à un endroit du périmètre relativement dégarni en pieux et en défenseurs, tu ouvres les yeux pour les voir réellement tenter de se frayer un passage jusque dans le campement. Ce sont de banals bandits hors-comm : crasseux, émaciés, vêtus d'un mélange grisé par la cendre de loques et d'habits volés plus neufs. Tu pourrais les éliminer tous les six en un demi-souffle avec un unique tore de précision.

Mais tu sens aussi maintenant… Quoi, en fait ? À quel point tu es… *alignée*. L'argent de Ykka est concentré de la même manière que celui des autres gèneurs de ta connaissance, quoique toujours stratifié, déchiqueté, vaguement frémissant. Il coule en elle de-ci, de-là pendant qu'elle bondit du chargement, appelle à l'aide au nom des quelques Costauds les plus proches des intrus, se précipite elle-même à la rescousse. Le flot de ta magie est lisse et régulier, le moindre fil imitant les autres par le flux et l'orientation. Tu ne sais pas comment la retransformer pour lui rendre son aspect originel, en admettant que ce soit possible, mais tu sais d'instinct que si tu utilises l'argent dans cet état, toutes les particules de ton corps se tasseront aussi serré que les briques d'un mur monté par un maçon. Et tu te retrouveras aussi figée que ce mur.

Tu luttes donc contre l'instinct et tu te *caches*, même si ça te reste en travers de la gorge. D'autres que toi se blottissent à l'abri, au centre du campement : les plus jeunes enfants, la petite poignée de vieillards, une femme enceinte que son ventre prive de toute souplesse – mais armée d'une arbalète chargée – et deux Reproducteurs équipés de poignards, évidemment chargés de les défendre, elle et les enfants.

Quand tu lèves prudemment la tête pour suivre la bataille, tu entrevois brièvement quelque chose de stupéfiant. Danel s'est approprié un des bâtons taillés en pointe de l'enceinte et s'en sert pour se frayer un chemin sanglant à travers le groupe des assaillants. Elle est phénoménale. Pivotant, poignardant, parant, poignardant derechef, faisant tournoyer son bâton entre deux coups comme si elle avait passé sa vie à se battre avec des hors-comm. Ce n'est pas seulement une Costaude expérimentée ; non, il s'agit d'autre chose. Elle est trop bonne. Mais c'est normal, non ? Rennanis ne l'a pas nommée générale pour ses beaux yeux.

C'est tout juste si on peut parler de bataille, en fin de compte. Une vingtaine ou une trentaine de hors-comm décharnés contre des communs entraînés, nourris, préparés… Voilà pourquoi les comms survivent aux Saisons et être hors-comm constitue à long terme une condamnation à mort. Les assaillants devaient être au désespoir ; il n'est sans doute pas passé grand monde sur la route ces derniers mois. Qu'est-ce qu'ils s'imaginaient ?

La réponse s'impose brusquement : ils comptaient sur leur orogène. Il était censé remporter la victoire pour eux, mais il ne bouge toujours pas, ni orogéniquement ni physiquement.

Tu te lèves, tu laisses derrière toi les dernières poches de combat, tu quittes la route en ajustant maladroitement ton masque et te glisses entre les pieux du périmètre pour t'enfoncer dans la nuit profonde de la forêt de pierre. La lumière des feux de camp te rend aveugle dans l'obscurité, ce qui t'oblige à t'arrêter le temps que ta vision s'adapte. Qui sait quels pièges les hors-comm ont posés là ? Tu ne devrais pas y aller toute seule. Une autre surprise t'attend cependant car, entre deux battements de paupières, tu te mets soudain à voir en argent. Les insectes, les feuilles mortes tombées, une toile d'araignée et jusqu'aux rochers – le tout scintillant, motifs veinés démentiels, cellules et particules dessinées par le réseau qui les relie.

Il y a aussi des gens. Tu t'arrêtes en les découvrant, bien cachés sur le fond argent exubérant de la forêt.

Le gêneur se trouve toujours au même endroit, silhouette brillante tranchant sur des lignes plus délicates, mais tu repères également deux petites formes blotties dans une grotte, cinq ou six mètres plus loin, et deux autres qui dominent de haut les formations minérales aux courbes déchiquetées. Des postes de guet, peut-être ? Personne ne bouge beaucoup. Impossible de savoir si on t'a repérée ou si on suit d'une manière ou d'une autre le déroulement de la bataille. Quoi qu'il en soit, tu restes un instant figée, saisie par le brusque basculement de ta perception. S'agit-il d'un sous-produit de l'apprentissage qui t'a permis de voir l'argent en toi et dans les obélisques ? Quand on le voit là, peut-être le voit-on partout. À moins que tu n'aies plongé en pleine hallucination et que ce spectacle ne soit qu'une sorte d'image rémanente sous tes paupières. Après tout, Albâtre n'a jamais dit qu'il voyait de cette manière… mais, franchement, a-t-il essayé un jour d'être un bon enseignant ?

Tu progresses un moment à tâtons, la main tendue en avant, de crainte qu'il ne s'agisse d'une illusion quelconque, mais si c'en est une, elle se révèle exacte. Poser les pieds sur un entrelacs d'argent a beau te faire un effet bizarre, tu finis par t'y habituer.

Le réseau reconnaissable de l'orogène et le tore qu'il entretient toujours sont maintenant assez proches pour te permettre de constater qu'il se trouve au-dessus du niveau du sol. Trois ou quatre mètres plus loin. Tout s'explique quand une pente abrupte se matérialise devant toi et que ta main touche de la pierre. Ta vue normale, qui s'est entre-temps adaptée à la nuit, te révèle une colonne inclinée, sans doute assez facile à escalader – du moins quand on a plus d'un bras. Tu t'arrêtes à son pied.

« Hé ho. »

Pas de réponse. Tu prends toutefois conscience du souffle qui te parvient : rapide, haletant, contenu. Comme si quelqu'un essayait de respirer sans bruit.

« Hé ho. »

Les yeux plissés dans le noir, tu finis par discerner une structure composée de branchages, de vieilles planches et autres débris. Une sorte d'affût, peut-être. Sans doute voit-on la route, de là-haut. La vue n'a pas d'importance pour un orogène entraîné, mais les gèneurs mal entraînés, eux, sont incapables de diriger leur pouvoir à leur gré. D'ailleurs, une bête noire du Fulcrum en personne a besoin d'y voir afin d'opérer la distinction nécessaire pour ne pas geler des fournitures utiles, mais juste les gens qui les défendent.

Un mouvement, dans l'affût. La respiration ne s'est-elle pas brièvement interrompue ? Tu cherches quelque chose à dire, mais la seule pensée qui te vienne se résume à une question : que fait un orogène du Fulcrum dans une bande de hors-comm ? Sans doute se trouvait-il en mission à l'extérieur lors de la création du rift. Sans Gardien – ou il serait mort –, ce qui signifie qu'il s'agit d'un cinq-anneaux, minimum, ou d'un trois ou quatre-anneaux dont le supérieur a disparu. Tu t'imagines, toi, sur la route d'Allia au moment de l'ouverture du rift. Sachant que ton Gardien risquait de venir te chercher, mais prenant le pari qu'il allait peut-être à la place te considérer comme morte… Non. L'histoire s'achève là. Schaffa serait venu te chercher. Il *est* venu te chercher.

Entre deux Saisons. Il paraît que, en Saison, les Gardiens ne se joignent à aucune comm ; ce qui signifie qu'ils meurent… D'ailleurs, tu n'as croisé depuis la création du rift que la Gardienne qui accompagnait Danel et l'armée rennaine. Elle est morte dans la tempête de bouilleurs que tu as invoquée, ce dont tu es ravie, car elle faisait partie de ceux qui tuent par contact direct ; ceux-là sont encore pires que les Gardiens normaux. Quoi qu'il en soit, te voici en présence d'une ancienne bête noire, une de plus, solitaire, voire craintive, peut-être capable de tuer n'importe quand. Tu sais ce que c'est, hein ? Celle à qui tu as affaire aujourd'hui n'a cependant pas encore attaqué. Il faut que tu arrives à établir une connexion.

« Je me rappelle », commences-tu tout bas, en un murmure. On dirait que tu te refuses à t'entendre toi-même. « Je me rappelle les creusets. Les instructeurs, qui nous tuaient pour nous sauver. Ils t'ont f… forcé à avoir des enfants, toi aussi ? » Corindon. Tes pensées s'éloignent en sursaut des souvenirs. « Ils t'ont… et merde. » La main que Schaffa t'a cassée autrefois, la droite, se trouve quelque part dans l'équivalent de l'estomac de Hoa, mais tu ne l'en sens pas moins. Une douleur fantôme dans des os fantômes. « Je sais qu'ils t'ont brisé. La main. Ils nous l'ont fait à tous. Ils nous ont brisés pour… »

Une inspiration basse, horrifiée, te parvient très clairement depuis l'affût.

Le tore s'anime, tournoiement cinglant flouté, puis explose. Tu en es si proche qu'il manque de t'atteindre, mais le petit halètement t'a servi d'avertissement : tu t'étais préparée, orogéniquement, sinon physiquement, puisque tu ne le peux plus. Physiquement, tu tressailles, ce qui suffit à te faire perdre ton équilibre précaire à un seul bras. Tu tombes en arrière, tu atterris rudement sur les fesses… mais on t'a rentré de force dans le crâne depuis l'enfance qu'il fallait garder le contrôle à un niveau même si tu le perdais à un autre. Tu joues donc simultanément des valupinae et, d'une simple gifle, tire le fulcrum de terre en l'inversant. C'est toi la plus forte, et de loin ; rien de plus facile. Tu réagis aussi au niveau magique en t'emparant des vrilles d'argent cinglantes agitées par le tore… avant de te rendre compte, trop tard, que l'orogénie *affecte* la magie mais n'en est *pas*. À vrai dire, la magie tend à la fuir ; *voilà* pourquoi il t'est impossible de pratiquer l'orogénie à haut niveau sans que ta capacité à déployer la magie en soit négativement influencée ; enfin, tu comprends ! Quoi qu'il en soit, tu écrases les vrilles de magie sauvages et étouffes l'agitation au plus vite, ce qui signifie que tu te retrouves juste couverte d'une fine poussière de givre. Le froid n'a atteint que ta peau. Tu vivras.

Alors tu lâches prise. La magie et l'orogénie t'échappent brusquement, comme un élastique tendu, il te semble vibrer tout entière en réaction – touinnng… – et… oh… oh non… tu sens monter l'amplitude de la résonance pendant que tes cellules entreprennent de se réaligner… et de se compresser en pierre.

Il t'est impossible d'interrompre le processus… mais pas de choisir où il va s'appliquer. Tu disposes d'un instant pour décider quelle partie de ton corps tu peux te permettre de perdre. Les cheveux ! Non, il y en a trop, et la majeure partie de leur matière est trop éloignée des follicules vivants ; c'est faisable, mais ce serait trop long : tu aurais la moitié du cuir chevelu changée en pierre quand tu en terminerais. Les orteils ? Il faut que tu restes capable de marcher. Les doigts ? Tu n'as qu'une main, tu en as besoin, tu la garderas intacte tant que tu pourras.

Les seins. Ma foi, tu n'as de toute manière aucune intention d'avoir d'autres enfants.

Il suffit de canaliser la résonance, la pétrification, dans l'un d'eux, ce qui t'oblige à la faire transiter par la glande de l'aisselle. Tu réussis toutefois à en préserver le muscle, dans l'espoir de circonscrire les dommages de manière à ce qu'ils n'entravent ni tes mouvements ni ta respiration. Ton choix s'est porté sur ton sein gauche : ça contrebalancera ton bras manquant. N'importe comment, tu as toujours préféré le droit. Il est plus joli. Après en avoir terminé, tu restes allongée où tu es, vivante, hyper consciente du poids supplémentaire de ta poitrine, en état de choc, incapable de te désoler. N'empêche.

Tu te redresses difficilement, maladroitement, en faisant la grimace, pendant que l'orogène caché dans l'affût pousse un petit gloussement nerveux.

« Oh, rouille. Oh, Terre, balbutie-t-il. Damaya ? C'est vraiment toi, Damaya ? Désolé pour le tore, je voulais juste… Tu ne peux pas savoir comment c'était. Je n'arrive pas à y croire. Tu sais ce qu'ils ont fait à Fêlée ? »

Arkete, dit ta mémoire.

« Maxixe », dit ta bouche.

C'est Maxixe.

*
**

Maxixe est très diminué. Physiquement, en tout cas. Il n'a plus de jambes en dessous des cuisses. Il ne lui reste qu'un œil, du moins en état de fonctionnement. Le gauche est voilé et ne bouge pas en même temps que le droit. Le côté gauche de sa tête – il ne lui reste presque rien de la belle crinière acendre blonde dont tu te souviens, à part un goupillon taillé au couteau – se réduit d'ailleurs à un entrelacs de cicatrices rosâtres, parmi lesquelles l'oreille te semble avoir guéri, mais fermée. Elles ont soudé son front à sa joue et lui tirent la bouche de côté.

Rien de tout cela ne l'empêche de descendre de l'affût avec agilité en marchant sur les mains, en se tortillant et en soulevant à la seule force des bras son torse et ses moignons de jambes. Il se débrouille trop bien ; ça doit faire un moment qu'il se déplace de cette manière. Il te rejoint avant que tu ne te sois remise sur tes pieds.

« C'est vraiment toi. Il me semblait avoir entendu dire que tu n'avais que quatre anneaux, mais tu as bien transpercé mon tore, non ? Je suis un six-anneaux. Six ! Enfin, c'est ça qui m'a fait comprendre, tu vois. Tu es toujours la même à la valuation, parfaitement calme à l'extérieur et *furieuse* à l'intérieur. C'est vraiment toi. »

Les hors-comm sortent peu à peu de leurs aiguilles de pierre et autres cachettes. Tu te raidis à leur apparition – épouvantails maigres, loqueteux, puants, qui te regardent de derrière leurs lunettes volées ou artisanales, au-dessus des masques enroulés autour de leur bouche, manifestement fabriqués à partir de vieux vêtements. Toutefois, personne ne t'attaque. Ils se contentent de se rassembler et de te regarder discuter avec Maxixe.

Toi, tu le regardes te tourner autour à vive allure. Il porte lui aussi des loques de hors-comm, plusieurs couches, à manches longues, mais il est évident qu'il a en dessous les épaules et les bras énormes, bien qu'il soit par ailleurs décharné. La maigreur de son visage fait peine à voir. Son corps a visiblement fixé ses propres priorités pendant les longs mois de famine.

« Arkete », reprends-tu, parce que tu n'as pas oublié qu'il a toujours préféré son nom de naissance.

Il s'arrête et t'examine un moment, la tête inclinée. Peut-être y voit-il mieux de cette manière avec son œil fonctionnel. Son expression n'en constitue pas moins un reproche : il n'est pas plus Arkete que tu n'es Damaya. Trop de choses ont changé. Maxixe, alors.

« Tu te souviens », dit-il cependant.

En cet instant d'immobilité, où son œil émerge de la tempête de mots qu'il déchaînait il y a peu, tu entrevois le garçon prévenant et charmeur dont tu te souviens. La coïncidence est pourtant indigeste, vu son énormité. Il ne peut rien t'arriver de plus bizarre, à part croiser brusquement… le frère dont tu avais jusqu'ici oublié l'existence, peut-être. Comment s'appelait-il ? Feux souterrains, ça aussi, tu l'as oublié. Il est vrai que tu ne le reconnaîtrais certainement pas, si tu le croisais. La poussière du Fulcrum composait ta fratrie, par la souffrance sinon par le sang.

Tu secoues la tête pour te concentrer, puis tu acquiesces. Tu t'es enfin relevée, et tu époussettes tes fesses, pleines de cendre et de fragments de feuilles. Le poids qui te tire sur le torse rend tes mouvements maladroits.

« Je suis moi-même surprise de me souvenir. Tu as dû me faire de l'effet. »

Il sourit. Un sourire oblique. Seule une moitié de son visage fonctionne normalement.

« Moi, j'avais oublié. Du moins, j'ai essayé. De toutes mes forces. »

Tu serres les dents en te raidissant.

« Je… je suis désolée. »

C'est inutile. Sans doute ne se rappelle-t-il même pas pourquoi tu es désolée.

« Peu importe, répond-il en haussant les épaules.

— Si, c'est important.

— Non. » Il détourne brièvement les yeux. « J'aurais dû te parler, après. Au lieu de te détester. Et de la laisser, de les laisser, me transformer. Mais ça s'est passé comme ça, et maintenant… rien de tout ça n'a plus d'importance. »

Tu sais parfaitement qui représente son « la ». Après ce qui était arrivé avec Fêlée, les brimades ont mené à la révélation d'un réseau d'enfants qui ne cherchaient qu'à survivre et d'un autre, plus vaste, d'adultes qui exploitaient leur désespoir… Tu te souviens. Maxixe, regagnant un jour le baraquement de la poussière, les deux mains cassées.

« Ça vaut mieux que ce qui est arrivé à Fêlée », murmures-tu, avant de te dire que tu aurais mieux fait de te taire.

Il acquiesce pourtant, nullement surpris.

« Je suis allé dans un nœud, un jour… Ce n'était pas elle. La rouille sait à quoi je pensais… mais je voulais les visiter tous. Avant la Saison. » Gloussement amer et heurté. « Je ne la trouvais même pas sympa. Il fallait juste que je sache. »

Tu secoues la tête. Non qu'un besoin pareil te soit incompréhensible ; tu mentirais en affirmant que tu n'y as pas pensé des années, toi aussi, après avoir appris la vérité. Aller dans tous les nœuds. Trouver comment guérir les valupinae endommagées, libérer les prisonniers ou les tuer, par charité ; oh, tu aurais été une excellente instructrice, si le Fulcrum t'avait donné ta chance. Mais, bien sûr, tu n'as rien fait. Et, bien sûr, Maxixe n'a rien fait non plus pour sauver les opérateurs des nœuds. Il n'y a qu'Albâtre qui y soit arrivé.

Tu inspires à fond.

« Je suis avec eux, expliques-tu en désignant la route d'un signe de tête. Tu as entendu la chef. Les orogènes sont les bienvenus. »

Il vacille, alors qu'il repose sur ses bras et ses moignons. Son visage est indiscernable dans le noir.

« Je la value. C'est la *chef* ?

— Oui. Et tout le monde sait, toute la comm. Ils sont… C'est une comm… » Tu inspires à fond, une fois de plus. « *Notre* comm essaie quelque chose de différent. Des orogènes et des fixes. Qui ne s'entretuent pas. »

Il se met à rire, ce qui déclenche une quinte de toux assez longue. Les silhouettes filiformes environnantes ricanent aussi, mais c'est la toux de Maxixe qui t'inquiète. Sèche, dure, rocailleuse ; un son de mauvais augure. Il a respiré trop de cendre sans masque. Et il est bruyant. Tu veux bien manger ton sac de survie si les Chasseurs ne vous encerclent pas, tout proches, attentifs, peut-être prêts à les tuer, lui et les siens.

La quinte passée, il relève la tête vers toi, une lueur amusée dans l'œil.

« Je fais pareil », gouaille-t-il. Coup de menton en direction de ses sbires assemblés. « Ces rouilleux restent avec moi parce que je ne vais pas les manger. Ils ne me jouent pas d'entourloupe parce que je les tuerais. Et voilà : une coexistence pacifique. »

Tu les parcours du regard, les sourcils froncés. Sans voir quelle tête ils font.

« Mais ils n'ont pas attaqué ma comm. »

Ou ils seraient morts.

« Non. Ça, c'était Olemshyn. » Maxixe hausse une fois de plus les épaules ; son corps tout entier remue. « Un bâtard plus ou moins sanzien. Que deux comms ont jeté pour "problèmes de gestion de la colère", à ce qu'il raconte. Il nous aurait tous fait massacrer dans des raids, alors j'ai dit à ceux qui n'avaient pas envie de mourir et qui me supportaient de m'accompagner, et on a démarré notre propre truc. Ce côté-ci de la forêt est à nous ; ce côté-là était à eux. »

Deux tribus de hors-comm au lieu d'une. Quoique celle de Maxixe ne mérite guère le nom de « tribu », car ses compagnons ne sont apparemment qu'une poignée. Mais il vient de le dire : seuls ceux qui acceptaient de vivre avec un gèneur l'ont suivi. Au final, ils n'étaient pas très nombreux.

Il te tourne le dos pour remonter jusqu'à mi-chemin de l'affût, ce qui lui permet de s'asseoir et de se trouver à la même hauteur que toi. L'effort lui arrache une nouvelle quinte grelottante.

« À mon avis, explique-t-il, une fois la toux calmée, Olemshyn pensait que j'allais m'en prendre à vous. C'est comme ça qu'on procède, d'habitude : je gèle les gens, son groupe prend ce qu'il peut avant que le mien n'arrive, et tout le monde a de quoi tenir un peu plus longtemps. Seulement là, ce qu'a dit ta chef m'a fait perdre la boule. » Il détourne les yeux en secouant la tête. « Olemshyn aurait dû laisser tomber, quand il a vu que je n'allais pas vous geler, mais bon. Je leur avais bien dit qu'il allait tous les mener à la mort.

— Eh oui.

— Bon débarras. Qu'est-ce qui est arrivé à ton bras ? »

Il te regarde à nouveau. Ton sein gauche lui est invisible, bien que tu penches un peu de ce côté. Ça te fait mal, ça tire.

« Qu'est-ce qui est arrivé à tes jambes ? » contre-attaques-tu.

Un petit sourire tors lui monte aux lèvres, mais il ne répond pas. Toi non plus.

« Alors comme ça, vous ne vous entretuez pas. » Il secoue la tête. « Et ça marche vraiment ?

— Jusqu'à maintenant. On *essaie*, en tout cas.

— Ça ne durera pas. » Il remue puis te jette un coup d'œil. « Qu'est-ce que ça t'a coûté de te joindre à eux ? »

Tu ne réponds pas *rien*, parce que ce n'est pas ce qu'il te demande. Le marché qu'il a passé pour survivre ici est clair à tes yeux : ses talents en échange du peu de nourriture et de la protection douteuse que lui concèdent les bandits. La forêt de pierre – le piège – est son œuvre. Combien de gens a-t-il tués pour ses sbires ?

Combien en as-tu tués pour Castrima ?

Ce n'est pas la même chose.

Combien de gens comptait l'armée de Rennanis ? Combien en as-tu condamnés à être cuits vivants par les scarabées ? Combien la Castrima de surface compte-t-elle à présent de tas de cendre dont dépassent une main ou un pied botté ?

Ce n'est pas la même chose rouillée. C'étaient eux ou vous.

Tout comme pour Maxixe, qui essaie de survivre. Eux ou lui.

Tu serres les dents afin de réduire au silence cette querelle intérieure. Le temps manque pour ce genre de choses.

« On ne peut pas… commences-tu, avant de changer de méthode : On n'est pas obligés de tuer, il y a d'autres moyens. D'autres… On n'est pas obligés d'être… ça. »

Ce sont les mots de Ykka, maladroits et suintants d'hypocrisie dans ta bouche. D'ailleurs, recèlent-ils encore la moindre vérité ? Castrima n'a plus la géode qui obligeait orogènes et fixes à collaborer. Peut-être la comm tombera-t-elle en pièces dès demain.

Peut-être. En attendant, tu te contrains à terminer :

« On n'est pas obligés d'être ce qu'ils ont fait de nous, Maxixe. »

Il secoue la tête, les yeux fixés sur le tapis de feuilles mortes.

« Tu n'as pas oublié ça non plus.

— Non, admets-tu, après t'être humecté les lèvres. Moi, c'est Essun. »

Ses sourcils se froncent légèrement. S'étonne-t-il que ton nom actuel n'ait rien à voir avec les minéraux ? C'est pour ça que tu l'as choisi. Toujours est-il que Maxixe ne le remet pas en question. Il finit par soupirer.

« Nom d'une rouille, Essun, regarde-moi. *Écoute* les cailloux que j'ai dans la poitrine. Ta chef est peut-être disposée à accueillir un demi-gèneur, mais je n'en ai plus pour longtemps. Et puis… »

La position assise lui permet d'utiliser ses mains ; il englobe d'un geste les épouvantails qui vous entourent.

« Aucune comm ne voudra de nous », dit un des plus petits. Une femme, à ton avis, bien qu'elle ait la voix si lasse et cassée que tu n'en jurerais pas. « Ne te fatigue pas à nous raconter des craques. »

Tu danses d'un pied sur l'autre, mal à l'aise. L'inconnue a raison ; Ykka est peut-être disposée à adopter un gèneur hors-comm, mais pas ses compagnons. Sauf que tu n'arrives jamais à deviner ce qu'elle va faire.

« Je peux demander. »

Ricanements généraux, bas, blasés, fatigués. Quelques quintes grelottantes, s'ajoutant à celles de Maxixe. Ces gens sont à moitié morts de faim et, pour beaucoup, malades. Tes efforts ne servent à rien. Il n'empêche.

« Si vous ne venez pas avec nous, vous allez mourir ici, point final, dis-tu à Maxixe.

— C'était le groupe d'Olemshyn qui avait l'essentiel des provisions. On va les récupérer. » La phrase s'achève par un silence : il s'agit de la première offre en vue de passer un marché. « Et soit on vient tous, soit personne ne vient.

— C'est la chef qui décide », réponds-tu.

Il est hors de question que tu t'engages.

Le marchandage te paraît cependant parfaitement clair : un orogène entraîné par le Fulcrum, contre l'adoption de son groupe tout entier. Avec en plus, dans la balance, les provisions des bandits. Si Ykka refuse la proposition de Maxixe, il restera là. Ce qui t'ennuie.

« Je parlerai en faveur de ton caractère. Enfin, de ton caractère d'il y a trente ans. »

Un petit sourire te répond. Qu'il t'est difficile de ne pas considérer comme condescendant. *Regarde-toi. À essayer de faire de cette histoire ce qu'elle n'est pas.* Sans doute une projection de ta part.

« Je connais un peu la région, reprend Maxixe. Ça peut servir, vu que vous avez manifestement un but précis. » Coup de tête en direction de la lumière des feux, réfléchie par les formations rocheuses les plus proches de la route. « Vous *avez* bien un but, hein ?

— Rennanis.

— Ces connards. »

Tu déduis de sa réponse que l'armée rennaine est passée par là en descendant vers le sud et te permets de sourire.

« Des connards morts.

— Ah. » Il plisse son bon œil. « Ils ont écrasé les comms de la région. C'est pour ça qu'on en a tellement bavé. Plus une caravane à piller quand ils en ont eu terminé. Mais effectivement, j'ai valué quelque chose de bizarre dans la direction où ils étaient allés. »

Il n'en dit pas davantage, les yeux fixés sur toi, parce qu'il sait, bien sûr. Tous les gèneurs à anneaux ont dû valuer l'activité de la Porte de cristal, quand tu as mis une fin définitive à la guerre Rennanis-Castrima. Ils n'ont peut-être pas deviné ce qu'ils valuaient et, même s'ils l'ont deviné, ils n'ont pas perçu ce qui se passait en totalité, à moins de connaître la magie, mais ils en ont au moins éprouvé le retentissement.

« C'était... c'était moi. »

C'est étonnamment difficile à admettre.

« Rouille de Terre, Da… Essun ! Qu'est-ce que tu as fait ? »

Tu inspires à fond et lui tends la main. Ton passé s'obstine à revenir te hanter ; il t'est impossible d'oublier d'où tu viens, parce que ce fantôme ne te *laisse* pas l'oublier. Mais peut-être Ykka a-t-elle raison. Peut-être t'est-il possible de rejeter ce qui subsiste du toi d'autrefois, de prétendre que rien ni personne de cette époque n'a d'importance… ou de t'ouvrir à tout ça. De le refaire tien pour ce qu'il vaut, de gagner en force, entière.

« Viens, on va voir Ykka. Si elle t'adopte… si elle *vous* adopte, d'accord… je te raconterai tout. »

Et, s'il n'est pas très prudent, tu finiras par lui montrer comment faire, à lui aussi. Après tout, c'est un six-anneaux. Si jamais tu échoues, il faudra quelqu'un pour reprendre le flambeau.

À ta grande surprise, il considère ta main avec une sorte de lassitude.

« Je ne suis pas sûr d'avoir envie de *tout* savoir. »

Tu ne peux t'empêcher de sourire.

« Non, franchement, tu n'en as pas envie. »

Son sourire à lui reste asymétrique.

« Tu n'as pas non plus envie de savoir tout ce qui m'est arrivé.

— OK, d'accord, acquiesces-tu. On ne raconte que les trucs sympas. »

Le sourire s'élargit. Il lui manque une dent.

« Ça va être trop court, il n'y a même pas de quoi boucler une histoire de mnésiste pop. Personne ne paierait pour un truc pareil. »

Mais. Il déplace son poids et lève la main droite. On ne peut plus la qualifier de calleuse, car elle a la peau aussi épaisse que de la corne, et elle est répugnante. Après l'avoir serrée, tu essuies sans y penser la tienne sur ton pantalon. Ses compagnons ricanent.

Tu l'emmènes à Castrima, dans la lumière.

*
**

2470 : Antarctique. Un aven gigantesque a commencé à s'ouvrir dans la cité de Bendine (la comm est morte peu après). Région karstique, pas d'activité sismique, mais l'enfoncement de la ville a généré des vagues que les orogènes du Fulcrum antarctique ont détectées. Ils l'ont déplacée depuis leur Q.G. pour la stabiliser, ce qui a sauvé l'essentiel de la population. D'après les archives du Fulcrum, cette intervention a tué trois seniors.

Notes préparatoires de Yaetr Innovateur Dibars

6. Nassun forge son destin

Il ne se passe rien de particulier pendant le mois que mettent Nassun et Schaffa à gagner la ruine de civilisation disparue dont a parlé Acier, du moins d'après les critères d'une Saison bien entamée. Entre ce qu'ils ont emporté et ce qu'ils récupèrent en chemin, ils ont assez à manger pour deux, quoiqu'ils commencent à perdre du poids. L'épaule de Nassun guérit sans problème, mais la rend à un moment fiévreuse et flageolante pendant deux jours. Il lui semble alors que Schaffa décrète la pause du soir plus tôt que d'habitude. Le troisième jour, la fièvre est tombée, une croûte apparaît sur la plaie, et ils continuent leur route.

Ils ne croisent pratiquement personne, ce qui n'a rien de surprenant, puisque la Saison a commencé il y a un an et demi. Tous les hors-comm se sont maintenant joints à des bandes de pillards, mais il ne doit pas en rester beaucoup – seulement les plus vicieuses et celles qui disposent d'un avantage quelconque, outre la sauvagerie ou le cannibalisme. D'ailleurs, la plupart de celles qui restent sont parties au nord, dans les Moyessud, où il y a davantage de comms à harceler. Les pillards non plus n'aiment pas l'Antarctique.

Cette quasi-solitude convient pour l'essentiel à Nassun. Pas de Gardiens dont se méfier. Pas de fixes aux peurs irrationnelles à anticiper. Pas même d'enfants orogènes. Les autres lui manquent ; leur bavardage et la camaraderie dont elle a joui brièvement avec eux lui manquent. Il n'empêche que, le soir venu, elle était toujours jalouse du temps et de l'attention que leur avait consacrés Schaffa. Bien qu'elle soit maintenant en âge d'estimer cette jalousie puérile (ses parents dorlotaient Uche en permanence, mais elle a découvert par la suite l'horrible évidence : être le centre de l'attention générale ne signifie pas forcément qu'on est le chouchou), elle se réjouit d'avoir Schaffa pour elle seule et tient à le garder.

Ils se sentent bien ensemble. De jour, ils parlent peu. De nuit, ils se blottissent l'un contre l'autre pour se protéger du froid croissant – en sécurité, car Nassun a prouvé à son mentor que le moindre mouvement aux alentours, le moindre pas à proximité suffisait à la réveiller. Il arrive à Schaffa de ne pas trouver le repos et de rester allongé, frissonnant à peine, le souffle par moments coupé, les muscles secoués de spasmes à demi étouffés, car il essaie de ne pas la déranger malgré les tourments qu'il endure en secret. Lorsqu'il s'endort pourtant, son sommeil se révèle léger, agité. Il arrive à Nassun de veiller, elle aussi, et de souffrir par compassion silencieuse.

Elle décide donc de faire quelque chose. Plus précisément, ce qu'elle a appris à faire à Nouvelle Lune, quoique à un degré moindre : laisser la petite pierre-noyau logée dans les valupinae de Schaffa prélever un peu de son argent à elle. Elle ne sait pas pourquoi ça marche, mais elle se rappelle avoir vu les Gardiens du village prendre par moments des fragments d'argent à leurs pupilles puis exhaler, comme si quelque chose en eux s'était apaisé quand ils avaient donné un autre os à ronger à leur pierre-noyau.

Schaffa ne lui a pourtant pas pris d'argent. Il n'en a même pris à personne depuis le jour où elle lui a offert le sien, tout le sien – quand elle a découvert la véritable nature de l'épingle logée dans le cerveau des Gardiens. Nassun a plus ou moins deviné pourquoi il a arrêté d'en prélever. Ce jour-là, leur relation a changé. Il ne supporterait plus de se nourrir d'elle comme une sorte de parasite… mais le lien qui les unit maintenant explique aussi qu'elle lui donne de l'argent en cachette : leur relation a changé. Elle a autant besoin de lui que lui d'elle, et elle a choisi de lui dispenser ce qu'il se refuse à prendre. On ne peut donc parler de parasitisme.

(Un jour, bientôt, elle découvrira le mot *symbiose* et hochera la tête, heureuse de disposer enfin d'un nom pour ça. Mais elle aura décidé bien avant d'y appliquer celui de « famille ».)

Quand elle transmet son argent à Schaffa, il l'engloutit si vite, tout endormi soit-il, qu'elle s'empresse de retirer la main pour éviter de trop en perdre. Elle ne peut lui en donner qu'une quantité infime, faute de quoi elle serait trop fatiguée pour voyager, le lendemain. Ces quelques gouttes suffisent cependant à préserver le repos de son compagnon. Elle s'aperçoit d'ailleurs au fil des jours que, étonnamment, elle fabrique de plus en plus d'argent, évolution bienvenue qui lui permet de mieux soulager les souffrances de Schaffa sans pour autant s'épuiser. Chaque fois qu'elle le voit s'enfoncer dans un sommeil paisible, elle se sent gonflée de fierté et de vertu, alors qu'elle n'a rien de vertueux, elle le sait très bien. Peu importe. Elle a décidé d'être pour son Gardien une meilleure fille qu'elle ne l'a été pour Jija. Tout ira mieux, jusqu'à la fin.

Schaffa lui raconte parfois des histoires, le soir, pendant la préparation du dîner. Le Lumen d'antan y est à la fois un lieu de merveilles et de bizarrerie, aussi étranger que les fonds marins. (Il s'agit toujours du Lumen d'antan. Le Lumen plus récent échappe à Schaffa, de même que les souvenirs de l'homme qu'il a été.) Nassun a du mal à seulement concevoir la cité d'autrefois : des millions de gens – mais pas un paysan, pas un mineur, pas un habitant à cataloguer dans l'éventail de son expérience –, tous ou presque obsédés par des manies, des politiques, des affiliations déconcertantes, nettement plus compliquées que celles générées par les races et les castes. Des dirigeants, mais aussi l'élite des familles Dirigeantes lumeniennes. Des Costauds, syndiqués ou pas, ne bénéficiant ni des mêmes connexions ni de la même sécurité financière. Des Innovateurs, certains descendant de générations d'Innovateurs et rivalisant pour être envoyés à la Septième Université, d'autres se contentant de fabriquer ou de réparer les bricoles des bidonvilles. L'étrangeté de Lumen découlait en grande partie de l'antiquité de la cité, ce qui est en soi étrange. Il y *avait* à Lumen de très vieilles familles. Des bibliothèques où on trouvait des livres d'avant Tirimo. Des organisations qui se rappelaient, et vengeaient, des offenses commises trois ou quatre Saisons auparavant.

Schaffa parle aussi du Fulcrum, mais pas beaucoup. À cause d'un de ses trous de mémoire, aussi profond et insondable qu'un obélisque – mais dont Nassun se découvre incapable de ne pas sonder les bords. Il faut dire que sa mère a vécu autrefois au Fulcrum, d'où sa fascination mal assumée. Malheureusement, Schaffa n'a guère de souvenirs d'Essun, même quand la fillette trouve le courage de lui poser des questions directes. Il essaie d'y répondre, mais il s'interrompt souvent, visiblement mal à l'aise, agité, plus pâle qu'à l'ordinaire. Elle s'oblige donc à poser ses questions au compte-gouttes, à plusieurs heures voire plusieurs jours d'intervalle, pour laisser à son compagnon le temps de récupérer. Ce qu'elle apprend se résume presque à ce qu'elle avait déjà deviné, que ce soit sur sa mère, le Fulcrum ou la vie avant la Saison. Ça ne lui en fait pas moins du bien d'obtenir confirmation de ses suppositions.

Ainsi défilent les kilomètres, dans le souvenir et l'évitement de la souffrance.

La situation empire de jour en jour en Antarctique. La pluie de cendre n'a plus rien d'intermittent. Le paysage se transforme en nature morte de collines, de crêtes, de plantes agonisantes ciselées en gris-blanc. Le soleil manque maintenant à Nassun. Une nuit, des cris perçants parviennent aux deux voyageurs, de loin, heureusement – sans doute un gros kirkhusa en chasse. Un jour, ils passent près d'un étang couvert d'une cendre d'un gris de miroir. L'eau qu'elle dissimule semble d'une immobilité d'autant plus dérangeante que la mare est alimentée par un ruisseau au courant rapide. Malgré leurs gourdes presque vides, Nassun jette un coup d'œil à Schaffa, qui hoche la tête, approbation lasse et silencieuse. Il n'y a rien de manifestement problématique, mais… voilà. Survivre en Saison est autant une question d'intuition que de matériel. Ils évitent l'eau trop calme et survivent.

Le soir du vingt-neuvième jour, ils arrivent à un endroit où la route s'infléchit vers le sud-ouest, après avoir brusquement atteint un plateau. À la valuation, elle longe ce qui évoque le bord d'un cratère. Les voyageurs escaladent la crête qui ourle la cuvette et découvrent de son sommet un disque immense, inhabituellement plat, que la chaussée entoure d'un demi-cercle avant de repartir plein ouest de l'autre côté. La dépression a été ravagée dans un lointain passé, mais il subsiste quelque chose en son centre. Nassun voit enfin une merveille de ses propres yeux.

La Lippe du Vieillard est un volcan Somma – une caldeira dans une caldeira – qui a ceci de particulier qu'il est parfaitement formé. D'après les lectures de la fillette, la caldeira extérieure, la plus ancienne, est souvent très endommagée par l'éruption qui crée la caldeira intérieure, la plus récente. Mais, en l'occurrence, la première constitue un disque complet, quasi géométrique, quoique très érodé et couvert d'une forêt ; malgré la végétation qui la dissimule au regard, la valuation permet d'en connaître la forme. La seconde, un peu plus ovale, brille si fort de loin que, en ce qui la concerne, Nassun n'a même pas besoin de valuer pour deviner ce qui s'est passé. L'éruption a sans doute été si brûlante, à un moment, que la formation géologique a failli s'autodétruire. Ses restes se sont vitrifiés, naturellement trempés au point que des siècles de vent et de précipitations ne les ont presque pas abîmés. Le volcan responsable de cette configuration est maintenant éteint ; il ne reste plus dans sa chambre magmatique, vide depuis longtemps, le moindre effluve de chaleur attardée. La Lippe a pourtant été autrefois le théâtre d'un percement effarant – et épouvantable – de la croûte terrestre.

Les voyageurs, qui n'ont pas oublié les conseils d'Acier, campent cette nuit-là à deux ou trois kilomètres du rebord. Passé minuit, avant l'aube, une sorte de crissement lointain réveille Nassun, mais Schaffa la rassure :

« Je l'ai déjà entendu de temps en temps », lui dit-il tout bas, par-dessus le crépitement du feu. La veille au soir, il a insisté pour qu'ils montent la garde. Nassun a pris le premier tour. « Il y a quelque chose dans la forêt, mais ça n'a pas l'air de venir par ici. »

Elle a beau lui faire confiance, aucun d'eux ne passe une bonne nuit.

Ils se lèvent avant le soleil et reprennent la route. Nassun contemple à la lumière du petit matin le double cratère trompeusement silencieux qui les attend. De près, les brèches qui percent à intervalles réguliers les parois de la caldeira intérieure sont plus visibles ; quelqu'un a veillé à ce qu'on puisse traverser cette barrière. Toutefois, la caldeira extérieure disparaît complètement sous des arbres vert-jaune onduleux, assez semblables à de l'herbe, qui ont apparemment étouffé dans la zone toute autre végétation. Nassun n'y value même aucune piste de gibier.

La vraie surprise l'attend néanmoins *sous* la Lippe.

« La ruine de civilisation disparue… elle est *souterraine* », dit la fillette.

Schaffa la regarde, surpris, mais ne proteste pas.

« Dans la chambre magmatique ?

— Peut-être… »

Elle a peine à y croire, elle aussi, mais l'argent ne ment pas. Une autre bizarrerie lui apparaît quand elle élargit le champ de sa conscience valupinaelle. L'argent reflète les perturbations de la topographie et de la forêt – c'est le cas n'importe où –, mais se révèle plus brillant dans le volcan Somma ; on dirait qu'il coule avec plus d'ardeur de plante en plante et de rocher en rocher. Ses filets se fondent en ruisselets éblouissants, lesquels alimentent des torrents, tant et si bien que la ruine occupe un lac agité de lumière scintillante dont l'éclat intense rend les détails indiscernables. Nassun distingue juste un grand espace, où il lui semble entrevoir des bâtiments. La ruine est énorme. Il s'agit d'une cité, mais qui ne ressemble à rien de ce que la fillette a jamais valué.

En revanche, elle a déjà valué ce violent bouillonnement d'argent. Elle ne peut se retenir de pivoter pour jeter un coup d'œil au saphir, quasi invisible à quelques kilomètres de là. Ils l'ont distancé, mais il n'en continue pas moins à les suivre.

« Oui. » Schaffa, qui la regardait, n'a rien manqué de son enchaînement de pensées. « Je ne me souviens pas de cette cité, mais j'en connais qui y ressemblent. Les obélisques étaient fabriqués dans ce genre d'endroits. »

Elle secoue la tête, cherchant à comprendre.

« Qu'est-ce qui est arrivé à celle-là ? Il devait y avoir un tas d'habitants, autrefois.

— L'Éclatement. »

Elle inspire. Elle a entendu parler de l'Éclatement, bien sûr ; elle y a cru, comme les enfants croient à la plupart des histoires. Elle se rappelle avoir vu dans un de ses manuels de crèche le croquis de l'événement, exécuté par un artiste : foudre et rochers tombant du ciel, éruption incendiaire jaillissant de la terre, minuscules silhouettes en fuite, condamnées.

« Alors c'était ça ? Un gros volcan ?

— C'était ça *ici*. » Schaffa parcourt du regard la forêt aux arbres ployants. « C'était autre chose ailleurs. L'Éclatement a dispersé des centaines de Saisons différentes de par le monde. C'est un miracle que l'humanité n'ait pas péri tout entière. »

Il en parle d'une manière… Si impossible que ce soit, Nassun se mord la lèvre.

« Tu étais… tu t'en souviens ? »

Il lui jette un coup d'œil surpris puis lui adresse un sourire, aussi désabusé que las.

« Non. Je crois… Je *dirais* que je suis né peu après, bien que je n'en aie aucune preuve. N'importe comment, même si je pouvais en théorie me rappeler l'Éclatement, je suis à peu près sûr que je n'en aurais aucune envie. » Il soupire puis secoue la tête. « Le soleil est levé. Allons affronter l'avenir, pour le moins, et laissons le passé se débrouiller sans nous. »

Elle acquiesce. Ils quittent la route et s'enfoncent entre les arbres.

Des arbres bizarres, dont les longues feuilles fines rappellent des brins d'herbe, et aux minces troncs flexibles, séparés de quelques petites dizaines de centimètres. Il arrive à Schaffa d'être obligé de s'arrêter afin d'en écarter deux ou trois, pour que sa protégée et lui se faufilent dans l'espace ainsi ménagé. Cette configuration rend la progression si difficile que Nassun ne tarde pas à être hors d'haleine. Quand elle s'arrête, en nage, il continue à se frayer un passage à la force des bras dans la curieuse forêt.

« Schaffa, appelle-t-elle, prête à demander une pause.

— Non. » Il lâche un grognement en repoussant un arbre. « N'oublie pas ce que nous a dit le mangeur de pierre, mon enfant. Au crépuscule, il faut avoir atteint le centre de la Lippe. Nous n'aurons pas une minute de trop, c'est évident. »

Il a raison. Elle déglutit, se met à respirer plus profondément pour pouvoir s'activer davantage puis reprend en sa compagnie le combat contre les plantes envahissantes.

Œuvrer avec lui aide Nassun à trouver son rythme. Elle est douée pour repérer les chemins les plus rapides, qui ne nécessitent pas d'écarter les arbres. Lorsqu'elle en voit un, Schaffa lui emboîte le pas ; lorsque ces chemins s'achèvent, en revanche, c'est lui qui pousse, qui frappe, qui casse les plantes pour ménager un passage où elle se contente de le suivre. Ces brèves accalmies permettent à Nassun de reprendre son souffle, quoique en partie seulement. Elle finit par avoir un point de côté. Par moins bien y voir, à cause des feuilles qui s'obstinent à lui tirer les cheveux et à les libérer de ses deux chignons, alors que ses boucles, détendues par la sueur, lui pendent maintenant devant les yeux. Elle a désespérément envie de se reposer une heure ou deux. De boire quelques gorgées. De manger un morceau. Mais les nuages grisaillent de plus en plus ; il devient de plus en plus difficile de déterminer combien de temps encore va durer le jour.

« Je peux… marmonne Nassun à un moment où elle cherche comment utiliser l'orogénie, l'argent ou *n'importe quoi* d'autre pour libérer le passage.

— Non », répond Schaffa, qui devine ce qu'elle aurait dit.

Il a tiré elle ne sait d'où un vitropoignard noir. Une arme peu pratique, en l'occurrence, mais dont il a accru l'efficacité en s'en servant pour transpercer les troncs avant de les abattre à coups de pied. Ils cassent plus facilement, une fois troués.

« Si tu gelais les plantes, les éliminer n'en deviendrait que plus difficile, continue Schaffa. Et une secousse ferait s'écrouler la chambre magmatique sous nos pieds.

— Alors l… l'argent…

— Non. » Il s'arrête, un instant seulement, et se retourne pour la fixer d'un regard dur. Elle remarque avec une grande tristesse qu'il n'est pas le moins du monde essoufflé, malgré le film de sueur qui luit sur son front. Son épingle le torture, mais elle lui accorde toujours à contrecœur une force hors du commun. « Il y a peut-être d'autres Gardiens aux alentours. C'est peu probable, au point où nous en sommes, mais ça reste possible. »

Nassun en est réduite à chercher une question à poser, parce que cette courte pause lui donne le temps de reprendre son souffle.

« D'autres Gardiens ? » Ah, c'est vrai, il a bien dit qu'ils allaient tous quelque part, en Saison, et que la *gare* dont a parlé Acier leur permettait de s'y rendre. « Tu as retrouvé certains souvenirs ?

— Rien de plus, hélas. » Un petit sourire entendu joue sur les lèvres de Schaffa, comme s'il connaissait les motivations de sa pupille. « Je sais juste que nous passons par là.

— Pour aller où ? »

Son sourire s'efface ; une absence d'expression dérangeante, quoique familière, envahit très fugacement ses traits.

« À Mandat. »

Elle se rappelle trop tard qu'il s'appelle en réalité *Schaffa Gardien Mandat*. Jamais elle n'avait pensé à s'interroger sur la comm de Mandat. On y accède apparemment en passant par une cité morte ; qu'est-ce que ça peut bien signifier ?

« P… pourquoi ? »

Il secoue la tête et, cette fois, ses traits se durcissent.

« Arrête d'essayer de gagner du temps. La luminosité est faible, aujourd'hui. Les prédateurs nocturnes n'attendront pas la nuit. »

Le regard qu'il lève au ciel ne trahit cependant qu'un léger agacement, à croire que la pénombre ne met pas leur vie en danger.

Nassun pourrait se plaindre qu'elle est sur le point de s'écrouler, mais ça ne servirait à rien. On est en Saison. Si elle s'écroule, elle meurt. Aussi se force-t-elle à se glisser dans l'espace qu'il a ménagé en cassant quelques arbres et recommence-t-elle à s'interroger sur le chemin le plus facile.

Ils y arrivent, heureusement, sans quoi je raconterais une histoire fort simple : celle où tu apprends la mort de ta fille puis laisses dans ton chagrin le monde s'étioler.

Il ne s'en faut même pas de peu. Quand le dernier bosquet d'arbres herbacés s'éclaircit brusquement, un tunnel aux parois polies apparaît, s'enfonçant dans l'anneau rocheux qui délimite la caldeira intérieure. Le boyau se révèle très élevé, bien qu'il n'en ait pas eu l'air de loin, et assez large pour livrer facilement passage à deux carrioles de front. Une mousse tenace et des plantes grimpantes ligneuses en tapissent les parois mais, par chance pour les voyageurs, les plantes se sont étiolées. Ils risqueraient sinon de se prendre dans les vrilles végétales, qui ralentiraient encore leur progression, tandis qu'en l'occurrence ils pressent le pas en repoussant les branches mortes cassantes puis débouchent soudain en trébuchant sur une gigantesque dalle immaculée. Ce n'est ni du métal ni de la pierre, mais Nassun, qui a déjà vu cette matière près d'autres ruines de civilisations disparues, sait qu'elle produit parfois la nuit une vague lueur. Quoi qu'il en soit, elle couvre toute la caldeira intérieure de la Lippe.

D'après Acier, la ruine est là, au milieu du cratère – mais il n'y a à cet endroit qu'une volute de métal délicate, apparemment plantée dans le matériau blanc. Nassun se raidit, aussi méfiante face à l'inconnu que n'importe quel survivant aguerri, alors que Schaffa s'en approche sans hésiter. Quand il s'arrête juste à côté de l'arc, une expression curieuse passe sur ses traits, sans doute due au conflit momentané qui s'est joué entre son corps – lequel a exécuté ces mouvements par habitude – et son esprit – qui n'a gardé aucun des souvenirs correspondants. Il n'en pose pas moins la main sur la petite boucle qui orne la pointe de la courbe métallique.

Des lignes et des formes bidimensionnelles lumineuses apparaissent autour de lui sur la dalle, surgies de nulle part. Nassun laisse échapper une exclamation étouffée, mais les dessins se contentent de se déplacer, en allumant au passage d'autres formes et lignes, et s'étendent ainsi sans cesser de luire jusqu'à constituer un rectangle grossier aux pieds de Schaffa. Un bourdonnement léger, presque inaudible, la fait sursauter et promener dans la caldeira un regard nerveux. Une seconde plus tard, le matériau blanc s'évanouit juste devant le Gardien. Il n'y a ni panneau coulissant ni battant ; un morceau de la dalle disparaît, tout simplement. Il s'agit d'une entrée, Nassun en prend soudain conscience.

« Nous y voici », murmure Schaffa, visiblement surpris, lui aussi.

Un tunnel de plus en plus pentu s'enfonce sous terre jusqu'à disparaître à la vue. L'escalier qui l'occupe est encadré par d'étroits panneaux rectangulaires lumineux et pourvu d'une rampe, à laquelle donne naissance la volute de métal. Nassun s'en aperçoit en allant se poster à côté de Schaffa, ce qui permet à sa perception de se réorienter. Ceux qui plongent dans les profondeurs ont quelque chose à quoi se cramponner.

Dans la curieuse forêt que viennent de traverser les voyageurs, s'élève au loin une sorte de grincement haut perché qu'elle identifie aussitôt comme un bruit animal. Peut-être un frottement de chitine. Une version plus proche et plus forte des crissements de la nuit précédente. Elle se tourne vers son compagnon, frémissante.

« Sans doute des sauterelles », dit-il, les traits crispés, en jetant un coup d'œil au tunnel par lequel Nassun et lui sont arrivés dans la caldeira intérieure. Rien n'y bouge – pour l'instant. « Ou alors des cigales. Bon, allons-y. J'ai déjà vu des mécanismes de ce genre. Ça devrait se refermer derrière nous. »

Il fait signe à la fillette de le précéder, pendant qu'il surveille leurs arrières. Elle inspire à fond, s'oblige à se rappeler qu'il faut en passer par là pour créer un monde qui ne fera plus de mal à personne et s'engage dans l'escalier d'un pas vif.

Les panneaux lumineux s'allument au fil de la descente des deux visiteurs, cinq ou six marches devant eux, puis s'éteignent progressivement trois marches derrière. À peine se sont-ils enfoncés d'un ou deux mètres dans le boyau que le matériau blanc qui le dissimulait reparaît, comme l'avait prédit Schaffa. Les crissements qui leur parvenaient depuis la forêt s'interrompent net.

Il n'y a plus rien que la lumière, l'escalier, la cité depuis longtemps oubliée qui les attend, quelque part en contrebas.

*
**

2699 : Deux bêtes noires du Fulcrum ont été envoyées à Deejna (comm du quartant d'Uher, Côtière Occidentale, près des Pièges de Kiash), quand le mont Imher a montré des signes de réveil imminent. Les visiteurs ont informé de la situation les autorités de la comm et les ont prévenues que le séisme risquait de réveiller à leur tour tous les volcans de la chaîne de Kiash, y compris Folie (petit nom régional du supervolcan qui a déclenché la Saison de la Folie ; le mont Imher se trouve sur le même point chaud). Après avoir établi que leurs capacités ne leur permettraient pas d'empêcher l'éruption originale, les deux orogènes n'en ont pas moins tenté d'agir, car ils manquaient de temps pour envoyer chercher des collègues de rang plus élevé. Note : il s'agissait d'un trois-anneaux, accompagné paraît-il d'un sept-anneaux, lequel ne portait cependant pour une raison quelconque aucun signe de son rang. Ils ont réussi à maîtriser le mont Imher jusqu'à l'arrivée d'un senior neuf-anneaux, qui l'a remis en sommeil. (Ses deux subordonnés ont été retrouvés les mains dans les mains, carbonisés et congelés.)

Notes préparatoires de Yaetr Innovateur Dibars

Syl Anagist : trois

Fascinant. Les souvenirs me reviennent plus facilement du fait que je les raconte… à moins que je ne sois resté humain, après tout.

*
**

Notre excursion sur le terrain se réduit d'abord à une balade en ville. Nous avons passé les courtes années qui nous séparent de la décantation initiale immergés dans la valuation, la perception de l'énergie sous toutes ses formes. Nous promener à l'extérieur nous oblige à nous concentrer sur les informations fournies par nos autres sens, moins importants ; au début, elles nous engloutissent littéralement. Les trottoirs en fibres compressées nous rendent nerveux par leur élasticité, tant ils diffèrent du bois laqué dur de nos quartiers. L'air que nous nous efforçons de respirer, épaissi par l'odeur de la végétation meurtrie et des sous-produits chimiques exhalés par des milliers de gens, nous fait éternuer. Son premier éternuement effraie Dushwha au point de lui tirer des larmes. Les mains pressées contre les oreilles, nous essayons en vain d'étouffer les multiples bavardages, grincements de murs, froufroutements de feuilles, bourdonnements lointains de machinerie. Quand Bimniwha se met à hurler pour couvrir le vacarme, Kelenli s'arrête le temps de la calmer et de la convaincre de parler normalement. À la vue des oiseaux perchés dans un buisson tout proche, je me jette de côté en poussant un cri de terreur, alors que je suis le plus calme du groupe.

C'est la contemplation du fragment d'améthyste plutonique dans toute sa beauté qui finit par nous apaiser. Il domine le cœur du nœud-cité, forçant l'admiration, animé d'une pulsation lente, rythmée par le flux de la magie. Chaque nœud de Syl Anagist s'est adapté à sa manière unique au climat local. Nous avons entendu dire que, dans le désert, certains faisaient pousser leurs bâtiments à partir de plantes grasses géantes durcies ; que, dans l'océan, d'autres construisaient grâce à des organismes coralliens conçus pour croître et mourir sur ordre. (La vie est sacrée, à Syl Anagist, mais la mort se révèle parfois nécessaire.) Notre nœud à nous – celui de l'améthyste – était autrefois une forêt primaire ; je ne peux m'empêcher de penser qu'il subsiste dans l'immense cristal quelque chose de la majesté de ces arbres vénérables qui le rend plus imposant, plus robuste que les autres fragments de la machine ! Impression totalement irrationnelle, mais force est de constater que mes camarades accordeurs contemplent l'améthyste avec autant d'amour que moi.

(On nous a raconté des histoires sur le monde d'il y a bien longtemps et son altérité. Autrefois, non seulement les cités n'avaient aucune vie – jungles de pierre et de métal incapables de croître et de changer –, mais elles étaient aussi meurtrières, car elles empoisonnaient la terre, rendaient l'eau non potable, modifiaient par leur seule existence jusqu'aux conditions climatiques. Syl Anagist a beau les surpasser, évoquer le nœud-cité proprement dit ne nous inspire aucune émotion. Il ne nous est rien – constructions emplies de gens que nous ne comprendrons jamais vraiment, vaquant à des occupations qui devraient éveiller notre intérêt mais qui nous indiffèrent. Alors que les fragments... Leur voix nous parvient. Nous chantons leur chant magique. L'améthyste fait partie de nous et nous faisons partie d'elle.)

« Je vais vous montrer trois choses au cours de cette excursion, déclare Kelenli, lorsque enfin la contemplation du cristal nous a apaisés. Les contrôleurs les ont minutieusement examinées avant de donner leur accord, si cela vous importe. »

Elle coule un regard appuyé à Remwha, puisque c'est lui qui a soulevé le plus de difficultés quand il a été question de cette sortie. Il pousse un soupir prétendument agacé. Ce sont deux excellents comédiens devant nos gardes attentifs.

Kelenli nous entraîne plus loin. Quel contraste entre son comportement et le nôtre ! Elle marche avec aisance, la tête haute, indifférente à ce qui n'a pas d'importance, rayonnante de calme et d'assurance. Nous la suivons en nous arrêtant, en repartant, en hésitant, tout de maladresse timide, sujets à la distraction au moindre prétexte. Les gens nous regardent, mais à mon avis, ce n'est pas notre pâleur qui les surprend. Nous avons juste l'air complètement idiots.

Moi qui ai toujours eu beaucoup de fierté, leur amusement me mortifie. Voilà pourquoi je me raidis et essaie d'adopter l'allure de Kelenli, quand bien même cela m'oblige à ignorer nombre des merveilles et des dangers potentiels environnants. Gaewha, également consciente de ce qui se passe, cherche à nous imiter. Remwha finit par s'apercevoir de notre conduite, qu'il trouve manifestement agaçante ; il envoie aux alentours une petite ondulation : *Nous ne cesserons jamais de leur paraître totalement étrangers.*

Je réponds par une vague-poussée palpitante, basse et coléreuse : *Ça n'a rien à voir avec eux.*

Il soupire, mais entreprend lui aussi de calquer son pas sur le mien. Les autres suivent le mouvement.

Nous sommes arrivés dans le quartant le plus méridional du nœud, où plane une légère odeur de soufre. Kelenli nous explique qu'elle est due aux énormes plantes de réhabilitation, plus denses dans cette zone, où les égouts amènent les eaux usées de la ville près de la surface. Les végétaux qui les nettoient déploient au-dessus des rues le superbe feuillage rafraîchissant qu'ils sont conçus pour posséder, mais les meilleurs générégéniums eux-mêmes ne peuvent les empêcher de sentir vaguement ce dont elles se nourrissent – les déchets.

« Tu vas nous montrer l'infrastructure qui traite les ordures ? demande Remwha à Kelenli. Je me sens déjà plus contextualisé. »

Elle pousse un petit grognement amusé.

« Pas exactement. »

Quand elle nous fait tourner au coin d'une rue, un bâtiment mort apparaît. Nous nous arrêtons tous, les yeux ronds. Les murs (une sorte d'argile rouge compressée en briques) et certaines colonnes (en marbre) sont couverts de lierre, mais il n'y a absolument *rien d'autre* de vivant dans cette construction, basse et trapue : on dirait une boîte rectangulaire. La valuation révèle qu'aucune pression hydrostatique n'en supporte les murs ; sans doute ne tient-elle debout que par la vertu de la gravité et des liants chimiques. Les fenêtres se composent de verre et de métal, point final ; a priori, il ne pousse pas de nématocystes dessus. Ce n'est pas possible, rien ne peut être en sécurité là-dedans. Les portes sont en bois mort poli, d'un brun-rouge sombre, gravées de motifs de lierre ; jolies, étonnamment. L'escalier est constitué d'une suspension de sable solidifiée d'un beige terne. (Des siècles plus tôt, on appelait ça du *béton*.) L'ensemble, obsolète à un point stupéfiant, n'en est pas moins intact, fonctionnel, donc fascinant par sa singularité.

« C'est tellement… tellement symétrique, commente Bimniwha, la lèvre vaguement retroussée.

— Oui, acquiesce Kelenli, qui s'est arrêtée devant le bâtiment pour nous laisser le temps de nous y habituer. Mais à une époque, les gens trouvaient ça beau. Allons-y. »

Elle repart.

Remwha la regarde avec de grands yeux.

« Hein ? Là-dedans ? Cette chose est structurellement fiable ?

— Oui. Et oui, on va à l'intérieur. » Elle s'arrête à nouveau et lui jette un coup d'œil. Peut-être croyait-elle sa réticence totalement feinte et est-elle surprise qu'il n'en soit rien. Je la sens aller vers lui dans l'atmosphère, le toucher, le rassurer. Réconfort précieux, car la peur et la colère le rendent toujours plus pénible. La vibration hérissée de sa nervosité s'apaise quelque peu. Kelenli n'en est pas moins obligée de continuer à jouer le jeu, pour nos nombreux observateurs. « Mais je suppose que tu peux rester dehors, si tu y tiens. »

Elle jette un coup d'œil aux deux gardes, homme et femme, qui veillent à ne jamais s'éloigner d'elle. Ils ne restent pas en retrait, contrairement à leurs collègues, que nous entrevoyons de temps en temps aux alentours.

« Vous savez bien que ce n'est pas possible, répond la femme, les sourcils froncés.

— Ce n'était qu'une proposition. » Kelenli hausse les épaules puis ajoute, pour Remwha, avec un petit coup de tête en direction de la boîte de brique : « Il semblerait qu'en fait tu n'aies pas le choix. Mais je te promets que le bâtiment ne va pas s'écrouler sur ta tête. »

Nous lui emboîtons le pas, Remwha un peu à retardement, bien qu'il finisse par suivre, lui aussi.

Quand nous franchissons le seuil de la construction, une pancarte holo s'écrit toute seule en l'air devant nous. On ne nous a pas appris à lire, et les lettres utilisées sont de plus bizarre, mais une voix tonitruante s'élève alors du système audio : « Bienvenue dans l'histoire de l'énervation ! » Je me demande ce que signifient ces quelques mots. L'odeur des lieux se révèle… inappropriée : sécheresse, poussière, renfermé – à croire qu'il n'existe pas de système d'évacuation du dioxyde de carbone. D'autres gens se tiennent dans le vaste hall ouvert ou montent les escaliers symétriques jumeaux qui en partent, courbes bordées de panneaux en bois ornementés manifestement fascinants. L'étrangeté de leur environnement retient si bien leur attention que personne ne nous regarde.

« Mais qu'est-ce que c'est que ça ? » demande alors Remwha.

Nous nous tournons tous vers lui, conscients de son malaise, picotement sur notre réseau. Il reste planté là, les sourcils froncés, la tête inclinée d'un côté, puis de l'autre.

« De quoi… »

Je m'interromps, parce que je l'entends ? le value ? moi aussi.

« Je vais vous montrer », dit Kelenli.

Elle nous entraîne plus profond dans cette boîte d'argile. Nous dépassons des cristaux d'exposition renfermant des éléments manufacturés incompréhensibles – quoique évidemment très vieux. Je reconnais un livre, un rouleau de fil de fer, un buste. Les affiches apposées près des artefacts en expliquent sans doute l'importance, mais il m'est impossible de donner un sens à l'ensemble par pure intuition.

Enfin, nous débouchons sur un large balcon, à la balustrade de bois ornementée traditionnelle. (Une tradition particulièrement terrifiante. Nous sommes contraints de confier notre sécurité à un garde-fou taillé dans un arbre mort que rien ne relie au réseau d'alarme de la cité, par exemple. Pourquoi ne pas se contenter de faire pousser une plante grimpante qui nous rattraperait en cas de chute ? Les époques reculées étaient monstrueuses.) Nous voici postés au-dessus d'une salle ouverte immense, le regard fixé sur quelque chose qui n'appartient pas plus que nous à ce lieu mort. C'est-à-dire pas du tout.

Ma première pensée : il s'agit d'une autre machine plutonique – entière ; pas seulement d'un fragment d'une structure plus vaste. Je distingue en effet le grand cristal central imposant et l'alvéole où il a poussé. Cette machine-ci a été activée, puisqu'elle lévite – pour l'essentiel –, faiblement bourdonnante, à deux ou trois mètres du sol. Cela mis à part, elle n'a aucun sens à mes yeux. Autour du cristal principal flottent des composantes plus longues, incurvées vers l'intérieur ; l'ensemble a quelque chose de floral qui évoque un chrysanthème stylisé. La pierre centrale luit d'un or pâle, mais celles qui l'alimentent, vertes à la base, se décolorent progressivement jusqu'à une pointe blanche. C'est beau, quoique franchement étrange.

Lorsque je considère cette machine avec davantage que mes yeux, lorsque je la touche en accordant mes nerfs aux perturbations de la terre, une exclamation étouffée m'échappe. Mort cruelle ! Elle crée des entrelacs de magie magnifiques ! Des dizaines de filaments d'argent se soutenant mutuellement ; des énergies couvrant des spectres et des formes interdépendants, changeant d'état de manière parfaitement organisée et contrôlée, quoique dans un désordre apparent. Le cristal central palpite par moments pour se synchroniser à diverses potentialités. Alors que l'ensemble est si petit ! Je n'ai jamais vu d'engin aussi bien construit. La Machine Plutonique elle-même n'est ni aussi puissante ni aussi précise, malgré sa taille. Si elle avait été conçue avec autant d'efficacité que ce frère minuscule, les contrôleurs n'auraient pas eu besoin de nous.

La miniature que j'ai sous les yeux n'a cependant aucun sens. La magie qui l'alimente n'est pas assez abondante pour produire l'énergie que je détecte. Je secoue la tête, mais ce qu'a entendu Remwha me parvient à présent : un bourdonnement persistant, quoique léger, dont les multiples tonalités mêlées, obsédantes, me hérissent le poil sur la nuque… Je jette un coup d'œil à Remwha, qui acquiesce d'un air sombre.

La magie de cette machine n'a pas de but compréhensible, si ce n'est la beauté visuelle, sonore, globale. Pourtant – je frissonne, car je comprends d'instinct, mais je résiste à cette compréhension, qui contredit tout ce que j'ai appris des lois de la physique et de l'arcanité –, cette chose génère *d'une manière ou d'une autre* davantage d'énergie qu'elle n'en consomme.

Les sourcils froncés, je considère Kelenli, qui me regarde.

« Ça ne devrait pas exister. »

Je m'exprime en mots exclusivement, car je ne sais comment traduire par ailleurs ce que je ressens. Saisissement. Incrédulité ? Peur, je ne sais pourquoi. La géomestrise n'a jamais rien construit de plus abouti que la Machine Plutonique, on nous l'a dit et répété des années durant, depuis notre décantation… et pourtant. Ce minuscule engin bizarre, relégué, quasi oublié, dans un musée poussiéreux, est *plus* abouti. Alors qu'il paraît avoir été conçu dans le seul but d'être beau.

Pourquoi cette constatation m'effraie-t-elle ?

« Mais ça existe », répond Kelenli.

Elle s'appuie à la balustrade, tournée vers nous, paresseusement amusée, semble-t-il – mais je value le tintement qu'elle fait résonner à travers la douce harmonie scintillante de la structure exposée.

Pensez-y, dit-elle sans mot dire, les yeux plus particulièrement fixés sur moi – son penseur.

Je jette un coup d'œil aux autres et, ce faisant, reprends conscience de la présence des deux gardes. Ils se sont postés aux extrémités du balcon, afin de voir à la fois le corridor d'accès et la salle en contrebas, mais ils ont l'air de s'ennuyer. Kelenli nous a amenés ici. Il a fallu qu'elle obtienne pour ce faire l'accord des contrôleurs. Elle tient à ce que nous voyions dans cet antique artefact quelque chose que ses gardes n'y voient pas. Mais quoi ?

Je m'avance, pose les mains sur la balustrade morte et contemple la chose d'un œil aigu, comme si l'observation visuelle allait m'aider. Que conclure ? La structure de la miniature est la même que celle de n'importe quelle machine plutonique ; sa *fonction* seule l'en différencie. Non. Mon évaluation pèche par simplisme. La différence en l'occurrence est d'ordre… philosophique. Nous sommes dans la manière d'être. La Machine Plutonique est un outil. Cette chose… cette chose est une *œuvre d'art*.

Alors je comprends. Elle n'a pas été construite par les habitants de Syl Anagist.

Je regarde Kelenli. Il faut que j'utilise des mots, mais de manière à ne rien apprendre aux contrôleurs à qui les gardes feront leur rapport.

« *Qui ?* »

Elle sourit. Un picotement envahit tout mon corps, porté par la ruée de quelque chose que je ne saurais nommer. Je suis son penseur, elle est contente de moi ; je n'ai jamais été aussi heureux de ma vie.

« Vous. » Sa réponse me plonge dans une perplexité sans bornes. Elle s'écarte de la balustrade. « Il y a un tas d'autres choses à voir. Venez. »

⁂

Tout change, en Saison.

Tablette première, « De la survie », strophe deux

7. Tu tires des plans

Ykka est plus disposée que tu ne l'aurais cru à adopter Maxixe et compagnie, mais ça l'ennuie qu'il ait les poumons aussi abîmés par la cendre – Lerna le confirme, une fois les hors-comm lavés et soumis à un examen médical préliminaire. Elle se montre également mécontente d'apprendre que quatre des bandits ont de sérieux problèmes de santé – depuis des fistules jusqu'à l'absence totale de dents – et qu'ils risquent de ne pas s'en sortir quand ils vont se nourrir, après la famine qu'ils ont endurée. Mais, comme elle le dit aux membres de son conseil impromptu, d'une voix assez forte pour parvenir à quiconque tend l'oreille, elle peut pardonner beaucoup à des gens qui apportent des provisions supplémentaires, la connaissance de la région et une orogénie de précision capable de sauver le groupe si jamais il se fait attaquer à l'avenir. D'ailleurs, ajoute-t-elle, il n'est pas nécessaire que Maxixe vive éternellement ; le temps d'aider la comm, ce sera très bien.

Elle se garde d'ajouter *Contrairement à Albâtre*, ce qui est gentil de sa part – ou, du moins, remarquablement non cruel. Tu es surprise qu'elle respecte ton chagrin. Peut-être faut-il y voir le signe qu'elle commence à te pardonner. Ça te fera du bien d'avoir de nouveau une amie. Des amis. De nouveau.

Ce n'est évidemment pas suffisant. Nassun est en vie, tu as plus ou moins surmonté les conséquences de ton coma post-Porte de cristal, tu livres donc maintenant une lutte quotidienne pour ne pas oublier les raisons qui t'empêchent de quitter Castrima. Premièrement, l'avenir de Nassun ; tu as besoin d'un endroit où elle sera en sécurité, quand tu l'auras retrouvée. Ce que, deuxièmement, tu serais incapable d'assurer toute seule – mais tu ne peux plus accepter que Tonkee t'accompagne, si elle en a envie. Pas alors que ton orogénie est compromise ; le long voyage de retour vers le sud signerait votre double arrêt de mort. Hoa est malheureusement bien incapable de t'aider à t'habiller, à cuisiner, à faire les mille et une choses pour lesquelles il faut avoir deux mains valides... Enfin, troisièmement et raison principale : tu ne sais plus où aller. Nassun se déplace depuis que tu as ouvert la Porte ; elle s'éloigne de l'endroit où se trouvait alors le saphir, Hoa te l'a confirmé. Il était trop tard pour partir à sa recherche avant même ton réveil.

Il reste malgré tout un espoir. Aux petites heures de la matinée, après t'avoir débarrassée du fardeau de ton sein gauche pétrifié, Hoa t'en informe avec calme :

« Je crois savoir où elle va. Si je ne me trompe pas, elle ne va pas tarder à s'arrêter. »

Il te semble hésitant. Non, pas hésitant. Tourmenté.

Assise sur un affleurement rocheux, à quelque distance du campement, tu récupères après le... l'excision. Ça n'a pas été aussi inconfortable que tu le craignais. Tu as ôté les multiples vêtements qui couvraient ton sein pétrifié, Hoa a posé la main dessus, et la masse minérale s'est détachée de ton corps, tout simplement. Elle est restée dans cette main. Quand tu as demandé à Hoa pourquoi il n'avait pas procédé de même avec ton bras, il t'a répondu :

« Je fais le plus confortable pour toi. »

En le voyant porter ton sein à ses lèvres, tu as décidé que la cicatrice de pierre légèrement rugueuse qui recouvrait maintenant la moitié de ta poitrine était fascinante. Elle te fait un peu mal, mais tu hésites à incriminer l'amputation ; la douleur est peut-être d'origine plus existentielle.

(Trois bouchées. Il n'en faut pas davantage à Hoa pour manger le sein préféré de Nassun. Une fierté perverse t'envahit à l'idée qu'il te sert maintenant à nourrir quelqu'un d'autre.)

Pendant que tu remets maladroitement d'un seul bras maillots et chemises – en fourrant d'un côté de ton soutien-gorge le maillot le plus fin, qui ne glissera pas –, tu en profites pour explorer le léger malaise que vient de trahir la voix de Hoa.

« Toi, tu sais quelque chose. »

Il ne répond pas. Tu vas devoir lui rappeler que vous êtes partenaires, que tu es déterminée à attraper la Lune et à mettre un terme à cette interminable Saison, qu'il a de l'*importance* pour toi, mais qu'il ne peut pas continuer à te cacher des choses de cette façon… Tu en es là de tes pensées, quand il lâche enfin :

« Je crois que Nassun a l'intention d'ouvrir elle-même la Porte de cristal. »

Ta réaction se révèle aussi viscérale qu'immédiate : la peur à l'état pur. Une réaction sans doute inadaptée. En bonne logique, tu ne devrais pas y croire : une enfant de dix ans, accomplir un prodige qui t'a coûté autant de peine ? Mais tu n'as pas oublié ce que tu as ressenti : ta petite fille, palpitante d'une force bleue coléreuse – et la certitude simultanée qu'elle comprenait les obélisques mieux que tu n'y parviendrais jamais. Voilà pourquoi tu n'as aucun mal à faire tienne la prémisse que sous-entend Hoa : ta petite fille est plus grande que tu ne le pensais.

« Ça la tuera, laisses-tu échapper.

— C'est très probable, oui. »

Oh, Terre !

« Mais tu arrives de nouveau à la repérer ? Après Castrima, tu l'avais perdue.

— Oui, mais maintenant, elle s'est accordée à un obélisque. »

La voix de Hoa trahit à nouveau une curieuse hésitation. Pourquoi ? Il n'y a aucune raison que ça le dérange… Ah. Ah oui, Terre rouillée en feu. La compréhension fait vaciller ta propre voix.

« Tu veux dire que *n'importe* quel mangeur de pierre la "perçoit", maintenant ? C'est ça ? » Castrima, une fois de plus. Rubis, Marbre Jaune, Chiffon – puisses-tu ne jamais revoir ces parasites. Heureusement, Hoa en a tué la plupart. « C'est à partir de là que les tiens s'intéressent à nous, hein ? Quand on se met à utiliser les obélisques ou qu'on y arrive presque.

— Oui. »

Un seul mot, totalement dénué d'inflexion. Mais tu connais ton compagnon, maintenant.

« Feux souterrains. L'un de vous en a après elle. »

Tu ne croyais pas les mangeurs de pierre capables de soupirer, mais un soupir émerge bel et bien du torse de Hoa.

« Celui que tu appelles M. Gris. »

Le froid t'envahit tout entière, alors que tu avais déjà deviné, bien sûr. Il y a eu ces derniers temps… combien ? trois orogènes pour maîtriser la connexion aux obélisques. Albâtre, toi puis Nassun. Peut-être Uche, brièvement – et peut-être d'ailleurs un mangeur de pierre rôdait-il à l'époque aux alentours de Tirimo. Le salopard rouillé doit être très déçu que le petit ait été tué par son père au lieu de mourir pétrifié.

Tes dents se serrent ; le goût de la bile t'a envahi la bouche.

« Il la manipule. » Pour lui faire activer la Porte, ce qui la changera en pierre qu'il pourra *manger*. « Il a essayé de nous manipuler à Castrima, Albâtre ou moi… ou Ykka ou n'importe lequel d'entre nous, de nous pousser à faire quelque chose dont on n'était pas capables pour qu'on se transforme en… »

Tu poses la main sur la plaque minérale de ta poitrine.

« Certains ont toujours manié comme des armes la souffrance et le désespoir. »

Hoa s'est exprimé à voix basse, à croire qu'il a honte.

La rage t'empoigne brusquement : tu es furieuse contre toi-même et ton impuissance, mais tu as beau être consciente de t'en vouloir, à toi, ça ne t'empêche pas de t'en prendre à lui :

« C'est ce que vous faites *tous*, non ? »

Il s'est placé de manière à regarder l'horizon d'un rouge terne, hommage statuesque à la nostalgie, sculpture aux lignes ombrées pensives.

« Je ne t'ai pas menti. »

Malgré la souffrance que trahit sa voix, il ne se retourne pas vers toi.

« Non, tu as juste évité de me dire la vérité assez souvent pour que ça revienne au même ! » Tu te frottes les yeux. Ils sont pleins de cendre, depuis que tu as été obligée d'enlever tes lunettes pour remettre tes vêtements. « Je vais te dire, tu n'as qu'à… Je ne veux plus rien entendre. Pas maintenant. J'ai besoin de repos. » Tu te relèves. « Ramène-moi. »

Sa main se retrouve soudain tendue vers toi.

« Il y a autre chose, Essun.

— Je viens de te dire…

— Je t'en prie. Il faut que tu saches. » Il attend que tu t'enfermes dans un silence rageur. « Jija est mort. »

Tu te figes.

*
**

Je me rappelle en cet instant pourquoi je continue à raconter cette histoire de ton point de vue plutôt que du mien : parce que, de l'extérieur, tu te caches trop bien. Ton visage est inexpressif, ton regard voilé, mais je te connais. *Je te connais.* Voici ce qui se passe en toi.

*
**

Tu es surprise d'être surprise. Car tu es surprise. Ni furieuse ni déçue ni triste. Juste… surprise. Par la première pensée à te venir après le soulagement – *Nassun ne risque plus rien, maintenant.* Une première pensée qui se réduit à :

Elle ne peut plus rien risquer, franchement ?

Une seconde avant que la peur te prenne par surprise. Tu ne sais pas de quoi tu as peur, mais une âcreté amère t'emplit la bouche.

« Comment ? demandes-tu.

— Nassun. »

Ta peur ne fait que croître.

« Ce n'est pas possible, elle n'a pas perdu le contrôle de son orogénie, ça ne lui est pas arrivé depuis ses cinq ans…

— Ce n'était pas de l'orogénie. Et c'était intentionnel. »

Et voilà, enfin : le trémor d'un séisme aussi puissant que celui qui a engendré le rift te traverse. Il te faut un moment pour reprendre à voix haute :

« Elle l'a *tué* ? Volontairement ?

— Oui. »

Cette fois, tu restes muette, étourdie, bouleversée. La main de Hoa, toujours tendue vers toi, t'apparaît comme une promesse de réponse. Tu n'es pas sûre d'avoir envie de savoir, mais… mais tu prends malgré tout cette main. Pour y puiser un certain réconfort, peut-être. Et elle se referme bel et bien sur la tienne puis la serre, à peine, d'une manière qui te rassérène quelque peu, ce n'est pas un effet de ton imagination. Hoa persiste cependant à attendre. Ses égards te sont un grand soulagement.

« Il est… ? Où est… ? » commences-tu, une fois prête. Sauf que tu n'es pas prête. « Est-ce que je peux y aller ?

— Où ça ? »

Tu parierais qu'il sait de quoi tu parles. Il veut juste vérifier que *toi*, tu sais ce que tu lui demandes.

Tu déglutis péniblement en cherchant une solution au problème.

« Ils se trouvaient en Antarctique. Jija n'est pas resté sur la route aussi longtemps. Elle a passé un moment à l'abri, elle a eu le temps de gagner en force… » Beaucoup. « Je suis capable de retenir mon souffle sous terre, si tu… Emmène-moi là où elle ét… » Non. Ce n'est pas vraiment là que tu veux aller. Arrête de tourner autour du pot. « Emmène-moi là où est *Jija*. Là où… où il est mort. »

Hoa reste figé une demi-minute, peut-être. Tu l'as déjà remarqué : il lui faut plus ou moins de temps pour réagir aux éléments d'une réplique. Il arrive que sa réponse s'entremêle presque à ce que tu disais ; il arrive aussi que tu te demandes s'il t'a entendue mais qu'il finisse par prendre la parole. À ton avis, il n'en profite pas pour penser ni rien. Mais ce genre de choses ne signifie rien pour lui – une seconde ou dix, maintenant ou plus tard. Il t'a entendue. Il finira par y venir.

Quelques instants plus tard, il se floute en effet légèrement, bien que la lenteur du mouvement te soit visible, sur la fin, quand il pose son autre main sur la tienne, qui se retrouve prise en sandwich entre ses paumes dures. La pression augmente jusqu'à ce qu'il te tienne fermement, pas trop fort, mais presque.

« Ferme les yeux. »

Il ne t'avait encore jamais rien demandé de tel.

« Pourquoi ? »

Il t'entraîne sous terre. Plus bas que les autres fois et, chose extraordinaire, instantanément. Le petit halètement que tu laisses échapper par inadvertance te permet de découvrir que tu n'as en réalité aucun besoin de retenir ton souffle. L'obscurité s'approfondit, parfois percée d'éclairs rouges, puis vous traversez tels des fantômes rapides des rouges et des oranges en fusion, tu entrevois une fraction de seconde un immense espace vacillant où quelque chose explose au loin dans un jaillissement de blocs semi-liquides luisants… mais, déjà, le noir se referme sur toi avant que tu ne te retrouves à l'air libre, les pieds par terre, sous un ciel ennuagé.

« Voilà pourquoi, dit Hoa.

— Rouille pelante de *merde* ! » Tu cherches à lui retirer ta main, en vain. « Franchement, Hoa ! »

L'étau dans lequel il l'emprisonnait se relâche, ce qui te permet de te dégager. Tu t'écartes un peu, titubante, puis te palpes avec une certaine brusquerie, à la recherche d'éventuelles douleurs. Tout va bien. Tu n'es pas brûlée au dernier degré, tu n'as pas été écrasée par la pression comme tu aurais dû l'être, tu n'as pas étouffé, tu n'es même pas secouée. Pas trop.

Tu te redresses et te frottes le visage.

« Bon. Il faut vraiment que j'arrête d'oublier que les mangeurs de pierre ne parlent pas pour ne rien dire. Je n'ai jamais eu une folle envie de *voir* réellement les feux souterrains. »

Tu te tiens toutefois au sommet d'une petite colline, d'où tu domines le plateau qui lui a donné naissance. C'est le ciel qui t'informe de ta position. La matinée est plus avancée ici que là où tu te trouvais tout à l'heure : le soleil est déjà levé, bel et bien visible, quoique brouillé par les nuages et la cendre. (À ta grande surprise, ce spectacle t'inspire une nostalgie douloureuse.) Ce seul fait suffit à prouver que tu es beaucoup plus loin du rift qu'avant ton passage dans la terre. Un coup d'œil à l'ouest : le scintillement discret d'un lointain obélisque bleu marine te confirme ce que tu pensais. C'est ici que tu as repéré Nassun, il y a un mois ou deux, quand tu as ouvert la Porte de cristal.

(Elle est partie par là. Oui. Mais il y a par là des milliers de kilomètres carrés de Fixe.)

Lorsque tu pivotes, tu constates que diverses constructions de bois ont été édifiées au sommet de l'éminence, y compris un entrepôt sur pilotis, quelques appentis et ce qui ressemble à des dortoirs ou des salles de classe. Un orogène a créé cet endroit en maîtrisant la lente explosion du gigantesque volcan que tu values sous tes pieds, c'est aussi évident pour toi que le soleil dans le ciel, mais il est également évident que le complexe est désert. D'une part, il n'y a personne en vue ; d'autre part, les pas dont la réverbération te parvient sont lointains – bien plus que l'enceinte naturelle.

La curiosité te pousse à aller jeter un coup d'œil par une brèche de cette barrière de basalte, où se faufile un sentier tortueux mi-terre, mi-pavés. Au pied de la colline s'étend un village qui occupe le reste du plateau. Il ressemble à n'importe quelle comm : des maisons de formes variées, la plupart toujours flanquées de verdures vivantes, quelques caches, ce qui ressemble fort à des bains, un four. Les gens qui se déplacent entre les constructions ne regardent pas en l'air et ne te voient donc pas. Pourquoi le feraient-ils ? C'est une belle journée, dans cette région où le soleil brille toujours, pour l'essentiel. Ils ont des champs à cultiver et – ne seraient-ce pas des barques, attachées à une des tours de guet ? – des allers-retours jusqu'à la mer à organiser. Le hameau, quel qu'il soit, n'a aucune importance à leurs yeux.

C'est en te détournant du village que tu repères le creuset.

À la limite du complexe, un peu au-dessus des autres bâtiments, mais visible de là où tu te tiens. Tu y montes par le chemin. Une mosaïque de pavés et de briques en tapisse la coupe. Une vieille habitude te pousse à plonger tes sens dans la terre, à la recherche de la première pierre marquée. Elle n'est pas bien loin, peut-être même pas à deux mètres de profondeur. L'exploration de sa surface te révèle les petits creux qu'y a pratiqués un ciseau, à moins que ce ne soit un marteau. QUATRE. Trop facile ; à ton époque, on marquait les pierres à la peinture et en chiffres, plus difficiles à distinguer. Celle que tu as trouvée est cependant assez petite pour que, oui, un orogène arborant moins de quatre anneaux ait du mal à la repérer et à l'identifier. Si les détails de l'entraînement laissent à désirer, les bases en sont parfaites.

« On n'est pas au Fulcrum antarctique, ce n'est pas possible », marmonnes-tu en t'accroupissant pour tripoter un des pavés les plus excentrés du creuset.

Il s'agit en réalité de simples cailloux. Rien à voir avec les carreaux de la superbe mosaïque dont tu te souviens, mais le concept est malgré tout le même, là aussi.

Hoa n'a pas bougé de l'endroit où vous êtes sortis de terre, les mains placées dans la position idéale pour serrer la tienne, peut-être en prévision du retour. Il ne répond pas, mais il est vrai que tu parlais pour ainsi dire toute seule.

« Il était minuscule, d'accord, continues-tu. En tout cas, c'est ce que j'ai entendu dire. Mais ici, il n'y a autant dire rien. C'est à peine plus qu'un camp. »

Pas d'anneau des jardins. De Principal. Tu as aussi entendu dire que les Fulcrums satellites étaient charmants, malgré leur taille réduite et leur éloignement. Logique : les orogènes officiels, reconnus par l'État, n'ont jamais rien eu à montrer en leur faveur que la beauté du Fulcrum. Ce ramassis de cahutes ne correspond pas à son idéologie. Et puis…

« On est sur un volcan. Et trop près des fixes, là en bas. »

Ce village n'a rien à voir avec Lumen, entouré d'un réseau de nœuds et protégé en outre par les seniors les plus puissants. Si une fillette piquait une crise de colère ici, toute la région se retrouverait peut-être transformée en cratère.

« Ce n'est pas le Fulcrum antarctique. » Hoa s'exprime toujours d'une voix douce, mais le fait qu'il se soit détourné la rend plus suave encore que d'habitude. « Il se trouve plus à l'ouest, et il a été purgé. Il n'y a plus aucun orogène, là-bas. »

Bien sûr qu'il a été purgé. Tu serres les dents pour tenir le chagrin en respect.

« Alors ça… c'est l'idée que se fait je ne sais qui d'un hommage. Un survivant ? »

Tu repères sans le vouloir un des autres marqueurs du creuset – un petit galet rond, enfoui à environ cinq mètres de profondeur, sur lequel le mot NEUF a été écrit à l'encre. Le déchiffrer ne te pose aucun problème. Tu te redresses puis te retournes pour examiner le complexe en secouant la tête.

Et tu te figes, tendue. Parce que quelqu'un sort en boitant d'un des… dortoirs ? L'inconnu se fige aussi, les yeux fixés sur toi, manifestement surpris.

« Mais qui êtes-vous, bordel de rouille ? » demande-t-il, avec l'accent traînant de l'Antarctique.

Ta conscience plonge dans la terre… mais tu l'en arraches aussitôt. C'est idiot, d'accord ? N'oublie pas : l'orogénie te tuera. Et puis ce type n'est même pas armé. Il a l'air assez jeune – moins de la trentaine, a priori, bien que sa chevelure perde déjà du terrain –, il boite bas, une de ses chaussures a la semelle très épaisse… Sans doute s'agit-il de l'homme à tout faire du village. Il a dû monter effectuer quelques travaux de base dans les bâtiments dont on risque d'avoir besoin, un jour ou l'autre.

« Euh… bonjour, balbuties-tu, avant de t'interrompre, ne sachant comment poursuivre.

— Bonjour. »

Il sursaute à la vue de Hoa, qu'il fixe ensuite avec la franche stupéfaction de ceux qui ne connaissent les mangeurs de pierre que par les histoires des mnésistes, auxquelles ils ne croient peut-être guère. Ensuite seulement, il se souvient de toi. Ses sourcils se froncent un peu à cause de la cendre dont sont couverts tes cheveux et tes vêtements, mais il est clair que tu ne l'impressionnes pas.

« Dites-moi que c'est une statue. » Petit rire nerveux. « Sauf qu'il n'était pas là quand je suis monté. Euh… Bonjour ? »

Hoa ne se donne pas la peine de répondre, bien que ses yeux se soient détournés de toi pour se poser sur l'inconnu. Tu prends ton courage à deux mains et t'avances.

« Je suis désolée de vous avoir fait peur. Seriez-vous par hasard membre de cette comm ? »

Le type consent enfin à t'accorder son attention.

« Oui. Vous, non. » Il cligne des yeux, mais il n'a pas l'air inquiet. « Vous êtes une Gardienne, vous aussi ? »

Un picotement te parcourt tout le corps. L'envie de hurler *Non* t'envahit une seconde, puis le bon sens reprend ses droits. Tu souris. Les Gardiens sourient en permanence.

« Moi aussi ? »

Ton interlocuteur t'examine à présent de la tête aux pieds ; peut-être se méfie-t-il. Tu t'en fiches, du moment qu'il répond à tes questions et ne s'en prend pas à toi.

« Oui, lâche-t-il au bout d'un moment. On a trouvé les cadavres des deux autres après le départ des enfants. Ils allaient s'entraîner, paraît-il. » Sa lèvre se retrousse, à peine. Tu ne saurais dire s'il doute que les « enfants » soient bien partis s'entraîner, si la mort des « deux autres » l'a vraiment affecté ou s'il s'agit juste du retroussis caractéristique qu'arborent les gens du coin en parlant de gêneurs, puisque les enfants en question sont manifestement des gêneurs. En admettant qu'il y ait bien eu des Gardiens au village.

« La chef nous a dit qu'il arriverait peut-être un jour de nouveaux Gardiens, enchaîne-t-il. Après tout, les trois qui vivaient ici avaient débarqué de nulle part au fil des années. Je suppose que vous êtes juste une retardataire.

— Ah. » Jouer les Gardiennes est étonnamment facile. Il suffit de sourire en permanence et de ne jamais donner la moindre information. « Et quand les enfants sont-ils partis… s'entraîner ?

— Il y a environ un mois. » Le jeune homme change de position. Il se sent plus à l'aise, maintenant. Son regard se lève vers le lointain obélisque saphir. « Schaffa nous a dit qu'ils iraient assez loin pour qu'on ne sente pas les secousses, si jamais ils en provoquaient. Ça doit faire carrément loin. »

Schaffa. Le sourire se fige sur ton visage. Un sifflement t'échappe :

« *Schaffa.* »

Ton interlocuteur fronce les sourcils. Le voilà franchement méfiant.

« Ben oui. »

Ce n'est pas possible. Schaffa est mort.

« Grand, les cheveux noirs, des yeux de givre, un drôle d'accent ? »

Le villageois se détend quelque peu.

« Ah, vous le connaissez ?

— Oui, très bien. »

C'est si facile de sourire. Il est plus difficile de refouler l'envie de hurler, de te jeter sur Hoa, d'exiger qu'il t'emporte dans la terre à l'instant, tout de suite, pour que tu puisses te précipiter à la rescousse de ta fille. Il est suprêmement difficile de ne pas t'écrouler, te rouler en boule, essayer de serrer le poing que tu n'as plus et qui te fait horriblement *mal.* Terre cruelle, il te fait aussi mal que si tu avais à nouveau la main cassée, douleur fantôme d'une telle réalité que les larmes te picotent les yeux.

Les orogènes impériaux ne perdent pas le contrôle d'eux-mêmes. Tu n'es plus une bête noire depuis près de vingt ans, et tu passes ton temps rouillé à perdre le contrôle de toi-même… mais la discipline d'autrefois ne t'en aide pas moins à te ressaisir. Nassun, ta fille chérie, est aux mains d'un monstre. Il faut que tu comprennes comment c'est arrivé.

« *Très* bien », répètes-tu. Personne ne trouvera jamais étrange qu'une Gardienne se répète. « Pouvez-vous me parler d'une de ses pupilles ? Une petite Moyenne, brune, mince, aux cheveux bouclés et aux yeux gris...

— Nassun, oui. La fille de Jija. » Le villageois se détend complètement, sans s'apercevoir que, de ton côté, tu es encore plus tendue. « Terre cruelle, j'espère que Schaffa va la tuer à l'entraînement. »

Rien ne présente le moindre danger pour *toi*, mais ta conscience n'en plonge pas moins dans la terre, une fois de plus, avant que tu ne l'en extirpes. Ykka a raison : il faut que tu arrêtes de tuer tout ce qui bouge à la moindre occasion. Enfin. Au moins, ton sourire est resté en place.

« Ah ?

— Oui. À mon avis, c'est elle qui... Oh, rouille, c'était peut-être un des autres, mais elle, elle me fiche vraiment la trouille. »

Ses lèvres se pincent quand il s'aperçoit enfin de la crispation de ton sourire, mais quelqu'un qui côtoie des Gardiens de près n'a aucune raison de s'étonner de ça non plus. Il se contente de détourner les yeux.

« *C'est elle qui... ?* répètes-tu.

— Ah. Vous n'êtes pas au courant. Normal. Venez, je vais vous montrer. »

Il te tourne le dos et se dirige vers la limite nord du complexe. Tu le suis, après avoir échangé un coup d'œil avec Hoa. Une pente faiblement ascendante mène à un plateau, d'où les occupants des lieux contemplaient sans doute les étoiles ou l'horizon, car on voit de là l'essentiel de la région environnante. Laquelle reste étonnamment verte, sous la cendre blanche qui la couvre depuis peu et n'a pas eu le temps de s'épaissir.

Le plateau a quelque chose de bizarre : il s'y trouve un tas de gravats qui te rappelle du verre à recycler. Jija en gardait en réserve près de la maison, à Tirimo. Les voisins venaient y ajouter leurs bouteilles cassées et autres débris de ce genre. Il s'en servait pour fabriquer les manches de ses vitrocouteaux. Toutefois, le tas que tu examines à présent comporte des éclats d'une qualité supérieure, qui donnent à penser qu'on y a jeté des pierres fines brutes. Toutes les couleurs sont représentées – brun, gris, bleu (un peu), rouge (beaucoup) –, mais il te semble y discerner un motif... Tu penches la tête de côté, hésitante, en cherchant à te faire une idée d'ensemble des fragments. Lorsque enfin tu y parviens, les pierres les plus proches évoquent vaguement une mosaïque par leurs teintes et leur disposition. Des bottes, en admettant que quelqu'un ait sculpté des bottes dans un puzzle de cailloux, avant de le renverser. Il y a aussi un pantalon, par là, si on oublie qu'on trouve dans certaines de ses pièces le blanc sale de l'os.

Non.

Feux souterrains.

Non. Ta Nassun n'a pas fait ça, ce n'est pas possible, elle...

Elle l'a fait.

Le jeune homme soupire devant ton expression. Tu as oublié de sourire, mais le spectacle rendrait son sérieux à une Gardienne en personne.

« Nous aussi, il nous a fallu un moment pour savoir ce que c'était, reprend-il. Peut-être que vous, vous comprenez. »

Le regard qu'il pose sur toi déborde d'espoir.

Pour toute réponse, tu secoues la tête. Il soupire, une fois de plus.

« Oh, bon. C'était juste avant leur départ. Un matin, on a entendu une sorte de coup de tonnerre. On est sortis. L'obélisque… le gros bleu qui traînait dans le coin depuis quelques semaines, vous savez comment ils font… Bref, il avait disparu. Et puis le même jour, un peu plus tard, il y a eu le même bruit, super fort… tccchhhcouf… » Il claque des mains pour imiter le son en question. Tu réussis à ne pas sursauter. « Et hop, il était de retour. Et puis voilà Schaffa qui raconte à la chef qu'il emmène les enfants. Pas l'ombre d'une explication au sujet de l'obélisque. Sans parler de la mort de Nida et d'Umber… les deux autres Gardiens qui dirigeaient le complexe avec lui. Umber a eu le crâne défoncé. Nida… » Le villageois secoue la tête, une expression de pur dégoût gravée sur le visage. « Elle, elle a eu l'*arrière* du crâne tout… Schaffa ne nous a pas dit un traître mot là-dessus. Il a emmené les enfants, et voilà. On est un paquet à espérer qu'il ne les ramènera jamais. »

Schaffa. Voilà sur quoi il faut te concentrer. Voilà ce qui importe. Non ce qui a été, mais ce qui est. Tes yeux n'en restent pas moins rivés à Jija. *Rouille en feu. Jija. Jija !*

*
**

Je regrette de ne plus être chair pour toi. Je regrette de ne plus être accordeur. Je te parlerais alors en températures, pressions, réverbérations de la terre. Les mots sont trop présents, trop indélicats pour une conversation pareille. Après tout, tu as aimé Jija, autant que le permettaient tes secrets. Tu as cru qu'il t'aimait – et il t'aimait, autant que le permettaient tes secrets. Il se trouve juste qu'amour et haine ne sont pas mutuellement exclusifs, comme je l'ai découvert il y a bien longtemps de cela.

Je suis désolé.

*
**

« Schaffa ne reviendra pas », te contrains-tu à dire.

Parce que tu vas le trouver et le tuer, il le faut. Mais, malgré l'horreur et la peur, la raison reprend ses droits. Il y a cette curieuse imitation de Fulcrum, qui n'a rien à voir avec le véritable Fulcrum, où Schaffa aurait dû emmener Nassun ; ces enfants, rassemblés, mais pas massacrés ; Nassun, contrôlant ouvertement un obélisque au point de faire *ça*… sans que les Gardiens la tuent. Il se passe ici quelque chose qui t'échappe.

« Parlez-moi de cet homme », demandes-tu avec un petit coup de menton en direction du tas de joyaux désordonné.

Ton ex-mari.

Le villageois hausse les épaules ; froufrou audible de ses vêtements.

« Ah, d'accord. Eh bien… c'était Jija Innovateur Jekity. » Comme il regarde les cailloux répandus à ses pieds, il ne te voit sans doute pas tressaillir à ce nom de comm incongru. « Un nouveau commun. Un débiteur. On a trop d'hommes, mais il nous fallait un débiteur, alors à son arrivée, on l'aurait adopté, de toute façon, à moins qu'il n'ait été trop vieux, malade ou *manifestement* fou. Vous comprenez ? » Nouveau haussement d'épaules. « Sa fille avait l'air très bien, au départ. On n'aurait jamais dit que c'en était une, tellement elle était calme et bien élevée. Elle avait reçu une bonne éducation, c'est sûr. » Tu retrouves le sourire. Un sourire crispé de Gardienne. « On ne savait ce qu'elle était que parce que Jija l'avait amenée ici, vous voyez. Il avait entendu parler de… des gèneurs qui devenaient des non-gèneurs, je suppose. On voit passer pas mal de gens qui nous interrogent là-dessus. » Tes sourcils se froncent. Tu manques de détourner les yeux de Jija. Devenir des non-gèneurs ?

« Mais je vais vous dire, ce n'est jamais arrivé. » Le jeune homme soupire et modifie la répartition de son poids sur ses pieds pour se mettre à l'aise. « De toute manière, on n'aurait pas adopté un gamin qui aurait été un ancien gèneur. Parce que vous imaginez qu'une fois adulte il transmette la tare à ses enfants ? Il faut éliminer le défaut par reproduction. Enfin bref. Nassun s'occupait plutôt bien de son père, jusqu'à ces dernières semaines. Les voisins nous ont raconté. Un soir, ils ont entendu Jija lui crier dessus, et après, elle s'est installée ici, en haut, dans le complexe, avec les autres. On a bien vu que ça avait… *cassé* Jija, si vous voulez. Il s'est mis à parler tout seul, à dire que ce n'était plus sa fille, à jurer de temps en temps, à taper sur les choses – les murs, par exemple – quand il croyait que personne ne le regardait.

« Nassun ne venait plus le voir. Franchement, on ne pouvait pas le lui reprocher. Tout le monde marchait sur des œufs avec lui, à ce moment-là. Ce sont toujours les plus calmes à qui ça arrive, hein ? Mais bref, elle traînait beaucoup avec Schaffa. Un vrai petit chien, à le suivre pas à pas. Il suffisait qu'il s'arrête pour qu'elle le prenne par la main. Lui... » Le villageois te considère d'un œil prudent. « Vous n'êtes pas très démonstratifs, d'habitude. Mais apparemment, il adorait cette gamine. En fait, j'ai entendu dire que quand Jija s'en est pris à elle, Schaffa a failli le tuer. »

Ta main disparue tressaille, une fois de plus, mais de manière hésitante ; elle te fait aussi moins mal. Parce que... il n'a pas eu à casser celle de Nassun, bien sûr. Non, non, non. Tu t'en étais chargée. Quant à Uche, c'est Jija qui avait sévi. Schaffa a *protégé* Nassun de Jija. Il a été affectueux avec elle comme tu essayais de l'être. Ton âme tout entière frissonne à la pensée qui suit, et il te faut la volonté qui a détruit des cités pour éviter à ce frisson de transparaître dans ton corps, mais...

Mais...

À quel point l'amour conditionnel et prévisible d'un Gardien a-t-il mis du baume au cœur de Nassun, que l'amour inconditionnel de ses parents avait auparavant trahie à répétition ?

Tu fermes un instant les yeux, parce que les Gardiens ne pleurent pas.

« Qu'est-ce que c'est que cet endroit ? » finis-tu par demander, avec effort.

Ton interlocuteur te dévisage, surpris, puis jette un coup d'œil à Hoa, en retrait derrière toi.

« C'est la comm de Jekity, Gardienne. Mais Schaffa et les autres... » Il englobe d'un grand geste le complexe alentour. « Ils appelaient le hameau Nouvelle Lune. »

Bien sûr. Et, bien sûr, Schaffa connaissait déjà les secrets de ce monde que tu as payés de ton sang.

Ton silence t'attire un regard pensif.

« Je peux vous présenter à la chef, si vous voulez. Elle sera enchantée qu'il y ait de nouveau des Gardiens ici. Ils nous ont bien aidés contre les bandits. »

Tu considères Jija, une fois de plus. Une des gemmes est l'image même d'un petit doigt. Un petit doigt familier. Que tu as embrassé…

C'en est trop. Tu ne peux pas continuer comme ça. Il faut te ressaisir et repartir avant de t'effondrer complètement.

« Je… J'ai… » Longue inspiration, destinée à te calmer. « J'ai besoin de réfléchir à la situation. Vous voulez bien aller informer votre chef que j'irai la saluer d'ici peu… ? »

Le villageois te regarde un instant en coin, mais tu as compris que ce n'était pas forcément un mal d'avoir l'air un peu décalée.

« Je peux vous poser une question ? »

Non.

« Oui ? »

Il se mord la lèvre.

« Qu'est-ce qui se passe ? On dirait que… Tout est tellement bizarre, ces derniers temps. Je veux dire, on est en Saison, d'accord, mais c'est bizarre, même pour une Saison. Des Gardiens qui n'emmènent pas les gèneurs au Fulcrum. Des gèneurs qui font des choses dont personne n'a jamais entendu parler… » Petit coup de menton en direction du tas de Jija. « Ce qui est arrivé au nord, quoi que ce soit vraiment… Et ces trucs, là-haut, les obélisques… C'est… c'est… Les gens en parlent. Ils disent que les choses ne reviendront peut-être pas à la normale. Jamais. »

Tu contemples Jija, mais tu penses à Albâtre. Va savoir pourquoi.

« La normale de l'un est l'Éclatement de l'autre. » Ton sourire crispé a fini par te faire mal aux joues. Sourire de manière crédible pour autrui est un art que tu ne maîtrises absolument pas. « Il aurait mieux valu que tout le monde partage la même, je vous l'accorde, mais il n'y avait pas assez de gens disposés à partager. Alors maintenant, tout le monde brûle. »

Le villageois te fixe un long moment de vague horreur, marmonne quelque chose et s'en va enfin en contournant Hoa de loin. Bon débarras.

Tu t'accroupis près de Jija. Il est beau, tout de gemmes et de couleurs. Il est monstrueux. Tu perçois au-delà des couleurs la disposition erratique démente de ses filaments de magie. Rien à voir avec ce qui est arrivé à ton bras et à ton sein. Il a été réduit en miettes à un niveau infinitésimal puis reconstitué n'importe comment.

« Qu'ai-je fait ? Qu'ai-je fait d'elle ? » murmures-tu.

Les orteils de Hoa apparaissent à la périphérie de ton champ de vision.

« Tu lui as donné la force », dit-il.

Tu secoues la tête. La force de Nassun est innée.

« Tu lui as donné la *vie*. »

Tu fermes à nouveau les yeux. Rien d'autre ne devrait avoir d'importance : tu as mis au monde trois enfants, dont Nassun est la seule à vivre encore – ton ultime trésor. Pourtant.

*J'en ai fait mon double. Que le Père Terre nous dévore toutes les deux. J'en ai fait ce que je suis, **moi**.*

Peut-être est-ce pourquoi elle vit toujours. Mais c'est aussi pourquoi tu ne peux venger Uche, tu ne peux châtier Jija, tu le comprends en contemplant ce qu'elle a fait de lui – *ce que ta fille a fait à ta place* – et pourquoi tu as aussi peur d'elle.

Voilà ce que tu as longtemps évité de regarder en face, le kirkhusa à la gueule peinturlurée de cendre et de sang. Jija devait te payer en souffrance ce qu'il a infligé à ton fils, mais toi, c'est à Nassun que tu dois payer. Tu ne l'as *pas* sauvée de son père. Tu n'étais *pas* là quand elle a eu besoin de toi, à la fin littérale du monde. Comment oses-tu te prétendre capable de la protéger ? M. Gris et Schaffa… elle a trouvé elle-même de meilleurs protecteurs. Elle a trouvé la force de se protéger toute seule.

Tu es tellement fière d'elle. Et tu n'oses seulement penser à l'approcher ; plus jamais.

La main de Hoa, dure et pesante, se pose sur ta bonne épaule.

« Il n'est pas sage de nous attarder ici. »

Tu secoues la tête. Que les villageois viennent. Qu'ils comprennent que tu n'es pas une Gardienne. Que l'un d'eux s'aperçoive enfin de ta ressemblance avec Nassun. Qu'ils apportent leurs arbalètes, leurs carreaux, leurs…

La main de Hoa se plie pour t'empoigner par l'épaule, aussi serrée qu'un étau. Tu as beau savoir ce qui t'attend, tu ne te donnes pas la peine de te raidir quand il t'entraîne dans la terre, puis vers le nord. Cette fois, tu gardes les yeux ouverts volontairement, et le spectacle ne te dérange pas. Les feux souterrains ne sont rien comparés à ceux qui te consument, mauvaise mère que tu es.

Vous émergez à un endroit calme du campement, près d'un petit bosquet que, vu l'odeur, un certain nombre de gens ont utilisé comme pissotières.

Lorsque Hoa te lâche, tu t'éloignes puis t'arrêtes soudain. L'esprit vide.

« Je ne sais pas quoi faire. »

Il ne répond pas. Les siens n'ont pas l'usage des gestes et des paroles inutiles, et il a déjà exprimé clairement ses intentions. Tu t'imagines Nassun en train de discuter avec M. Gris. Un rire bas t'échappe : il est apparemment plus bavard et animé que la plupart de ses frères. Parfait. C'est un bon mangeur de pierre, pour elle.

« Je ne sais pas où aller », reprends-tu. Tu passes depuis peu tes nuits dans la tente de Lerna, mais ce n'est pas de ça que tu parles. Un grand vide s'est invité en toi. Un trou béant. « Il ne me reste rien.

— Il te reste une comm et des proches, répond Hoa. Il te reste le foyer que tu trouveras à Rennanis. Il te reste la vie. »

Te reste-t-il vraiment tout cela ? *Les morts n'aspirent à rien*, dit la lithomnésie. Tu penses à Tirimo, où tu n'as pas voulu attendre la mort et que tu as donc tué. La mort t'accompagne, où que tu ailles. Tu *es* la mort.

« Je ne peux pas mourir », dit encore Hoa à ton dos voûté.

Tu fronces les sourcils, tirée de ta mélancolie par ce coq-à-l'âne. Et puis tu comprends : ce qu'il te dit, c'est que tu ne le perdras pas. Il ne s'effritera pas comme Albâtre. Le chagrin de l'avoir perdu ne te frappera pas par surprise comme après la mort de Corindon, d'Innon, d'Albâtre, d'Uche et, maintenant, de Jija. Tu ne peux lui faire aucun mal réel.

« Je peux t'aimer en toute sécurité, murmures-tu, saisie par cette compréhension.

— Oui. »

Étonnamment, le nœud de silence qui pesait dans ta poitrine se relâche. Pas beaucoup, mais… c'est déjà ça.

« Comment fais-tu ? »

Tu poses la question, parce que tu as peine à imaginer une chose pareille. L'incapacité de mourir, y compris quand on en a envie, quand tout ce qu'on connaît, tout ce qu'on aime, vacille et s'écroule. L'obligation de continuer, quoi qu'il arrive. Si fatigué qu'on soit.

« Il faut avancer, dit-il.

— Hein ?

— *A-van-cer.* »

Déjà, il a disparu dans la terre. À proximité, au cas où tu aurais besoin de lui. Mais il a raison : tel n'est pas le cas pour l'instant.

Tu n'arrives pas à penser. Tu as faim, tu as soif, tu es épuisée. Les alentours empestent. Ton moignon de bras est douloureux. Ton cœur plus encore.

Tu n'en fais pas moins un pas en direction du gros du campement. Puis un autre. Un autre encore.

Tu avances.

*
**

2490 : Antarctique, près de la côte est ; comm paysanne anonyme, à une trentaine de kilomètres de la ville de Jekity. Un événement inconnu, pour commencer, a transformé tous les occupants de la comm en verre. (?? Sûr de ça ? En verre, pas en glace ? Besoin de sources tertiaires.) Le second mari de la chef a ensuite été retrouvé vivant à Jekity ; il s'est avéré que c'était un gèneur. Soumis à un interrogatoire intensif par la milice de la comm, il a reconnu être responsable de la métamorphose. C'était d'après lui le seul moyen d'empêcher le volcan de Jekity de se réveiller, bien qu'aucun signe d'une éruption prochaine n'ait été observé auparavant. À en croire les rapports, les mains de cet homme avaient également été pétrifiées. L'interrogatoire a été interrompu par un mangeur de pierre, qui a tué sept miliciens avant d'entraîner le gèneur dans la terre. Ils ont tous deux disparu.

Notes préparatoires de Yaetr Innovateur Dibars

8. Nassun sous terre

L'escalier blanc descend longtemps. Malgré l'étroitesse du tunnel, qui invite à la claustrophobie, il n'y règne aucune odeur de renfermé. Le seul fait d'échapper à la pluie de cendre constitue d'ailleurs un changement bienvenu, mais Nassun s'aperçoit qu'il n'y a pas non plus beaucoup de poussière dans le boyau. C'est franchement bizarre. Tout est bizarre.

« Pourquoi n'y a-t-il pas de poussière ? » demande-t-elle sans s'arrêter. Au début, elle s'exprime à voix basse, mais elle se détend progressivement – un peu. Après tout, elle se trouve dans une ruine de civilisation disparue, et les histoires des mnésistes évoquent souvent les dangers de ce genre d'endroit. « Pourquoi les lumières marchent-elles encore ? Et la porte, là-haut, pourquoi marche-t-elle encore ?

— Je n'en ai pas la moindre idée. »

Schaffa a pris la tête dans l'escalier, en vertu du principe que si le moindre danger les guette, justement, c'est lui qui doit l'affronter le premier. Son visage étant invisible à Nassun, elle juge de son humeur à ses larges épaules. (Ça la dérange de se conduire de cette manière, guetter en permanence ses mouvements d'humeur ou ses signes de nervosité. Elle en a pris l'habitude avec Jija, et on dirait qu'elle ne peut plus s'en empêcher avec Schaffa ni d'ailleurs avec personne d'autre.) Il est manifestement fatigué, mais à part ça, tout va bien. Peut-être se réjouit-il qu'ils soient arrivés jusque-là. Sans doute se méfie-t-il de ce qu'ils risquent de trouver. Elle aussi.

« En ce qui concerne ce genre de ruines, ajoute-t-il, il se peut que la réponse soit tout simplement *parce que*.

— Tu… tu te rappelles quelque chose ? »

Un haussement d'épaules, moins nonchalant qu'il n'y paraît.

« Oui. Par bribes. Le pourquoi plus que le comment.

— Alors pourquoi ? Pourquoi les Gardiens viennent-ils ici, en Saison ? Pourquoi ne restent-ils pas tout simplement où ils se trouvent ? Ils pourraient aider les comms auxquelles ils se joignent comme tu as aidé Jekity. »

Les marches sont à peine trop larges pour le pas de Nassun, y compris à leur extrémité la plus étroite, du côté de la spirale intérieure. Elle est obligée de s'arrêter régulièrement, les deux pieds posés sur la même, afin de récupérer, puis d'accélérer pour rattraper Schaffa. Il continue sans elle, d'une régularité de métronome… jusqu'à ce qu'ils arrivent soudain sur un palier, pendant qu'elle l'interroge. Au grand soulagement de la fillette, il s'immobilise enfin, signe qu'ils vont s'asseoir pour se reposer. Elle est toujours en nage, à cause de leur lutte frénétique avec la forêt, bien que la sueur soit en train de sécher, maintenant qu'elle s'agite moins. La première gorgée d'eau qu'elle boit à sa gourde lui paraît délicieuse ; le sol d'une fraîcheur agréable, malgré sa dureté. Elle a sommeil, tout d'un coup. Il est vrai qu'il fait nuit à l'extérieur, en surface, sur le terrain de jeu des sauterelles ou des cigales.

Schaffa fouille dans son sac puis lui tend une tranche de viande séchée. Elle soupire avant d'en entamer la consommation laborieuse. Sa mauvaise volonté amuse son compagnon qui, peut-être pour la calmer, répond enfin à sa question :

« Nous partons en Saison parce que nous n'avons rien à offrir à une comm, mon enfant. Je ne peux pas avoir d'enfant, par exemple, ce qui me rend tout sauf idéal à adopter. Je peux certes contribuer à la survie des fixes, mais ce qu'ils investissent en moi ne peut leur rapporter qu'à court terme. » Il hausse les épaules. « Et quand les Gardiens n'ont pas d'orogènes sur lesquels veiller, ils deviennent… difficiles à vivre. »

Parce que la chose dans leur tête fait qu'ils ont en permanence envie d'argent, Nassun le comprend bien. Or les orogènes en fabriquent assez pour en céder, mais ce n'est pas le cas des fixes. Que se passe-t-il, quand on leur en prend ? Peut-être est-ce la raison pour laquelle les Gardiens disparaissent, en Saison : pour que personne ne sache ce qu'il en est.

« Comment sais-tu que tu ne peux pas avoir d'enfant ? » insiste-t-elle. Il s'agit d'une question très personnelle, mais Schaffa ne s'est jamais offusqué qu'elle lui en pose. « Tu as déjà essayé ? »

Lui qui était en train de boire, il rabaisse sa gourde, l'air déconcerté.

« Peut-être serait-il plus exact de dire que je ne *dois* pas en avoir. Les Gardiens portent le caractère de l'orogénie.

— Oh. »

Il a donc eu un père ou une mère orogènes ! Ou encore des grands-parents. Quoi qu'il en soit, l'orogénie ne s'est pas exprimée en lui de la même manière qu'en Nassun. La mère de Schaffa – la fillette vient de décider arbitrairement, par pur caprice, que c'était sa mère l'orogène – n'a jamais eu à l'entraîner, à lui apprendre à mentir, à lui casser la main.

« Tu en as, de la chance », murmure Nassun.

Il se fige, alors qu'il portait à nouveau sa gourde à ses lèvres. Quelque chose passe sur son visage. Elle a appris à déchiffrer cette expression-là plus que toute autre, si rare soit-elle. Schaffa a oublié des choses dont il aimerait se souvenir, mais là, juste là, il se souvient de choses qu'il aimerait oublier.

« Pas tant que ça. »

Il se touche le creux de la nuque. Le réseau de lumière décapante dessiné par ses nerfs est toujours actif – entrelacs d'argent qui le torture, le harcèle, cherche à le briser. Le centre de la toile est occupé par l'épingle – la pierre-noyau – introduite en lui autrefois. Nassun évoque la longue cicatrice hideuse qui lui descend dans le cou. Sans doute se laisse-t-il pousser les cheveux afin de la dissimuler. La pensée de ce qu'implique la balafre la fait frissonner.

« Je ne… » Elle essaie de s'arracher à l'image de Schaffa hurlant, à qui quelqu'un est en train d'*ouvrir* la nuque. « Je ne comprends pas les Gardiens. Les autres, je veux dire. Ce n'est… Ils sont horribles. »

Elle n'imagine pas une seconde qu'il puisse leur ressembler.

Il reste un moment silencieux pendant qu'ils mastiquent puis dit enfin tout bas :

« Je ne me souviens plus des détails, des noms, de la plupart des visages, mais les impressions sont toujours là, tu sais. Je me rappelle que j'*aimais* les orogènes dont j'étais le Gardien… ou que, du moins, je croyais les aimer. Je voulais les protéger, même s'il fallait pour cela leur infliger de petites cruautés qui en tenaient de plus grandes en respect. Il me semblait qu'un génocide aurait été pire que n'*importe quoi* d'autre.

— C'est quoi, un génocide ? » demande Nassun, les sourcils froncés.

Il sourit – un sourire triste.

« Si on pourchasse et qu'on massacre le moindre orogène, qu'on tord ensuite le cou au moindre bébé orogène, qu'on tue ou qu'on stérilise la moindre personne qui, comme moi, est porteuse de la caractéristique, qu'on nie la possibilité même de l'humanité des orogènes… c'est un génocide. Éliminer un peuple et jusqu'à l'*idée* qu'il constitue un peuple.

— Ah. » Nassun se sent écœurée, sans savoir pourquoi. « Mais c'est… »

Schaffa hoche la tête, d'accord avec sa réponse informulée : *Mais c'est exactement ce qui se passait.*

« Telle est la fonction des Gardiens, mon enfant. Nous empêchons l'orogénie de disparaître, parce que, à vrai dire, personne au monde ne survivrait sans elle. Les orogènes sont nécessaires. Mais, parce que vous êtes nécessaires, il ne vous est pas permis d'avoir le *choix*. Vous êtes forcément des outils… et les outils ne peuvent être des personnes. Les Gardiens protègent l'outil… et, autant que faire se peut en lui conservant son utilité d'instrument, ils tuent la personne. »

Nassun le regarde ; la compréhension déplace des choses en elle telle une secousse de magnitude neuf, surgie de nulle part. Ainsi va le monde, sauf qu'il pourrait aller autrement. Ce qui arrive aux orogènes ne leur arrive pas par hasard. On le *fait* arriver – les Gardiens le font arriver, année après année ; ils y *travaillent*. Peut-être ont-ils chuchoté à l'oreille de tous les seigneurs de guerre ou Dirigeants d'avant le Sanze. Peut-être étaient-ils même là pendant l'Éclatement – s'intégrant aux groupes de survivants misérables et terrifiés pour leur dire qui accuser de leurs malheurs, à quoi repérer les coupables et que faire d'eux ensuite.

Tout le monde considère les orogènes comme très puissants, donc terrifiants, et ils le sont. Nassun est à peu près sûre qu'elle pourrait rayer l'Antarctique de la carte si elle en avait vraiment envie, quand bien même le saphir lui serait sans doute nécessaire pour ne pas perdre la vie ce faisant. Mais, si puissante soit-elle, elle n'en reste pas moins une petite fille. Et, en tant que petite fille, elle a besoin de manger et de dormir – parmi d'autres gens, pour avoir le moindre espoir de *continuer* jour après jour à manger et à dormir. Les gens ont besoin les uns des autres pour vivre. Si elle est obligée pour vivre de se battre contre tous les communs… Contre toutes les chansons, toutes les histoires, les Gardiens, les milices, la loi impériale et jusqu'à la lithomnésie… Contre un père incapable de concilier *fille* et *gèneuse*, contre son propre désespoir, lorsqu'elle songe à la tâche gigantesque que représente le seul fait d'essayer d'être heureuse…

Que peut l'orogénie contre ça ? Lui permettre de continuer à respirer, peut-être. Mais respirer n'est pas forcément synonyme de vivre. Peut-être… peut-être un génocide ne se traduit-il pas toujours en cadavres.

Acier avait raison, elle en est plus sûre que jamais.

Elle lève les yeux vers Schaffa. « Je serai ton Gardien jusqu'à ce que le monde s'abîme dans les flammes », voilà ce qu'il lui a dit quand elle lui a confié pourquoi elle comptait ouvrir la Porte de cristal.

Il cligne des yeux puis lui sourit, le tendre sourire épouvantable d'un homme qui sait depuis toujours qu'amour et cruauté sont les deux faces d'une même médaille. Il la serre dans ses bras et l'embrasse sur le front ; elle se cramponne à lui, tellement contente d'avoir au moins un parent, un père, qui l'aime comme devrait aimer un père.

« Jusqu'à ce que le monde s'abîme dans les flammes, mon enfant, murmure-t-il contre ses cheveux. Bien sûr. »

*
**

Au matin, ils reprennent la descente.

Premier signe de changement : une seconde rampe apparaît du côté intérieur de la spirale, faite comme la première d'un métal étrange, apparemment insensible à la rouille et au ternissement. Les marches encadrées de garde-corps s'allongent ensuite assez pour qu'on puisse les emprunter à deux de front. Enfin, l'hélice commence à se relâcher : le degré de la pente ne change pas, mais sa courbure de moins en moins prononcée se termine par une ligne droite qui s'enfonce dans l'obscurité.

Au bout d'une heure de descente supplémentaire, le tunnel s'agrandit brusquement, au point que plafond et parois disparaissent. Les voyageurs continuent leur progression sur des degrés lumineux, reliés les uns aux autres, mais dépourvus de support et qui tiennent tout seuls en l'air. Cet escalier ne devrait pas exister, puisque rien n'en assure la stabilité à part ses deux rampes et ses marches mêmes, qui se renforcent apparemment les unes les autres. Schaffa et Nassun poursuivent toutefois leur descente sans provoquer le moindre grincement ni frémissement de la structure. Le matériau qui la compose, quel qu'il soit, est bien plus solide que la pierre ordinaire.

Ils s'engagent à présent dans une immense caverne, d'une taille indéterminable dans l'obscurité, malgré les faisceaux lumineux obliques qui émanent des disques de lumière blême incrustés dans le plafond à intervalles irréguliers. Ces rayons froids n'illuminent à vrai dire rien de particulier. La grotte se réduit à une vastitude déserte, ponctuée de tas de sable informes plus ou moins gros. Maintenant que Nassun se trouve dans ce qu'elle pensait être une chambre magmatique vide, elle value cependant plus clairement les choses et comprend aussitôt qu'elle se trompait du tout au tout.

« Ce n'est pas une chambre magmatique, déclare-t-elle, sidérée. Ce n'était même pas une caverne, quand la cité a été construite.

— Comment ça ? »

Elle secoue la tête.

« Ce n'était pas sous terre. Je suppose que… Je ne sais pas. Qu'est-ce qui reste, quand un volcan explose complètement ?

— Un cratère ? »

Elle s'empresse d'acquiescer, tout excitée par sa découverte.

« À l'époque, cet endroit-là était à ciel ouvert. La ville a été bâtie dans un cratère. Mais il y a eu une autre éruption en plein milieu. »

Elle montre du doigt un endroit situé plus loin dans le souterrain obscur. L'escalier se dirige droit vers ce qui, à la valuation, lui apparaît comme l'épicentre de la destruction d'autrefois.

Mais ce n'est pas possible. Une autre éruption aurait dû réduire la cité à néant, purement et simplement, en comblant le cratère tout entier. Au lieu de quoi la lave est tellement *montée* qu'elle est passée *au-dessus* des immeubles et les a recouverts d'une coupole, avant de se solidifier. D'où la caverne. Où se trouve la ville, plus ou moins intacte.

« Impossible, dit d'ailleurs Schaffa, les sourcils froncés. La lave ne peut pas faire une chose pareille, même si elle est très, très visqueuse. Mais… » Un nuage passe sur ses traits. Il cherche une fois de plus à parcourir des souvenirs tronqués, distordus ou, peut-être, juste obscurcis par le temps. Nassun lui prend impulsivement la main pour l'encourager. Il lui jette un coup d'œil, un sourire absent aux lèvres, puis ses sourcils se froncent derechef. « Mais, à mon avis… un orogène serait capable de ce genre d'exploit. À condition de disposer d'un pouvoir extraordinaire et, sans doute, de l'aide d'un obélisque. Un dix-anneaux. Minimum. »

C'est au tour de Nassun de froncer les sourcils, déconcertée, quoique ce qu'il dit se tienne, pour l'essentiel : il a fallu quelqu'un pour *faire* ça. Elle lève les yeux vers la voûte et s'aperçoit à retardement que ce qu'elle prenait pour de curieuses stalactites se réduit en fait – une exclamation étouffée lui échappe – aux empreintes de constructions disparues ! Oui : ici, une pointe effilée qui a dû être une flèche ; là, une arche ; plus loin, un étrange mélange géométrique, droites et courbes à l'allure curieusement organique évoquant le dessous d'un chapeau de champignon. Le plafond de la caverne est couvert de ces marques fossiles, mais la lave solidifiée ne descend que jusqu'à deux ou trois cents mètres du sol. Nassun réalise alors que le « tunnel » par lequel ils sont arrivés, Schaffa et elle, est tout ce qui reste d'un bâtiment. Elle se retourne ; de l'extérieur, le boyau ressemble aux os de seiche dont son père se servait pour ses travaux de précision, en plus solide, et composé de l'étrange matériau blanc de la dalle de surface – sans doute le toit de l'édifice. Lorsqu'il s'interrompt, quelques mètres sous la limite inférieure de la coupole de lave, l'étonnant escalier blanc suspendu prend le relais. Sans doute a-t-il été construit après le désastre… mais comment ? Par qui ? Pourquoi ?

Décidée à comprendre si possible ce qu'elle voit, Nassun examine de plus près le sol de la caverne. Le sable est plutôt clair, malgré quelques flaques d'un brun ou d'un gris assez sombres. De longs rubans de métal tors ou d'immenses fragments de choses plus imposantes encore en dépassent par endroits – peut-être des décombres. On dirait les os d'un cadavre à demi déterré.

Mais ce n'est pas possible non plus. Il n'y a pas assez de matériau pour les vestiges d'une cité. Nassun n'a vu que peu de ruines de civilisations disparues ou même de cités, mais elle les connaît par ses lectures et les histoires qu'elle a entendues. Une cité est censée regorger de constructions en pierre, de caches en bois, voire de portes de métal imposantes et de rues pavées.

Celle-là est comparativement vide. Il n'en reste qu'un peu de métal et de sable.

La fillette laisse ses mains retomber à ses côtés, car elle les avait levées machinalement pendant que son sens désincarné se déployait. Quand elle baisse les yeux par inadvertance, la distance qui sépare l'escalier sur lequel elle se tient du sable répandu au fond de la grotte semble s'étirer, gouffre démesuré. Elle se rapproche de Schaffa, qui lui pose sur l'épaule une main rassurante.

« Cette cité… » commence-t-il. Elle lui jette un coup d'œil, surprise. Il a l'air pensif. « Il y a un mot dans mon esprit, mais je ne sais pas ce qu'il désigne. S'agit-il d'un nom ? A-t-il un sens dans une autre langue ? » Il secoue la tête. « En tout cas, si c'est bien la cité à laquelle je pense, on m'a raconté sa grandeur. Autrefois, il y vivait paraît-il des milliards de gens. »

Est-ce seulement possible ?

« Dans une seule cité ? Il y avait combien d'habitants, à Lumen ?

— Quelques millions. » Nassun se fige, stupéfaite, ce qui amuse Schaffa, avant qu'il ne reprenne son sérieux. « Aujourd'hui, il n'en reste guère plus dans tout le Fixe. En perdant l'Équatorial, nous avons perdu l'essentiel de l'humanité. Il n'empêche. Autrefois, le monde était plus vaste encore. »

Non, c'est impossible. Le cratère est malgré tout d'une taille limitée. Pourtant… Nassun value délicatement sous le sable et les débris, à la recherche d'une preuve de l'impossible. Ils forment une couche beaucoup plus épaisse qu'elle ne le pensait, mais elle découvre dans leurs profondeurs des zones compressées en longues lignes droites. Des routes, peut-être.

Accompagnées de fondations rondes, ovales ou de formes plus curieuses, aux courbes de sabliers, d'amples S, voire de coupes. Pas le moindre carré. Surprise de la composition inhabituelle de ces assises, elle s'aperçoit soudain qu'elles lui font à la valuation l'effet de quelque chose de minéralisé, d'alcalin. Parce qu'elles sont en cours de pétrification ! Ce qui signifie qu'à l'origine… Nassun en reste bouche bée.

« C'est du bois ! » s'exclame-t-elle. Des fondations en bois ? Non, ça *ressemble* à du bois, mais aussi un peu au polymère que fabriquait son père et à la non-pierre bizarre de l'escalier sur lequel elle se tient. Les routes qu'elle value sont constituées du même matériau.

« De la *poussière*. C'est de la poussière, Schaffa, pas du sable ! Des *plantes*, plein de plantes, mortes depuis si longtemps qu'elles ont complètement séché et sont tombées en poussière… »

Son regard se lève une fois de plus vers l'immense coupole de la caverne. À quoi ressemblait la catastrophe ? Le cratère tout entier illuminé de rouge. L'air brûlant, irrespirable. Les bâtiments ont mieux tenu, le temps que la lave alentour commence à refroidir, mais les gens qui se trouvaient en ville ont dû rôtir jusqu'au dernier en quelques heures, juste après avoir été emprisonnés dans la bulle de feu.

Le « sable » contient ça aussi : d'innombrables êtres humains, carbonisés puis tombés en poudre.

« Curieux », commente Schaffa en parcourant la grotte des yeux, appuyé à la rampe, indifférent à l'éloignement du sol. L'estomac de Nassun se contracte tant elle a peur pour lui. « Une cité végétale. » Le regard du Gardien s'aiguise. « Mais il ne pousse plus rien ici. »

En effet. La fillette l'a remarqué aussi. Or elle a assez voyagé et vu assez de cavernes pour savoir que celle-ci devrait grouiller de vie – lichens, chauves-souris, insectes blancs aveugles. Quand elle aiguille sa perception vers le royaume de l'argent, à la recherche des filaments délicats en principe omniprésents dans n'importe quels débris de vie, elle en trouve en effet, innombrables, mais… bizarres. Ils coulent avec ensemble, en se réunissant pour constituer des canaux plus larges – comme chez les orogènes. Elle n'a jamais rien vu de tel auparavant, ni dans les plantes ni dans les animaux ni dans la terre. Les flux épaissis, concentrés, se réunissent à leur tour et poursuivent leur route… dans la même direction que l'escalier. Elle les suit bien au-delà des dernières marches distinctes, de plus en plus gros, de plus en plus brillants… jusqu'à ce que, loin devant, ils s'interrompent abruptement.

« Il y a quelque chose de dangereux, là-bas, annonce-t-elle – quelque chose qui lui donne la chair de poule et qu'elle renonce à valuer car, pour une raison ou pour une autre, elle n'a aucune envie de percevoir ce qui les attend.

— Nassun ?

— C'est… ça *mange* cet endroit. » Le mot lui a échappé, elle se demande un peu pourquoi, mais, maintenant qu'elle l'a prononcé, il lui semble qu'aucun autre n'aurait aussi bien convenu. « C'est pour ça que rien ne pousse. Il y a quelque chose qui prend tout l'argent. Alors tout est mort. »

Schaffa la regarde un long moment. Une de ses mains s'est posée sur le manche du vitropoignard noir attaché à sa cuisse. Elle en rirait volontiers, car ce qui les attend ne saurait être poignardé. Elle n'en rit pas, car ce serait cruel. Et puis elle a tellement peur, soudain, qu'elle risquerait de ne plus pouvoir s'arrêter si jamais elle commençait.

« Rien ne nous oblige à y aller », dit Schaffa avec douceur.

Elle a grand besoin de l'entendre affirmer ainsi que, si la peur la détourne de sa mission, il ne l'en respectera pas moins, mais elle en éprouve cependant une certaine contrariété : question de fierté.

« S… si. Allons-y. » Elle déglutit péniblement. « S'il te plaît.

— Très bien. »

Ils reprennent la descente. Quelqu'un ou quelque chose a creusé un passage dans la poussière, sous et autour de l'escalier impossible. Ils descendent, descendent, dépassant des montagnes de poudre. Un autre tunnel ne tarde pas à leur apparaître au loin, gueule immense ouverte au fond du cratère – enfin. Lorsque l'escalier atteint ce niveau-là, il se fond à la pierre environnante, sous des arches concentriques d'une hauteur vertigineuse, toutes en marbres de teintes différentes. Un peu plus loin, le passage rétrécit, tandis qu'une nuit noire en prend possession. Le seuil du boyau est comme laqué, carrelé de dégradés de bleu, de noir, de rouge sombre. Superbes couleurs luxuriantes, soulagement pour les yeux après tant de blanc et de gris, mais d'une étrangeté indicible. Pas un grain de la poussière de la cité n'a dérivé jusqu'à ce tunnel.

Des dizaines de gens pouvaient s'y engager de front, des centaines en une minute, mais il n'y a là qu'une personne pour voir arriver les voyageurs. La bande de marbre rose sous laquelle elle se tient offre avec sa pâleur incolore un contraste frappant. Acier.

Il ne bouge pas quand Nassun s'approche. (Schaffa aussi, mais plus lentement, tendu.) Le regard gris du mangeur de pierre est rivé à un point précis, tout proche. Nassun n'a jamais vu ce qu'il fixe, mais sa mère le reconnaîtrait : un socle hexagonal qui ressemble fort à une stalagmite de quartz fumé, coupée à mi-hauteur. Acier a la main tendue vers le sommet légèrement incliné du socle, comme s'il offrait à la fillette ce qui y est posé. *C'est pour toi.*

Elle examine donc le présentoir puis tend la main, elle aussi, mais la retire en sursaut quand le pourtour de la surface supérieure se met à clignoter avant même que ses doigts ne l'aient touchée. Des signes rouge vif comme gravés en l'air lévitent à présent au-dessus du cristal. Elle a beau ne pas en comprendre le sens, leur couleur l'inquiète, aussi lève-t-elle les yeux vers Acier, qui n'a pas bougé : il semble se tenir dans cette position depuis la construction de la cité.

« Qu'est-ce que ça dit ?

— Que le véhicule dont je t'ai parlé n'est pas fonctionnel, pour l'instant, répond la voix dans la poitrine du mangeur de pierre. Pour utiliser la gare, il faut alimenter le système en énergie et le réinitialiser.

— Re… ré… initier ? » Nassun cherche à déterminer ce que ces ruines millénaires ont à voir avec une quelconque initiation puis décide de s'en tenir à ce qu'elle comprend. « Comment on fait pour lui donner de l'énergie ? »

Acier se tient soudain dans une position différente, tourné vers le tunnel qui s'enfonce dans la gare.

« Tu cherches la racine et tu lui en fournis. Moi, je reste ici et je rentre la séquence de démarrage quand elle en a absorbé assez.

— Hein ? Je ne... »

Les yeux gris du visage gris se tournent vers Nassun.

« Tu sauras ce qu'il faut faire quand tu y seras. Ça te semblera évident. »

Elle se mord l'intérieur de la joue, les yeux fixés sur l'entrée du boyau. Il fait vraiment très sombre, là-dedans.

La main de Schaffa lui touche l'épaule.

« Je t'accompagne, bien sûr. »

Bien sûr. Elle déglutit puis hoche la tête avec reconnaissance. Ensemble, ils s'enfoncent dans l'obscurité.

Obscurité qui ne tarde pas à s'évanouir. Comme sur l'escalier blanc, de petits panneaux lumineux se mettent à luire autour d'eux au fil de leur progression. La faible lumière jaunâtre donne une impression d'ancienneté, d'usure, de... eh bien, de *fatigue* – c'est le mot qui s'impose à l'esprit de Nassun –, mais n'en reste pas moins assez forte pour se refléter sur le bord des carreaux foulés par les visiteurs. Elle leur permet d'ailleurs de constater que plusieurs portes et alcôves ouvrent dans le passage. À un endroit, il dépasse même quelque chose du mur, à environ trois mètres de haut. On dirait... le fond d'une charrette, peut-être, mais une charrette dépourvue de joug et de roues, au plancher constitué du matériau lisse employé pour l'escalier, et qui circulerait le long d'une sorte de piste incrustée dans la paroi. Un engin manifestement conçu pour transporter des gens ; peut-être permettait-il de se déplacer à ceux qui ne voulaient ou ne pouvaient pas marcher ? Le voilà maintenant immobile et obscur, prisonnier à jamais du mur contre lequel l'a abandonné son dernier conducteur.

Une curieuse lumière bleuâtre apparaît dans le tunnel devant les voyageurs, mais l'avertissement se révèle insuffisant pour les préparer à la manière dont le passage aboutit brusquement à une autre caverne, après un soudain virage à gauche. La grotte, beaucoup plus petite que la précédente, ne contient pas de poussière ou, du moins, pas beaucoup. Elle contient en revanche une titanesque colonne de verre volcanique bleu-noir.

Un pilier énorme, irrégulier, inouï. Nassun reste figée, bouche bée, devant cette *chose* qui occupe presque tout l'espace, du sol au plafond et plus encore. Il est évident dès l'abord qu'il s'agit du produit d'une explosion gigantesque, solidifié par un refroidissement rapide. Il est tout aussi indiscutable que c'est la source du flot de lave qui a formé la voûte de la caverne adjacente.

« Je vois », dit Schaffa d'une voix adoucie par la stupeur. Il a même l'air sidéré. « Regarde. »

Le doigt qu'il tend vers le bas permet enfin à Nassun de se concentrer sur quelque chose qui lui donne une idée des distances, des tailles et de la perspective auxquelles elle a affaire. La colonne est réellement énorme, car la fillette distingue maintenant les gradins qui l'entourent à la base d'octogones concentriques. Trois. Le plus bas occupé par… des bâtiments, semble-t-il, mais très abîmés, à demi écroulés, réduits à l'état de coquilles vides. La valuation révèle toutefois pourquoi ils existent encore, alors que ceux de la caverne précédente ont été réduits en poussière : la chaleur qui a envahi cette grotte-ci a apparemment modifié le matériau dont ils étaient faits, lequel a durci, et le changement les a protégés. Les dégâts sont d'ailleurs dus en partie à un choc quelconque : les constructions ont toutes souffert du même côté, le mur qui fait face à l'immense colonne de verre. Vu la taille de ce qui a l'air d'un immeuble de deux étages, le pilier est moins loin des arrivants qu'il n'y paraît ; il est en revanche beaucoup plus gros que ne le pensait Nassun au départ. De la taille d'un… Oh.

« Un obélisque », murmure-t-elle.

À partir de là, elle value et devine ce qui s'est passé comme si elle en avait été témoin.

Il y a de cela bien longtemps, un obélisque se dressait là, au fond de la caverne, une extrémité plongée dans la terre telle la racine d'une plante bizarre. À un moment, il s'est libéré de sa gangue pour se mettre à léviter, scintillant, comme ses frères, au-dessus de l'étrange immensité de la cité… et puis quelque chose a très, très mal tourné. L'obélisque a… il est… tombé. Nassun s'imagine percevoir l'écho du choc produit là où il s'est abattu. Non content de tomber, il s'est *enfoncé* dans le sol, il a percé, foré, plus bas, toujours plus bas, alimenté par la force de l'argent concentré en son cœur. La fillette n'arrive à suivre son chemin que sur un ou deux kilomètres de profondeur, mais elle n'a aucune raison de penser que sa descente s'est interrompue. Elle ne saurait dire jusqu'où il est allé.

Dans son sillage, a jailli une fontaine de feu souterrain – littéralement –, canalisée depuis la partie en fusion du manteau. La cité y a été ensevelie.

Nassun ne voit toujours rien aux environs qui évoque un moyen d'alimenter la gare en énergie, mais l'éclairage de la caverne est assuré par d'énormes pylônes entourant la base de la colonne. Il faut bien que *quelque chose* produise la lumière bleue qu'ils diffusent et qui baigne le gradin inférieur central de la grotte.

Schaffa en est arrivé à la même conclusion.

« Le tunnel s'achève là. » Il montre les pylônes et la colonne. « On ne peut aller qu'au pied de cette monstruosité, mais es-tu réellement sûre de vouloir suivre l'exemple de quiconque a fait une chose pareille ? »

Elle se mord la lèvre. Non, elle n'en est pas sûre. Ce qui cloche, ce qu'elle a valué depuis l'escalier, se trouve là, bien qu'elle ne puisse encore en situer l'origine. Pourtant…

« Acier veut que j'aille voir.

— Es-tu réellement sûre de vouloir faire ce qu'il veut ? »

Non, elle n'en est pas sûre non plus. Acier n'est pas digne de confiance. Toutefois, elle a pris le chemin de la destruction du monde ; Acier ne peut rien vouloir de pire. Aussi acquiesce-t-elle. Schaffa incline la tête en signe d'acceptation et lui tend la main. Ils parcourent ensemble la distance qui les sépare des pylônes.

Nassun longe les gradins avec l'impression de se promener dans un cimetière, ce qui la pousse à garder un silence respectueux. Elle devine entre les constructions des chemins carbonisés, des conteneurs vitrifiés qui ont sans doute un jour contenu des plantes, des poteaux et des structures étranges dont elle ne parviendrait peut-être pas à deviner l'usage, même s'ils n'avaient pas à moitié fondu. Aussi décide-t-elle que ce poteau-ci servait à attacher les chevaux, cette charpente-là à tendre les peaux pour les faire sécher.

Reconfigurer l'étranger en y injectant du familier ne l'aide guère, évidemment, parce qu'il n'y a rien de normal dans cette cité. Si les gens qui y ont vécu avaient des montures, il ne s'agissait pas de chevaux ; s'ils confectionnaient de la poterie ou des outils, ce n'était pas à partir d'argile ou d'obsidienne, et les artisans qui s'en chargeaient n'étaient pas de simples débiteurs. On parle des gens qui ont construit un obélisque, avant d'en perdre le contrôle. Qui sait quelles merveilles et quelles horreurs peuplaient leurs rues ?

Dans son anxiété, Nassun se tend vers le saphir, pour se rassurer en se prouvant qu'elle peut établir le contact à travers des tonnes de lave refroidie et une cité morte pétrifiée. À son grand soulagement, il ne lui est pas plus difficile d'accès qu'à l'extérieur. Quand il exerce sur elle une légère traction – aussi légère que possible pour un obélisque –, elle se laisse un instant aspirer dans le flux de sa lumière aqueuse. Pourquoi aurait-elle peur qu'il s'empare d'elle de cette manière ? Elle lui fait confiance, dans la mesure où on peut faire confiance à un objet inanimé. Après tout, c'est le saphir qui lui a signalé l'existence d'Aunoyau. D'ailleurs, elle sent qu'un autre message l'attend maintenant dans les interstices scintillants des filaments d'argent compacts…

« Plus haut », lâche-t-elle, à sa propre surprise.

Schaffa s'arrête, interrogateur.

« Hein ? »

Elle secoue la tête afin de ramener son esprit en elle-même, hors de tout ce bleu.

« Le… l'endroit d'où on peut alimenter la gare. Il est plus haut, Acier avait raison. Il faut quitter le chemin.

— Le chemin ? »

Schaffa se retourne pour parcourir du regard le... sentier qu'ils viennent de monter. Devant eux se dresse le deuxième gradin – surface lisse et plane du matériau blanc qui n'est pas de la pierre. Les constructeurs de l'obélisque ont apparemment utilisé ce composant dans les ruines les plus anciennes et les plus résistantes de leur civilisation.

« Le saphir... connaît cet endroit », tente d'expliquer Nassun. Explication tâtonnante, car il est aussi difficile d'exprimer ce qu'elle a compris que de décrire l'orogénie à un fixe. « Enfin, pas celui-ci précisément, mais un autre, qui y ressemble... »

Elle contacte à nouveau l'obélisque pour lui demander sans mots davantage d'informations. Le scintillement bleu d'images, de sensations, de *croyances* qui lui parvient en retour manque de l'engloutir. Son point de vue se modifie. Elle se tient au centre de trois gradins concentriques, non plus dans une caverne, mais face à un horizon d'azur au-dessus duquel de jolis nuages se mêlent, courent, disparaissent puis renaissent. Les degrés qui l'entourent fourmillent d'activité – au point que l'agitation se fond dans un brouillard d'où n'émergent à ses yeux que quelques instants d'immobilité, auxquels elle ne trouve aucun sens. Des véhicules bizarres, qui ressemblent à celui qu'elle a vu dans le tunnel, circulent le long des bâtiments sur des pistes de lumière multicolores. Les bâtiments sont *couverts* de verdure, plantes grimpantes, toits herbeux, fleurs dessinant des voûtes au-dessus des linteaux et des murs. Les gens, des centaines de gens, y entrent et en sortent, vont et viennent sur les chemins, déplacements flous coulés. Nassun ne distingue pas leur visage, mais entrevoit des cheveux aussi noirs que ceux de Schaffa, des boucles d'oreille aux motifs végétaux artistement bouclés, une robe tournoyant autour de deux chevilles, des doigts qui s'agitent, ornés de fourreaux laqués colorés.

Et partout, *partout*, l'argent sous-tend chaleur et mouvement. Le composant des obélisques. Il se ramifie, il coule, il converge non en ruisselets, mais en fleuves. Quand Nassun baisse les yeux, elle s'aperçoit qu'elle se tient dans une flaque d'argent liquide qui l'imbibe par les pieds…

Cette fois, elle titube en revenant à elle. La main de Schaffa se pose fermement sur son épaule pour l'aider à garder l'équilibre.

« Nassun.

— C'est bon, tout va bien. »

Honnêtement, elle n'est pas sûre que tout aille bien. Elle dit ça pour le rassurer. Et parce que c'est plus simple que de dire : *Je crois que là, pendant une minute, j'ai été un obélisque.*

Schaffa s'accroupit devant elle en la tenant par les épaules. L'inquiétude qu'elle lit sur ses traits éclipse presque – presque – en lui la fatigue, la quasi-distraction et autres signes de la lutte qui se livre sous la surface de son être. Il souffre davantage sous terre. Il ne le lui a pas dit, elle ignore pourquoi il en va ainsi, mais elle le sait.

Toutefois.

« Ne fais pas confiance aux obélisques, mon enfant », dit-il. La réplique n'est pas, et de loin, aussi étrange ou déplacée qu'elle devrait l'être dans sa bouche. Nassun le serre impulsivement dans ses bras ; il l'étreint avec force, en lui frottant le dos pour la réconforter. « Nous en laissions progresser quelques-uns », continue-t-il à son oreille. Elle cligne des yeux, parce que Nida, la pauvre folle meurtrière, lui a dit un jour la même chose. « Autrefois, au Fulcrum. Ce souvenir-là ne m'a pas été enlevé ; il est important. Ceux qui atteignaient les neuf ou dix anneaux… ils avaient conscience des obélisques, et cette conscience était réciproque. Les obélisques t'auraient attirée à eux, d'une manière ou d'une autre. Il leur manque quelque chose, ils sont incomplets, je ne sais en quoi, et ils ont besoin d'un orogène pour atteindre leur plénitude.

« Mais les obélisques les tuaient, ma Nassun. » Schaffa enfouit le visage dans les cheveux de la fillette. Elle est sale, elle ne s'est pas lavée correctement depuis Jekity, mais ce qu'il raconte la dépouille de ce genre de pensées banales. « Les obélisques… je me *rappelle*. Ils te changeront, ils te recréeront si possible. Voilà ce que veut ce mangeur de pierre rouillé. »

Les bras de son Gardien se resserrent un instant autour d'elle avec quelque chose de leur force d'autrefois, lui offrant la plus merveilleuse sensation du monde. Elle sait à cette seconde qu'il ne vacillera jamais, qu'elle ne cherchera jamais son soutien en vain, qu'il ne sera jamais un banal être humain faillible. Elle l'aime plus que la vie pour sa force.

« Oui, je comprends. Je ferai attention, promet-elle. Je ne les laisserai pas gagner. »

Je ne *le* laisserai pas gagner, voilà ce qu'elle pense, et lui aussi, elle le sait. Elle ne laissera pas *Acier* gagner. Du moins pas avant d'avoir obtenu ce qu'elle veut.

Nassun et Schaffa sont donc déterminés. Quand elle s'écarte légèrement, il hoche la tête puis se redresse. Ils reprennent leur progression.

Les pylônes sont disposés en cercle sur le gradin intérieur, noyé dans l'ombre bleue sinistre de la colonne. Ils se révèlent de près plus gros qu'ils ne semblaient l'être de loin – deux fois plus hauts que Schaffa, trois ou quatre fois plus larges – et bourdonnants. Leur répartition autour de ce qui était à une époque l'emplacement d'un obélisque évoque un bouclier, censé protéger les deux gradins inférieurs. Une barrière entre l'animation de la cité et… ça.

Ça : Nassun pense d'abord à un buisson de ronces. Les vrilles bouclées qui s'entremêlent par terre et sur la face des pylônes tournée vers l'intérieur du cercle occupent toute la place qui les sépare de la colonne de verre proprement dite. La fillette s'aperçoit ensuite qu'il ne s'agit pas de ronces. Elles n'ont pas de feuilles. Ni d'épines. Juste des vrilles entortillées, ratatinées, qui rappellent le bois mais sentent plutôt le champignon.

« Comme c'est curieux, dit Schaffa. Quelque chose de vivant, enfin ?

— Ce n'est p… peut-être pas vivant. »

Ces choses ont l'air mortes, quoique leur nature végétale reste reconnaissable, puisqu'elles ne sont pas tombées en poussière. Nassun déteste cet endroit. Ces plantes horribles, l'ombre de la colonne de verre… Les pylônes servaient-ils à dissimuler ces monstruosités aux habitants de la ville ?

« Peut-être que ça a poussé après… après le reste », ajoute la fillette.

Puis elle bat des paupières, car elle vient de s'apercevoir que la vrille la plus proche avait quelque chose de particulier. Les autres sont mortes, ça se voit : flétries, noircies, brisées par endroits. Celle que Nassun a remarquée est en revanche fibreuse, noueuse, certes enveloppée d'une écorce qui rappelle le vieux bois rêche, mais intacte. Elle repose sur une couche de débris qui dissimule le sol – masses grisâtres, poussière, lambeaux de tissu pourri et jusqu'à un morceau de corde, effiloché et moisi.

Depuis son arrivée dans la caverne à la colonne de verre, Nassun résiste à l'envie qui la démange ; elle préfère ne pas savoir certaines choses. Mais là, elle ferme les yeux et applique son sens de l'argent à la vrille qui l'intéresse.

Ce n'est pas facile. La… plante a beau être vivante, quoiqu'elle tienne davantage du champignon que du végétal, son fonctionnement a aussi un côté artificiel, mécanique. Ses cellules se révèlent si serrées qu'il est sans doute impossible à l'argent de circuler entre elles. Elles sont nettement plus denses que celles qui composent un corps humain, et leur disposition rappelle celle des composantes d'un cristal, puisqu'elles constituent de petites matrices bien délimitées telles que Nassun n'en a encore jamais vu chez un être vivant.

Maintenant qu'elle distingue des interstices dans la substance de la plante, elle constate qu'il ne s'y trouve pas d'argent, en effet, mais qu'ils abritent… autre chose. Quelque chose qu'elle ne sait trop comment décrire. Des emplacements négatifs ? Des endroits où on devrait voir de l'argent, mais où on n'en voit pas. Des vides qui *pourraient* être pleins d'argent. Pendant qu'elle les explore maladroitement, fascinée, elle prend peu à peu conscience du tiraillement qu'ils exercent sur sa perception, de plus en plus fort, au point que… elle s'en libère brusquement en poussant une petite exclamation étouffée.

Tu sauras ce qu'il faut faire, lui a dit Acier. *Ça te semblera évident.*

Schaffa, qui s'est accroupi pour examiner le bout de corde, se fige puis lui jette un coup d'œil, les sourcils froncés.

« Qu'est-ce qui t'arrive ? »

Elle lui rend son regard, mais elle n'a pas les mots pour expliquer ce qu'il faut faire. Ces mots-là n'existent pas. Elle n'en sait pas moins quoi faire et se rapproche de la vrille vivante.

« Nassun. »

La voix tendue de Schaffa constitue un avertissement qui informe la fillette de la brusque inquiétude de son Gardien.

« Il le faut. » Déjà, elle lève les mains. Elle comprend à présent que l'argent de la caverne voisine coulait jusqu'ici, où ces plantes le dévoraient. Mais pourquoi ? Elle le sait, au plus profond, au plus ancien de sa chair. « Il faut que je… que j'alimente le système. »

Avant que son compagnon ne puisse l'en empêcher, elle empoigne la vrille à deux mains.

Ça ne fait pas mal. C'est ça, le piège. À vrai dire, la sensation qui se répand à travers tout son corps est agréable. Apaisante. Si elle ne percevait ni l'argent, ni la manière dont le champignon entreprend instantanément d'en extirper la moindre parcelle qui circule entre ses cellules, elle croirait qu'il lui fait du bien. Alors qu'en réalité il ne mettra que quelques instants à la tuer.

Toutefois, elle n'est pas limitée à sa propre énergie. Paresseusement, elle se tend malgré sa langueur vers le saphir – qui réagit à la seconde, sans difficulté.

Des *amplificateurs*, voilà comment Albâtre appelait les artefacts bien avant la naissance de ta fille. Des *batteries*, voilà comment tu les conçois et comment tu les as un jour décrits à Ykka.

Nassun, elle, les comprend tout simplement comme des *moteurs*. Elle a déjà vu des moteurs au travail – les machines toutes simples, pompes et turbines, qui régulaient la géo et l'hydro de Tirimo, mais aussi, parfois, des engins plus complexes tels que les monte-charge à céréales. Ce qu'elle comprend des moteurs a beau tenir dans un dé à coudre, une gamine de dix ans en personne a au moins conscience d'une chose : ils ont besoin de carburant pour fonctionner.

Elle se laisse donc porter par le courant bleu, et le pouvoir du saphir coule en elle. Le champignon qu'elle tient à deux mains lui semble tressaillir sous le flot qui s'y déverse brusquement, mais sans doute s'agit-il juste d'un effet de son imagination. Il se met toutefois à bourdonner, pendant que les emplacements déserts, béants de ses matrices se remplissent d'une lumière argent scintillante et mouvante, aussitôt aiguillée vers un autre endroit…

Un claquement violent résonne dans la caverne, auquel font écho des claquements plus faibles, mais de plus en plus rapides, qui finissent par s'enchaîner assez vite pour se fondre en un bourdonnement bas, dont le volume augmente cependant peu à peu. La grotte s'illumine brusquement, car les pylônes bleus virent au blanc et gagnent en luminosité, de même que les rectangles jaunes fatigués du tunnel carrelé. Nassun sursaute, y compris dans les profondeurs du saphir. Schaffa l'écarte de la vrille en un clin d'œil, les mains tremblantes, puis la serre dans ses bras sans mot dire, empli d'un soulagement palpable, en la laissant s'affaisser contre lui. Elle est si épuisée, soudain, que seule cette étreinte l'empêche de s'effondrer.

Pendant ce temps, quelque chose arrive sur la piste.

Une chose fantomatique, gracieuse et élégante, du vert iridescent d'un scarabée, émerge dans un quasi-silence de derrière la colonne de verre. Une chose incompréhensible pour Nassun, en forme de larme, malgré sa pointe asymétrique, dont l'extrémité incurvée très au-dessus du sol évoque le bec d'un corbeau. Elle est pourtant énorme, aussi grosse sinon plus qu'une maison, mais flotte sans aucune aide à quelques centimètres du sol. Le matériau qui la compose a beau être indéfinissable, elle possède une... une peau ? Oui. De près, sa surface présente la texture légèrement froissée du cuir épais, tanné à la perfection. De curieuses bosses irrégulières, de la taille du poing, parsèment cet épiderme, sans qu'on puisse dire à quoi elles servent.

La chose se brouille, scintille. Elle passe de la matérialité à la translucidité et vice versa, comme un obélisque.

« Parfait », lance Acier, qui se tient soudain devant les voyageurs, à côté de l'énorme goutte.

L'épuisement empêche Nassun de tressaillir, bien qu'elle récupère déjà. Les doigts de Schaffa se crispent par réflexe sur ses épaules avant de se détendre. Acier ne leur prête aucune attention. Une main levée vers l'étrange artefact en lévitation, il évoque un artiste, fier de présenter sa dernière création.

« Tu as donné au système plus d'énergie qu'il n'était strictement nécessaire, reprend-il. Le surplus a alimenté l'éclairage, comme tu peux le constater, et d'autres systèmes, tels que ceux qui contrôlent l'environnement. Ça ne sert à rien, mais ça ne fait pas de mal non plus. Ils arrêteront de nouveau de fonctionner dans quelques mois, s'ils ne sont pas réapprovisionnés.

— Elle aurait pu y laisser la vie. »

La voix de Schaffa est douce et très froide.

Acier ne perd pas pour autant le sourire. Nassun commence enfin à le soupçonner de chercher à singer celui des Gardiens.

« Oui, si elle n'avait pas utilisé l'obélisque. » Il ne cherche absolument pas à s'excuser. « Ceux qui rechargent le système en meurent souvent, mais les orogènes capables de canaliser la magie y survivent parfois… de même que les Gardiens, qui savent pour la plupart ponctionner une source extérieure. »

La *magie* ? pense Nassun, brièvement déconcertée.

Mais Schaffa se raidit. Sa colère la déconcerte un instant, avant que la compréhension ne s'impose : les Gardiens normaux, ceux qui n'ont pas été contaminés, tirent l'argent de la terre et l'injectent dans les plantes-champignons. Ceux qui ressemblent à Umber et Nida ont sans doute aussi ce pouvoir, mais n'y auraient recours que pour servir les intérêts du Père Terre. Quant à Schaffa, sa pierre-noyau ne lui permet pas d'accéder à l'argent qui se trouve sous ses pieds et d'y puiser à volonté. Si les vrilles ont mis Nassun en danger, c'est à cause de son inadéquation à lui.

Du moins est-ce ce que sous-entend Acier. Nassun le contemple, incrédule, puis se tourne vers Schaffa. Déjà, elle recouvre ses forces.

« Je savais que j'en étais capable », affirme-t-elle. Comme Schaffa couve toujours Acier d'un regard noir, elle referme les poings dans les plis de sa chemise et tire sur le tissu pour l'obliger à se tourner vers elle. Il cligne des yeux puis les baisse, surpris. « Je le savais ! Et je ne t'aurais pas *laissé* t'occuper de la plante, Schaffa. C'est ma faute si… »

Nassun hésite, la gorge serrée par les larmes qui menacent. En partie à cause de la nervosité et de l'épuisement, mais, surtout, des remords qui croissent en elle depuis des mois et ne jaillissent en paroles que maintenant, parce qu'elle est trop fatiguée pour les refouler. *C'est sa faute à elle* si Schaffa a tout perdu : Nouvelle Lune, les enfants sur qui il veillait, la compagnie de ses collègues, le pouvoir fiable qu'il devrait tirer de sa pierre-noyau et jusqu'au sommeil paisible de ses nuits. C'est sa faute à elle s'il est là, sous terre, dans la poussière d'une cité morte, et s'ils vont confier leur vie à une machinerie plus vieille que le Sanze, voire que le *Fixe* tout entier, pour aller accomplir l'impossible en un lieu impossible.

Schaffa comprend instantanément ce qu'il en est, lui qui s'occupe d'enfants depuis longtemps. Son expression menaçante s'évanouit, il secoue la tête et s'accroupit pour se trouver nez à nez avec la fillette.

« Non, ma Nassun, tu n'es coupable de rien, déclare-t-il. Quoi qu'il m'en ait coûté et quoi qu'il m'en coûte encore, n'oublie jamais que je… je… »

Son regard vacille. Une seconde passagère, l'horrible égarement qui brouille son esprit menace d'effacer jusqu'à cet instant où il veut déclarer sa force à sa pupille. Elle retient son souffle, se concentre sur lui dans l'argent, montre les dents en voyant la pierre-noyau s'activer, une fois de plus, œuvrer vicieusement le long des nerfs du Gardien, tisser un réseau dans son cerveau, chercher encore et toujours à le mettre à genoux.

Non, se dit Nassun, en proie à une brusque fureur. Elle attrape Schaffa par les épaules et le secoue en s'aidant de tout son corps pour remuer l'imposante stature de son mentor. Il cligne des yeux et la regarde à travers le brouillard.

« Tu es Schaffa, dit-elle. Schaffa ! Et tu… tu as le *choix*. » C'est important. Parce que le monde ne veut pas donner le choix aux gens comme eux. « Tu n'es plus mon Gardien, tu es… » Elle ose enfin le dire tout haut. « Tu es mon nouveau père, d'accord ? Ce… ça veut dire qu'on forme une famille et que… qu'on doit travailler main dans la main. C'est ça, une famille, hein ? Il y a des moments où tu me laisses te protéger, *toi*. »

Il la regarde fixement, puis il soupire et se penche pour l'embrasser sur le front. Après quoi il reste là, le nez dans ses cheveux ; un effort énorme permet à Nassun de ne pas éclater en sanglots. Lorsque enfin il reprend la parole, l'horrible vacance s'est évanouie de ses traits, de même que certaines des rides gravées par la douleur autour de ses yeux.

« Très bien, Nassun. Il y a des *moments* où c'est toi qui me protégeras. »

Cela établi, elle renifle, s'essuie le nez sur sa manche puis se tourne vers Acier. Comme il n'a pas changé de position, elle s'écarte de Schaffa et va se poster juste sous son nez. Ses yeux la suivent, paresseusement.

« Ne refais jamais ça. »

Elle s'attend à moitié à ce qu'il lui demande de sa voix trop entendue : *Quoi, ça ?* Mais à la place, il dit :

« C'est une erreur de l'emmener. »

Une vague glacée balaie Nassun, suivie d'une autre, brûlante. S'agit-il d'une menace ou d'un avertissement ? Peu importe, elle ne veut rien entendre de tel. Les muscles de ses mâchoires sont si crispés qu'elle manque de se mordre la langue en cherchant à riposter :

« Je m'en fiche. »

Le silence seul lui répond. Capitulation ? Acquiescement ? Refus de discuter ? Elle l'ignore. *Dis-moi que tu ne feras jamais plus de mal à Schaffa !* aimerait-elle hurler, bien que hurler sur un adulte la mette mal à l'aise. Elle vient pourtant de passer un an et demi à apprendre que les adultes sont des gens, qu'il leur arrive d'avoir tort et que quelqu'un *devrait* parfois leur hurler dessus.

Mais elle est si fatiguée qu'elle préfère retourner auprès de Schaffa, lui prendre la main avec douceur et jeter un regard noir à Acier pour le mettre au défi d'ajouter quoi que ce soit. Il n'en fait rien. Tant mieux.

C'est le moment que choisit l'énorme masse verte pour… onduler, si l'on peut dire. Ils se tournent tous vers la goutte. Il y a quelque chose qui… Nassun frissonne, à la fois dégoûtée et fascinée. Il y a quelque chose qui *pousse* à partir de curieux nodules dispersés à sa surface. Des sortes de longues plumes étroites de deux ou trois mètres, plus vaporeuses à la pointe. Quelques instants plus tard, elles ondulent doucement par dizaines dans une brise inexistante. *Des cils*, se dit soudain Nassun, qui vient de se rappeler une des images d'un vieux manuel de biomestrise. Bien sûr. Pourquoi des gens qui construisaient des bâtiments à partir de plantes n'auraient-ils pas aussi fabriqué des véhicules évoquant des bactéries ?

Certaines des plumes, aux mouvements plus vifs, se regroupent un instant sur le flanc de la goutte puis s'en écartent avec ensemble en s'aplatissant contre sa surface nacrée. Le rectangle arrondi d'une ouverture apparaît, dévoilant une lumière tamisée et des rangées de sièges à l'air étonnamment confortables. Les deux voyageurs vont se rendre de l'autre côté de la planète avec panache.

Nassun lève les yeux vers Schaffa. Il hoche la tête, les dents serrées. Elle ne jette pas un regard à Acier, qui n'a pas bougé et ne fait pas mine de les rejoindre.

À peine ont-ils embarqué que les plumes onduleuses referment la portière derrière eux. Au moment où ils s'installent, le grand véhicule produit une note basse résonante et s'ébranle.

*
**

La richesse ne vaut rien lorsque tombe la cendre.

Tablette troisième, « Structures », strophe dix

Syl Anagist : deux

C'est une demeure magnifique, compacte, mais élégamment conçue et meublée en beauté. Nous ouvrons de grands yeux devant ses arches, ses bibliothèques, ses balustrades de bois. Ses murs de cellulose ne donnent naissance qu'à de rares plantes, si bien que son atmosphère sèche sent un peu le renfermé, ce qui rappelle le musée. Nous nous rassemblons dans la grande pièce de façade, n'osant bouger, de crainte de toucher quoi que ce soit.

« Tu vis ici ? demande un des autres à Kelenli.

— À l'occasion. » Malgré son impassibilité, quelque chose dans sa voix m'alerte. « Venez, suivez-moi. »

Elle nous entraîne à travers la maison, qui se révèle d'un confort stupéfiant : la moindre surface, y compris le sol, en est assez moelleuse pour qu'on s'y asseye. Plus frappant à mes yeux, le blanc en est absent. Les murs verts sont peints par endroits d'un bordeaux profond. Les lits d'une des pièces disparaissent sous un tissu bleu et or aux textures contrastées. Dureté et nudité en sont également bannies. Jamais encore l'endroit où je vis ne m'était apparu comme une cellule de prison, mais je le vois ainsi pour la première fois.

Bien des pensées nouvelles me sont d'ailleurs venues aujourd'hui, surtout pendant le trajet jusqu'à cette maison. Nous avons marché tout du long, les pieds douloureux de cet usage inhabituel, et tout du long, on nous a regardés. En échangeant parfois des murmures. Quelqu'un m'a caressé les cheveux au passage, avant de pouffer quand je me suis écarté en sursaut, à retardement. À un moment, un homme nous a suivis. Plus âgé que les autres gens. Ses cheveux gris avaient presque la même texture que les nôtres. Il nous parlait avec colère, en employant des mots et des expressions que je ne connaissais pas (« Fils de Niess » et « langues fourchues », par exemple) ou qui échappaient à ma compréhension, même si je les connaissais. (Il nous a qualifiés d'« Erreurs », avant d'ajouter : « On aurait dû vous éliminer. » Ça n'a pas de sens, parce que nous avons été conçus volontairement et avec le plus grand soin.) Il nous a également traités de menteurs, bien qu'aucun de nous ne lui ait adressé la parole, puis nous a accusés de ne pas partir (je ne sais où), mais de nous contenter de faire comme si. D'après lui, ses parents et les parents de ses parents lui avaient dévoilé la véritable horreur, le véritable ennemi, les monstres tels que nous étaient les ennemis de tous les gens de bien, et il allait veiller à ce que nous ne fassions de mal à personne d'autre.

Il s'est alors approché, ses gros poings fermés. Nous marchions toujours, bouche bée, si déconcertés que nous n'avions même pas conscience du danger, mais certains de nos gardes invisibles se sont soudain rendus visibles. Ils ont entraîné cet homme dans une alcôve de construction, où ils l'ont retenu pendant qu'il se débattait en hurlant, décidé à se jeter sur nous. Kelenli a poursuivi son chemin malgré la scène, la tête haute, sans jeter un coup d'œil au trublion. Nous l'avons suivie, ne sachant que faire d'autre, et nous avons fini par le distancer. Le bruit de la cité a englouti ses cris.

Plus tard, Gaewha, un peu tremblante, a demandé à Kelenli ce qui n'allait pas chez l'inconnu colérique.

« C'est un Sylanagistin », a répondu notre guide en riant tout bas.

Gaewha s'est tue, décontenancée. Nous lui avons tous envoyé de petites palpitations réconfortantes pour lui dire que nous étions également perplexes ; le problème ne venait pas d'elle.

Ainsi va la vie à Syl Anagist, nous le comprenons en traversant la ville. Des gens normaux dans des rues normales. Des contacts normaux qui nous font tressaillir ou battre en retraite, quand ils ne nous figent pas. Des maisons normales pleines de meubles normaux. Des regards normaux qui se détournent, se durcissent ou se fixent. Le moindre aperçu de normalité nous montre à quel point nous sommes anormaux. Jamais encore je n'avais regretté d'être une simple construction, œuvre de maîtres biomestres produite par génégénierie, développée dans des capsides de boue nutritive, décantée une fois adulte de manière à ne pas nécessiter de soins attentifs. Jusqu'ici, j'étais… fier de ce que je suis. Satisfait. Mais je découvre à présent comment les gens normaux me regardent, et mon cœur saigne. Je ne comprends pas pourquoi.

Peut-être toute cette marche m'a-t-elle endommagé.

Kelenli nous guide à travers la belle maison puis nous entraîne par une dernière porte dans un immense jardin tentaculaire. Au pied du perron et autour du sentier de terre, ce ne sont que parterres de fleurs dont les fragrances nous appellent. Il ne s'agit pas de la végétation du complexe, aux fleurs scintillantes assorties, cultivées avec précision et génusinées ; il ne pousse ici que des plantes sauvages, inférieures, peut-être, avec leurs tiges d'une longueur aléatoire, leurs pétales souvent imparfaits, mais… elles me plaisent. Comme le tapis de lichen qui couvre le sentier invite à l'observation rapprochée, nous discutons par ondes palpitantes rapides en nous accroupissant pour chercher à comprendre ce qui le rend si agréablement élastique sous nos pieds. Un sécateur se balance, accroché à un pieu, invitant quant à lui à la curiosité. Je résiste à l'envie de m'attribuer quelques ravissantes fleurs pourpres, alors que Gaewha en serre plusieurs dans sa main avec une force ardente, après avoir joué du sécateur. Jamais nous n'avons rien possédé en propre.

Je regarde Kelenli par en dessous sans pouvoir m'en empêcher pendant qu'elle nous regarde nous amuser. L'intensité de mon intérêt me déconcerte et m'effraie un peu, mais je suis apparemment incapable d'y résister. Nous avons toujours su que les contrôleurs n'avaient pas réussi à nous dépouiller de toute émotion, mais… bon. Je nous croyais au-dessus de sentiments d'une telle *ardeur*. Voilà où m'a mené mon arrogance. Nous nous vautrons dans la sensation et la réaction. Gaewha se blottit dans un coin avec le sécateur, prête à verser son sang pour défendre ses fleurs. Dushwha tournoie en décrivant des cercles, en proie à un rire délirant, je ne saurais dire au juste pourquoi. Bimniwha a acculé un des gardes dans un coin et le bombarde de questions sur ce que nous avons vu pendant le trajet ; l'homme, hagard, aimerait manifestement que quelqu'un lui porte secours. Salewha et Remwha, accroupis au bord d'un petit étang, plongés dans une discussion passionnée, cherchent à déterminer si les créatures qui se déplacent dans l'eau sont des grenouilles ou des poissons. Conversation entièrement audible, où la langue de la terre n'a aucune part.

Et moi, pauvre imbécile, je regarde Kelenli. Je voudrais déterminer ce que nous sommes censés apprendre, à son avis, que ce soit grâce à l'œuvre d'art du musée ou à notre idylle jardinière. Son visage et ses valupinae ne laissent rien deviner, mais peu importe. J'aime aussi la regarder, tout simplement, et jouir de sa présence orogénique, d'une puissance et d'une profondeur extraordinaires. C'est idiot. Et, sans doute, gênant pour elle, bien qu'elle reste imperméable à mon attention. Je voudrais qu'elle me regarde. Je voudrais lui parler. Je voudrais *être* elle.

Ma décision est prise : ce que j'éprouve n'est autre que de l'amour. D'ailleurs, quand bien même tel ne serait pas le cas, l'idée est assez neuve pour me fasciner, en vertu de quoi je prends une autre décision : aller où me porte mon impulsivité.

Au bout d'un moment, Kelenli se lève et s'éloigne de nous. Au centre du jardin se dresse une petite structure, une sorte de maison minuscule, mais en briques de pierre, pas en strates cellulosiques, contrairement à la plupart des bâtiments. Lorsqu'elle ouvre la porte de cette construction, je suis le seul à m'en apercevoir. Lorsqu'elle y pénètre, les autres interrompent leurs activités et se redressent pour la regarder, eux aussi. Elle s'immobilise, amusée – sans doute – par notre anxiété et notre silence soudains. Puis elle soupire et donne un petit coup de tête silencieux *Allez, venez*. Nous nous bousculons à sa suite.

La petite maison – où nous nous entassons précautionneusement dans le sillage de Kelenli, car nous y tenons tout juste – a un sol de bois et il s'y trouve quelques meubles. Elle est presque aussi nue que nos cellules du complexe, avec lesquelles elle présente toutefois des différences importantes. Quand Kelenli s'assied dans un fauteuil, nous réalisons qu'elle est chez elle. *Chez elle*. Est-ce son… sa cellule ? Non. Certaines particularités de cet espace réduit, certains objets, donnent des indices intrigants sur sa personnalité et son passé. Les livres posés sur une étagère, dans un coin, signifient qu'on lui a appris à lire. La brosse oubliée au bord du lavabo tend à prouver qu'elle se coiffe elle-même, avec impatience, à en juger au nombre de cheveux pris entre les poils. Peut-être est-elle censée occuper la grande demeure, peut-être d'ailleurs y passe-t-elle parfois la nuit, mais cette petite maison de jardin est… son chez-elle.

« J'ai passé mon enfance en compagnie du contrôleur Gallat », commence-t-elle d'une voix douce. Nous nous sommes assis autour d'elle, par terre, sur les chaises ou le lit, avides de sa sagesse. « J'ai été élevée avec lui en tant que sujet d'expérience par rapport auquel il servait de référence… de même que je sers de référence en ce qui vous concerne. C'est un homme parfaitement ordinaire, si on oublie un ou deux ancêtres indésirables. »

Je cligne de mes yeux de givre en pensant à Gallat. Bien des choses s'expliquent soudain. Kelenli sourit en voyant ma bouche former un O de stupeur, mais son sourire ne dure guère.

« Ils… les parents de Gallat, que je prenais aussi pour mes parents… ils ne m'ont pas dit dès le départ ce que j'étais. J'allais à l'école, je m'amusais, je faisais tout ce que fait une petite Sylanagistine normale pendant son enfance, mais ils ne me traitaient pas comme telle. J'ai longtemps cru que j'avais fait quelque chose pour mériter ça. » Son regard se perd au loin, alourdi d'une amertume de longue date. « Je me demandais pourquoi j'étais si monstrueuse que mes parents eux-mêmes n'arrivaient pas à m'aimer. »

Remwha s'agenouille afin de passer la main sur le sol, composé de lattes de bois. Je me demande à quoi rime cette agitation. Salewha, toujours dehors, car la petite maison est trop exiguë à son goût, est allée regarder de près le minuscule oiseau extrêmement rapide qui volette parmi les fleurs, mais cela ne l'empêche pas de nous écouter par la porte ouverte. Nous avons tous besoin d'entendre ce que raconte Kelenli en mots, en vibrations, en regard pesant.

« Pourquoi te maintenaient-ils dans l'erreur ? interroge Gaewha.

— L'expérience consistait à déterminer s'il m'était possible d'être humaine. » Kelenli sourit pour elle-même. Elle s'est penchée en avant, les coudes posés sur les genoux, les yeux fixés sur ses mains. « Ils voulaient voir si, élevée parmi des gens normaux, convenables, je deviendrais moi aussi convenable, sinon normale. Voilà pourquoi la moindre de mes réussites était considérée comme un succès sylanagistin, alors que le plus petit de mes échecs, un soupçon de mauvaise humeur passaient pour des preuves de ma dégénérescence génétique. »

Gaewha et moi échangeons un coup d'œil.

« Pourquoi n'aurais-tu pas été convenable ? » demande-t-elle, franchement perplexe.

Kelenli bat des paupières, chassant ses rêveries, puis nous contemple un instant. Nous prenons alors conscience du gouffre qui nous sépare d'elle. Elle se voit comme l'une de nous, ce qu'elle est. Mais elle se voit aussi comme une personne. Deux concepts incompatibles.

« Mort cruelle, souffle-t-elle avec stupeur, en écho à nos pensées. Vous ne savez vraiment rien de rien, hein ? »

Nos gardes ont pris position au sommet du petit escalier menant au jardin, trop loin pour nous entendre. Cet espace est le plus privé que nous ayons occupé aujourd'hui. Il s'y trouve quasi certainement des micros, mais Kelenli ne semble attacher d'importance, ce qui nous convainc de ne pas y prêter attention non plus. Elle ramène ses pieds sous elle et noue les bras autour de ses genoux, l'air étonnamment vulnérable pour quelqu'un dont la présence dans les strates est aussi dense et immense qu'une montagne. Je me risque à lui toucher la cheville avec intrépidité ; elle cligne des yeux et me pose la main sur les doigts, souriante. Je ne comprendrai ce que je ressens que des siècles plus tard.

Le contact semble lui redonner des forces. Son sourire s'évanouit, tandis qu'elle reprend :

« Bon. Je vais vous dire. »

Remwha, qui examine toujours le bois du sol, en frotte le grain de manière à envoyer, le long de ses molécules de poussière : *Est-ce bien prudent ?* J'en suis chagriné, parce que j'aurais dû y penser.

Kelenli secoue la tête, souriante, une fois de plus. Non, ce n'est pas prudent.

Ça ne l'empêche pas de le faire, dans la terre, pour nous montrer que c'est vrai.

*
**

N'oublie pas ce que je t'ai dit : le Fixe de cette époque se compose de trois continents au lieu d'un : Maecar, Kakhiarar et Cilir – si tant est que leur nom ait la moindre importance. Ils sont tous trois devenus Syl Anagist.

Cilir, le plus méridional, était autrefois une petite masse terrestre négligeable, occupée par plusieurs petits peuples négligeables. Dont les Thniess. Leur nom étant difficile à prononcer correctement, les Sylanagistins parlaient des Niess. Les deux mots avaient beau avoir un sens différent, le second s'est imposé.

Les Sylanagistins ont pris leurs terres aux Niess. Les Niess se sont battus, avant de réagir comme n'importe quelles créatures en danger, par la diaspora : les survivants ont fui pour aller reprendre racine et survivre où ils pouvaient. Leurs descendants se sont intégrés à *tous* les pays, *tous* les peuples, mêlés aux populations et adaptés aux coutumes locales. Ils n'en ont pas moins réussi à préserver leur identité en continuant à parler leur langue, même s'ils en parlaient fort bien d'autres. Ils ont aussi conservé certaines de leurs coutumes ancestrales – y compris celle de se fendre la langue avec des sels acides, pour des raisons connues d'eux seuls. Ils ont quasiment perdu le physique reconnaissable auquel avait mené leur isolement sur leur petit continent, mais nombre d'entre eux en ont gardé quelques caractéristiques, au point qu'aujourd'hui encore les yeux de givre et les cheveux acendres constituent toujours plus ou moins des stigmates.

Oui, vous comprenez, maintenant.

Néanmoins, ce qui faisait réellement des Niess des êtres à part, c'était la magie. La magie est partout en ce monde. Chacun la voit, en est physiquement conscient, en suit le flux. À Syl Anagist, on la cultive dans le moindre parterre de fleurs, la plus modeste rangée d'arbres, chacune des vignes vierges drapées sur les murs. Toutes les maisonnées, tous les commerces doivent en produire leur part, avant qu'elle ne soit aiguillée vers des plantes grimpantes génusinées et des pompes, car elle constitue la source d'énergie de notre civilisation. Il est interdit de tuer à Syl Anagist, parce que la vie est une ressource précieuse.

Les Niess ne croyaient rien de tel. Ils s'obstinaient à affirmer qu'on ne pouvait posséder la magie, pas plus que la vie… ce pourquoi ils les gaspillaient toutes deux en construisant (entre autres) des machines plutoniques qui ne servaient à rien. Elles étaient juste… ravissantes. Peut-être aussi stimulantes sur le plan intellectuel. À moins qu'ils ne les aient créées pour le seul plaisir de créer. Il n'empêche que leur « art » se révélait plus efficace et plus puissant que tout ce qu'avaient jamais conçu les Sylanagistins.

Comment les événements se sont-ils mis en branle ? Il faut comprendre qu'à l'origine de ces choses on trouve la peur. Les Niess avaient une allure différente, ils se conduisaient différemment – bref, ils *étaient* différents... mais n'importe quel groupe est différent des autres. Cela seul ne suffit pas à causer des problèmes. Syl Anagist avait assimilé le monde entier depuis plus d'un siècle avant même ma création : il n'existait plus d'autre cité que Syl Anagist, plus d'autre langue que le sylanagistin – mais nul ne saurait avoir aussi peur que le conquérant ni être aussi étrange dans ses peurs. Il invoque sans arrêt des fantômes, terrifié à l'idée que ses victimes finissent par lui infliger ce qu'il leur a infligé – alors que, à vrai dire, elles n'ont aucune envie de se livrer à ce genre de mesquineries et sont passées à autre chose. Le conquérant vit dans la peur du jour où il apparaîtra aux yeux de tous qu'il n'est pas supérieur, qu'il a juste eu de la chance.

Ainsi donc, la magie des Niess s'est révélée plus efficace que celle des Sylanagistins, et peu importe qu'ils ne s'en soient jamais servis comme d'une arme...

Voilà ce que nous a raconté Kelenli. Finalement, ce qui avait mis les événements en branle se réduisait peut-être aux bruits qui s'étaient répandus : on disait que les yeux blancs des Niess nuisaient à leur vue et leur donnaient des penchants pervers, mais aussi que leur langue fourchue ne pouvait prononcer la vérité. Ce genre de choses arrive. Petites brimades culturelles. Mais, à partir de là, c'était allé de mal en pis. Certains savants n'avaient pas tardé à bâtir leur réputation et leur carrière sur la seule idée que les valupinae des Niess étaient d'une manière ou d'une autre fondamentalement différentes – plus sensibles, plus actives, moins contrôlées, moins civilisées – et qu'il fallait y voir la cause de leur particularité magique. Une caractéristique censée faire d'eux une catégorie d'êtres humains différente. Une catégorie *moins* humaine, au bout d'un moment. Une catégorie de *non*-humains, au bout du compte.

Une fois les Niess éliminés, il est bien sûr apparu que leurs valupinae légendaires n'existaient pas. Les savants et les biomestres sylanagistins disposaient de nombreux prisonniers à étudier, mais ils avaient beau faire, leurs sujets d'expérience ne présentaient aucun écart avec la norme. C'était intolérable ; plus qu'intolérable. Après tout, si les Niess étaient des êtres humains comme les autres, sur quelles bases reposaient les appropriations militaires, les réinterprétations pédagogiques et les nouvelles disciplines scientifiques ? Le grand rêve lui-même, la Géoarcanité, dépendait de ce simple présupposé : la théorie mestrique sylanagistine de la magie – y compris le refus méprisant de voir dans l'efficacité des Niess autre chose que le résultat d'un heureux caprice physiologique – signait sa supériorité et même son infaillibilité.

Si les malheureux étaient bêtement humains, le monde construit sur leur inhumanité allait tomber en pièces.

Alors… on nous a créés.

Nous, vestiges dénaturés des Niess, fabriqués avec soin, avons des valupinae bien plus complexes que celles des gens normaux. Kelenli, la première d'entre nous, ne s'est pas révélée assez différente. N'oublie pas que nous sommes censés être des outils, mais aussi des mythes. Voilà pourquoi les créations postérieures… voilà pourquoi nous avons été dotés de traits niess exagérés : large visage, petite bouche, peau quasi incolore, cheveux qui défient le peigne, taille inférieure à la moyenne. On a dépouillé notre système limbique de neurotransmetteurs essentiels et notre vie d'expériences essentielles, de langues, de connaissances. Ensuite seulement, après nous avoir créés à l'image de leurs peurs, nos créateurs se sont estimés satisfaits. Ils se sont dit qu'ils avaient capturé en nous la quintessence et le pouvoir de ce qu'avaient réellement été les Niess ; ils se sont félicités d'avoir enfin donné une utilité à leurs ennemis séculaires.

Mais nous ne sommes pas des Niess. Nous ne sommes pas même, contrairement à ce que je croyais, les symboles glorieux d'une grande réussite intellectuelle. Syl Anagist est bâtie sur des illusions, des mensonges dont nous sommes le produit. Ils n'ont aucune idée de notre nature réelle.

Il nous revient donc de choisir notre destinée et notre avenir.

*
**

Kelenli parle des heures durant. Lorsqu'elle en termine, nous restons assis à ses pieds, abasourdis, transformés et en cours de transformation à cause de ce qu'elle nous a appris.

Il se fait tard. Elle se lève.

« Je vais nous chercher de quoi manger et des couvertures. Vous passez cette nuit ici. Demain, on va visiter le troisième et dernier composant de votre mission d'accordement. »

Nous n'avons jamais dormi ailleurs que dans nos cellules. C'est excitant. Gaewha inonde les alentours de petites pulsations de ravissement, pendant que Remwha pousse un bourdonnement de plaisir ininterrompu. Dushwha et Bimniwha produisent cependant des pointes d'anxiété occasionnelles ; ne risquons-nous rien à faire ce que les êtres humains ont fait de toute éternité : passer la nuit ailleurs que chez nous ? Elles se pelotonnent ensemble, en quête de sécurité, mais leur anxiété s'en trouve d'abord renforcée. On ne nous permet pas souvent le contact. Les caresses qu'elles échangent finissent toutefois par les apaiser.

Leur peur amuse Kelenli.

« Non, vous ne risquez rien, mais je suppose que vous vous en apercevrez tout seuls demain matin. »

Cela dit, elle se prépare à partir. Je me tiens à la porte, car je regarde à travers la vitre la Lune qui vient de se lever. Comme je bloque le passage, Kelenli me touche le bras, mais je prends mon temps pour m'écarter. La fenêtre de ma cellule est orientée de telle manière que je vois rarement la Lune, et je veux en savourer la beauté au maximum.

« Pourquoi nous avoir amenés ici ? » Je n'ai pas quitté le ciel des yeux. « Pourquoi nous raconter tout cela ? »

Elle prend à son tour son temps pour répondre. Sans doute contemple-t-elle la Lune, elle aussi. Enfin, s'élève dans la terre une réverbération pensive : *J'ai étudié autant que possible les Niess et leur culture. Il n'en reste pas grand-chose, il faut distinguer la vérité du mensonge, mais certains parmi eux avaient une… pratique. Une vocation. Ils veillaient à ce que la vérité soit dite, telle était leur mission.*

Je fronce les sourcils, perplexe.

« Et alors ? Tu as décidé d'entretenir les traditions d'un peuple disparu ? »

Des mots. Je suis têtu.

Elle hausse les épaules.

« Pourquoi pas ? »

Je secoue la tête. Fatigué, déboussolé, vaguement en colère, peut-être. Aujourd'hui, mon identité a été bouleversée. J'ai toujours su que j'étais un outil, oui ; pas une personne, mais du moins un symbole de pouvoir, de génie, de fierté. Je sais à présent que je suis en réalité un symbole de paranoïa, d'envie, de haine. C'est compliqué à gérer.

« Ne t'occupe pas des Niess. Ils sont morts. Je ne vois pas à quoi servirait de s'en souvenir. »

J'aimerais la mettre en colère, elle aussi, mais elle se contente de hausser les épaules.

« C'est à toi de décider de ton côté… une fois que tu es assez informé pour faire un choix éclairé.

— Je n'avais peut-être pas envie d'être informé. »

Je m'appuie à la vitre de la porte. Sa fraîcheur ne me pique pas les doigts.

« Tu avais envie d'être assez fort pour tenir l'onyx. »

Je laisse échapper un petit rire, car la fatigue m'empêche de penser à feindre l'insensibilité. Avec un peu de chance, nos observateurs ne s'apercevront de rien. Ensuite, je passe à la langue de la terre pour exprimer par bouillonnements acides sous pression l'amertume, le mépris, l'humiliation, l'épouvantable chagrin qui m'agitent. On pourrait résumer ce tumulte par : *Qu'importe ? La Géoarcanité est mensonge.*

Le glissement de terrain inexorable de son rire provoque l'éboulement de mon autoapitoiement.

« Ah, mon penseur. Je ne m'attendais pas à ce que tu donnes dans le mélodrame.

— Qu'est-ce que… »

Je secoue la tête et me tais. J'en ai assez de ne rien savoir. Je boude, oui.

Elle me touche l'épaule en soupirant. Le contact me fait sursauter, car je n'ai pas l'habitude de la chaleur d'autrui, mais sa main s'attarde, apaisante.

« Réfléchis, m'encourage-t-elle. La Machine Plutonique fonctionne-t-elle ? Tes valupinae fonctionnent-elles ? Tu n'es pas ce pour quoi on t'a conçu ; ce que tu es en est-il annulé pour autant ?

— Je… Cette question n'a aucun sens. »

Simple entêtement de ma part, car je vois très bien ce qu'elle veut dire. Je suis autre que ce qu'on m'a fait. Puissant, mais pas comme s'y attendaient mes créateurs. Ils m'ont *fait*, ils ne me *contrôlent* pas, pas totalement. Voilà pourquoi j'ai des émotions, alors qu'ils ont cherché à me les enlever. Voilà pourquoi je sais parler dans la terre… et ai peut-être d'autres capacités dont les contrôleurs n'ont aucune idée.

Kelenli me tapote l'épaule, satisfaite de me voir réfléchir à ce qu'elle vient de dire. J'ai repéré une zone du plancher de sa maison qui m'attire. Je vais bien dormir, cette nuit, mais je n'en lutte pas moins contre l'épuisement, car j'ai davantage besoin d'elle que de sommeil, pour l'instant.

« Tu te vois comme une… une diseuse de vérité, alors ?

— Une mnésiste. La dernière mnésiste niess, si je puis me prévaloir d'une chose pareille. » Son sourire s'évanouit brusquement. Pour la première fois, je m'aperçois de l'immense lassitude, des rides profondes et du chagrin qu'il dissimule le plus souvent. « Les mnésistes étaient des guerriers, des diseurs d'histoires, des nobles. Ils racontaient leurs vérités dans des livres, des chansons, à travers leur art des machines. Moi… je ne fais que parler. Mais il me semble avoir gagné le droit de me draper de leur manteau. » *Après tout, il est des combats qui se passent d'armement.*

Dans la terre, on ne peut dire que la vérité – et on en dit parfois plus qu'on ne le voudrait. Son chagrin recèle une touche de… d'autre chose. Une patience lugubre. Un frisson de peur, arrière-goût de sel acide. Une détermination à protéger… je ne sais quoi. L'impression disparaît, vibration évanouie avant que je ne puisse en identifier davantage.

Kelenli inspire profondément et retrouve le sourire. Un sourire si rarement réel.

« Pour maîtriser l'onyx, il faut comprendre les Niess, affirme-t-elle. Les contrôleurs ne se rendent pas compte qu'il réagit mieux à une certaine résonance émotionnelle. Ce que je te raconte t'aidera. »

Sur ce, elle me pousse de côté avec douceur afin de s'en aller. C'est maintenant ou jamais.

« Qu'est-il arrivé aux Niess, finalement ? »

J'ai posé la question d'une voix lente.

Elle s'arrête et se met à rire, un vrai rire, pour une fois.

« Tu verras demain. On ira les voir.

— Dans leurs tombes ? »

Je suis déconcerté.

« La vie est sacrée à Syl Anagist », lance-t-elle par-dessus son épaule. Elle est sortie et poursuit son chemin sans s'arrêter ni se retourner. « Tu ne le sais donc pas ? »

Et voilà, elle est partie.

Il me semble que cette réponse ne devrait présenter pour moi aucun mystère... mais je suis toujours innocent, à ma manière. Kelenli a la gentillesse de me laisser conserver mon innocence le reste de la nuit.

*
**

Destinataire : Alma Innovatrice Dibars
Expéditeur : Yaetr Innovateur Dibars

Le comité ne peut pas me retirer mon financement, Alma. Je t'envoie les dates des incidents que j'ai recensés. Regarde bien les dix dernières !

2729
2714-2719 : Étouffement
2699
2613
2583
2562
2530
2501
2490
2470
2400
2322-2329 : Acide

La conception populaire des événements de niveau Saisonnier est totalement fausse, en ce qui concerne leur fréquence. La Septième daignera-t-elle s'y intéresser ? Ces catastrophes ne se produisent pas tous les deux ou trois cents ans, mais plutôt tous les trente ou quarante ! Sans les gèneurs, la population mondiale serait morte des centaines de fois. Je m'appuie sur ces dates et d'autres, que j'ai compilées par ailleurs, pour mettre au point un modèle prédictif des Saisons plus intenses. Elles obéissent manifestement à un cycle, un rythme. Or nous avons besoin de savoir à l'avance si la prochaine va être d'une manière ou d'une autre plus longue ou plus cruelle. Comment nous préparer à l'avenir, si nous refusons de connaître le passé ?

9. Le désert, brièvement, et toi

En Saison, les déserts font partie des pires endroits qui soient. Tonkee informe Ykka que l'eau ne posera pas de problème ; les Innovateurs castrimiens ont déjà assemblé plusieurs appareils qu'ils ont baptisés des capteurs de rosée. Le soleil ne posera pas de problème non plus, grâce aux nuages de cendre que tu n'aurais jamais cru considérer un jour comme utiles. À vrai dire, il va faire très froid, quoique moins de jour. Il est même possible que vous ayez un peu de neige.

Mais si le désert est dangereux, en Saison, c'est tout simplement parce que sa faune hiberne, enfouie dans le sable à une profondeur où subsiste une certaine chaleur. D'aucuns prétendent avoir conçu une méthode infaillible pour déterrer lézards et compagnie, mais il s'agit en général d'arnaques ; les quelques comms installées dans ces régions gardent jalousement ce genre de secret. Les plantes de surface ayant déjà fané ou été mangées par les animaux qui se préparaient à entrer en hibernation, il ne reste à portée que du sable et de la cendre. La lithomnésie ne donne qu'un unique conseil sur le désert, en Saison : n'y allez pas. Sauf si vous avez envie de mourir de faim.

La comm passe deux jours à camper à la limite du Merz pour s'y préparer, bien qu'aucune préparation, si longue soit-elle, ne puisse vraiment en faciliter la traversée – Ykka te l'a confié en partageant avec toi ta dernière miellée. Il va y avoir des morts, mais tu ne risques pas d'en être ; ça te fait un drôle d'effet de savoir que Hoa peut t'emmener quasi instantanément à Aunoyau, en cas de réel danger. Il te semble que c'est de la triche. Sauf que ce n'en est pas. Parce que tu vas apporter toute l'aide possible et imaginable – et que, comme tu ne risques pas d'y passer, tu vas regarder souffrir les autres. C'est le moins que tu puisses faire, maintenant que tu as embrassé la cause de Castrima. Servir de témoin et te battre avec la rage des feux souterrains pour empêcher la mort de prendre plus que sa part.

En attendant, les Castrimiens chargés de la cuisine font des heures supplémentaires pour rôtir des insectes, sécher des tubercules, cuire des gâteaux avec le reste des céréales, saler de la viande. Les compagnons survivants de Maxixe qui ont réussi à reprendre des forces en mangeant correctement se sont ensuite révélés d'une aide précieuse dans la collecte de nourriture : certains sont de la région et se rappellent où on a le plus de chances de trouver des fermes abandonnées et des ruines relativement épargnées par les pillards. La rapidité va cependant se révéler essentielle ; pour survivre, il va falloir gagner la course entre l'étendue du Merz et les réserves de Castrima. Tonkee – qui, à son grand mécontentement, sert de plus en plus souvent de porte-parole aux Innovateurs – supervise donc le démantèlement des chariots puis leur reconstruction hâtive sous une forme plus légère et plus robuste.

À partir de là, ils devraient mieux supporter d'être tirés sur le sable. Résistants et Reproducteurs y répartissent différemment les provisions restantes pour s'assurer que la perte d'un des fourgons – en cas d'abandon forcé – ne provoque pas de pénurie critique.

La nuit avant le désert, tu en es toujours à essayer de manger maladroitement d'une seule main, recroquevillée près d'un feu de camp, quand quelqu'un s'assied à côté de toi. Le saisissement te fait sursauter, et ton morceau de pain de maïs tombe de ton assiette. Une robuste main brune, couturée de cicatrices, se tend sous tes yeux pour le ramasser. Un lambeau de soie jaune déteint – reconnaissable, malgré sa saleté et son état déplorable – en orne le poignet. Danel.

« Merci. »

Pourvu qu'elle ne profite pas de ta politesse pour engager la conversation.

« Il paraît qu'autrefois tu appartenais au Fulcrum », dit-elle en te rendant ton pain.

Raté.

Tu aurais dû t'attendre à ce que les Castrimiens bavardent. Décidée à ne pas y attacher d'importance, tu entreprends de saucer ton assiette de ragoût. Il est vraiment très bon, aujourd'hui, épaissi à la farine de maïs, enrichi de viande salée bien tendre – il y en a tant qu'on veut depuis la forêt de pierre. Tout le monde a besoin d'engraisser le plus possible pour se préparer au désert. Tu ne penses pas à la viande.

« C'est vrai. »

Le ton de ta réponse va servir d'avertissement à Danel, du moins l'espères-tu.

« Combien d'anneaux ? »

Un rictus de réprobation aux lèvres, tu te demandes si tu vas lui expliquer qu'Albâtre t'a donné des anneaux « non officiels », dont tu as d'ailleurs dépassé le niveau de très loin, tu te demandes si tu ne vas pas plutôt te montrer modeste… et tu finis par te décider pour l'exactitude.

« Dix. »

Essun dix-anneaux, voilà comment le Fulcrum t'appellerait maintenant, si les seniors voulaient bien tenir compte de ton nom actuel et si le Fulcrum existait toujours. Pour ce que ça vaudrait.

Danel pousse un sifflement admiratif. C'est tellement bizarre de rencontrer quelqu'un qui s'y connaît un tant soit peu et y attache de l'importance.

« Il paraît que tu fais des choses avec les obélisques, reprend-elle. Que c'est comme ça que tu nous as battus, à Castrima. Je n'aurais jamais cru que tu arriverais à exciter les bouilleurs de cette façon. Et à piéger autant de mangeurs de pierre. »

Tu joues les indifférentes, concentrée sur ton pain. Il est légèrement sucré ; l'équipe de cuisiniers essaie de venir à bout du sucre pour faire de la place à des provisions d'une valeur nutritionnelle supérieure. Délicieux.

« Il paraît qu'un gèneur dix-anneaux a fracturé le monde en Équatorial », continue Danel en te regardant du coin de l'œil.

Bon, non.

« Un orogène.

— Hein ?

— Un *orogène.* » C'est peut-être sans importance. Ykka insiste tellement pour transformer le mot *gèneur* en nom de caste que les fixes l'emploient à tout bout de champ, comme s'il n'avait pas un sens particulier. Ce n'est pas sans importance. Il a un sens particulier. « Pas un *gèneur*. *Toi*, tu ne dis pas *gèneur*. Tu n'as pas le droit. »

Silence.

« D'accord », acquiesce finalement Danel, sans faire mine de s'excuser ni de chercher à te complaire. Elle se contente d'accepter la nouvelle règle que tu as fixée. Et de ne plus insinuer que tu es la créatrice du rift. « Je maintiens quand même ce que j'ai dit. Tu es capable de choses dont la plupart des orogènes sont incapables, hein ?

— Oui. »

Tu chasses d'un souffle un flocon de cendre égaré sur ta pomme de terre.

« Il paraît... » cette fois, elle se pose les mains sur les genoux et se penche en avant « ... que tu sais comment mettre fin à la Saison. Que tu ne vas pas tarder à t'en aller je ne sais où et à essayer. Et qu'à ce moment-là tu auras besoin d'aide. »

Qu'est-ce que c'est que ça ? Tu considères ta pomme de terre, les sourcils froncés.

« Tu te portes volontaire ?

— Peut-être. »

Cette fois, tu la regardes, elle.

« Les Costauds viennent *juste* de t'adopter. »

Elle te fixe un moment, indéchiffrable, d'une impassibilité qui te dissimule ses hésitations, car elle se demande si elle doit t'en dire davantage sur elle-même. Enfin, elle soupire en décidant que oui.

« Le fait est que j'appartiens à la caste des mnésistes. J'étais autrefois Danel Mnésiste Rennanis, et je ne m'habituerai jamais à être Danel Costaude Castrima. »

Tu dois avoir l'air sceptique en cherchant à te la représenter les lèvres fardées de noir, car elle lève les yeux au ciel puis les détourne. « D'après le chef, Rennanis n'avait pas *besoin* de mnésistes, mais de soldats. Or il est de notoriété publique que les mnésistes savent se battre…

— Hein ? »

Nouveau soupir.

« Je veux parler des Équatoriaux. Ceux d'entre nous qui descendent des vieilles familles de mnésistes s'entraînent au corps-à-corps, étudient les arts de la guerre et tout ce qui s'ensuit. Ça nous rend plus utiles en Saison et plus efficaces pour défendre la connaissance. »

Tu ne savais rien de tout ça, mais…

« Défendre la *connaissance* ? »

Un muscle se crispe le long de sa mâchoire inférieure.

« Ce sont peut-être les soldats qui permettent aux comms de survivre aux Saisons, mais ce sont les conteurs qui ont permis au Sanze de survivre à sept d'entre elles.

— Ah. Je vois. »

Elle fait un effort palpable pour ne pas secouer la tête devant ce provincialisme de Moyenne.

« Bref. Je préférais être générale que chair à canon, puisque je n'avais pas d'autre choix, mais j'ai essayé de ne pas oublier qui j'étais réellement… » Son expression se trouble soudain. « Figure-toi que je n'arrive pas à me rappeler la formulation exacte de la Tablette troisième. Ni l'histoire de l'empereur Mutshatee. Je n'ai passé que deux ans sans histoires, et je les perds déjà. Je n'aurais jamais cru que ce serait aussi rapide. »

Tu ne sais trop que répondre. Elle a l'air si sombre que tu as presque envie de la rassurer. *Tu vas voir, ça va aller, maintenant que tu n'as plus l'esprit occupé par le massacre de masse de tous les Moyens*, quelque chose dans ce goût-là. Tu n'es malheureusement pas sûre de réussir à le dire sans une pointe de sarcasme.

Quoi qu'il en soit, elle serre les dents avec détermination en te considérant à nouveau d'un regard perçant.

« N'empêche que quand une histoire est en train de s'écrire, je suis capable de m'en rendre compte.

— Euh... je ne vois pas de quoi tu veux parler. »

Elle hausse les épaules.

« Les héros des histoires n'en ont jamais aucune idée. »

Les *héros* ? Un petit rire tranchant t'échappe. Tu ne peux t'empêcher d'évoquer Allia, Tirimo, Meov, Rennanis, Castrima. Les héros n'en appellent pas à des essaims d'insectes cauchemardesques pour dévorer leurs ennemis. Leurs filles ne les considèrent pas comme des monstres.

« Il n'est pas *question* que j'oublie qui je suis. » Appuyée d'une main sur son genou, Danel se penche à nouveau en avant, insistante. Elle a réussi ces derniers jours à dénicher un couteau qui lui a permis de se raser les tempes. Sa nouvelle coupe le fait paraître naturellement maigre, affamée. « En admettant que je sois la dernière mnésiste équatoriale, il est de mon devoir de t'accompagner. D'écrire l'histoire de ce qui arrive... et, si je survis, de veiller à ce que le monde l'entende. »

C'est ridicule. Tu la regardes.

« Tu ne sais même pas où je vais.

— Je me disais qu'on allait d'abord régler la question de savoir si *moi*, j'y allais, mais je suis d'accord pour laisser tomber les détails si tu préfères.

— Je n'ai pas confiance en toi. »

C'est surtout l'exaspération qui t'a poussée à dire ça.

« Je n'ai pas confiance en toi non plus ; mais ce n'est pas parce qu'on se méfie l'une de l'autre qu'on ne peut pas bosser ensemble. » Elle lève son assiette vide et l'agite en direction d'un des enfants chargés de la vaisselle pour qu'il vienne la chercher. « Je n'ai aucune raison de te tuer, cette fois-ci. »

Le fait qu'elle ait dit ça – qu'elle se rappelle avoir lâché sur toi une Gardienne torse nu et n'en éprouve aucun remords – ne fait qu'empirer les choses. Certes, c'était la guerre, et, certes encore, tu as ensuite massacré son armée, mais…

« Les gens comme toi n'ont pas besoin de raisons !

— À mon avis, tu n'as pas la moindre idée de ce que sont les "gens comme moi". » Aucune colère dans cette remarque ; il s'agissait d'une simple constatation. « Mais s'il te faut des raisons supplémentaires, je vais te dire : Rennanis, c'est nul. Oh, vous y trouverez de l'eau, de la nourriture et de quoi vous abriter, c'est sûr. Votre chef a raison de vous y emmener, si la cité est effectivement déserte, maintenant. Ça vaut mieux que d'être hors-comm ou de reconstruire une ville sans cache. Mais pour le reste, c'est nul. Je préfère continuer à voyager.

— N'importe quoi. » Tes sourcils se sont froncés. « Il n'y a pas de comm si nulle que ça. »

Danel lâche un bref ricanement amer qui te met mal à l'aise.

« Réfléchis-y, c'est tout », conclut-elle en se levant.

*
**

« Je pense qu'on devrait l'emmener, oui, te dit Lerna quand tu lui rapportes la conversation, cette nuit-là. Elle sait se battre. Elle connaît la route. Et c'est vrai : elle n'a aucune raison de nous trahir. »

Tu dors à moitié, après vos ébats. Maintenant que vous couchez enfin ensemble, le sexe se révèle assez décevant. Lerna ne t'inspirera jamais de sentiments intenses ni totalement dépourvus de remords. Tu te sentiras toujours trop vieille pour lui. Mais bon. Quand il t'a demandé de lui montrer ton sein tronqué, tu as obtempéré, persuadée que ça mettrait fin à l'intérêt qu'il te témoignait. Le petit disque sablonneux forme une croûte rugueuse sur ton torse d'un brun plus lisse – on dirait une cicatrice, quoique d'une couleur et d'une texture bizarres. Lerna t'a palpée avec douceur en t'examinant, avant de déclarer l'endroit assez sain pour ne pas nécessiter de bandage. Tu lui as dit que ça ne faisait pas mal. Tu ne lui as pas dit que tu craignais d'être *totalement* insensibilisée. Que tu te transformais. Que tu ne durcissais pas seulement en te pétrifiant, mais en mutant pour devenir une arme pure et simple, comme tout le monde t'y encourageait. Tu ne lui as pas dit qu'il était peut-être mieux loti en amoureux transi.

Mais, bien que tu ne lui aies rien dit de tel, il a levé les yeux vers ton visage après t'avoir examinée et t'a répondu :

« Tu es toujours aussi belle. »

A priori, tu avais nettement plus besoin d'entendre ça que tu ne le pensais, et maintenant, voilà.

Tu digères donc lentement ce qu'il vient de dire, parce que, grâce à lui, tu te sens détendue, molle, humaine, à nouveau. Il s'écoule bien dix secondes avant que tu ne lâches :

« *Nous* ? » Il te regarde sans mot dire. « Et merde. » Tu te caches les yeux du bras.

Le lendemain, Castrima s'enfonce dans le désert.

*
**

À partir de là, tes épreuves redoublent.

Une Saison est toujours synonyme d'épreuves, *mort en cinq, impératrice suprême,* mais cette fois, c'est différent. Personnel. Mille communs tentant de traverser un désert meurtrier, que le ciel déverse ou non une pluie acide. Une foule avançant à marche forcée sur une route impériale vacillante, percée de trous si démesurés qu'une maison peut y tomber sans problème : les routes impériales sont conçues pour supporter les tremblements de terre... dans certaines limites, que le rift a clairement dépassées. Ykka a décidé de prendre le risque de continuer à la suivre, parce qu'il est plus rapide de se déplacer sur un grand axe, même endommagé, que dans le sable, mais il faut en payer le prix. Le moindre orogène de la comm doit rester en alerte, car la plus petite secousse – à part un microséisme – se solderait par un désastre, du moment que les marcheurs se trouvent sur la chaussée surélevée. Un jour, Penty, trop épuisée pour prêter attention à son instinct, marche sur une étendue d'asphalte fissurée très instable. Un des autres petits gêneurs la rattrape à l'instant précis où un gros morceau de macadam tombe à travers l'infrastructure de la route. Certains

Castrimiens se révèlent moins prudents et ont moins de chance.

Personne ne s'attendait à la pluie acide. La lithomnésie ne parle pas de l'influence des saisons sur le temps ; ces choses-là sont imprévisibles dans le meilleur des cas, mais ce qui arrive à la comm n'est pas si étonnant. Au nord, à l'équateur, le rift expulse dans l'atmosphère chaleur et particules. Le mur d'air ainsi créé diffuse de l'énergie, fabrique des nuages, subit les assauts des vents marins tropicaux, chargés d'humidité… et les transforme en tempête. Tu as eu peur qu'il neige, tu te rappelles ? Il n'est pas question de neige. Vous avancez sous une pluie déprimante, ininterrompue.

(Compte tenu des circonstances, elle n'est pas si acide que ça. Lors de la Saison du SolTourné – bien avant le Sanze, tu n'en as jamais entendu parler –, la pluie dépouillait les animaux de leur fourrure et pelait les oranges. Celle que vous affrontez est négligeable par comparaison, vu son état de dilution. On dirait une sorte de vinaigre. Vous survivrez.)

Ykka impose sur la route une allure brutale. Le premier jour, la nuit est tombée depuis longtemps quand vous vous arrêtez enfin, et Lerna te rejoint très tard sous la tente que tu as montée avec lassitude. Il est trop occupé à soigner une demi-douzaine de gens, qui boitent après avoir glissé ou s'être tordu la cheville, deux vieillards affligés de problèmes respiratoires et la femme enceinte. Ces trois-là vont bien, te dit-il lorsqu'il se glisse enfin dans votre couchage, peu avant l'aube ; Ontrag la potière est soutenue par la hargne, la femme enceinte par sa maisonnée et les Reproducteurs… Ce qui le tracasse, ce sont les blessés.

« Il faut que j'en parle à Ykka », ajoute-t-il, pendant que tu lui fourres un morceau de pain de cache imbibé de pluie et un peu de saucisse tournée dans la bouche, avant de le couvrir pour l'obliger à rester allongé, tranquille. Il mâche puis déglutit, presque sans en avoir conscience. « On ne peut pas continuer à ce rythme. On va perdre des gens, si…

— Elle le sait. »

Tu l'as interrompu le plus gentiment possible, mais ton intervention ne l'en réduit pas moins au silence. Il se fige, couché, les yeux grands ouverts, jusqu'à ce que tu te recouches près de lui – maladroitement, en t'aidant de ton seul bras, mais tu y arrives. L'épuisement finit par l'emporter sur l'angoisse, ce qui lui permet de s'endormir.

Un jour, tu avances de front avec Ykka. Elle impose le rythme en bon chef, plus dure avec elle-même qu'avec n'importe qui d'autre. Lorsqu'elle ôte une de ses bottes, à l'écart, pendant la halte de midi, tu t'aperçois qu'elle a le pied strié de sang, car elle saigne de plusieurs ampoules. Ton froncement de sourcils est assez éloquent pour qu'elle soupire.

« Je n'ai jamais réquisitionné de meilleures bottes, mais elles me sont trop grandes. Je me disais toujours que je m'en occuperais quand j'aurais le temps.

— Si jamais tu as les pieds qui pourrissent… » commences-tu.

Tu t'interromps, parce qu'elle lève les yeux au ciel puis te montre les fournitures et provisions rassemblées au milieu du campement.

Tu y jettes un coup d'œil, perplexe, te prépares à reprendre tes remontrances mais t'interromps à nouveau. Quelques instants de réflexion. Un second coup d'œil aux fournitures. En admettant que tous les chariots transportent une caisse de pain de cache salé et une de saucisses, que ces tonneaux-ci contiennent les légumes en saumure et ceux-là les céréales et les légumineuses…

Il y en a si peu, pour mille personnes qui vont encore passer des semaines à traverser le Merz.

Alors tu laisses tomber les bottes. Quelqu'un donne quand même à Ykka des chaussettes supplémentaires. Ça aide.

En ce qui te concerne, tu es choquée de te débrouiller aussi bien. Non que tu sois en *bonne santé*, on ne peut pas dire ça. Ton cycle menstruel s'est interrompu, bien que tu ne sois sans doute pas encore ménopausée. Quand tu te déshabilles pour te laver avec l'eau d'une cuvette – honnêtement, ça ne sert à rien, dans la pluie perpétuelle, mais l'habitude est tenace –, tu t'aperçois que tes côtes se dessinent nettement sous ta peau relâchée. La marche n'en est cependant pas seule responsable ; tu as aussi tendance à oublier de te nourrir. La fatigue que tu ressens en fin de journée te paraît lointaine, détachée. Quant au contact de Lerna, tu le trouves agréable, mais de manière également détachée – le sexe ne t'intéresse pas, tu n'as pas l'énergie nécessaire, mais se blottir l'un contre l'autre pour se tenir chaud permet d'économiser des calories, et ton compagnon a besoin de réconfort. Il te semble flotter au-dessus de toi-même, te regarder soupirer, entendre bâiller une inconnue. On dirait que ça arrive à quelqu'un d'autre.

Albâtre a connu cette impression, tu ne l'as pas oublié. L'éloignement de la chair, qui devient autre.

Tu prends la résolution de faire mieux et de manger à la moindre occasion.

Au bout de trois semaines de désert, la route impériale oblique vers l'ouest, comme prévu. À partir de là, les Castrimiens descendent affronter le désert au plus près, personnellement. D'un côté, ça leur facilite les choses : au moins, le sol ne risque plus de s'ouvrir sous leurs pieds. D'un autre, il est plus difficile de marcher dans le sable que sur l'asphalte. La progression ralentit. Maxixe gagne sa part des provisions en tirant de la couche supérieure de cendre et de sable assez d'humidité pour la geler sur quelques centimètres de profondeur, de manière à la raffermir. Malheureusement, œuvrer en permanence de cette manière l'épuiserait ; il réserve donc ses talents aux portions de désert les plus ardues et tente d'enseigner le truc à Temell. Ce dernier n'est hélas qu'un banal sauvage, incapable de la précision nécessaire. (Toi, tu y serais arrivée, autrefois. Tu ne te permets pas d'y penser.)

Les éclaireurs partis à la recherche d'un trajet plus facile font tous au retour le même rapport : il n'y a aux alentours que sable-cendre-boue rouillés. Pas de trajet plus facile.

Trois personnes restent en arrière sur la route impériale, incapables d'aller plus loin à cause d'une entorse ou d'une fracture. Tu ne les connais pas. Théoriquement, elles rattraperont le reste du groupe après avoir récupéré, mais comment récupéreraient-elles sans abri ni nourriture ? Le sable ne fait qu'empirer les choses : une demi-douzaine de chevilles brisées, une jambe cassée, un tour de reins parmi les Costauds qui tirent les chariots – rien que le premier jour. Lerna finit par arrêter d'aller trouver les blessés, à moins qu'ils ne lui demandent de l'aide, ce que la plupart ne font pas. Il n'y peut rien, tout le monde en est bien conscient.

Par une journée glaciale, Ontrag s'assied dans le sable en disant qu'elle ne veut plus marcher. Ykka se dispute avec elle, réellement, ce à quoi tu ne t'attendais pas : Ontrag ayant transmis ses compétences de potière à de jeunes communs, elle ne sert plus à rien, puisqu'elle a dépassé de très loin l'âge de porter des enfants. Le choix devrait être facile pour la chef, si on en croit les règles de l'antique Sanze et les principes de la lithomnésie. Pourtant, c'est la vieille femme en personne qui finit par ordonner à Ykka de la fermer et de se remettre en route.

Mauvais présage.

« Je n'en peux plus. » Voilà ce que tu entends Ykka dire un peu plus tard, une fois Ontrag hors de vue. La chef avance toujours d'un pas régulier qui dévore les kilomètres, mais la tête basse, le visage à demi dissimulé par ses touffes de cheveux acendres. « Je ne peux plus faire des choses pareilles. Ça ne devrait pas se passer comme ça. Ça ne devrait pas… Appartenir à Castrima, ce n'est pas seulement être *utile*, Terre en feu. C'était mon instructrice en *crèche*, elle connaît des tas d'*histoires*, je n'en peux *plus*. »

Hjarka Dirigeante Castrima, qui a appris tout enfant à pratiquer quelques mises à mort pour que vive le plus grand nombre, se contente de lui toucher l'épaule en disant :

« Tu feras le nécessaire. »

Ykka reste silencieuse des kilomètres durant, mais peut-être seulement parce qu'il n'y a rien à ajouter.

Les légumes viennent à manquer les premiers. Puis la viande. Ykka essaie de rationner le pain de cache le plus longtemps possible, mais il est tout simplement impossible d'avancer à ce rythme sans manger. Il faut bien que chacun reçoive au moins une tranche de pain par jour, et encore est-ce très insuffisant, même si ça vaut mieux que rien… jusqu'à ce qu'il ne reste rien, en effet. Vous n'en continuez pas moins à marcher.

Les gens vivent maintenant d'espoir, car ils n'ont plus que ça. De l'autre côté du désert, raconte un soir Danel, autour d'un feu de camp, se trouve une route impériale que vous pourrez emprunter pour gagner Rennanis sans rencontrer la moindre difficulté supplémentaire. La cité a été construite dans le delta d'un fleuve, une région dont la terre fertile faisait autrefois le grenier à blé équatorial. La moindre comm y est entourée de nombreuses fermes à l'abandon, où l'armée rennaine en route vers le sud avait découvert un tas de provisions. Si vous réussissez à traverser le désert, vous aurez à manger.

Si vous réussissez à traverser le désert.

Tu connais la fin de l'histoire, hein ? Tu ne pourrais pas être là, à l'écouter, si tu n'en connaissais pas la fin. Mais il arrive que la *manière* dont on aboutit à une conclusion soit plus importante que la conclusion proprement dite.

La conclusion, donc : près de onze cents personnes sont entrées dans le désert ; elles sont un peu plus de huit cent cinquante à atteindre la route impériale.

La traversée effectuée, on peut dire que, en pratique, la comm se dissout. Pour quelques jours. Les survivants, prêts à tout, refusent d'attendre que les Chasseurs aillent en bon ordre traquer la nourriture.

Ils partent, chancelants, creuser une terre acide à la recherche de tubercules à moitié pourris, de larves amères, de racines fibreuses quasi immangeables. La végétation clairsemée ne comporte pas un arbre, à perte de vue – la zone, mi-désertique, mi-fertile, était presque inhabitée depuis longtemps. Avant que les disparitions ne se multiplient, Ykka fait installer le campement sur les terres d'une vieille ferme, dont beaucoup de dépendances ont résisté à la Saison – jusqu'ici. En ce qui concerne les murs, seule leur charpente a supporté les secousses, mais ce sont les toits qui intéressent la chef, parce qu'il pleut toujours aux abords du Merz, quoique moins dru et par intermittence. Ça fait du bien de dormir enfin au sec.

Trois jours, c'est ce que Ykka accorde aux survivants. Trois jours durant, les communs reparaissent furtivement, seuls ou à deux. Certains apportent à manger aux malheureux que leur état de faiblesse avait empêchés de partir en quête de nourriture. Les Chasseurs qui se donnent la peine de revenir apportent du poisson, pêché dans un bras relativement proche du fleuve. L'un d'eux a découvert ce qui vous sauve tous, ce qui représente la vie même après la mort que vous avez laissée dans votre sillage : la cache privée d'un paysan, de la farine de maïs enfermée dans des urnes d'argile hermétiquement closes, dissimulées sous le plancher de sa maison en ruine. Vous n'avez rien à quoi la mélanger, ni œufs ni lait ni viande séchée, juste de l'eau acide, mais tout ce qui nourrit est comestible, s'il faut en croire la lithomnésie. Ce soir-là, les communs se régalent de bouillie de maïs grillé. Une des urnes, qui s'était fendue, grouille de vers de farine, mais tout le monde s'en fiche. Des protéines supplémentaires.

Beaucoup de gens ne reparaissent pas. On est en Saison. Tout change.

Au bout de trois jours, Ykka déclare que quiconque se trouve toujours au campement est castrimien, alors que les disparus sont rayés des listes et hors-comm. C'est plus simple que de s'interroger sur ce qui a bien pu leur coûter la vie ou l'identité de leurs éventuels meurtriers. Ce qui reste du groupe lève le camp. En route pour le nord.

*
**

Me suis-je montré trop rapide ? Peut-être faudrait-il éviter de résumer aussi crûment une tragédie. J'ai été bref par compassion, pas par cruauté. Ce qui est cruel, c'est que tu aies eu à vivre ça… mais la distance, le détachement permettent de guérir. Parfois.

J'aurais pu t'arracher au désert. Tu n'avais pas à souffrir avec les autres. Mais… ces communs sont devenus partie de toi. Ce sont tes amis. Tes pairs. Tu avais besoin de les voir s'en sortir. La souffrance t'est guérison, pour l'instant du moins.

De crainte que tu ne me trouves inhumain, que tu ne croies mon cœur de pierre, sache que je vous ai aidés autant que possible. Peut-être l'ignorais-tu, mais certaines des bêtes qui hibernent dans le sable du désert sont capables de s'attaquer aux humains. Il s'en est réveillé quelques-unes sur votre passage ; je les ai tenues à distance. Un des essieux en bois d'un chariot, en partie dissous par la pluie, a commencé à plier sans que personne le remarque ; j'ai transmuté le bois

– je l'ai pétrifié, si tu préfères y penser de cette manière – afin qu'il tienne. C'est moi qui ai déplacé un tapis mité dans la ferme déserte, afin que le Chasseur trouve la farine de maïs. Ontrag n'avait parlé à Ykka ni de la douleur croissante qui lui taraudait un côté du torse ni de son souffle de plus en plus court, mais elle n'a pas vécu longtemps après avoir été abandonnée par la comm. La nuit où elle est morte, je suis retourné la voir pour m'accorder à sa vague de souffrance et la chasser. (Tu connais le chant qui m'a permis de le faire. Antimoine le chantait à Albâtre. Je te le chanterai, si jamais…) Elle n'était pas seule, à la fin.

Cela t'apporte-t-il quelque réconfort ? Je l'espère. Je suis toujours humain, je te l'ai dit. Ce que tu penses est important pour moi.

Castrima survit ; c'est important aussi. Tu survis. Du moins pour l'instant.

Et vous finissez enfin par atteindre la limite sud du territoire rennain.

*
**

L'honneur dans la sécurité, la survie malgré le danger. Seule la nécessité fait loi.

Tablette troisième, « Structures », strophe quatre

10. Nassun, à l'épreuve du feu

Ceci arrive dans la terre. Il m'appartient de le savoir et de le partager avec toi. Il lui appartient d'en souffrir. Je suis désolé.

À l'intérieur du véhicule, les parois nacrées sont incrustées de motifs élégants de plantes grimpantes, apparemment dessinés à l'or corroyé. Nassun se demande s'ils sont purement décoratifs ou s'ils ont une utilité quelconque. Les sièges pastel, durs et lisses, évoquent par leur forme les coquilles des moules qu'elle a eu l'occasion de manger à Nouvelle Lune. Leurs coussins se révèlent étonnamment moelleux. Les chaises sont fixées au plancher, mais il est possible de les faire pivoter des deux côtés et de les incliner en arrière. Le matériau qui les compose défie les connaissances de la fillette.

Plus stupéfiant encore, une voix venue de nulle part s'élève dans la goutte quelques instants après l'entrée des passagers. Féminine, polie, détachée, rassurante, pourrait-on dire. Elle s'exprime dans une langue… incompréhensible, aucunement familière, mais dont la prononciation rappelle le sanze-mat ; d'ailleurs, son rythme et l'ordonnancement de ses phrases correspondent plus ou moins à ce qu'attend l'oreille de

Nassun. À son avis, les premiers mots se résument à un salut ; un autre, qui revient souvent dans un passage postérieur à l'allure plus autoritaire, équivaut sans doute à un *s'il vous plaît* apaisant. Le reste est totalement étranger.

La voix ne tarde pas à se taire. Nassun jette un coup d'œil à Schaffa, qu'elle découvre avec étonnement les sourcils froncés, les yeux plissés par la concentration – mais aussi les mâchoires serrées, le contour des lèvres pâli par la tension. L'argent lui fait plus mal que d'habitude ; ça doit être vraiment terrible. Il n'en lève pas moins vers elle un regard où elle lit une sorte d'émerveillement.

« Je me *rappelle* cette langue, dit-il.

— Ah bon ? Qu'est-ce qu'elle disait, la dame ?

— Que ce… » il fait la grimace « … cette chose… ça s'appelle un véhimal… L'annonce disait que le véhimal allait quitter cette cité et entamer dans deux minutes le transit vers Aunoyau, où il arriverait dans six heures. Il était aussi question d'autres véhicules, d'autres trajets, de voyages de retour et de… de différents nœuds ?… Je ne me souviens pas de quoi il s'agit. La dame nous a souhaité un bon voyage. »

Mince sourire.

« Ah. »

Nassun balance les jambes, enchantée. Six heures pour aller de l'autre côté de la planète ? Ça ne devrait peut-être pas la surprendre ; après tout, ce sont ces gens-là qui ont construit les obélisques.

Il n'y a apparemment rien à faire que se mettre à l'aise. Elle se débarrasse prudemment de son sac de survie, qu'elle accroche à son dossier. Ce qui lui permet de remarquer qu'une sorte de lichen couvre le plancher ; mais ça ne peut être ni naturel ni accidentel, parce que ses fleurs forment de jolis motifs réguliers. Elle tend le pied ; c'est aussi doux qu'un tapis.

Schaffa, plus agité, fait les cent pas dans le… le confortable véhimal, dont il touche par moments les veines dorées. Malgré la lenteur et la discipline de sa démarche, une attitude pareille n'en est pas moins inhabituelle pour lui, ce qui finit par rendre à son tour Nassun nerveuse.

« Je suis déjà passé par là, murmure-t-il.

— Hein ? »

Elle a très bien entendu. Simplement, elle est perplexe.

« Par ce véhimal. Par ce siège-ci, peut-être. Je suis déjà passé par là, je le sens. Et cette langue… je ne me rappelle pas l'avoir jamais entendue, et pourtant… » Il montre soudain les dents en se passant brutalement les doigts dans les cheveux. « J'ai une impression de déjà-vu, mais pas de… de contexte ! De sens ! Il y a quelque chose qui ne va pas dans ce voyage. Seulement *je ne me rappelle pas quoi.* »

Schaffa est endommagé depuis que Nassun le connaît, mais c'est la première fois que c'est aussi *évident.* Il parle vite, les mots se bousculent dans sa bouche. Ses yeux parcourent le véhimal d'une manière bizarre, comme s'il voyait des choses qui ne sont pas là.

Décidée à dissimuler son anxiété, Nassun tapote le siège-coquille voisin du sien.

« Tu as vu ? Ils sont assez confortables pour qu'on dorme dedans. »

Le sous-entendu est un peu trop évident, mais Schaffa la regarde, et la tension qui tire ses traits hagards s'apaise un peu.

« Tu t'inquiètes toujours tellement pour moi, mon enfant. »

Calmé, ainsi qu'elle l'espérait, il vient s'asseoir à côté d'elle.

À cet instant précis – Nassun sursaute –, la voix reprend la parole. Pour poser une question. Schaffa fronce les sourcils puis la traduit, lentement :

« Elle… je crois que c'est le véhimal qui parle… Il nous parle à nous, là, spécifiquement. Ce n'est pas une simple annonce. »

Nassun s'agite, moins à l'aise, soudain.

« Il parle… Il est vivant ?

— Je ne suis pas sûr que les gens qui ont construit ce véhicule aient attaché beaucoup d'importance à la distinction entre être vivant et objet inanimé, mais… » Schaffa hésite puis prononce d'une voix plus forte, quoique hésitante, des mots étrangers. Le… véhimal lui répond, répétant quelque chose qu'il a déjà dit. Nassun ne saurait affirmer où commencent et où s'achèvent les mots, mais les syllabes sont bien les mêmes qu'auparavant. « Il dit qu'on approche du… point de transition, et il nous demande si on a envie de… l'expérimenter ? » Schaffa secoue la tête, agacé. « De voir je ne sais quoi. J'ai plus de mal à trouver les mots dans notre langue qu'à comprendre ce qu'on nous dit dans l'autre. »

Nassun s'agite nerveusement. Saisie de la crainte irrationnelle de blesser la créature de l'intérieur, elle lève les pieds pour les poser sur son siège.

« Ça va faire mal, si on voit ? » Elle ne sait trop ce qu'elle demande au juste : *Faire mal au véhimal*, oui, mais aussi, malgré elle, *nous faire mal à nous*.

La voix reprend la parole sans laisser à Schaffa le temps de traduire la question.

« Non », dit-elle.

La fillette sursaute, saisie ; son orogénie a un tréssaillement qui lui aurait attiré les foudres de sa mère.

« Tu as dit non ? »

Elle parcourt le véhicule du regard. Peut-être s'agissait-il d'une coïncidence.

« Le stockage des surplus biomestriques permet de... » La voix repasse à la langue d'autrefois, mais Nassun ne doute pas d'avoir réellement entendu quelques mots curieusement prononcés en sanze-mat. « ... de traitement », conclut le véhimal.

Il a beau s'exprimer d'un ton apaisant, on dirait que ce sont ses parois mêmes qui parlent, d'où le malaise de Nassun : comme il n'a pas de visage, elle ne sait pas où regarder en l'écoutant. D'ailleurs, ne devrait-il pas être incapable de s'adresser à ses passagers, puisqu'il n'a ni bouche ni gorge ? Elle s'imagine les cils extérieurs en train de se frotter les uns aux autres telles les pattes des insectes ; tous ses poils se hérissent.

« La traduction... » continue la voix, avant de retomber dans le charabia, puis d'ajouter : « ... la dérive linguistique. »

Ça, ça ressemblait à du sanze-mat, mais Nassun ne sait pas ce que ça veut dire. Suivent quelques mots incompréhensibles de plus. Elle se tourne vers Schaffa, dont les sourcils froncés trahissent l'inquiétude.

« Comment je fais pour répondre à sa question de tout à l'heure ? chuchote-t-elle. Comment je lui dis que je veux bien voir ce dont il parlait ? »

Elle ne s'adressait pas au véhimal, mais la surface lisse à laquelle font face les voyageurs s'assombrit brusquement, par disques noirs qui vont s'agrandissant, comme si une mousse hideuse la colonisait soudain. Les taches s'étendent rapidement jusqu'à se fondre en une plaque noire, qui occupe la moitié de la paroi. Les deux passagers ont maintenant l'impression de regarder à travers une vitre les entrailles de la cité, malheureusement plongées dans une obscurité totale.

Une lueur apparaît alors au bas de la fenêtre – car c'est bien une fenêtre, devine Nassun ; l'avant du véhicule est devenu transparent, elle ne sait comment. La lumière émane de panneaux rectangulaires, comme dans l'escalier menant à la surface, et se rapproche dans la nuit, de plus en plus intense. Les voyageurs distinguent à présent les murs qui s'incurvent autour d'eux, car ils suivent la courbe d'un tunnel, juste assez large pour le véhimal. La roche sombre a été excavée de manière étonnamment grossière, si l'on pense à la prédilection que manifestaient par ailleurs les constructeurs des obélisques pour un poli parfait. La goutte progresse à un rythme régulier, quoique pas franchement rapide. Se propulse-t-elle grâce à ses cils, ou par des moyens inconcevables pour Nassun ? La fascination de la fillette se mêle d'une pointe d'ennui, en admettant que ce soit possible. Il lui semble qu'on ne saurait gagner en six heures l'autre côté de la planète sans aller plus vite. Si le trajet se passe tout entier à cette allure, sur une piste blanche lisse dans un tunnel de roche noire, sans aucune distraction à part l'agitation de Schaffa et une voix désincarnée, il va lui sembler beaucoup plus long.

La courbe du boyau cède finalement la place à une ligne droite. Nassun découvre alors le trou vers lequel ils progressent.

Un trou d'une taille modeste, mais qui a quelque chose d'immédiatement, de viscéralement impressionnant. Il occupe le centre d'une caverne voûtée, entouré de panneaux lumineux incrustés dans le sol qui passent du blanc au rouge à l'approche du véhimal – Nassun décide d'y voir un signal d'alarme –, alors qu'il n'est lui-même que noirceur béante. D'instinct, elle le value afin d'en déterminer les dimensions… Impossible. La circonférence, oui ; il ne fait guère que six à sept mètres de diamètre, il est parfaitement circulaire, mais la profondeur… Les sourcils froncés, la fillette se déplie sur son siège, concentrée. Le saphir lui chatouille le cerveau, l'invite à user de son pouvoir, mais elle lui résiste ; trop de choses en ces lieux répondent à l'argent, à la *magie*, d'une manière pour elle incompréhensible. D'ailleurs, c'est une orogène. Valuer la profondeur d'un trou devrait lui être facile… sauf que ce trou-là plonge profond, très profond, bien au-delà de son champ de valuation.

Et la piste que suit le véhimal va se jeter droit dedans.

C'est normal, non ? Il va à Aunoyau. Nassun ne peut cependant maîtriser une poussée d'inquiétude assez vive pour se rapprocher de la panique.

« Schaffa ! »

Son compagnon lui prend aussitôt la main. Elle se cramponne à la sienne sans craindre de lui faire mal. La force immense qu'il a toujours utilisée dans le seul but de la protéger, jamais de la menacer, lui apporte à présent un réconfort dont elle a désespérément besoin.

« Je l'ai déjà fait, dit-il, d'un ton toutefois hésitant. J'y ai survécu. »

Mais tu ne te rappelles pas comment, pense-t-elle, en proie à une terreur étrange dont elle ne connaît pas le nom.

(Il s'agit de *prémonition*.)

Et puis ils sont au bord du trou, et la bulle s'incline vers l'avant. Nassun pousse une petite exclamation étouffée en se cramponnant de sa main libre à l'accoudoir de son siège mais, curieusement, n'éprouve pas la moindre sensation de vertige. Le véhimal n'accélère pas ; à vrai dire, son mouvement s'interrompt une seconde, le temps qu'elle entrevoie du coin de l'œil ses cils brouillés, qui ajustent sa trajectoire pour le faire progresser vers le *bas* et non plus vers l'*avant*. Quelque chose d'autre s'étant ajusté simultanément, ses deux passagers ne tombent pas de leur siège ; la fillette constate que son dos et ses fesses sont toujours aussi fermement calés dans le sien, si impossible que ça paraisse.

Le léger bourdonnement quasi subliminal qui régnait dans l'habitacle a cependant crû en volume. Certains des mécanismes invisibles de la bulle tournent à plein régime – en boucle, indéniablement. Lorsque son basculement s'achève, sa fenêtre ne dévoile plus à nouveau que l'obscurité, mais les voyageurs savent cette fois qu'il s'agit de la nuit béante du gouffre. Il n'y a plus rien devant eux que le vide.

« Lancement », dit la voix du véhimal.

Nassun pousse un petit cri en se cramponnant plus fort encore à la main de Schaffa, tandis que la reprise du mouvement la plaque au dossier de son siège. L'accélération devrait pourtant lui être encore plus sensible, car tous ses sens lui disent que le véhicule est reparti à une allure démentielle, très, très supérieure à celle d'un cheval au galop.

Dans le noir.

L'obscurité absolue est toutefois ponctuée à intervalles réguliers d'anneaux de lumière bleue, floutés par la vitesse. Laquelle ne fait que croître, car les anneaux se succèdent bientôt à un rythme tel qu'ils se réduisent à des éclairs. Il en faut trois à Nassun pour se rendre compte de ce qu'elle voit et value, révélation qui la pousse à en regarder un – un seul – au moment où le véhimal le dépasse : ce sont des *fenêtres* éclairées, inscrites dans les parois du tunnel. Il y a là en bas des endroits où vivent des gens, du moins sur les premiers kilomètres. Ensuite, les lumières disparaissent ; le boyau n'est plus que nuit.

Nassun value le changement imminent une seconde avant que le passage ne s'illumine brusquement, une fois de plus. Une lumière rougeâtre pénètre maintenant la pierre alentour. Mais oui : les voyageurs sont descendus assez loin sous terre pour que la roche en fusion luise d'un éclat de braise qui inonde de sang l'intérieur du véhimal et incendie le filigrane d'or incrusté dans ses parois. Le spectacle dévoilé par la fenêtre avant a beau être indistinct, badigeon de rouge sur fond de gris, brun et noir, la fillette n'en comprend pas moins d'instinct de quoi il s'agit : ils se trouvent dans le manteau. Sa peur reflue enfin, engloutie par la fascination.

« L'asthénosphère », murmure-t-elle.

Schaffa fronce les sourcils, mais mettre un nom sur ce qu'elle voit a calmé son angoisse. Les noms ont du pouvoir. Elle se mord la lèvre, lâche enfin la main de son compagnon, se lève et s'approche de la vue.

De près, il est évident qu'on a affaire à une illusion quelconque, composée de minuscules losanges de couleur qui apparaissent et disparaissent sur l'épiderme intérieur de la goutte. On dirait une sorte de mosaïque mouvante, composée par maquillage. Comment cela peut-il bien marcher ? Nassun n'en a pas la moindre esquisse d'idée.

Fascinée, elle en approche la main. La peau du véhimal ne dégage aucune chaleur, bien qu'il ait déjà atteint une telle profondeur que la chair humaine brûlerait en une seconde à l'extérieur. Au moment du contact, l'image se ride très légèrement autour des doigts de Nassun ; on dirait un reflet dans l'eau. Elle ne peut retenir un sourire en posant la main à plat dans un bouillonnement brun-rouge. À un ou deux mètres de là, autour de l'habitacle, se trouve la terre en feu. Elle *touche* la terre en feu ; elle en est tout près. Alors elle presse l'autre main et la joue contre la paroi lisse de la goutte. Là, dans cette étrange création d'une civilisation disparue, elle est partie de la terre, plus peut-être que n'importe quel orogène ne l'a jamais été avant elle. La terre est *elle*, *en* elle, qui est en la terre.

Quand elle jette un coup d'œil par-dessus son épaule, Schaffa a le sourire, malgré les rides de douleur gravées autour de ses yeux. Un sourire différent de celui qu'il arbore d'habitude.

« Oui, quoi ? demande-t-elle.

— Les familles Dirigeantes lumeniennes étaient persuadées que les orogènes avaient un jour dominé le monde, raconte-t-il. Elles estimaient de leur devoir d'empêcher les tiens de jamais regagner un tel pouvoir. D'après elles, vous auriez été des chefs monstrueux, qui auraient fait aux gens ordinaires s'ils en avaient eu l'occasion ce que les gens ordinaires leur avaient fait. À mon avis, elles se trompaient du tout au tout, et pourtant… » Il l'englobe d'un geste, plantée là, illuminée par les feux de la terre. « *Regarde*-toi, mon enfant. Tu es peut-être le monstre qu'elles voyaient en toi, mais tu n'en es pas moins… glorieuse. »

Elle l'aime tellement.

Voilà pourquoi elle renonce à l'illusion du pouvoir et retourne se poster à côté de lui. Mais, de près, la tension terrible qu'il endure est évidente.

« Tu as vraiment mal à la tête, hein. »

Le sourire de Schaffa s'efface.

« C'est supportable. »

Troublée, elle lui pose les mains sur les épaules. Les dizaines de nuits qu'elle a passées à calmer ses souffrances lui facilitent les choses… mais, cette fois, quand elle envoie l'argent en lui, l'entrelacs chauffé à blanc qui sépare ses cellules ne pâlit pas. Au contraire, il redouble d'ardeur, si brusquement que Schaffa se raidit, s'écarte d'elle, se lève et recommence à faire les cent pas. Le sourire plaqué sur ses lèvres n'est plus qu'un rictus, pendant qu'il va et vient sans répit ; ses endorphines sont manifestement inopérantes.

Pourquoi l'éclat des fils d'argent s'est-il accentué ? Nassun essaie de comprendre ce qui s'est passé en s'examinant, elle. Son argent n'a changé en rien ; le flux en suit les canaux habituels bien dessinés. Elle tourne son attention vers Schaffa… et remarque à retardement quelque chose de stupéfiant.

Le véhimal est *fait* d'argent, et pas seulement de filaments. Il y baigne, il en est imprégné. Une grande vague scintillante, partie de sa pointe, se plisse en rubans autour de ses passagers. Évidemment : c'est cette enveloppe immatérielle qui repousse la chaleur, maîtrise la pression, incline les lignes de force dans l'habitacle de manière que la gravité y fasse tomber les occupants vers le plancher, pas vers le centre de la Terre. Les parois de la goutte ne sont qu'une charpente ; leur structure aide l'argent à couler, à établir des connexions, à former des entrelacs. Le filigrane doré participe à la stabilisation des énergies qui bouillonnent à l'avant du véhicule – du moins Nassun le suppose-t-elle, car il lui est impossible de comprendre vraiment comment ces mécanismes *magiques* fonctionnent à l'unisson. Ils sont tout simplement trop complexes. Ça revient à maîtriser un obélisque de l'intérieur. À être porté par le vent. Elle ignorait que l'argent pouvait se montrer aussi surprenant.

Il y a toutefois quelque chose par-delà le miracle des parois du véhimal. Hors le véhimal.

Elle doute d'abord de ses perceptions. D'autres lumières ? Non. Elle ne regarde pas correctement.

C'est de l'argent, de même que ce qui coule entre ses propres cellules. Un *unique* fil d'argent… mais titanesque, étiré entre une volute moelleuse de roche brûlante et une bulle sous haute pression d'eau bouillante. Un unique fil d'argent… plus long que la distance parcourue sous terre par les voyageurs, puisque ses deux extrémités échappent à la perception de Nassun, beaucoup plus large que la goutte, mais aussi net, aussi concentré que le moindre des filaments de la fillette en personne. C'est la même chose, en… immense.

Elle *comprend* alors, une compréhension si soudaine, si dévastatrice que ses yeux s'ouvrent tout seuls et que la brutalité de la révélation la fait trébucher.

Elle heurte un siège, manque de tomber, mais s'y cramponne à temps pour garder l'équilibre. Schaffa lâche un petit grognement bas, mécontent, il pivote en réaction à l'angoisse de sa pupille, mais l'argent en lui brille si fort qu'une brusque flambée suffit à le plier en deux, la tête entre les mains, gémissant. Il souffre trop pour remplir son devoir de Gardien ou traduire en actes l'inquiétude qu'elle lui inspire. Le réseau argenté de son corps est à présent aussi aveuglant que le fil immense plongé dans le magma.

La magie, voilà comment Acier a appelé l'argent. La substance de l'orogénie, produite par tout ce qui vit ou a vécu. Enfouie dans le Père Terre, sinuant entre les montagnes que sont les fragments de sa substance exactement comme entre les cellules des êtres vivants, palpitants. Parce qu'une *planète* est vivante, palpitante, Nassun le sait à présent, l'instinct lui en donne la certitude. Les histoires où le Père Terre est un être vivant disent la vérité.

Mais si le manteau constitue son corps, pourquoi son argent brille-t-il de plus en plus ?

Non. Oh, non.

« Schaffa », murmure Nassun.

Un gémissement lui répond ; son compagnon se tient toujours la tête à deux mains, effondré sur un genou, haletant. Elle aimerait le rejoindre, le réconforter, l'aider, mais elle reste où elle est, le souffle de plus en plus court, gagnée par la panique, car elle sait soudain ce qui les attend, bien qu'elle refuse de l'admettre.

« S… s'il te plaît, Schaffa… cette chose, dans ta tête, ce que tu as appelé la pierre-noyau… » Nassun chevrote, incapable de reprendre son souffle. La peur lui bloque presque la gorge. Non. Non. Elle ne comprenait pas ; elle comprend maintenant, mais elle ne sait absolument pas quoi faire pour empêcher ça. « Dis, *elle vient d'où, cette pierre-noyau qu'on t'a mise dans la tête* ? »

Le véhimal reprend la parole dans la langue qu'il a employée pour les accueillir puis poursuit, obscène par ses civilités détachées :

« … une merveille qui n'est disponible que… » Quelque chose. « … route. Ce véhicule… » Quelque chose. « … cœur, illuminé… » Quelque chose. « … pour votre plaisir. »

Schaffa ne répond pas, mais Nassun est maintenant capable de valuer la réponse à sa question. Elle la *sent*, quand le maigre argent dérisoire qui court en elle entre en résonance – une faible résonance, celle de *son* argent, généré par *sa* chair. Alors que l'argent de Schaffa, comme celui de tous les Gardiens, est généré par la pierre-noyau logée dans ses valupinae. Il est arrivé à la fillette d'étudier autant que possible cette chose, quand il dort et qu'elle lui injecte de la magie. Il s'agit en réalité d'une épingle en fer, mais qui ne ressemble pas au fer tel qu'elle le value par ailleurs. Curieusement dense. Curieusement débordant d'énergie, une partie de cette énergie étant la magie qu'il canalise en Schaffa après l'avoir tirée de… d'ailleurs. Curieusement vivant.

Lorsque toute l'aile droite du véhimal se dissout pour permettre à ses passagers d'entrevoir le cœur à nu du monde – une merveille que bien peu de gens ont jamais l'occasion de contempler –, il flambe déjà devant Nassun : un soleil d'argent souterrain, si brillant qu'elle plisse les yeux, si lourd qu'elle en a mal aux valupinae, si gorgé de magie que la connexion persistante avec le saphir en paraît anémiée, vacillante. Le noyau terrestre, d'où proviennent toutes les pierres-noyaux ; un monde en soi, qui engloutit l'écran de vision et continue à grossir au fil de la course rapide de la goutte.

Ça ne ressemble pas à de la roche, se dit Nassun très loin de là, sous la panique. Peut-être faut-il en accuser le halo tremblotant de métal fondu et de magie qui entoure le véhimal, mais quand elle cherche à se concentrer sur l'immensité de ce qui se trouve devant elle, la chose semble vaciller. La sphère aveuglante n'en a pas moins une certaine solidité, car son observatrice repère de plus près les anomalies réparties à sa surface, rapetissées par sa taille… mais qui se révèlent finalement être des obélisques. Des dizaines d'obélisques, plantés dans le cœur du monde telles des épingles dans une pelote. Rien. Moins que rien.

Nassun non plus n'est rien. Comparée à ça.

C'est une erreur de l'emmener, a dit Acier en parlant de Schaffa.

La panique explose. La fillette se précipite vers Schaffa, qui tombe à terre en convulsant. Sa bouche ouverte ne laisse pourtant pas échapper un son, ses yeux de givre sont écarquillés, et elle s'aperçoit en se débrouillant pour le retourner sur le dos que les muscles de ses membres se sont brutalement contractés. Un de ses bras battants la frappe à la clavicule, la rejetant en arrière dans un éclair de douleur terrible, mais elle chasse l'incident de ses pensées avant de rejoindre son mentor à quatre pattes, de l'attraper par le même bras et de s'y cramponner de toutes ses forces, parce qu'il porte les mains à la tête, les doigts crochus, qu'il se *plante* les ongles dans le cuir chevelu et le visage…

« Schaffa, non ! »

Elle a beau crier, il ne l'entend pas.

L'obscurité engloutit le véhimal.

Il bouge toujours, mais plus lentement. À vrai dire, il se trouve à présent dans le noyau semi-solide, dont sa trajectoire effleure la surface – bien sûr, les constructeurs des obélisques se délectaient de leur capacité à transpercer la planète, négligemment, juste pour s'amuser. Nassun a conscience de baigner dans le brasier du soleil d'argent bouillonnant, mais la paroi-fenêtre s'obscurcit brusquement derrière elle. Il y a quelque chose à l'extérieur du véhimal, tout près, plaqué à son enveloppe de magie.

Lentement, elle se retourne pour affronter du regard le noyau terrestre, pendant que Schaffa se débat en silence dans son giron, en proie à des tourments terribles.

À ce moment-là, le cruel Père Terre prend conscience de la présence de Nassun dans le sanctuaire de son cœur.

Il lui parle, mais pas avec des mots, pas vraiment. Toi, tu le sais déjà ; elle, elle l'apprend à ce moment-là. Elle value le sens de ce qu'il raconte, elle entend grâce aux osselets de ses oreilles les vibrations qu'il émet, elle les expulse par les frissons qui courent sur sa peau et les sent tirer des larmes de ses yeux. Elle se noie dans l'énergie, la sensation, l'émotion. Ça fait *mal*. N'oublie pas : le Père Terre a envie de la tuer.

Mais n'oublie pas non plus : Nassun a tout aussi envie de le tuer, lui.

Il dit donc, en micro-secousses qui finiront par déclencher un tsunami dans l'hémisphère Sud : *Bonjour, petite ennemie.*

(Il s'agit d'une approximation, tu t'en doutes. De ce qu'un esprit enfantin peut supporter.)

Schaffa s'étrangle, secoué de convulsions. Cramponnée à son corps torturé, Nassun fixe la muraille d'obscurité rouille. Elle n'a plus peur ; la fureur lui a redonné des forces. C'est tellement la fille de sa mère.

« Arrête, crache-t-elle. Laisse-le tranquille. *Arrête tout de suite.* »

Le noyau du monde est métal en fusion, mais compressé jusqu'à la dureté. Il reste toutefois malléable, dans une certaine mesure. La surface de la nuit rougeoyante se met à onduler, à se transformer sous les yeux de l'intruse. Quelque chose apparaît le temps d'un souffle, impossible à analyser. Un motif familier. Un *visage*. La simple esquisse d'une personne – deux yeux, une bouche, une ombre de nez… Et puis une seconde, une seconde seulement, la forme des yeux se précise, les lèvres s'affinent, détaillées, un grain de beauté se matérialise sous les yeux, qui *s'ouvrent*.

Ces traits sont inconnus à Nassun. C'est juste un visage anonyme… là où il ne devrait pas y en avoir. Elle le regarde, l'horreur qui s'impose à elle repousse lentement la colère, et un autre visage apparaît… puis un autre encore, puis plusieurs, simultanément, qui occupent tout le paysage. Ceux qui se matérialisent en dessous les repoussent au fur et à mesure, par dizaines, par centaines. Des traits las, encadrés de bajoues ; un faciès bouffi, peut-être à force de larmes ; une bouche ouverte sur un cri silencieux, comme celle de Schaffa. Certaines des apparitions fixent Nassun d'un air implorant, en articulant des mots qu'elle ne comprendrait pas, quand bien même elle les entendrait.

Mais elles ondulent toutes, distordues par l'amusement d'une présence plus vaste. *Il m'appartient.* Ce n'est pas une voix. Le Père Terre ne s'exprime pas en mots. Peu importe.

Nassun pince les lèvres, se tend vers l'argent de Schaffa et se met à couper impitoyablement les filaments incrustés dans son corps autour de la pierre-noyau. Ça ne marche pas comme d'habitude quand elle pratique la chirurgie à l'aide de l'argent : cette fois, les fils qui scintillent en Schaffa se réparent quasi instantanément et n'en palpitent ensuite que plus fort, lui arrachant un frisson à chaque secousse. Elle lui fait mal. Davantage.

Nassun n'a plus le choix. Elle enveloppe la pierre-noyau de ses propres filaments pour pratiquer l'ablation qu'il lui a interdite il y a quelques mois. Peut-être mourra-t-il plus tôt, mais au moins, il ne passera pas le reste de sa vie à souffrir.

Une vague d'amusement fait vibrer le véhimal, tandis qu'un brasier d'argent envahit soudain Schaffa, le débarrassant des maigres fils de sa pupille. Pas d'ablation. La pierre-noyau reste plus fermement incluse que jamais dans les valupinae du Gardien, en bon parasite.

Nassun secoue la tête et regarde autour d'elle, à la recherche de quelque chose, n'importe quoi, qui puisse l'aider. Le bouillonnement et la succession de visages qui occupent la surface de la nuit rouille retiennent une seconde son attention. Qui sont ces gens ? Pourquoi sont-ils là, à tournoyer au cœur de la Terre ?

Obligation, répond le Père Terre, en vaguelettes de chaleur et de pression écrasante. Nassun montre les dents, lutte contre le fardeau de mépris que lui impose son interlocuteur. *Lorsqu'il y a eu vol, ou emprunt, il doit y avoir aussi dédommagement.*

Prise dans l'étreinte du Père Terre, dont les explications vibrent à travers ses os, elle ne peut que comprendre. L'argent – la magie – naît de la vie. Les constructeurs des obélisques cherchaient à l'exploiter, et ils y sont arrivés – oh, oui, ils y sont tellement bien arrivés. Exploiter la magie leur a permis de créer des merveilles inimaginables, mais ils en ont ensuite voulu davantage que ne pouvaient en produire leurs vies et jusqu'aux vies et aux morts qui s'étaient succédé des millénaires durant à la surface de la Terre. Alors, quand ils ont vu que, juste sous cette surface, le monde débordait de magie qu'il leur suffisait de prendre…

Peut-être la pensée ne leur est-elle jamais venue que toute cette magie – toute cette *vie* – pouvait être un signe de… conscience. Il ne faut pas oublier que la Terre ne s'exprime pas en mots. Peut-être aussi, se dit soudain Nassun, les concepteurs du grand réseau d'obélisques en avaient-ils trop vu pour conserver leur innocence d'enfant et n'avaient-ils pas l'habitude de respecter la vie, quand elle se révélait tellement différente de la leur. À la réflexion, ils ressemblaient aux dirigeants du Fulcrum, aux bandits, à son père à elle. Où ils auraient dû voir un être vivant, ils n'ont donc vu qu'une chose à exploiter, une de plus. Où ils auraient dû demander, ou laisser vivre, ils ont violé.

Il est impossible de faire justice de certains crimes – on ne peut que concéder des réparations. Alors, pour chaque iota de vie siphonné sous sa peau, la planète a attiré en son cœur des centaines de milliers de restes humains. Après tout, les cadavres pourrissent dans la terre, laquelle couvre les plaques tectoniques, qui finissent par s'enfoncer dans le feu, sous la croûte terrestre, qui elle-même plonge par convection dans le manteau. Là, en lui-même, le Père Terre dévore tout ce que les morts ont jamais été. Ce n'est que justice, raisonne-t-il – froidement, avec une colère qui persiste à remonter des profondeurs fendre la peau du monde et provoquer Saison après Saison. Ce n'est que justice. *Lui*, il n'a pas ouvert les hostilités, il n'a pas volé la Lune, il n'a pas balafré l'épiderme d'autrui pour voler des lambeaux de sa chair palpitante et les transformer en trophées ou en outils, il n'a pas décidé de réduire l'humanité en esclavage dans un cauchemar sans fin. Il n'a pas déclaré la guerre, mais il *aura ce qui lui revient de droit*.

Et… ah. Nassun ne le comprend-elle pas ? Ses mains se crispent dans la chemise de Schaffa, tremblantes, car sa haine vacille. Ne peut-elle compatir ?

Le monde lui a tant pris. Elle a eu un frère. Un père. Une mère, qu'elle comprend aussi, à son grand regret. Un foyer et des rêves. Les fixes l'ont depuis longtemps dépouillée de son enfance et du moindre espoir d'avenir, ce qui l'a emplie d'une telle colère que ses pensées se limitent maintenant à IL FAUT QUE ÇA CESSE et JE VAIS LE FAIRE CESSER…

… alors n'est-elle pas accordée à la fureur du Père Terre ?

Elle l'est.

Que le Père Terre la dévore, elle l'est.

Schaffa ne bouge plus sur ses genoux. Il s'est pissé dessus, et elle a le dessous d'une jambe trempé. Les yeux grands ouverts, il respire par petits halètements, les muscles noués, parfois secoués de frissons. Des tourments assez prolongés finissent par briser n'importe qui. L'esprit supporte l'insupportable en s'esquivant. Nassun a dix ans, bientôt cent, mais elle en a assez vu pour savoir ça. Son Schaffa est parti. Peut-être ne reviendra-t-il jamais.

Le véhimal accélère.

La vue s'éclaircit à nouveau, car il émerge du noyau. Ses lumières intérieures reprennent leur éclat chaleureux. Les doigts détendus dans la chemise de Schaffa, Nassun contemple la masse en fusion tournoyante jusqu'à ce que l'aile de la goutte s'opacifie, une fois de plus. Quant à l'écran avant, il reste allumé, mais commence lui aussi à s'assombrir. Les voyageurs sont entrés dans un autre tunnel, plus large que le précédent, et dont les parois noires durcies tiennent d'une manière ou d'une autre en respect la chaleur bouillonnante du manteau. Le véhimal fonce maintenant vers le haut en s'éloignant du noyau, Nassun le sent. Il remonte à la surface, mais de l'autre côté de la planète.

« Il faut que ça cesse, murmure-t-elle pour elle-même, puisque Schaffa n'est plus là. Je vais le faire cesser. » Elle ferme les yeux ; ses cils mouillés se collent les uns aux autres. « Promis. »

Elle ne sait pas à qui elle fait cette promesse. Peu importe, à vrai dire.

Le véhimal ne tarde pas à atteindre Aunoyau.

Syl Anagist : un

Au matin, ils emmènent Kelenli.

C'est inattendu, du moins pour nous, mais nous comprenons assez vite que ça n'a pas non plus grand-chose à voir avec nous. Gallat arrive le premier, mais quelques autres contrôleurs de haut rang discutent dans la demeure qui domine le jardin. Il n'a pas l'air particulièrement mécontent, quand il appelle Kelenli dehors et se met à lui parler tout bas, quoique d'une voix pressante. Nous nous levons tous, sentiment de culpabilité vibrant, alors que nous n'avons rien fait de mal : nous venons juste de passer la nuit couchés sur un sol dur, à écouter des bruits étranges – le souffle des autres et leurs mouvements occasionnels. Je regarde Kelenli ; j'ai peur pour elle, j'aimerais la protéger, bien que ces impressions soient incohérentes, car je n'ai aucune idée du danger qu'elle court. Elle se tient très droite en discutant avec Gallat, comme l'un d'eux. Sa tension se value, ligne de faille en attente de glissement.

Ils ont beau se trouver à cinq mètres de la maison de jardin, Gallat élève un instant la voix assez pour que je l'entende :

« Tu as l'intention de jouer longtemps à ce jeu idiot ? Franchement, passer la nuit dans l'appentis…

— Il y a un problème ? » demande-t-elle avec calme.

Gallat est le contrôleur en chef. Et le plus cruel d'entre eux. Sans le vouloir, à notre avis. Simplement, il n'a pas l'air de comprendre qu'il est possible de se montrer cruel avec nous. Nous sommes les accordeurs de la machine ; nous devons nous-mêmes être accordés, pour le bien du projet. Le procédé cause parfois des souffrances, de la peur, la mise hors service dans les orties. Ce sont juste des… dommages collatéraux.

Nous nous sommes demandé si Gallat en personne éprouvait des émotions. Il en éprouve, je le constate à cet instant, quand il recule, car la souffrance fait passer sur ses traits une véritable onde de choc. On dirait que Kelenli vient de le frapper.

« Je t'ai bien traitée, balbutie-t-il.

— Et je t'en suis reconnaissante. »

Elle n'a joué ni des inflexions de sa voix ni des muscles de son visage. Pour la toute première fois, on dirait l'une d'entre nous, d'un point de vue sonore et visuel. Et, comme nous le faisons souvent, Gallat et elle mènent une conversation qui n'a rien à voir avec les mots tombant de leurs lèvres. Je vérifie ; rien aux alentours, sinon les vibrations décroissantes de leurs paroles. Pourtant…

Il la regarde. La souffrance et la colère qui se lisaient sur ses traits cèdent la place à l'épuisement.

« Aujourd'hui, j'ai besoin de toi au labo, lance-t-il d'un ton sec en faisant demi-tour. Il y a de nouveau des fluctuations dans le sous-réseau. »

Le visage de Kelenli s'anime enfin. Ses sourcils se froncent.

« Je croyais que je disposais de trois jours.

— La Géoarcanité a plus d'importance que tes caprices. » Gallat jette un coup d'œil à la petite maison où nous nous entassons et s'aperçoit de mon intérêt, mais je ne détourne pas les yeux, trop fasciné par son angoisse pour penser à feindre l'indifférence. L'embarras s'inscrit une seconde sur son visage, aussitôt suivi par l'agacement. « La biomestrise ne permet de scanner l'extérieur du complexe que de loin, reprend-il à l'intention de Kelenli, mais il semblerait qu'on détecte en ce moment un éclaircissement du flux intéressant dans le réseau des accordeurs. De toute évidence, tu n'as pas complètement perdu ton temps avec eux. Je vais les emmener là où tu comptais aller aujourd'hui, pendant que tu retourneras au labo. »

Elle nous jette un coup d'œil. *Me* jette un coup d'œil. *Mon penseur.*

« Ça ne devrait pas être trop compliqué. » C'est moi qu'elle regarde, mais c'est à lui qu'elle parle. « Il faut leur montrer le composant local du moteur.

— L'améthyste ? » Gallat ouvre de grands yeux. « Ils vivent dans son ombre. Ils ne voient que ça. En quoi est-ce censé les aider ?

— Ils n'ont jamais vu l'alvéole. Il faut qu'ils comprennent le processus de croissance dans son ensemble… pas seulement de manière théorique. » Elle se détourne brusquement de moi, mais aussi de lui, et se dirige vers la grande maison. « Emmène-les là-bas. Ensuite, il te suffira de les ramener au complexe pour t'en débarrasser. »

Je comprends précisément pourquoi elle s'est exprimée d'un ton aussi dédaigneux et ne s'est pas donné la peine de nous dire au revoir avant de nous quitter. Nous en faisons autant lorsque nous sommes contraints de valuer ou d'assister à la punition d'un des membres du réseau : nous feignons l'indifférence (*Tetlewha. Ton chant est devenu monotone, mais tu n'as pas été réduit au silence. Où chantes-tu donc à présent ?*) La punition s'en trouve écourtée pour tous, et la colère des contrôleurs ne s'abat pas sur quelqu'un d'autre. Comprendre ce qu'il en est et ne rien ressentir en la voyant s'éloigner sont cependant deux choses bien différentes.

Gallat est maintenant de très mauvaise humeur. Il nous ordonne de ranger nos affaires afin que nous puissions repartir. Nous n'avons pas d'affaires, mais certains d'entre nous ont des déchets à éliminer, et nous avons tous besoin d'eau et de nourriture. Il nous laisse utiliser si nécessaire les petites toilettes de Kelenli ou un tas de feuilles mortes, derrière la maison. (Mon choix se porte sur les feuilles ; m'accroupir ainsi constitue une expérience étrange, mais aussi profondément enrichissante.) Il nous ordonne ensuite d'oublier la faim et la soif et de le suivre, ce que nous faisons. C'est à vive allure qu'il nous entraîne dans la rue, alors que nous avons les jambes plus courtes que lui et encore douloureuses de la marche d'hier. Nous voyons avec soulagement arriver le véhimal qu'il a appelé et qui nous permet de repartir, assis, pour le centre-ville.

Les autres contrôleurs persistent à lui parler sans nous prêter attention, mais il se cantonne à des réponses sèches, laconiques. Ils ne font guère que l'interroger au sujet de Kelenli – est-elle toujours aussi intransigeante ? ne s'agirait-il pas d'un défaut imprévu de génégénierie ? pourquoi la laisser intervenir dans le projet, alors qu'il ne s'agit tout bien considéré que d'un prototype obsolète ?

« Parce que, jusqu'ici, elle a eu raison chaque fois qu'elle nous a fait une suggestion, riposte-t-il après la troisième question de ce genre. Ce qui est, après tout, la raison même pour laquelle nous avons créé les accordeurs. Sans eux, le réglage de la Machine Plutonique prendrait soixante-dix ans de plus avant que nous ne puissions effectuer ne serait-ce qu'un test de mise en route. Quand les senseurs d'un appareil sont capables de décrire précisément les problèmes de l'appareil en question et de montrer comment améliorer son efficacité, il faudrait être idiot pour ne pas en tenir compte. »

Sans doute la réponse les satisfait-elle, puisqu'ils cessent de le harceler et se mettent à bavarder entre eux. Assis à côté de lui, je m'aperçois que l'indifférence dédaigneuse de ses collègues ne fait qu'accroître sa nervosité. Sa peau dégage la colère comme un rocher la chaleur résiduelle du soleil, bien après la tombée de la nuit. Les relations des contrôleurs ont toujours obéi à des dynamiques étranges ; nous les avons décortiquées de notre mieux, sans arriver à les comprendre réellement. À présent, toutefois, je sais grâce aux explications de Kelenli que Gallat a *une ascendance indésirable*. Nous avons été créés tels que nous sommes, alors qu'il est tout simplement né avec une peau pâle et des yeux de givre – traits répandus parmi les Niess. Ce n'est pas un Niess ; il n'y en a plus. Il existe d'autres races à la peau pâle – des races sylanagistines –, mais ses yeux tendent à prouver que, à un moment de son histoire familiale, un ou une de ses ancêtres a fait des enfants avec un ou une Niess. Le métissage doit être très, très vieux, ou l'école, les soins médicaux et sa prestigieuse position actuelle auraient été hors de sa portée. À moins que ; la caractéristique résulte peut-être d'une mutation aléatoire ou d'une coïncidence dans l'expression pigmentaire.

Quoi qu'il en soit, Gallat a beau travailler plus dur et passer plus de temps au complexe que n'importe qui d'autre, il a beau être le chef, ses collègues le traitent comme un inférieur. S'il ne nous traitait pas à son tour aussi mal, je le plaindrais. Les choses étant ce qu'elles sont, j'ai peur de lui. J'ai toujours eu peur de lui. Mais je décide d'être courageux, pour Kelenli.

« Pourquoi êtes-vous fâché contre elle ? »

Ma voix douce se distingue à peine dans le bourdonnement du cycle métabolique du véhimal. La plupart des autres passagers ne m'entendent pas. Aucun ne me prête attention. J'ai bien choisi mon moment.

« Pardon ?

— Kelenli. »

Je bouge les yeux pour rencontrer ceux de Gallat, bien que ça ne plaise pas aux contrôleurs, nous l'avons appris avec le temps. Croiser notre regard leur est pénible, mais ils nous ignorent aussi plus facilement quand nous leur évitons de le faire et, cette fois, je ne veux pas qu'on m'ignore. Je veux que Gallat *sente* cette conversation, même si ses valupinae primitives débiles ne peuvent lui signaler que ma jalousie et ma rancœur ont élevé la température de la nappe phréatique de deux degrés.

Il me contemple d'un œil noir. Je le fixe, impassible. La tension du réseau m'est perceptible. Les autres ont bien sûr remarqué ce qui indiffère les contrôleurs ;

ils ont peur pour moi… mais la différence que je perçois soudain en nous manque de me distraire de leur inquiétude. Gallat a raison : nous sommes bel et bien en train de changer, de nous complexifier ; notre influence sur notre environnement se renforce, résultat de ce que nous a montré Kelenli. S'agit-il d'une amélioration ? Je n'en suis pas encore certain. Nous sommes pour l'instant tâtonnants là où nous étions auparavant quasi unis. Remwha et Gaewha m'en veulent de prendre un risque sans avoir commencé par chercher un consensus – et ma nervosité est sans doute le symptôme de mon propre changement. Bimniwha et Salewha en veulent à Kelenli de l'étrange influence qu'elle exerce sur moi, un mécontentement fort irrationnel. Dushwha en a assez de nous et n'a qu'une envie : regagner sa cellule. La colère de Gaewha est sous-tendue par l'inquiétude, mais aussi la pitié, que je lui inspire ; peut-être comprend-elle que ma nervosité est en réalité le symptôme d'une autre émotion. J'ai décidé que j'étais amoureux, mais l'amour constitue un point chaud douloureux qui bouillonne sous ma surface, là où régnait autrefois la stabilité. Ça ne me plaît absolument pas. Après tout, je croyais il y a peu être l'outil le plus parfait jamais conçu par une grande civilisation, mais j'ai appris que je suis une erreur, bricolée par des voleurs paranoïaques, incapables d'affronter leur propre médiocrité. Comment pourrais-je bien me sentir, sinon nerveux ?

Toutefois, personne n'en veut à Gallat d'être trop dangereux pour qu'il soit envisageable de seulement discuter avec lui. Ce n'est pas normal.

« Qu'est-ce qui te fait croire que je suis fâché contre Kelenli ? » demande-t-il enfin.

J'ouvre la bouche, prêt à mentionner son expression, la tension de son corps et de sa voix, mais il produit un petit bruit agacé puis ajoute :

« Peu importe. Je suis conscient de la manière dont vous traitez l'information. » Un soupir. « Je suppose que tu n'as pas tort. »

J'ai très clairement raison, mais je ne suis pas assez bête pour lui rappeler ce qu'il ne veut pas savoir.

« Vous voulez qu'elle vive chez vous. »

Je n'étais pas sûr que ce soit chez lui avant la discussion de ce matin, mais j'aurais dû m'en douter ; la grande demeure avait son odeur. Nous ne sommes pas doués pour utiliser nos autres sens que la valuation.

« C'est chez elle aussi, riposte-t-il d'un ton sec. Elle a passé son enfance dans cette maison, tout comme moi. »

Kelenli me l'a dit. Elle a été élevée en sa compagnie, persuadée d'être une enfant normale, jusqu'au jour où quelqu'un a fini par lui expliquer pourquoi ses parents ne l'aimaient pas.

« Elle faisait partie du projet. »

Il hoche la tête, une fois, la bouche tordue par l'amertume.

« Moi aussi. Il fallait un enfant de référence humain, et j'avais des... caractéristiques utiles à la comparaison. Je l'ai considérée comme ma sœur jusqu'à nos quinze ans. À ce moment-là, on nous a dit. »

Si longtemps. Kelenli devait pourtant se douter qu'elle était différente. Le scintillement argenté de la magie coule en nous et autour de nous à la manière de l'eau. Tout le monde est capable de le valuer, mais il n'y a que nous, les accordeurs, qui vivions en lui, tandis qu'il vit en nous. Elle ne pouvait se croire normale.

Gallat, lui, a vraiment été pris par surprise. Peut-être sa vision du monde en a-t-elle été aussi absolument chamboulée que vient de l'être la mienne. Peut-être a-t-il pataugé – patauge-t-il – autant que moi, dans sa lutte pour adapter ses émotions à la réalité. Il m'inspire une soudaine sympathie.

« Jamais je ne l'ai maltraitée. » Sa voix s'est adoucie. Je ne suis pas sûr que ce soit toujours à moi qu'il s'adresse. Il a croisé bras et jambes, replié sur lui-même, les yeux rivés à une des fenêtres du véhimal, mais aveugles à son environnement. « Jamais je ne l'ai traitée comme… »

Il bat brusquement des paupières et me jette un coup d'œil furtif, voilé. J'allais acquiescer pour lui montrer que je comprends, mais un instinct quelconque m'avertit de n'en rien faire. Je me contente donc de lui rendre son regard. Il se détend. J'ignore pourquoi.

Il ne veut pas que tu l'entendes dire « comme l'une de vous », m'explique Remwha, bourdonnant d'agacement devant ma stupidité. *Et, si jamais il le dit, il ne veut pas que tu saches ce que ça sous-entend. Il passe son temps à se répéter pour se rassurer qu'il ne ressemble pas aux gens qui lui ont rendu la vie difficile. C'est un mensonge, mais ce mensonge lui est nécessaire, et nous lui sommes également nécessaires pour l'entretenir. Elle n'aurait pas dû nous dire que nous sommes des Niess.*

Nous ne sommes pas *des Niess.* Je riposte en pulsations gravitationnelles. À vrai dire, je suis mécontent qu'il ait dû m'expliquer ce qu'il en est. Le comportement de Gallat n'a plus aucun mystère, après le petit exposé de Remwha.

À leurs yeux, si. Gaewha n'a besoin que d'une micro-secousse pour exprimer son opinion. Elle en tue les réverbérations pour que nous ne valuions ensuite qu'un silence glacé. Sa réplique met fin à la dispute, parce qu'elle a raison.

« Je lui ai donné autant de liberté que possible, continue Gallat, inconscient de notre crise d'identité. Tout le monde est informé de sa nature, mais je lui ai accordé les mêmes privilèges qu'à une femme normale. Avec bien sûr des restrictions, des limitations ; il faut être raisonnable. Je ne peux pas me permettre d'être laxiste aux yeux… » Il s'interrompt, perdu dans ses pensées. « On dirait qu'elle ne comprend pas. Que c'est *moi* le problème, et pas le reste du monde. Alors que j'essaie de l'aider ! »

Il pousse un grand soupir de frustration.

Nous en avons cependant entendu assez. Plus tard, quand nous traiterons toutes ces informations, je dirai aux autres : *Elle veut être une personne.*

Elle veut l'impossible, répondra Dushwha. *D'après Gallat, il vaut mieux qu'elle lui appartienne, à lui, plutôt qu'à Syl Anagist. Mais pour être une personne, il faudrait qu'elle cesse d'être… une possession. Qu'elle ne puisse plus appartenir à personne.*

Alors il faudrait que Syl Anagist cesse d'être Syl Anagist, ajoutera tristement Gaewha.

Eh oui. Mes pairs accordeurs auront raison, tous autant qu'ils sont… mais cela ne signifie pas que Kelenli ait tort de vouloir être libre. Ni que ce qui est très, très difficile soit impossible.

Le véhimal s'arrête dans un quartier étonnamment familier. Je n'ai vu cette zone qu'une fois, mais je reconnais la disposition des rues et les fleurs d'un mur de verdure. La qualité de la lumière qui traverse l'améthyste, quand le soleil est encore bas sur l'horizon, éveille en moi un mélange de désir douloureux et de soulagement. J'apprendrai un jour qu'on appelle cela le mal du pays.

Les autres contrôleurs nous quittent pour regagner le complexe, pendant que Gallat nous fait signe de le suivre. Il est toujours en colère et veut en terminer. Nous lui emboîtons le pas, mais il nous distance peu à peu, parce que nos jambes sont plus petites que les siennes et que nos muscles nous brûlent. Quand il s'aperçoit qu'il a pris de l'avance sur nous et nos gardes, il s'arrête pour se laisser rattraper, les lèvres pincées, une main tapotant sur un rythme rapide un de ses bras croisés.

« Dépêchez-vous, lance-t-il. Je veux faire des essais de démarrage, aujourd'hui. »

Nous n'avons pas la sottise de nous plaindre mais, une distraction se révélant souvent utile, Gaewha demande :

« Que sommes-nous censés voir, cette fois ? »

Gallat a beau secouer la tête avec impatience, il réagit comme elle le pensait, en ralentissant le pas afin de s'expliquer, ce qui nous permet de moins nous presser, nous aussi. Nous en profitons pour reprendre avidement notre souffle.

« L'alvéole où a été fabriqué le fragment. On vous a appris les bases. À l'heure actuelle, chacun des fragments sert de centrale d'énergie à un des nœuds de Syl Anagist. Il absorbe la magie, la catalyse, en restitue une partie à la cité et en stocke le surplus. Jusqu'à l'activation de la Machine, bien sûr. »

Gallat s'interrompt brusquement, distrait par notre environnement. Nous avons atteint la zone réglementée qui entoure le fragment, un parc à trois niveaux abritant quelques bâtiments administratifs et un arrêt de la ligne de véhimal qui dessert toutes les semaines Aunoyau (c'est du moins ce qu'on nous a dit). Tout cela est très utilitaire et un peu ennuyeux.

Il n'empêche. Au-dessus de nous, emplissant le ciel presque aussi haut que peut monter l'œil, se dresse l'améthyste. Malgré l'impatience de Gallat, nous nous arrêtons avec ensemble pour la contempler, émerveillés. Nous vivons dans son ombre colorée et avons été conçus pour réagir à ses besoins et à sa production. Elle est nous, nous sommes elle, mais nous ne la voyons que rarement ainsi, en face, car les fenêtres de nos cellules donnent toutes dans d'autres directions. (Connectivité, harmonie, vision et efficacité de la forme d'onde ; les contrôleurs se refusent à risquer une activation accidentelle.) C'est, à mon avis, une chose magnifique, à la fois en tant qu'objet physique et que superposition magique, état dans lequel brille son réseau cristallin, quasi chargé à plein de la magie accumulée qui nous servira bientôt à lancer la Géoarcanité. Lorsque nous aurons branché les systèmes d'énergie mondiaux – les obélisques, à la capacité de stockage et de génération limitée – sur les flux illimités qui circulent sous terre, lorsque Aunoyau fera intégralement partie du circuit afin de le réguler, lorsque le monde aura enfin réalisé le rêve des plus grands dirigeants et penseurs de Syl Anagist…

… bon. Nous n'aurons plus aucune utilité, ni les autres ni moi. Il circule tant d'histoires sur ce qui se passera une fois le monde libéré de la pénurie et du besoin. Les gens vivront à jamais. Ils voyageront jusqu'à d'autres mondes, loin, très loin de notre étoile. Les contrôleurs nous ont assuré qu'on ne nous tuerait pas. Que nous serions au contraire célébrés comme le pinacle de la mestrise et les exemples vivants de ce que peut l'humanité. Ne devrions-nous pas attendre cette vénération avec impatience ? Ne devrions-nous pas être gonflés de fierté ?

Mais, pour la première fois, je pense à la vie que je pourrais désirer, si j'avais le choix. À la maison de Gallat : belle, immense et froide. À celle de Kelenli, dans le jardin, petite et entourée de petites magies en pleine croissance. Je pense à une vie avec Kelenli. Je m'assiérais à ses pieds chaque soir, je parlerais avec elle autant que j'en aurais envie, dans toutes les langues que je connais, sans crainte. Elle sourirait, sans amertume. Cette pensée m'apporte un plaisir inouï. Puis arrive la honte, comme si je n'avais pas le droit d'imaginer des choses pareilles.

« Quelle perte de temps », murmure Gallat, les yeux fixés sur l'obélisque. Je tressaille, mais il ne s'en aperçoit pas. « Bon. Nous y sommes. Je me demande bien pourquoi Kelenli voulait vous montrer ça, mais enfin, vous l'avez devant les yeux. »

Nous admirons comme il se doit.

« Pouvons-nous… nous approcher ? » s'enquiert Gaewha.

Plusieurs d'entre nous gémissent dans la terre ; nous avons mal aux jambes, nous avons faim. *Puisque nous y sommes, autant en profiter au maximum,* riposte-t-elle, agacée.

Gallat soupire et repart, à croire qu'il lui donne raison. Une route descendante mène à la base de l'améthyste, fermement logée dans son alvéole depuis la première injection de solution de croissance. J'ai déjà vu le sommet du fragment, perdu parmi des nuages vaporeux ou dessiné par le clair de lune immaculé, mais voilà qui est nouveau : les pylônes transformateurs, dont on m'a appris qu'ils siphonnent une partie de la magie émise par le foyer brûlant au cœur de l'améthyste. Cette magie – une infime fraction de celle que la Machine Plutonique produira, en quantité inouïe – est redistribuée via d'innombrables conduites dans les maisons, les immeubles, la machinerie, les bornes de recharge des véhimaux de ce nœud-ci de la cité. Il en va de même dans les autres nœuds de Syl Anagist de par le monde – car il existe au total deux cent cinquante-six fragments.

Une sensation curieuse – je n'ai jamais rien valué de plus étrange – attire soudain mon attention. L'impression est très diffuse... mais il y a quelque chose aux alentours qui génère une force... Je secoue la tête et m'arrête.

« Qu'est-ce que c'est ? »

La question m'a échappé avant que je ne me demande s'il était sage de reprendre la parole, vu l'humeur de Gallat.

Il s'arrête, lui aussi, me jette un regard noir mais finit apparemment par comprendre ma perplexité.

« Ah. Oui, vous vous êtes sans doute assez rapprochés pour la détecter. C'est juste la rétroaction de la ligne de soutien.

— Et qu'est-ce qu'une *ligne de soutien* ? » s'enquiert Remwha, maintenant que j'ai brisé la glace.

Gallat le considère avec un agacement accru. Nous nous raidissons tous.

« Mort cruelle, soupire le contrôleur. Bon. Je vais vous montrer, ce sera plus simple. Venez. »

Il presse à nouveau le pas. Cette fois, aucun de nous n'ose se plaindre, bien que nous sollicitions nos jambes douloureuses malgré un taux de sucre sanguin fort bas et une certaine déshydratation. Nous atteignons le gradin inférieur dans le sillage de Gallat, traversons le rail du véhimal, passons entre deux énormes pylônes bourdonnants.

Et là… nous attend notre destruction.

Derrière les pylônes, nous explique Gallat avec une impatience non dissimulée, se trouve le système de translation et de démarrage du fragment. Suivent des explications techniques détaillées, que nous absorbons sans réellement les entendre. Notre réseau – les connexions quasi permanentes qui nous permettent de communiquer entre accordeurs, de vérifier que tout va bien pour les autres, de leur transmettre des avertissements, de les réconforter par des chants rassurants – s'est figé dans le silence. Sous le choc. L'horreur.

L'essentiel du discours de Gallat peut se résumer ainsi : il y a des décennies de cela, lorsqu'on les a fait pousser, les fragments étaient incapables de générer de la magie tout seuls. Les choses non vivantes et inorganiques, comme le cristal, sont inertes du point de vue magique. Voilà pourquoi le cycle générateur ne peut être initié que grâce à un catalyseur : la magie brute. N'importe quel moteur a besoin d'un démarreur. D'où les lignes de soutien : une sorte de lierre aux grosses tiges torses, dont les boucles et les vrilles forment autour de la base du fragment un fourré exubérant. Dans lequel sont entortillés…

On ira les voir, m'a dit Kelenli, quand je lui ai demandé ce qui était arrivé aux Niess.

Ils sont vivants, j'en ai l'immédiate certitude. Malgré leur immobilité de gisants dans le buisson touffu (ils reposent sur les vrilles, parmi les vrilles, enveloppés de vrilles, poignardés par les vrilles, qui poussent parfois à travers leur chair), il est impossible de ne pas valuer les délicats filaments d'argent qui filent ici, entre les cellules d'une main, ou qui dansent là, parmi les poils d'un dos. Certains respirent, ça se voit, bien que leur poitrine se soulève avec une extrême lenteur. La plupart ne sont vêtus que de loques, qui ont pourri au fil du temps ; quelques-uns sont même nus. Leurs cheveux et leurs ongles n'ont pas poussé ; leur corps n'a apparemment pas produit de déchets. Ils sont insensibles à la douleur, je le sais d'instinct ; au moins cette grâce leur a-t-elle été accordée. Leur situation découle du fait que les lignes de soutien absorbent toute leur magie, à part le maigre ruisselet nécessaire à leurs fonctions vitales. Fonctions que l'on préserve pour que leur corps génère davantage de magie.

Voici donc les orties. À l'époque de notre décantation, quand nous en étions encore à apprendre à nous servir de la langue inscrite dans notre cerveau pendant notre phase de croissance, une contrôleuse nous a raconté une histoire où il était question de l'endroit où on nous enverrait si, pour une raison ou pour une autre, nous devenions incapables de travailler. Nous étions alors quatorze. On nous emmènerait, nous a-t-elle dit, quelque part où nous continuerions à servir le projet, indirectement.

« C'est un endroit tranquille », avait-elle assuré. Je me rappelle clairement cet instant. Elle souriait. « Vous verrez. »

Les victimes des orties sont là depuis des années. Des décennies. Il y en a des centaines en vue, des milliers de plus hors de vue si l'enchevêtrement des lignes de soutien entoure complètement la base de l'améthyste. Des millions, si on multiplie par deux cent cinquante-six. Nous ne voyons ni Tetlewha ni les autres, mais ils sont là, eux aussi, nous le savons. En vie sans l'être.

Gallat vient à bout de ses explications pendant que nous contemplons le spectacle en silence.

« Une fois le système amorcé et le cycle générateur établi, il n'y a donc que rarement besoin de réamorcer. » Il soupire. Le son de sa propre voix l'ennuie. Nous contemplons le spectacle en silence. « Les lignes de soutien stockent la magie pour qu'elle puisse satisfaire tous les besoins possibles et imaginables. Le jour du lancement, chaque réservoir de soutien devrait contenir à peu près trente-sept lammotyrs, soit trois fois… » Il s'interrompt. Soupire. Se pince l'arête du nez.

« Ça ne sert strictement à rien. Elle se rit de toi, espèce d'idiot. » On dirait qu'il ne voit pas ce que nous voyons. Que ces vies réduites à leurs composants, stockées, ne signifient rien pour lui. « Ça suffit. Il est temps de vous ramener au complexe. »

Nous rentrons donc chez nous.

Et nous commençons enfin à nous préparer.

*
**

Battez-les bien bien fort
Mettez-les bien en rangs
C'est le blé pour l'hiver !
Écrasez
Bâillonnez
Un p'tit saut, un p'tit bond !
Close la bouche
Clos les yeux
Plus que ça faut qu'ils pleurent !
On n'entend, on n'voit rien
Et voilà, c'est gagné !

Comptine pré-sanzienne populaire à Lumen,
Haltolee, Nianon et dans les quartants d'Ewech.
Origine inconnue, nombreuses variantes.
Il s'agit apparemment ici de la version de base

11. Tu es presque chez toi

Les gardes stationnés au nœud ont bel et bien l'air persuadés de pouvoir se battre quand tu émerges de la pluie de cendre avec les autres Castrimiens. Sans doute ressemblez-vous effectivement à une banale bande de pillards plus nombreuse que la moyenne, avec vos vêtements grisés, usés par les pluies acides, et votre allure squelettique. Ykka n'a même pas le temps d'envoyer Danel parlementer avant qu'ils ne se servent de leurs arbalètes. Heureusement pour vous, ils sont très mauvais tireurs ; malheureusement pour vous, les probabilités leur sont favorables. Leurs carreaux abattent trois Castrimiens, le temps que tu comprennes ce qui se passe : Ykka ne sait absolument pas se servir d'un tore comme bouclier… mais tu ne peux pas non plus le faire sans conséquences. Tu en appelles donc à Maxixe, qui opère avec une précision de diamant, réduisant les projectiles en neige pailletée de bois ; ce n'est pas très différent de la manière dont tu as mis les choses en branle à Tirimo, le dernier jour.

Maxixe n'est cependant pas aussi doué que toi. Le tore reste en partie centré sur lui, qui se contente de l'étirer et d'en déformer l'avant pour créer une barrière entre les Castrimiens et les grandes portes de scories du nœud. Heureusement, il n'y a personne devant lui (tu as crié aux gens de s'écarter). Enfin, une pichenette d'énergie cinétique redirigée lui permet de défoncer les vantaux et de geler les arbalétriers avant de laisser le tore s'évanouir. Pendant que les Costauds se ruent dans le complexe pour s'occuper de tout, tu vas trouver Maxixe, allongé au fond de son chariot, haletant.

« Travail bâclé », observes-tu en lui prenant la main et en la serrant contre toi, puisqu'il ne t'est pas exactement possible de la frotter entre les deux tiennes. Malgré tes multiples couches de vêtements, le froid de sa peau t'est sensible. « Tu aurais dû ancrer le tore à trois ou quatre mètres, minimum. »

Il grogne ; ses yeux se ferment. Sa vigueur est maintenant complètement rouillée, sans doute parce que la faim et l'orogénie ne font pas bon ménage.

« J'ai rarement fait dans la dentelle, ces deux dernières années. Il me suffisait de geler les gens. » Il te fixe d'un œil noir. « Mais il me semble que tu ne t'es pas donné beaucoup de mal non plus.

— Je savais que tu allais tout arranger », réponds-tu, un sourire las aux lèvres.

Après avoir gratté le givre qui couvre en partie le fond du chariot, tu t'y installes en attendant la fin des combats.

Ils ne tardent pas à s'achever, en effet. Tu tapotes le torse de Maxixe – qui s'est endormi –, avant de partir à la recherche de Ykka. Elle se trouve juste de l'autre côté des portes, en compagnie d'Esni et de deux autres Costauds. Ils regardent tous avec émerveillement un enclos minuscule, où est enfermée une *chèvre* qui, elle, les regarde avec indifférence en mâchouillant un peu de paille. Tu n'as pas vu de chèvre depuis Tirimo.

Mais commençons par le commencement.

« N'oubliez pas qu'il ne faut pas éliminer le ou les médecins, dis-tu à Ykka et Esni. Ils se sont sans doute barricadés dans la salle de l'orogène. Lerna ne saura pas s'occuper de lui ; ça exige des talents particuliers. » Tu t'interromps un instant. « Si vous voulez toujours faire comme on a dit. »

Ykka acquiesce en jetant un coup d'œil à Esni, qui acquiesce en jetant un coup d'œil à une autre femme, qui fixe un jeune homme, qui se précipite dans le bâtiment principal.

« Bon. D'après toi, quelles chances y a-t-il que le médecin tue l'orogène ? te demande Esni. Par compassion. »

Tu résistes à l'envie de riposter que la compassion ne s'applique qu'aux êtres humains. Ce mode de pensée doit mourir, même s'il émane de l'amertume.

« Aucune. Expliquez-lui à travers la porte que vous laisserez la vie à ceux qui se rendront. Si vous croyez que ça peut aider. »

Esni envoie quelqu'un d'autre transmettre le message.

« Bien sûr que je veux toujours faire comme on a dit. » Ykka se frotte le visage, imprimant des traînées dans la cendre… sous laquelle on devine encore de la cendre, mieux incrustée. Tu oublies peu à peu quel teint elle a au naturel, et tu ne saurais dire si elle se maquille toujours les yeux. « La plupart d'entre nous sont capables de gérer les secousses de manière contrôlée, y compris les enfants, maintenant, mais… » Elle lève les yeux au ciel. « Bon. Il y a *ça*. »

Tu as beau suivre son regard, tu sais déjà ce que tu vas voir. Tu essaies en permanence de ne pas le voir. Comme tout le monde.

Le rift.

De ce côté-ci du Merz, le ciel n'existe pas. Plus au sud, la cendre expulsée par la fissure a eu le temps de s'élever et de se diluer un peu, jusqu'à former les vagues de nuages qui constituent le ciel tel que tu le connais depuis deux ans. Mais ici… Ici, quand tu lèves les yeux, tu n'as même pas le temps d'arriver au ciel ; ce qui capture ton regard, c'est une sorte de muraille rouge et noir au lent bouillonnement qui bouche l'horizon nord tout entier. S'il s'agissait d'un volcan, on parlerait de panache volcanique, mais le rift n'a rien d'une cheminée isolée. C'est une ligne de feu et de chaos ininterrompue, étirée d'une côte à l'autre du Fixe, l'équivalent de plusieurs centaines de volcans alignés. Tonkee essaie depuis un moment de faire appeler ce que tu vois par le nom approprié : un pyrocumulonimbus – une énorme muraille nuageuse de cendre, de feu et de foudre –, mais les Castrimiens en ont déjà trouvé un autre; tu l'as entendu circuler : *le Mur*, tout simplement. À ton avis, ça va rester. Tu penses même que s'il y a encore sur cette planète, dans une ou deux générations, quelqu'un capable de donner un nom à cette Saison, ce sera un truc du genre la Saison du Mur.

Un bruit te parvient, faible mais omniprésent. Un grondement souterrain. Un grognement bas, ininterrompu, dans ton oreille moyenne. Le rift ne se réduit pas à une secousse ; c'est la divergence dynamique, en cours, de deux plaques tectoniques le long d'une ligne de faille nouvellement créée. Les répliques se poursuivront des années durant. Tes valupinae sonnent l'alarme depuis plusieurs jours pour que tu te prépares à les utiliser ou à t'enfuir, démangées par le besoin de *faire quelque chose* afin d'écarter le danger de séisme. Tu n'es pas assez idiote pour leur complaire, mais c'est bien le problème : le moindre gèneur de Castrima value ce que tu values et éprouve la même envie pressante de *faire quelque chose*. Or agir les tuera, à moins qu'ils n'aient la puissance et la précision des seniors du Fulcrum, ainsi que la capacité à mettre sous le joug d'autres orogènes de leur niveau puis à activer un antique réseau d'artefacts d'une civilisation disparue. Ykka affronte donc à présent une vérité que tu as comprise en te réveillant affligée d'un bras de pierre : si la comm veut vivre à Rennanis, il va lui falloir les opérateurs des nœuds. Il va falloir qu'elle s'occupe d'eux. Et qu'elle les remplace d'une manière ou d'une autre quand ils mourront. Personne n'en parle encore. Commençons par le commencement.

Au bout d'un moment, la chef soupire en regardant par la porte ouverte du bâtiment.

« On dirait que les combats sont terminés.

— En effet », acquiesces-tu. Le silence s'étire. Un muscle se crispe dans sa joue. « Je t'accompagne. »

Elle te jette un coup d'œil.

« Tu n'es pas obligée. »

Tu lui as parlé de la première fois où tu avais vu un opérateur de nœud. Elle a été sensible à l'horreur toujours aussi vive que trahissait ta voix.

Mais Albâtre t'a montré le chemin ; il n'est plus question pour toi de reculer devant les devoirs qu'il t'a transmis. Tu vas tourner la tête du prisonnier, laisser Ykka contempler la cicatrice de sa nuque, lui expliquer ce qu'il en est des lésions. Il faut aussi lui montrer de quelles manières le fauteuil en fil de fer réduit les escarres. Si elle persiste dans ce choix-là, il faut qu'elle sache exactement quel en est le prix – pour elle et pour Castrima.

Tu vas le faire. Tu vas lui faire voir ces choses et te contraindre à les affronter une fois de plus, parce que telle est la vérité *entière* des orogènes. Les fixes ont de bonnes raisons d'avoir peur des tiens, c'est vrai, mais ils en ont d'aussi bonnes de les révérer, et ils ont choisi de s'en tenir à la peur. Ykka, entre tous, doit connaître la vérité pleine et entière.

Elle serre les dents mais acquiesce. Esni vous regarde toutes deux avec curiosité, hausse les épaules et se détourne quand vous vous engagez, ensemble, dans le bâtiment.

*
**

Le nœud dispose d'un entrepôt bien rempli, que tu soupçonnes de servir de site de stockage annexe à la comm proprement dite. Il contient même davantage de nourriture que ne peuvent en manger tous les hors-comm castrimiens affamés, y compris des produits dont tout le monde avait désespérément envie, fruits séchés ou légumes en conserve, par exemple. Ykka empêche les gens d'organiser un festin impromptu – les réserves vont malgré tout devoir durer jusqu'à la Terre sait quand –, mais il règne une ambiance quasi festive quand ils finissent par se coucher, le ventre plein pour la première fois depuis des mois.

Elle poste des gardes à l'entrée de l'entrepôt et de la salle de l'opérateur, après t'avoir dit que « Personne n'a à voir cette merde, à part nous ». Tu en déduis qu'elle ne veut pas donner d'idées aux fixes.

Elle poste aussi trois gardes autour de la chèvre. Une jeune Innovatrice, originaire d'une comm de paysans, se voit assigner la tâche de traire l'animal et s'en acquitte comme elle peut. La femme enceinte, à qui le désert a pris un des membres de sa maisonnée, a droit aux premières gorgées de lait. Ça ne servira peut-être à rien. Famine et grossesse ne font pas bon ménage non plus, et, d'après elle, le bébé n'a pas bougé ces derniers jours. Si elle doit le perdre, il vaut sans doute mieux que ça arrive maintenant, à un endroit où il y a des antibiotiques et des instruments stériles ; Lerna pourra au moins la sauver, elle. Quand on lui donne le petit pot, elle ne l'en prend pas moins pour le vider d'un trait, malgré la grimace que lui inspire le goût du lait. Elle serre les dents. Il reste une chance. C'est tout ce qui compte.

Ykka envoie aussi des surveillants dans la salle de douche. Il ne s'agit pas vraiment de gardes, mais leur présence est nécessaire car beaucoup de Castrimiens, originaires de petits villages primitifs des Moyennes, ne savent pas comment fonctionne la plomberie dans un bâtiment. Et à cause de ceux qui restent plantés plus d'une heure sous l'eau chaude, en larmes, après que la cendre et le sable du désert se sont décollés de leur peau desséchée par l'acide. Une fois là, les surveillants laissent dix minutes aux gens avant de les pousser gentiment jusqu'aux bancs alignés le long des murs, où ils peuvent continuer à pleurer pendant que d'autres prennent leur tour.

Quand vient le tien, la douche te laisse parfaitement indifférente ; tu te sens propre, voilà tout. Tu vas t'installer dans un coin du grand réfectoire – débarrassé de ses meubles, pour que plusieurs centaines de gens puissent y passer la nuit à l'abri de la cendre –, où tu t'assieds sur le rouleau de ton couchage, adossée au mur de scories. Tes pensées ont beau partir à la dérive, il t'est impossible de ne pas avoir conscience de la montagne qui rôde dans la pierre, juste derrière toi. Tu ne demandes pas à Hoa de se montrer ; les autres Castrimiens se méfient de lui. C'est le seul mangeur de pierre qui leur tourne encore autour, et ils savent que les mangeurs de pierre ne se cantonnent pas à une neutralité inoffensive. Tu tends néanmoins la main en arrière pour tapoter le mur. La montagne s'agite vaguement. Quelque chose – une sorte de petite poussée dure – te heurte au creux des reins. Cet instant de contact, d'intimité, te fait un bien surprenant.

Il faut que tu manges davantage, te dis-tu en regardant une dizaine de saynètes se jouer sous tes yeux. Deux femmes se disputent le dernier morceau de fruit séché attribué à leur maisonnée. Juste derrière elles, deux hommes échangent des murmures furtifs en se passant une petite éponge douce – les Équatoriaux utilisent ce genre de choses pour s'essuyer après avoir déféqué. Chacun aime profiter de ses petits luxes, quand il en a l'occasion. Temell, qui sert à présent d'enseignant aux enfants orogènes, ronfle dans son couchage, littéralement enseveli sous ses élèves. Un gamin s'est roulé en boule contre son ventre, et les pieds de Penty – toujours en chaussettes – reposent dans sa nuque. De l'autre côté de la salle se tiennent Tonkee et Hjarka – ou, plutôt, Hjarka, qui a pris les mains de Tonkee, essaie de l'entraîner dans une sorte de danse très lente ; Tonkee, plantée comme un piquet, roule les yeux en essayant de se retenir de sourire.

Quant à savoir où est Ykka… La connaissant, elle passe sans doute la nuit à l'extérieur, dans un appentis ou une tente, mais avec un peu de chance, elle laisse un de ses amants lui tenir compagnie. Elle dispose d'une véritable écurie de jeunes, hommes et femmes, qui couchent avec elle chacun leur tour, qu'ils aient d'autres partenaires ou soient par ailleurs célibataires. En tout cas, ça n'a pas l'air de les déranger qu'elle les utilise à l'occasion pour se détendre. Cette nuit, elle en a besoin. Et Castrima a besoin de sa chef, ce qui signifie qu'il faut veiller sur elle.

Les besoins de Castrima te ramènent à tes propres besoins… et à peine te sont-ils venus à l'esprit que Lerna surgit de nulle part pour s'asseoir à côté de toi.

« Il a fallu achever Chetha », chuchote-t-il. La Costaude avait été touchée par les arbalétriers rennains, ce qui est très ironique quand on sait que c'était elle-même à l'origine une Rennaine, enrôlée par l'armée de Rennanis en même temps que Danel. « Les deux autres s'en sortiront probablement, mais elle, le carreau lui avait perforé l'intestin. Ç'aurait été long et horrible. Malgré les antalgiques. » Lerna se frotte les yeux en soupirant. « Tu as vu le… la chose… dans le fauteuil en fil de fer. »

Tu acquiesces, hésitante, puis lui prends la main. Il n'est pas particulièrement tendre, tu t'en es aperçue avec soulagement, mais il lui arrive d'avoir besoin de petits gestes affectueux. Ça lui rappelle qu'il n'est pas seul et que tout espoir n'est pas mort. C'est aussi ce qui te pousse à prendre la parole :

« Si j'arrive à fermer le rift, vous n'aurez peut-être plus besoin des orogènes des nœuds. »

Tu n'es pas sûre de ce que tu avances, mais tu espères ne pas te tromper.

Il te serre légèrement la main. Ce n'est jamais lui qui initie le contact entre vous, retenue que tu as trouvée fascinante quand tu en as pris conscience. Il attend que tu fasses le premier pas puis répond à tes ouvertures avec l'intensité que tu y as mise, respectueux de tes limites, aiguisées et sensibles. Tu as beau le connaître depuis des années, tu n'avais pas réalisé qu'il était aussi observateur… alors que tu aurais dû t'en douter. Il a bien deviné que tu étais une orogène en te regardant de loin. Innon l'aurait apprécié, décides-tu.

Comme s'il t'avait entendue penser, Lerna se tourne vers toi, l'air inquiet.

« Je me suis posé la question, commence-t-il. J'hésitais à te le dire. Enfin, à te mettre le nez dedans, parce que, à mon avis, tu préfères ne pas t'en rendre compte.

— Quelle entrée en matière… »

Il sourit vaguement puis soupire en baissant les yeux vers vos mains jointes. Son sourire s'efface. L'instant s'effiloche. Une tension croissante t'envahit ; ça lui ressemble si peu. Enfin, il soupire, une fois de plus.

« À quand remontent tes dernières règles ?

— Comment… »

Tu t'interromps.

Merde.

Merde.

Il soupire encore et appuie la tête au mur.

Toi, tu cherches des raisons dans ta propre tête. La faim. L'effort physique. L'âge – tu dois bien avoir quarante-quatre ans, maintenant. Tu ne te rappelles pas quel mois on est. Il y a moins de chances que Castrima n'en avait de survivre au désert. Mais… tu as eu toute ta vie des règles fortes et régulières, qui ne se sont auparavant interrompues qu'à trois occasions. Trois occasions *significatives*. Voilà pourquoi le Fulcrum avait décidé de te faire reproduire. Une orogénie plus ou moins correcte et de bonnes hanches de Moyenne.

Tu savais, Lerna a raison. À un certain niveau, tu avais remarqué. Et puis tu as préféré ne pas remarquer, parce que…

Il a attendu en silence, la hanche tranquillement appuyée à la tienne, en regardant la comm se détendre.

« Ai-je raison de supposer que tu disposes d'un temps limité pour faire ce que tu dois faire à Aunoyau ? » demande-t-il enfin tout bas, d'un ton trop poli.

Tu soupires à ton tour en fermant les yeux.

« Oui.

— C'est pour bientôt ? »

D'après Hoa, la Lune arrivera dans quelques jours à son *périgée* – le point où elle est la plus proche de la Terre –, puis elle dépassera la planète en reprenant de la vitesse et regagnera à toute allure les étoiles lointaines, parmi lesquelles elle se trouvait auparavant. Si tu ne l'attrapes pas maintenant, tu ne l'attraperas jamais.

« Oui. » Tu es fatiguée et… dolente. « Très bientôt. »

Vous n'en avez pas parlé, alors que vous auriez sans doute dû, pour le bien de votre relation. Vous n'avez jamais eu besoin d'en parler, parce qu'il n'y avait rien à en dire.

« Te servir des obélisques une seule fois a fait ça à ton bras », reprend Lerna.

Tu jettes à ton moignon un coup d'œil inutile.

« Oui. » Tu sais où veut en venir ton interlocuteur, aussi décides-tu d'emprunter un raccourci. « C'est toi qui m'as demandé ce que j'allais faire au sujet de la Saison. »

Il soupire.

« J'étais furieux.

— Mais tu avais raison. »

Sa main tressaille sur la tienne.

« Et si je te demandais de ne pas le faire ? »

Tu ne ris pas. Si tu riais, ce serait d'un rire amer qu'il ne mérite pas. Non, tu soupires et te déplaces pour t'allonger, en le poussant jusqu'à ce qu'il t'imite. Comme il est un peu plus petit que toi, c'est toi la grande cuiller. Ce qui, bien sûr, te place le visage dans ses cheveux gris – mais comme il a profité des douches, lui aussi, ça ne te dérange pas. Il sent bon. Une odeur saine.

« Tu ne me le demanderas pas, affirmes-tu contre son cuir chevelu.

— Mais si je te le demandais ? »

Le ton est morne et las. Il ne pense pas ce qu'il dit. Tu l'embrasses dans la nuque.

« Je te répondrais *D'accord*, on se retrouverait à trois, et on vivrait heureux jusqu'au moment où les poumons de cendre nous tueraient. »

Il te reprend la main. Ce n'est pas toi qui as initié le contact, cette fois, mais ça ne te dérange pas.

« Promets-moi », dit-il.

Il s'endort sans attendre la réponse.

*
**

Quatre jours plus tard, vous arrivez à Rennanis.

Bonne nouvelle : vous n'avez plus à subir la pluie de cendre perpétuelle. Le rift est trop près, le Mur emporte vers le haut les particules les plus légères ; c'est un sujet d'inquiétude en moins. Malheureusement, il y en a un en plus : des bourrasques périodiques, chargées de matériau incendiaire – les lappili, ces minuscules morceaux de roche volcanique, trop gros pour être inhalés facilement, mais qui retombent brûlants. À en croire Danel, les Rennains appelaient ça la pluie d'étincelles, ça ne fait pas grand mal, mais il vaut mieux garder des conteneurs d'eau supplémentaires aux endroits stratégiques de la caravane, au cas où une des fameuses étincelles se prendrait on ne sait où et déclencherait un début d'incendie.

Plus théâtrale que les averses de lappili, la foudre danse sur la ligne d'horizon de la cité, à cause de la proximité du Mur. Les Innovateurs en sont tout excités car, d'après Tonkee, elle peut rendre bien des services si elle est assez fiable. (De la part de n'importe qui d'autre, une déclaration pareille te ferait ouvrir des yeux ronds.) Les éclairs ne touchent cependant jamais terre, ils frappent juste les immeubles les plus élevés, sur lesquels les précédents occupants des lieux ont monté des paratonnerres. Bref, ils sont inoffensifs. N'empêche qu'il va falloir s'y habituer.

Tu ne voyais pas Rennanis comme ça ; pas tout à fait. Oh, c'est une cité imposante ; le style équatorial, en veux-tu, en voilà : hydros fonctionnels, eau de source filtrée au robinet, grands murs d'obsidienne noirs gravés d'images terribles de ce qui arrive à l'ennemi… Son architecture est nettement moins belle et moins imposante que celle de Lumen, mais Lumen était la plus grande cité de l'Équatorial, alors que Rennanis méritait tout juste le titre de ville. « Un petit demi-million d'habitants » – tu te rappelles avoir entendu quelqu'un lâcher avec mépris cette courte description, il y a une vie. Mais, il y a deux vies, tu es née dans un humble village des Moyennord et, pour ce qui subsiste de Damaya, Rennanis offre toujours un spectacle impressionnant.

Il y a moins d'un millier de Castrimiens dans une ville qui abritait autrefois des centaines de milliers de gens. Ykka ordonne à tout le monde de s'installer dans le même petit groupe d'immeubles, près d'une des verdures de Rennanis (qui en compte seize). Les Rennains ont fort à propos appliqué aux bâtiments un code couleur dépendant de leur solidité structurelle, car le rift n'a pas totalement épargné la cité. Un X vert signifie qu'il n'y a pas de danger. Un Y jaune que les dommages subis risquent de provoquer l'effondrement, surtout en cas de secousse majeure. Le rouge est réservé à des constructions manifestement abîmées et dangereuses, mais qui présentent pourtant des signes d'occupation – peut-être les gens étaient-ils prêts à s'abriter n'importe où de la pluie d'étincelles. Les X verts se révélant bien assez nombreux pour Castrima, chaque maisonnée choisit un appartement meublé, en bon état, aux hydros et géos fonctionnels.

Des poules sauvages errent çà et là, ainsi que des chèvres, qui se sont même reproduites, mais les verdures ont payé les mois durant lesquels personne ne les a arrosées ni soignées, entre la mort dispensée par tes soins aux Rennains et l'arrivée des Castrimiens. Les stocks de graines n'en permettront pas moins de semer pissenlits et autres végétaux comestibles aux besoins en lumière réduits, y compris des plantes équatoriales de base comme le taro. Quant aux caches de la cité, elles débordent de pain, de fromage, de saucisses épicées bien grasses, de céréales, de fruits, de légumes verts et d'herbes conservés dans l'huile, etc. Certaines denrées, rapportées par l'armée en maraude, sont plus fraîches que d'autres, mais dans l'ensemble, il y a davantage de nourriture que ne pourrait en manger Castrima tout entière en organisant chaque soir un festin pendant les dix ans à venir.

Étonnant. Restent quelques menus problèmes.

Premièrement, le système de traitement de l'eau se révèle plus compliqué que personne ne s'y attendait. Il est entièrement automatisé, il fonctionne bien, jusqu'ici, mais si jamais il tombe en panne, nul ne saura remettre la machinerie en route. Ykka demande aux Innovateurs de se pencher sur la question ou de trouver une alternative pratique, au cas où.

« Tu crois vraiment que j'ai passé six ans à la Septième pour apprendre à virer la merde de l'eau des égouts ? » se plaint Tonkee, extrêmement ennuyée.

Malgré son mécontentement, elle consent cependant à se pencher sur la question.

Deuxièmement, il est impossible aux Castrimiens de garder les murailles de la cité. Elle est tout simplement trop vaste et eux trop peu nombreux. Ce qui vous protège, pour l'instant, c'est que personne ne vient en Équatorial s'il peut l'éviter. Mais si quelqu'un se lance à la conquête de la région, rien ne protégera la comm de ladite conquête, sinon ces murailles.

Ce problème-là n'a pas de solution. Les orogènes eux-mêmes ne sont pas tout-puissants en cas de guerre, surtout à l'ombre du rift, où l'orogénie est dangereuse. Or l'armée de Danel, composée de la population surnuméraire de Rennanis, nourrit à l'heure actuelle la multiplication rapide des bouilleurs dans les Moyennes sud-est – heureusement pour vous, ou elle vous traiterait comme les intrus que vous êtes. Ykka ordonne donc aux Reproducteurs d'augmenter la production de remplaçants, mais leur caste aura beau recruter le moindre commun en bonne santé, Castrima mettra plusieurs générations à disposer d'une population assez nombreuse pour veiller à sa sécurité. Il ne vous reste qu'à protéger de votre mieux le quartier de la cité que vous occupez. Tu surprends Ykka à marmonner dans sa barbe :

« Si jamais des envahisseurs arrivent, on les invite tous à entrer et on leur assigne des appartements. Ça devrait marcher. »

Troisièmement – c'est le problème le plus grave, du point de vue existentiel, sinon logistique –, les Castrimiens vivent à présent parmi les cadavres des vaincus.

Les statues sont omniprésentes. Dans les cuisines, où les gens lavaient la vaisselle. Dans les lits, qui se sont affaissés ou effondrés sous leur poids. Dans les escaliers des parapets et sur les remparts, où des gardes allaient relever d'autres gardes. Dans les salles communes, à boire du thé depuis longtemps réduit à son dépôt. Elles sont belles, à leur manière, avec leur crinière sauvage de quartz fumé, leur peau de jaspe poli, leurs vêtements de tourmaline, de turquoise, de grenat ou de citrine. Elles sourient, lèvent les yeux au ciel, bâillent d'ennui – car la vague de pouvoir expédiée par la Porte de cristal pour transformer les Rennains a été miséricordieusement rapide. Ils n'ont même pas eu le temps d'avoir peur.

Le premier jour, tout le monde évite de les toucher et de s'attarder dans leur champ de vision. Se comporter autrement serait… irrespectueux. Pourtant. Castrima a survécu à la fois à une guerre déclenchée par ces gens et à la vie de réfugié que lui a imposée cette guerre. Il serait également irrespectueux, envers ses propres morts, de laisser les remords éclipser cette vérité. Au bout d'un jour ou deux, les nouveaux venus commencent donc à… *accepter* les statues. De toute manière, ils ne peuvent pas faire grand-chose d'autre.

N'empêche que ça te tracasse.

Une nuit, tu vas traîner dehors. Non loin du complexe occupé se trouve un immeuble marqué d'un X jaune, très beau avec sa façade gravée de lierre et de motifs floraux, parfois incrustés d'une feuille d'or brillante – quoique écaillée. Les dorures capturent la lumière et accompagnent tes déplacements de leur scintillement, reflets mouvants grâce auxquels le bâtiment a l'air couvert d'une verdure vivante ondoyante. Il est plus vieux que la majorité des constructions rennaines, et il te plaît, tu ne sais trop pourquoi. Tu te rends sur le toit sans rien voir en chemin que des appartements peuplés de statues, comme d'habitude. La dernière porte est ouverte ; peut-être quelqu'un se trouvait-il là-haut quand le rift a frappé. Tu ne t'aventures évidemment à l'extérieur qu'après t'être assurée de la présence d'un paratonnerre. L'immeuble ne fait que six ou sept étages, mais c'est un des plus hauts de la ville. (*QUE six ou sept*, se moque Syénite. *QUE six ou sept ?* s'étonne Damaya, émerveillée. *Oui, QUE six ou sept*, ripostes-tu pour les faire taire.) À vrai dire, le paratonnerre est flanqué d'un château d'eau vide : du moment que tu ne touches aucune surface métallique ni ne t'attardes aux environs immédiats du premier, tu n'y laisseras sans doute pas la vie. Sans doute.

Hoa est là, tourné vers le mur nuageux du rift comme s'il avait été sculpté sur ce toit, le regard perdu au nord depuis la création des motifs floraux de la façade.

« Il n'y a pas autant de statues qu'il le devrait », dis-tu en t'arrêtant près de lui.

Tu ne peux t'empêcher de suivre son regard. De Rennanis, on ne voit toujours pas le rift proprement dit. Il semblerait qu'une jungle morte et quelques collines séparent la cité du monstre. Toutefois, le Mur seul est bien assez terrible.

Peut-être existe-t-il des horreurs existentielles plus faciles à affronter que d'autres, mais tu te rappelles avoir utilisé le pouvoir de la Porte contre ces gens, avoir distordu la magie entre leurs cellules et transmuté leurs composés infinitésimaux de carbone en silicate. Danel t'a bien dit que la ville était surpeuplée, au point qu'elle n'aurait jamais survécu sans lâcher sur le monde une armée de conquête. Les statues n'y sont pourtant pas si nombreuses, quoique certains signes tendent à prouver qu'il n'en a pas toujours été ainsi : certaines ont l'air en grande conversation, alors qu'elles n'ont aucun interlocuteur ; tu as vu deux convives pétrifiés, assis à une table dressée pour six ; dans l'un des plus grands immeubles à X vert, une effigie d'homme nu repose sur un lit, à jamais en érection, la bouche ouverte, les hanches soulevées, les mains disposées dans la position idéale pour tenir les jambes d'un ou une partenaire. Mais il n'y a pas trace de partenaire. La plaisanterie est aussi horrible que morbide.

« L'opportunisme commande la manière dont se nourrissent mes semblables », dit Hoa.

Et voilà. C'est exactement ce que tu craignais d'entendre.

« Ils doivent avoir sacrément faim. Il y avait un tas de gens ici. A priori, la plupart ont disparu.

— Nous stockons les ressources excédentaires pour plus tard. Comme vous. »

Tu te frottes le visage de ta main restante en essayant, sans y parvenir, de ne *pas* te représenter le garde-manger gigantesque d'un mangeur de pierre, débordant de statues de couleurs vives.

« Mort cruelle ! Alors qu'est-ce que tu me veux, franchement ? Je ne suis pas aussi… aussi *facile* à manger que ces gens-là.

— Les moins puissants de mes frères ont besoin de prendre des forces. Moi pas. » La voix de Hoa a très légèrement changé d'inflexion. Tu le connais, maintenant ; ce ton-là trahit le mépris. Hoa a énormément d'amour-propre (il le reconnaît lui-même). « Ce sont des créatures de mauvaise facture, faibles, guère supérieures aux animaux. Nous étions si seuls, les premières années, et nous n'avions aucune idée de ce que nous faisions. Nos tâtonnements ont donné les affamés. »

Tu hésites, parce que tu n'as pas vraiment envie de savoir… mais tu as laissé la lâcheté derrière toi depuis maintenant un an ou deux. Voilà pourquoi tu te raidis, te tournes vers lui et demandes :

« Tu es en train d'en fabriquer un autre, hein ? Grâce à… à partir de moi. Si ça n'a rien à voir avec la nourriture, en ce qui te concerne, c'est… c'est qu'il s'agit de reproduction. »

Une reproduction monstrueuse, si elle dépend de la mort par pétrification d'un être humain, mais sans doute le processus ne se cantonne-t-il pas à cela. Tu penses au kirkhusa du relais, à Jija, à la Castrimienne que tu as tuée. À la manière dont tu l'as frappée, *réduite en pièces* par magie, pour le non-crime qu'elle venait de commettre : t'obliger à revivre le meurtre d'Uche. Toutefois, le cadavre d'Albâtre ne ressemblait pas à ce que tu as fait de cette femme. Elle s'est transformée en tas de pierres fines de couleurs vives, lui en horrible rocher brun… mais sculpté avec finesse, avec précision, avec *soin*, alors qu'elle se réduisait sous sa beauté de surface à un désordre brouillon.

Hoa garde un silence qui répond en soi à ta question. Alors tu te rappelles enfin. Antimoine, juste après la fermeture de la Porte, mais avant que tu ne sombres dans le sommeil provoqué par le traumatisme magique. Un autre mangeur de pierre l'accompagnait, étrange dans sa blancheur, déconcertant dans sa familiarité. Terre cruelle ! Tu n'as aucune envie de savoir, mais…

« Antimoine s'est servie de ce… » Ce minuscule moignon de pierre brune. « Elle s'est servie d'*Albâtre*. Comme matériau de base pour… pour… Oh, rouille ! Pour créer un autre mangeur de pierre. Et elle lui a donné son aspect à *lui*. »

La haine que t'inspirait Antimoine est de retour, intacte.

« C'est lui qui a choisi son aspect. C'est toujours nous qui le choisissons. »

Le coup fait sortir ta fureur de sa spirale. Ton estomac se contracte, sans que la répugnance y ait cette fois aucune part.

« Ce… alors… » Tu inspires à fond, contrainte et forcée. « Alors c'est *lui* ? Albâtre. Il… il est… »

Tu ne peux pas. Impossible de dire ça à voix haute.

Un éclair. Hoa est maintenant tourné vers toi. Tu lis sur ses traits la compassion, mais aussi une sorte d'avertissement.

« La formation du réseau laisse parfois à désirer, Essun, déclare-t-il avec douceur. D'ailleurs, même quand il s'ordonne à la perfection, il y a… perte d'information. »

Tu trembles, alors tu n'as pas la moindre idée de ce qu'il veut dire. De quoi as-tu peur ? Tu le sais très bien. Ta voix enfle.

« Si c'est Albâtre, si je peux lui parler…

— Non.

— *Et pourquoi pas*, bordel de rouille ?

— D'abord, parce que c'est à lui d'en décider. » La voix de Hoa s'est quant à elle durcie. Il s'agit d'une réprimande. Tu tressailles. « Et, plus important, parce que nous sommes fragiles, au commencement. Il en va ainsi de toute créature nouvelle. Il nous faut des siècles… il faut des siècles à notre *personnalité* pour… refroidir. La moindre pression… toi, par exemple, exigeant qu'il se plie à tes besoins plus qu'aux siens… la moindre pression risque d'endommager la forme finale de son être. »

Tu recules, ce qui te surprend, car tu n'avais pas eu conscience de te planter sous son nez. Tu te voûtes.

Albâtre est vivant sans l'être. En tant que mangeur de pierre, ressemble-t-il seulement, même de loin, à l'homme de chair et de sang que tu as connu ? Et la réponse à cette question a-t-elle la plus infime importance, alors qu'il s'est transformé aussi totalement ?

« Je l'ai perdu, une fois de plus », murmures-tu.

Si immobile que paraisse Hoa un déplacement d'air te frôle brièvement le flanc. Une main touche soudain le dos de la tienne, dureté contre souplesse.

« Il va vivre éternellement, te rappelle Hoa, avec autant de douceur que peut en véhiculer sa voix caverneuse. Aussi longtemps que la Terre existera, quelque chose de lui existera. C'est toi qui risques toujours de disparaître totalement. » Une pause. « Mais si tu décides de ne pas terminer ce que nous avons commencé, je comprendrai. »

Tu lèves les yeux. Pour la deuxième ou la troisième fois seulement, il te semble le comprendre. Il sait que tu es enceinte. Peut-être le savait-il avant toi, bien que tu n'aies aucune idée de ce que ton état représente à ses yeux. Il sait aussi ce qui sous-tend tes pensées au sujet d'Albâtre, et il te dit que… tu n'es pas seule. Il n'est pas *vrai* que tu n'aies plus rien. Tu l'as, lui, tu as Ykka, Tonkee, Hjarka, peut-être, des amis qui te connaissent dans toute ta monstruosité de gèneuse et ne t'en acceptent pas moins. Tu as Lerna aussi, discrètement exigeant, obstiné ; un homme qui refuse de renoncer, ne tolère pas les faux-fuyants, ne fait pas mine de croire que l'amour efface la souffrance ; le père d'un enfant qui recevra certainement la beauté en partage, comme tous tes autres enfants. Beauté et pouvoir. Tu fermes les yeux sur tes regrets.

Ce qui ouvre tes oreilles aux bruits de la cité. À ta grande stupeur, le vent t'apporte un rire, assez fort pour s'élever de terre jusqu'à toi – en partant sans doute d'une verdure. Tu te rappelles alors que tu as aussi Castrima, si tu en veux. Cette comm ridicule à la population désagréable, toujours unie, si impossible que ce soit, pour laquelle tu t'es battue et qui s'est battue pour toi en retour, très à contrecœur. Un sourire incurve tes lèvres.

« Non, dis-tu. Je ferai ce qui doit être fait. »

Hoa te regarde.

« Tu en es sûre. »

Tu en es évidemment sûre. Rien n'a changé. Le monde est brisé et toi capable de le réparer, comme Albâtre et Lerna t'en ont tous deux chargée. Castrima te donne juste une raison de *plus* de t'en occuper, pas une de moins. Bon. Il est temps que tu arrêtes de te conduire en lâche et que tu te lances à la recherche de Nassun. Même si elle te déteste. Même si tu l'as laissée affronter seule un monde terrible. Même si tu es la pire mère de la Terre… tu as fait de ton mieux.

Peut-être cela signifie-t-il que tu privilégies un de tes enfants – celui qui a le plus de chances de vivre –, mais les mères y sont obligées depuis la nuit des temps : elles sacrifient le présent dans l'espoir d'un avenir meilleur. Et si le sacrifice se révèle plus difficile cette fois-ci… tant pis. Qu'il en soit ainsi. Après tout, les mères sont aussi là pour ça, et tu es une dix-anneaux rouillée. Tu vas t'occuper de tout.

« Bon, qu'est-ce qu'on attend ? demandes-tu.

— Toi, répond Hoa.

— Ah. On a combien de temps ?

— La Lune arrive à son périgée dans deux jours. Il m'en faut un pour t'emmener à Aunoyau.

— Très bien. » Tu inspires à fond. « J'ai quelques adieux à faire.

— Je peux emmener d'autres gens en même temps », annonce Hoa, avec une tranquillité parfaitement inexpressive.

Oh.

Tu en as envie, hein ? D'être accompagnée à la fin. De sentir derrière toi la présence discrète et implacable de Lerna. Et puis Tonkee sera furieuse de ne pas voir Aunoyau, si tu ne profites pas de l'occasion pour l'emmener ; Hjarka sera furieuse si tu emmènes Tonkee sans elle ; d'obscures raisons de mnésiste équatoriale poussent Danel à vouloir chroniquer la transformation du monde.

Ykka, en revanche…

« Non. » Tu te calmes et soupires. « Je ne pense décidément qu'à moi. Castrima a besoin de Ykka. Et ils ont tous assez souffert. »

Hoa se contente de te regarder. Comment un visage de pierre peut-il exprimer autant d'émotions ? Même si, en l'occurrence, il s'agit d'un scepticisme froid devant tes âneries pleines d'abnégation. Tu éclates de rire – un rire rouillé, extrêmement bref. Ça faisait longtemps.

« À mon avis, déclare Hoa d'une voix lente, ce n'est pas parce qu'on aime quelqu'un qu'on a le droit de choisir la manière dont il nous aime en retour. »

Une strate de constatation feuilletée à un point surprenant.

Mais bon. D'accord. Tu n'es pas seule concernée ; tu ne l'as jamais été. Tout change, en Saison – et, au bout du compte, une facette de ta personnalité en a assez de cette histoire de solitaire en quête de vengeance. Peut-être as-tu besoin d'un foyer, comme Nassun. Peut-être ne devrais-tu pas essayer de changer le monde sans aide.

« On va leur demander, décides-tu. Et puis on va partir à la recherche de ma petite fille. »

*
**

Destinataire : Yaetr Innovateur Dibars
Expéditrice : Alma Innovatrice Dibars

Je suis chargée de t'informer que ton financement a été suspendu. Tu es censé rentrer sur-le-champ à l'Université par les moyens les moins coûteux possible.

Et, puisque je te connais bien, laisse-moi ajouter ceci, mon ami. Tu crois à la logique. Tu crois même nos estimés collègues immunisés contre les préjugés et la politique, lorsqu'on les confronte aux faits purs et durs. C'est pourquoi, malgré les nombreuses disciplines que tu maîtrises, tu n'as jamais réussi à approcher, fût-ce de loin, le comité du Financement et des Allocations.

Nos fonds nous viennent de l'Antique Sanze. De familles si anciennes que leurs collections renferment des livres écrits avant la première des Universités – livres qu'elles ne nous laissent pas approcher. Dis-moi, Yaetr, comment ces familles ont-elles atteint une ancienneté pareille, à ton avis ?

Pourquoi le Sanze a-t-il duré aussi longtemps ? Pas grâce à la lithomnésie.

Tu ne peux pas aller voir ces gens et leur demander de financer un projet de recherche destiné à transformer les gèneurs en héros ! Tu ne peux pas, c'est tout. Ils s'évanouiraient et, à leur réveil, te feraient assassiner. Ils te détruiraient aussi sûrement qu'ils détruiraient n'importe quel danger menaçant leurs moyens d'existence et leur héritage. Je sais bien que tu ne te considères pas comme tel, mais c'est pourtant ce que tu es.

Si cette explication ne te suffit pas, voici une raison dont la logique trouvera peut-être grâce à tes yeux : les Gardiens se sont mis à poser des questions. J'ignore pourquoi. Nul ne sait ce qui motive ces monstres. Quoi qu'il en soit, c'est ce qui m'a poussée à soutenir par mon vote la majorité du comité, même si j'étais consciente de m'attirer ainsi ta haine. Je tiens à ta vie, mon ami ; je ne veux pas qu'on te retrouve mort au fond d'une venelle, un vitropoignard dans le cœur. Je suis désolée.

Bon voyage de retour.

12. Nassun, accompagnée

Le silence règne à Aunoyau.

Nassun le remarque dès que le véhimal qui lui a permis de traverser la planète émerge dans la gare correspondante, de l'autre côté du monde, c'est-à-dire dans un des étranges immeubles inclinés qui entourent l'énorme trou foré au centre de la cité. Elle appelle à l'aide, elle crie, elle pleure pendant que la porte du véhicule s'ouvre puis en traînant le corps flasque et inerte de son Gardien le long des couloirs silencieux qui mènent à des rues silencieuses. Schaffa est grand et lourd. Elle a beau essayer d'utiliser la magie de différentes manières pour mieux gérer son poids, ça ne mène à rien : d'une part, la magie n'est pas censée s'appliquer à quelque chose d'aussi brut et localisé ; d'autre part, la fillette a du mal à se concentrer sur le moment. Elle ne franchit qu'un ou deux croisements avant de s'effondrer, elle aussi, épuisée.

*
**

Je ne sais quel jour rouillé de quelle année rouillée.

Trouvé ces livres vierges. Ce n'est pas du papier, mais quelque chose de plus épais. Qui se plie mal. Tant mieux, peut-être, ou ce serait déjà tombé en poussière. Mes mots survivront éternellement ! Ha ! On ne peut en dire autant de ma raison rouillée.

Qu'écrire ? Innon en rirait et me conseillerait de parler de cul. Bon. Je me suis masturbé aujourd'hui, pour la première fois depuis qu'A m'a traîné jusqu'ici. En plein milieu, je me suis mis à penser à lui, et je n'ai pas réussi à jouir. Je suis peut-être trop vieux ? C'est ce que dirait Syène. Elle est juste en rogne que je sois quand même arrivé à la mettre enceinte.

J'oublie l'odeur d'Innon. Ici, tout a l'odeur de la mer, mais pas la même mer qu'à Meov. Une eau différente ? Innon avait l'odeur de celle de là-bas. Chaque fois que le vent se lève, je perds un peu de lui.

Aunoyau. Je déteste cet endroit.

*
**

Aunoyau n'est pas une ruine. Pas vraiment. C'est-à-dire que la ville n'est ni en ruine ni inhabitée.

La cité constitue à la surface de l'océan infini une anomalie de bâtiments – pas très grands, comparés à ceux de Lumen, récemment disparus, ou de Syl Anagist, depuis longtemps disparus. Toutefois, Aunoyau est unique, qu'on se réfère aux cultures présente ou passée. Ses structures robustes, métal immaculé, polymères bizarres et autres matériaux, sont capables de supporter les vents salés d'une force d'ouragan qui dominent cette face-ci de la planète. Les quelques plantes qui y poussent, dans les parcs dessinés à une époque reculée, n'ont plus rien des charmants ornements de serre qui ont eu la faveur des constructeurs ; les hybrides sauvages engendrés par ces jardins paysagers, énormes choses noueuses artistiquement sculptées par le vent, se sont depuis longtemps échappés des parterres et des conteneurs ordonnés pour envahir les trottoirs en fibre compressée. Contrairement à l'architecture de Syl Anagist, celle d'Aunoyau présente beaucoup d'angles aigus, censés minimiser la prise offerte au vent par les bâtiments.

Mais la cité ne se limite pas à ce qu'on en voit.

Aunoyau occupe le sommet d'un énorme bouclier volcanique sous-marin ; les premiers kilomètres du trou foré en son centre sont entourés d'un complexe creusé dans la roche où voisinent quartiers d'habitation, laboratoires et usines. Ces équipements, conçus à l'origine pour les besoins des géomestres et des géniums, en satisfont d'autres depuis fort longtemps... car c'est là, à l'envers d'Aunoyau, que se trouve Mandat, où on fabrique les Gardiens et où ils vivent en Saison.

Nous en reparlerons plus tard.

Pour l'instant, l'après-midi s'achève en surface, sous un ciel bleu d'un éclat saisissant, pointillé de quelques nuages épars. (Les Saisons qui commencent dans le Fixe ont rarement un impact sévère sur le climat de l'hémisphère opposé, du moins pas avant des mois, voire des années.) Comme il convient par cette belle journée, il y a foule dans les rues où Nassun se débat en pleurant, mais personne ne lève le petit doigt pour l'aider. À vrai dire, personne ou presque ne bouge – forcément, puisqu'il s'agit de mangeurs de pierre, aux lèvres de marbre rose, aux yeux de mica luisant, aux tresses tissées de pyrite dorée et de quartz transparent. Certains sont postés dans des escaliers que nul pied humain n'a foulés depuis des dizaines de milliers d'années. D'autres installés sur des appuis de fenêtre en pierre ou en métal qui se déforment sous leur poids inouï, figé depuis des décennies. L'une des créatures s'est assise contre un arbre, dont les racines l'entourent à présent ; les surfaces supérieures de ses cheveux et de ses bras, posés sur ses genoux relevés, sont couvertes de mousse. Elle regarde Nassun, avec intérêt, peut-être, mais seuls bougent ses yeux.

Ils regardent tous, sans rien faire, cette enfant humaine, rapide et bruyante, sangloter dans le vent salé jusqu'à ce que l'épuisement l'emporte. Alors elle s'assied où elle se trouve, en petit tas, les doigts toujours pris dans la chemise de Schaffa.

*
**

Autre jour de la même année (?).

Pas question de parler d'Innon ou de Cori. Interdit, à partir de maintenant.

Syène. Je sens sa présence. Je la sens, je ne la value pas. Il y a un obélisque ici, un spinelle, àmha. Quand je me ~~conec~~ connecte, on dirait que j'arrive à sentir tout ce à quoi ils sont connectés. L'améthyste suit Syène. Est-ce qu'elle s'en rend compte ?

D'après Antimoine, elle a réussi à gagner le continent, où elle ~~vague~~ vagabonde. Ce qui me donne l'impression de vagabonder, moi aussi. Il ne reste qu'elle, mais elle a tué… et merde.

Cité ridicule. Annimone avait raison, permet de déclencher la Porte de cristal sans cab de contrôle. (L'onyx. Trop puissant, trop dangereux, alignement trop rapide, et qui ferait la seconde correction de traj ?) Mais les rouilleux qui l'ont construite ont tout fourré dans ce trou débile. A m'en a un peu parlé. Grand projet, mon cul. Encore pire de le voir. Toute cette ville rouillée = théâtre du crime. Me suis baladé. Gros gros tuyaux au fond de la mer, ~~én~~ ÉNORMES ! Prêts à pomper quelque chose dans le trou pour l'emmener jusqu'au continent. La magie, d'après A. Il leur en fallait tant que ça ??? Plus que n'en donne la Porte !

Demandé à Titimoine de m'emmener dans le trou aujourd'hui. Non. Qu'est-ce qu'il y a dedans, hein ? Qu'est-ce qu'il y a.

*
**

Le crépuscule est presque là quand apparaît un autre mangeur de pierre. La foule de ses frères et sœurs, élégamment vêtus et colorés, le rend par contraste plus remarquable encore qu'à l'ordinaire, par sa teinte grise et son torse nu. Acier. Il reste quelques minutes posté près de Nassun, persuadé peut-être qu'elle va lever les yeux et s'apercevoir de sa présence, mais il n'en est rien.

« Les vents océaniques peuvent être froids, la nuit », finit-il par dire.

Silence. Les mains de Nassun s'ouvrent et se ferment dans les plis du tissu. Il ne s'agit pas d'un mouvement convulsif. C'est juste qu'elle est fatiguée. Elle tient Schaffa comme ça depuis le centre de la Terre.

Un peu plus tard, alors que le soleil baisse, Acier reprend :

« Il y a un appartement utilisable, dans un immeuble pas loin. La nourriture qui s'y trouve devrait toujours être comestible.

— Où ? » demande Nassun d'une voix rauque.

Elle a besoin de s'hydrater. Ni sa gourde ni celle de Schaffa ne sont vides, mais elle n'y a pas touché.

Acier change de position, le doigt tendu. Elle lève la tête pour regarder dans la direction indiquée ; une rue, d'une rectitude anormale, dont les pavés semblent mener droit à l'horizon. Elle se lève avec des gestes las, raffermit sa prise sur les vêtements de son compagnon et repart en le traînant.

*
**

Qui est-ce qu'il y a dans le trou, qu'est-ce qu'il y a dans le trou, où il va le trou, est-ce que je suis au fond du trou ?

Les MP m'ont apporté de bonnes choses aujourd'hui parce que je ne mange pas assez. Du coup, livraison spéciale, en provenance dirrecte de l'autre côté du monde. Sécher les graines, les planter. Ne pas oublier de rracler la tomate que j'ai jetée à A. Ha ha.

Les livres : presque écrits en sanze-mat. Caractères très semblables. Précurseurs ? Mots quasi reconnaissables. Vieil éturpique, hladdac, un peu de regwo de la première dynastie. Si seulement Shinash était là. Pousserait des hurlements en me voyant faire n'importe quoi avec des livres plus vieux que le monde. Tellement facile à rendre chèvre. Me manque.

Tout le monde me manque, même les gens du Fulcrum rouillé ! Les voix qui sortent des bouches me manquent. SYÉNITE arrivait à me faire manger, bande de cailloux parlants. SYÉNITE pensait à moi, elle ne se demandait pas seulement si j'étais capable de réparer ce monde dont je n'ai rien à foutre. SYÉNITE devrait être là avec moi, ~~je donnerais n'importe quoi pour qu'elle soit là avec moi~~

Non. Elle devrait m'oublier. Et ~~Inn~~ Meov aussi. Se trouver un crétin ennuyeux avec qui elle ait vraiment envie de coucher. Mener une vie ennuyeuse. Elle le mérite.

*
**

La nuit tombe avant que Nassun n'atteigne l'immeuble qu'elle cherche, mais Acier se matérialise alors devant une curieuse construction asymétrique, en forme de coin. Son mur le plus élevé fait face aux bourrasques, dont il protège son toit incliné, couvert de broussailles touffues, quoique torses. La couche de terre où elles prennent racine ne s'explique sans doute pas seulement par les apports du vent au fil des siècles. D'ailleurs, si anarchique que soit la végétation, sa disposition a l'air d'avoir été pensée. Et les buissons ont été taillés. Récemment. Pour faire de la place à un jardin. Les plantes qui s'y trouvent sont échevelées, elles aussi – de jeunes pousses sortent des fruits tombés et fendus, des vrilles serpentent n'importe où, à l'abandon –, mais la relative rareté des mauvaises herbes et les rangs distincts dessinés par les légumes signifient qu'il n'est à l'abandon que depuis un an ou deux. La Saison a commencé il y a près de deux ans.

Plus tard. La porte de l'immeuble s'ouvre d'elle-même en coulissant à l'approche de Nassun, puis se referme également d'elle-même lorsque l'arrivante a traîné Schaffa assez loin à l'intérieur. Acier apparaît dans le vestibule, montrant du doigt le haut de l'escalier. Nassun tire Schaffa jusqu'au pied des marches puis se laisse tomber près de lui, tremblante, trop épuisée pour aller plus loin.

Le cœur du Gardien reste puissant, c'est ce qu'elle se dit en se servant de sa poitrine comme oreiller. Les yeux clos, elle arrive presque à s'imaginer qu'il la serre dans ses bras, alors que c'est l'inverse. Maigre réconfort, mais qui suffit à lui permettre un sommeil sans rêves.

*
**

L'autre côté du monde
est de l'autre côté du trou.
I
L
Y
E
S
T

*
**

Le lendemain matin, Nassun entreprend de gagner les étages en traînant Schaffa. Heureusement, l'appartement se trouve au premier, juste derrière la porte de la cage d'escalier. Tout ce qu'y découvre la fillette lui paraît bizarre, quoique familier par sa destination. Les meubles comprennent un canapé, au dossier situé à l'extrémité de l'assise, et non derrière ; des chaises, dont l'une attachée à une sorte de grande table inclinée, peut-être destinée au dessin ; un lit, plus étrange encore, dans une pièce à part – il s'agit d'un grand hémisphère, composé d'un unique coussin de couleurs vives, sans draps ni couvertures. Quand Nassun s'y allonge, hésitante, il s'aplatit et s'adapte aux formes de son corps d'une manière extraordinairement confortable. Elle s'aperçoit aussi qu'il est chaud – en fait, il se réchauffe sous son poids jusqu'à éliminer les douleurs dues à sa nuit dans la cage d'escalier glaciale. Fascinée malgré elle, l'intruse l'examine de près et découvre à son grand saisissement qu'il *déborde* de magie. Il l'en a même recouverte. Les fils d'argent qui courent sur elle diagnostiquent ses problèmes physiques par contact avec ses nerfs puis « réparent » les endroits où elle souffre de meurtrissures ou d'égratignures ; d'autres frappent les particules du lit afin qu'elles s'échauffent par friction ; d'autres encore explorent la peau de son occupante, à la recherche d'infimes débris desséchés et de poussière à éliminer. Ça ressemble à ce qu'elle fait quand elle se sert de l'argent pour soigner ou couper, mais automatisé. Elle n'a pas la moindre idée de l'identité des gens qui ont fabriqué un lit pareil, capable de magie. Ni de ce qui les y a poussés. Elle n'a pas non plus la moindre idée de la manière dont ils l'ont convaincue de s'activer aussi gentiment, mais ça marche. Pas étonnant que les constructeurs des obélisques aient eu besoin d'autant d'argent, s'il leur tenait lieu de couvertures, de bains et de médicaments.

Schaffa s'est souillé pendant la nuit. Malgré la honte qu'elle en éprouve, elle le déshabille puis le nettoie avec les morceaux de tissu élastiques qui se trouvaient dans la salle de bains : ça vaut tout de même mieux que de le laisser baigner dans ses excréments. Ses yeux ont beau s'être rouverts, il ne bouge pas pendant qu'elle s'occupe de lui. Apparemment, ils s'ouvrent le jour et se ferment la nuit, mais elle peut bien lui parler tant qu'elle veut (le supplier de se réveiller, implorer son aide, lui dire qu'elle a besoin de lui), il n'a aucune réaction.

Elle le hisse sur le lit, où elle dispose sous ses fesses nues un tampon de tissu puis lui verse dans la bouche un filet d'eau. Les gourdes ne tardent pas à se vider, ce qui la persuade d'essayer de faire fonctionner – prudemment – la curieuse pompe de la cuisine. L'appareil n'a ni poignée ni levier, mais il suffit à Nassun de disposer un bidon sous le robinet pour que l'eau se mette à couler. En fille appliquée, elle commence par préparer une tasse de sain, afin de vérifier l'absence de contaminants. La sève séchée dissoute, la solution reste d'un blanc laiteux, aussi l'absorbe-t-elle elle-même avant de regagner le chevet de Schaffa pour lui donner davantage à boire. La tâche se révèle facile – sans doute avait-il très soif. Quand elle lui met ensuite des raisins dans la bouche, après les avoir fait tremper, il les mâche et les avale, mais lentement, sans énergie. Elle s'est mal occupée de lui.

Mais elle va faire mieux, elle y est bien décidée. Elle sort pour aller ramasser de quoi manger dans le jardin.

*
**

Syénite m'a donné la date. Six ans. Alors ça fait six ans ? Pas étonnant qu'elle soit aussi en rogne. Elle m'a dit d'aller m'enterrer, depuis le temps. Ne veut plus me voir. Un cœur de pierre. Je lui ai dit désolé, c'est ma faute. Tout est ma faute.

Ma faute. Ma Lune. Utilisé la clé de rechange aujourd'hui. (Lignes de vision, lignes de force, trois sur trois sur trois ? Disposition cubique, comme un bon petit réseau cristallin.) La clé déverrouille la Porte. Mais c'est dangereux d'attirer tous ces obélisques à Lumen. Il y a des Gardiens partout. Ils m'auraient avant. Mieux vaut fabriquer une clé supplémentaire avec des orogènes, et qui puis-je utiliser, hein ? Qui a assez de force ? Syène, non ; presque, mais pas tout à fait. Innon, non. Cori, oui, mais je ne le trouve pas. De toute manière, c'est un bébé, ça ne va pas. Les bébés. Des tas de bébés. Les opérateurs des nœuds ? Les opérateurs des nœuds !

Non. Ils ont assez souffert. Plutôt les seniors du Fulcrum.

Ou les opérateurs des nœuds.

Pourquoi devrais-je le faire d'ici ? Boucher le trou… le faire là-bas… Détruire Lumen. Le Fulcrum. Un tas de Gardiens.

Arrête de me casser les pieds, femme. Va dire à Innon de te baiser. Tu es toujours de mauvais poil quand tu n'as pas baisé. Demain, je saute dans le trou.

*
**

La routine s'installe.

Le matin, elle s'occupe de Schaffa ; l'après-midi, elle explore la cité et y déniche ce dont ils ont besoin.

Il n'est plus nécessaire ni de le laver ni d'éliminer ses déjections : étonnamment, le lit s'en charge. Nassun passe donc son temps à lui parler, à lui demander de se réveiller, à lui dire qu'elle ne sait pas quoi faire.

Acier disparaît, une fois de plus. Elle s'en fiche.

D'autres mangeurs de pierre se montrent cependant par moments, ou du moins perçoit-elle leur présence. Un matin, à son réveil sur le canapé, elle s'aperçoit qu'on l'a drapée d'une couverture. Grise, basique, mais chaude, ce dont elle se réjouit. Lorsqu'elle entreprend de réduire une de ses saucisses en charpie pour en tirer le gras, afin de fabriquer du suif – les bougies de son sac de survie ne vont pas tarder à s'épuiser –, elle trouve une des créatures dans l'escalier, le doigt plié pour lui faire signe de la suivre. Nassun obtempère. Son guide l'entraîne jusqu'à une plaque murale couverte de symboles bizarres et lui en montre un. Le dessin s'illumine d'argent au contact des doigts de Nassun puis envoie des filaments de magie lui explorer la peau en luisant d'un doux éclat doré. Le mangeur de pierre dit quelque chose dans une langue qu'elle ne connaît pas, avant de disparaître, mais quand elle regagne l'appartement, il y fait plus chaud et des lumières blanches tamisées se sont allumées au plafond. Il suffit de toucher des carrés incrustés dans les murs pour les éteindre.

Un après-midi, elle trouve en rentrant un autre mangeur de pierre, accroupi près d'un tas de choses hétéroclites, manifestement tirées d'une cache de comm : sacs de toile pleins de tubercules, de champignons ou de fruits séchés, grosse meule d'un fromage âcre très blanc, autres sacs, en peau ceux-là, de pemmican tassé, sacoches de riz et de haricots secs, plus un petit tonneau de sel – très précieux. La créature disparaît à l'approche de Nassun, qui ne peut donc la remercier. Elle souffle la cendre qui s'est déposée sur la nourriture avant de la ranger.

À son avis, l'appartement a servi récemment, de même que le jardin. Les signes d'occupation sont omniprésents, y compris des pantalons nettement trop grands pour elle, rangés dans les tiroirs à côté de caleçons d'homme. (Un jour, des vêtements qui lui vont, à elle, remplacent ceux-là. Soit un mangeur de pierre est intervenu, une fois de plus, soit la magie de l'appartement est encore plus sophistiquée qu'elle ne le pensait.) Les livres empilés dans une des pièces ont été pour la plupart fabriqués à Aunoyau – tout ce qui en est originaire présente un aspect particulier, trop net, pas franchement naturel, qu'elle apprend peu à peu à reconnaître. Quelques-uns ont cependant l'air normaux, avec leurs couvertures de cuir craquelé et leurs pages à l'odeur persistante d'encre et de produits chimiques. Certains sont écrits dans une langue indéchiffrable pour elle. Côtière.

L'un des premiers, composé d'un matériau bizarre, aux pages autrefois vierges, a été rempli à la main en sanze-mat. Nassun l'ouvre, s'assied et entame sa lecture.

*
**

SUIS ALLÉ
DANS LE TROU
NON
ne m'enterre pas
je t'en prie, Syène, NON, je t'aime, je suis désolé, protège-moi, surveille mes arrières et je surveillerai les tiens, personne d'autre n'a ta force, j'aimerais tellement que tu sois là, NON, je t'en prie

*
**

Aunoyau, cité en animation suspendue.

Nassun perd peu à peu la notion du temps. Il arrive que les mangeurs de pierre lui parlent, mais la plupart ne connaissent pas sa langue, et ils ne s'expriment pas assez souvent pour qu'elle apprenne les rudiments de la leur. Ils la fascinent, car elle s'est aperçue en les regardant que certains accomplissaient bel et bien des tâches précises. Une femme en malachite, postée parmi les arbres fouettés par le vent ; la fillette comprend à retardement qu'elle tient une branche en l'air, de côté, pour la faire pousser dans une direction donnée. Tous ces arbres a priori sculptés par le vent, mais en réalité un peu trop voyants, un peu trop artistiques dans leur déploiement et leurs torsions, ont été modelés de cette façon. Ça doit prendre des années.

À la limite de la ville, devant un des curieux poteaux qui dépassent de l'eau près de la rive – il ne s'agit pas vraiment de piles, juste de pieux en métal inutiles –, se tient en permanence une autre créature, la main levée. Il se trouve que Nassun est là un jour, quand ses contours se brouillent ; un bruit d'éclaboussures… et la main levée tient soudain par la queue un énorme poisson, qui se débat avec ardeur, une proie aussi grande que le corps de son pêcheur. Nassun n'ayant rien de particulier à faire nulle part, elle s'assied pour regarder. Au bout d'un moment, un mammifère océanique – les livres ont appris à la spectatrice l'existence de ces animaux, à l'allure de poisson, mais qui respirent de l'air – fend les flots jusqu'aux abords de la cité. Sa peau grise couvre un corps tubulaire ; de petites dents aiguës s'alignent le long de ses mâchoires. Lorsqu'il s'extirpe en partie de l'eau, Nassun constate qu'il est très vieux ; quelque chose dans les mouvements interrogateurs de sa tête lui fait aussi comprendre qu'il est aveugle. Les cicatrices pâlies qui s'entrecroisent sur son front montrent qu'il a eu le crâne très abîmé. Il pousse du museau le mangeur de pierre – qui, bien sûr, ne bouge pas –, mord le poisson et se met à en arracher, en engloutir de grosses bouchées, jusqu'à ce que la créature en lâche enfin la queue. Cela fait, le mammifère pousse un cri complexe, haut perché, une sorte de… gazouillis… ou de rire, se laisse couler dans l'eau et repart.

Un clin d'œil ; le mangeur de pierre est tourné vers Nassun. Elle se lève par curiosité pour aller lui parler, mais à peine est-elle debout qu'il a disparu.

Voici ce qu'elle en arrive à comprendre : il y a de la vie ici, parmi ces gens. Ce n'est pas la vie telle qu'elle la connaît, ce n'est pas une vie dont elle voudrait, mais ce n'en est pas moins de la vie. Elle en tire un certain réconfort, maintenant qu'elle n'a plus Schaffa pour lui dire qu'elle est une bonne fille et en sécurité. Ajoutée au silence, cette consolation lui donne le temps de pleurer ce qu'elle a perdu. Elle ne s'était pas rendu compte qu'elle en avait besoin.

*
**

Ma décision est prise.

Ça ne va pas. Il n'y a rien qui aille. Les choses sont parfois trop abîmées pour être réparables. Il faut les détruire complètement, balayer les décombres et repartir de zéro. Antimoine est d'accord. De même que certains des autres MP. Pas tous.

Ceux qui ne le sont pas n'ont qu'à rouiller. Ils ont détruit ma vie pour faire de moi leur arme ; je vais donc le devenir. C'est mon choix. Mon *commandement. Ça se fera à Lumen. Un commandement inscrit dans la pierre.*

Aujourd'hui, j'ai demandé des nouvelles de Syène. Je ne sais pas pourquoi je pense encore à elle. Mais Antimoine la garde à l'œil. (Pour moi ?) Syénite vit dans un petit trou de merde des Moyessud dont j'ai oublié le nom, où elle joue les enseignantes de crèche. Les bonnes petites fixes. Mariée, deux autres enfants. Qu'est-ce que tu en dis. La fille, je ne suis pas sûr, mais le garçon attire l'aigue-marine.

Stupéfiant. Pas étonnant que le Fulcrum nous ait accouplés. Et, malgré tout, on a fait un enfant magnifique. Mon fils.

Je ne les laisserai pas trouver le tien, Syène. Je ne les laisserai pas le prendre, lui griller le cerveau, l'attacher dans un fauteuil en fil de fer. Je ne les laisserai pas non plus trouver ta fille, en admettant qu'elle soit des nôtres ou même qu'elle ait le potentiel d'une Gardienne. Quand j'en aurai terminé, il n'y aura plus de Fulcrum. La suite ne sera pas facile, mais elle sera difficile pour tout le monde – riches et pauvres,

Équatoriaux et hors-comm, Sanziens et Arctiques, tout le monde saura. Pour nous, toutes les saisons sont Saisons. L'apocalypse sans fin. Ils auraient pu choisir une autre sorte d'égalité. On aurait pu vivre dans le confort et la sécurité, tous ensemble, mais ils n'ont pas voulu. Maintenant, il n'y aura plus de sécurité pour personne. Peut-être est-ce nécessaire pour qu'ils comprennent enfin : il faut que ça change.

Alors je vais mettre le point final et ramener la Lune. (Le premier ajustement de trajectoire ne devrait pas me pétrifier. ~~*À moins que je ne sous-estime*~~ *Sans doute pas.) Je ne suis bon qu'à ça, de toute manière.*

Après… ce sera à toi de jouer, Syène. Améliore les choses. Je t'ai dit que ce n'était pas possible, je sais, mais je me trompais. Je casse tout parce que je me trompais. Repars de zéro, tu avais raison, change *les choses. Améliore-les, pour les enfants qu'il te reste. Crée un monde où Corindon aurait pu être heureux. Un monde où les gens comme nous, toi, moi, Innon et notre adorable petit garçon, notre magnifique petit garçon, aurions pu connaître une complétude prolongée.*

D'après Antimoine, je le verrai peut-être. On ne va pas tarder à le savoir. Ah, la rouille. Je procrastine. Elle attend. Aujourd'hui, je retourne à Lumen.

Pour toi, Innon. Pour toi, Cori. Pour toi, Syène.

***

La nuit, Nassun voit la Lune.

La première fois qu'elle a remarqué en regardant dehors l'étrange blancheur lumineuse qui dessinait les contours des rues et des arbres, elle en a été terrifiée. Quand elle a levé les yeux, une sphère blême imposante était là, dans le ciel. Énorme : plus grosse que le soleil, tellement plus que les étoiles, laissant derrière elle une légère traînée luminescente – le dégagement gazeux produit par la glace qui a adhéré à la surface lunaire au fil du temps, mais Nassun n'en a aucune idée. Ce qui la surprend vraiment, c'est la *couleur* de l'apparition. Laquelle reste pour elle un mystère, car elle en sait ce que lui en a dit Schaffa, rien de plus : c'est un satellite, l'enfant perdu du Père Terre, un corps céleste qui reflète la lumière du Soleil. Voilà pourquoi elle s'attendait à le voir jaune. S'être trompée à ce point la met mal à l'aise.

Malaise qu'accentue le *trou* percé presque au centre de l'astre : une obscurité immense, béante, qui évoque la pupille d'un œil. La sphère est encore trop petite, pour l'instant, mais Nassun se demande si, plus tard, en regardant assez longtemps, elle n'arrivera pas à voir par ce trou les étoiles qui se trouvent de l'autre côté.

D'une certaine manière, ce serait logique. Ce qui s'est passé il y a une éternité, ce qui a provoqué la perte de la Lune, était sans doute cataclysmique à plusieurs niveaux. Si la Terre a subi l'Éclatement à cette occasion, eh bien, il paraît normal que la Lune en conserve elle aussi quelques cicatrices. Nassun frotte du pouce la paume de la main dont sa mère a brisé les os, il y a une vie de cela.

À force de contempler le satellite depuis le jardin du toit, elle finit pourtant par y voir une certaine beauté. C'est un œil de givre ; elle n'a donc aucune raison de ne pas l'aimer. Il lui rappelle l'argent, dont la spirale s'enroule dans les coquilles d'escargot, par exemple.

Il lui rappelle Schaffa – qui veille ainsi sur elle à sa manière ; elle se sent moins seule.

Elle s'aperçoit avec le temps qu'il lui est possible d'utiliser les obélisques pour avoir conscience de la Lune. Le saphir a beau se trouver de l'autre côté de la planète, certains de ses frères flottent ici, au-dessus de l'océan, de plus en plus proches, car elle les attire. Après les avoir exploités et apprivoisés à tour de rôle, elle sent (il ne s'agit pas de valuation) avec leur aide que le satellite perdu ne va pas tarder à passer au plus près de la Terre. Si elle le laisse faire, il va ensuite s'en éloigner, une fois de plus, rapetissant rapidement dans le ciel jusqu'à disparaître. À moins qu'elle n'ouvre la Porte et ne le tire vers la Terre pour changer le monde. La cruauté du statu quo ou le réconfort de l'oubli. Le choix lui paraît clair… à un détail près.

Une nuit, perdue dans la contemplation de la grosse sphère blanche, elle dit tout haut :

« Tu l'as fait exprès, hein ? De ne pas me dire ce qui allait arriver à Schaffa. Tu voulais te débarrasser de lui. »

La montagne qui s'attardait à proximité se déplace légèrement pour se poster derrière elle.

« J'ai essayé de te prévenir. »

Elle se retourne. Son expression arrache à Acier un petit rire, où perce l'autodérision. Il s'interrompt toutefois quand elle reprend :

« Si jamais il meurt, je t'en voudrai plus à toi que je n'en veux au monde. »

Elle a commencé à comprendre qu'il s'agit d'une guerre d'usure. Depuis son arrivée à Aunoyau, il y a des semaines ou des mois (?), l'état de Schaffa a visiblement empiré ; sa peau est d'une pâleur affreuse, sa chevelure terne et cassante. Personne n'est censé rester allongé sans bouger, à cligner des yeux, la tête vide, des semaines d'affilée. Aujourd'hui, il a fallu qu'elle lui serve de coiffeuse. Le lit empêche ses cheveux de se salir, mais ils sont devenus gras et, depuis peu, emmêlés. Sans oublier que quand elle l'a retourné sur le ventre, hier, quelques mèches ont dû s'enrouler autour de son bras et lui couper la circulation sans qu'elle s'en aperçoive. (Elle le couvre d'un drap, bien que la chaleur du lit rende cette précaution inutile. Sa nudité la dérange, parce qu'il y perd sa dignité.) Ce matin, lorsqu'elle a enfin pris conscience du problème, Schaffa avait le bras très pâle, presque grisâtre. Elle l'a dégagé et frotté, dans l'espoir d'y ramener un peu de couleur, mais il a mauvais aspect. Elle ne sait pas ce qu'elle va faire, si ça annonce un vrai problème. Elle risque de perdre Schaffa tout entier de cette manière, lentement mais sûrement ; il risque de mourir morceau par morceau, du seul fait qu'elle avait moins de neuf ans au début de la Saison, qu'elle n'en a pas encore onze et que personne, en crèche, ne lui a appris à s'occuper d'un invalide.

« S'il vit, répond Acier de sa voix atone, il ne connaîtra plus un instant qui ne soit atroce souffrance. »

Il s'interrompt, ses yeux gris fixés sur Nassun, en qui résonnent ses mots, le déni, la peur terrible, de plus en plus grande, qu'il n'ait raison.

Elle se lève.

« Il faut que j… j'arrive à le soigner.

— Tu ne peux pas. »

Elle serre les poings. Pour la première fois depuis des siècles, lui semble-t-il, quelque chose d'elle cherche les strates alentour, c'est-à-dire le bouclier volcanique sur lequel est construit Aunoyau… mais quand elle l'« empoigne » par orogénie, elle s'aperçoit non sans surprise qu'il est, *ancré*, si l'on peut dire. Cette constatation la distrait momentanément en l'obligeant à passer à l'argent… qui lui permet de découvrir les solides piliers de magie scintillants plantés dans les fondations du volcan afin de le maintenir en place. Il est toujours actif, mais il n'entrera jamais en éruption, à cause de ces colonnes. Malgré le trou foré en son centre jusqu'au cœur de la Terre, sa stabilité est digne du socle rocheux.

Nassun écarte ces pensées hors de propos pour exprimer enfin celle qui a pris forme dans son esprit, au fil de son séjour parmi les habitants de pierre d'Aunoyau :

« Si… si je le change en mangeur de pierre, il vivra. Sans souffrir. Hein ? » Acier ne répond pas. Dans le silence qui s'étire, elle se mord la lèvre. « Alors maintenant, il faut me dire comment… comment le transformer. Je suis prête à parier que j'y arriverai, avec la Porte. J'arriverais à faire n'importe quoi. Mais… »

Mais. La Porte de cristal ne fait pas dans le détail. Nassun sent, value, *sait* que la conjonction des obélisques la rend momentanément omnipotente, mais elle sait aussi qu'il est impossible de s'en servir pour affecter un unique être humain. Si elle change Schaffa en mangeur de pierre, le moindre être humain de la planète changera en même temps que lui. La moindre comm, la moindre bande de hors-comm, le moindre vagabond affamé – des milliers de villes en état d'animation suspendue au lieu d'une. Le monde entier semblable à Aunoyau.

Est-ce vraiment si terrible ? En admettant qu'il ne reste que des mangeurs de pierre, il n'y aura plus ni fixes ni orogènes. Ni enfants pour mourir ni pères pour les tuer. Les Saisons viendront et s'en repartiront sans avoir d'importance. Personne ne mourra plus de faim. Rendre le monde entier aussi paisible qu'Aunoyau… ne serait-ce pas miséricordieux ?

Le visage d'Acier, levé vers la Lune malgré ses yeux posés sur Nassun, pivote lentement dans sa direction. Le voir bouger lentement est toujours déroutant.

« Sais-tu ce qu'on éprouve quand on vit à jamais ? »

Elle cligne des yeux, déconcertée. Elle s'attendait à une dispute.

« Hein ? »

Le clair de lune transforme Acier en masse d'ombres dures, blanc et encre sur fond de jardin grisé.

« Je t'ai demandé si tu sais ce qu'on éprouve quand on vit à jamais, reprend-il d'une voix presque suave. Comme moi. Comme ton Schaffa. As-tu la moindre idée de son âge ? Cela t'*intéresse*-t-il ?

— B… » Elle allait dire que oui, bien sûr, mais hésite. Non. Elle n'y avait jamais pensé. « Je… je ne sais…

— D'après mes estimations, coupe Acier, les Gardiens vivent en général trois ou quatre cents ans. Es-tu capable d'imaginer un laps de temps pareil ? Pense aux deux dernières années. À ta vie depuis le début de la Saison. Imagine une autre de ces années. Tu en es capable, je pense ? Ici, à Aunoyau, chaque jour s'étire comme un an, du moins les tiens me l'ont-ils dit. Maintenant, rassemble ces trois ans et multiplie-les par *mille*. »

Il a accentué le mot avec dureté et précision. Nassun sursaute malgré elle.

Et, malgré elle, réfléchit. Elle se sent vieille, à l'âge respectable de dix ans. Il s'est passé tant de choses, depuis le jour où elle a découvert en rentrant chez elle son petit frère mort, allongé par terre. Elle est à présent quelqu'un de différent, qui ressemble à peine à Nassun ; il lui arrive de s'étonner que ce soit toujours son nom. Ne sera-t-elle pas plus différente encore dans trois ans ? Dix ? Vingt ?

Acier reste silencieux en attendant que l'expression de la fillette se modifie – peut-être veut-il une preuve qu'elle l'écoute.

« J'ai toutefois des raisons de croire que ton Schaffa est beaucoup, beaucoup plus vieux que la plupart des Gardiens, reprend-il alors. Il n'appartient pas vraiment à la première génération, dont les représentants sont tous morts depuis longtemps, incapables de supporter une chose pareille, mais il fait partie de ceux qui ont été créés dans les commencements. Les langues qu'ils parlent, vois-tu ; elles sont toujours révélatrices. Ils ne les oublient jamais totalement, même quand ils perdent le souvenir du nom qu'on leur avait donné à la naissance. »

Nassun se rappelle : Schaffa connaissait la langue du véhicule dans lequel ils ont traversé la Terre. Il est donc né à une époque où on la parlait encore, idée qu'elle trouve des plus bizarres. Ça veut dire qu'il a… elle ne peut seulement l'imaginer. L'Antique Sanze est censé avoir connu sept Saisons, huit en comptant celle qui vient de s'installer. Près de trois mille ans. Mais le cycle de rapprochement et d'éloignement de la Lune a commencé bien avant, et Schaffa s'en souvient, ce qui signifie… Il est très, très vieux, oui. Nassun fronce les sourcils.

« Il est rare d'en trouver un capable de tenir aussi longtemps », continue Acier d'un ton tranquille, quasi aimable. Il pourrait aussi bien parler des voisins que côtoyait la fillette à Jekity. « La pierre-noyau leur fait trop mal, comprends-tu. La fatigue les ronge, ils deviennent négligents, puis la Terre les contamine peu à peu et sape leur volonté. Une fois le processus entamé, ils ne durent guère. Le Père les utilise, à moins que ce ne soient leurs collègues, jusqu'à ce qu'ils ne présentent plus aucune utilité et que l'un ou l'autre camp les élimine. Ton Schaffa est toujours là, ce qui témoigne de sa force. Ou d'autre chose, je ne sais. Ce qui tue les autres, vois-tu, c'est de perdre ce dont les gens ordinaires ont besoin pour être heureux. Imagine ce qu'il en est, Nassun. Voir mourir tous ceux que tu connais et que tu aimes. Voir mourir ton foyer et être obligée d'en trouver un autre… encore et encore et encore. Imagine ne jamais oser devenir intime avec personne. Ne jamais avoir d'amis, parce que tu leur survivras à tous. Te sens-tu seule, petite Nassun ?

— Oui », admet-elle, avant de penser à s'abstenir de répondre.

Elle a oublié sa colère.

« Imagine une éternité de solitude. » Un très léger sourire étire les lèvres d'Acier, elle s'en rend enfin compte. Depuis le début. « Imagine vivre ici, à Aunoyau, pour l'éternité, sans avoir personne d'autre que moi à qui parler… quand je suis disposé à répondre. Comment crois-tu que ce serait ?

— Horrible. »

Elle a répondu tout bas, cette fois.

« Oui. Alors laisse-moi t'exposer ma théorie : à mon avis, ton Schaffa a survécu parce qu'il aimait ses pupilles. Toi, et d'autres que toi. Vous avez adouci sa solitude. Il t'aime réellement, n'en doute jamais. » Elle ravale la douleur sourde qui lui taraude la gorge. « Mais il a aussi besoin de toi. Grâce à toi, il est heureux. Grâce à toi, il est *humain*, alors que le temps aurait dû le transformer, il y a de cela des siècles. »

Sur ces mots, Acier bouge, une fois de plus. Un mouvement inhumain par sa régularité, Nassun le comprend enfin. Les gens modulent leur vitesse cinétique en fonction des besoins. Acier fait tout de la même façon. On a l'impression de voir fondre une statue. À présent, il se tient très droit, les bras écartés, comme pour dire *Regarde-moi*.

« J'ai quarante mille ans. À quelques millénaires près. »

Nassun le regarde, en effet. Ce qu'il vient de dire lui rappelle le charabia du véhimal : des mots quasi compréhensibles. Quasi. Pas tout à fait. Ils ne sont pas exactement réels.

Qu'éprouve-t-on, franchement ?

« À l'ouverture de la Porte, tu mourras, poursuit Acier, après avoir donné à son interlocutrice le temps de digérer sa réplique précédente. Peu de temps après, en tout cas. Quelques décennies. Quelques minutes. C'est pareil. Quoi que tu fasses, Schaffa te perdra. Il perdra le seul et unique moyen de préserver son humanité, malgré les efforts du Père Terre pour dévorer sa volonté. Il ne trouvera personne d'autre à aimer… pas ici, et il ne pourra pas regagner le Fixe, à moins d'être prêt à reprendre la route des profondeurs. Alors qu'il guérisse, d'une manière ou d'une autre, ou que tu le changes en un des miens, il n'aura pas le choix. Il devra continuer à vivre seul, en se languissant de quelque chose qui lui fera défaut à jamais. » Lentement, les bras d'Acier se rabaissent à ses côtés. « Tu n'as aucune idée de ce que c'est. »

Puis, avec une soudaineté saisissante, il se tient juste devant Nassun. Sans floutage, sans avertissement – en un clin d'œil, il est *là*, penché pour se trouver nez à nez avec elle, si près qu'elle sent la caresse du déplacement d'air, qui véhicule l'odeur du terreau, et qu'elle distingue les différentes couches de pierre grise dont sont striés ses iris.

« *Mais moi si* », hurle-t-il.

Elle recule en sursaut, la bouche ouverte sur un cri involontaire. Mais, d'un battement de paupières à l'autre, Acier a repris sa position précédente, très droit, les bras le long du corps, le sourire aux lèvres.

« Alors réfléchis bien. » Son ton est redevenu aussi tranquille que s'il ne s'était rien passé. « Réfléchis avec autre chose que l'égoïsme d'une enfant, petite Nassun. Et pose-toi la question : quand bien même je pourrais t'aider à sauver le tas de merde sadique et autoritaire qui te sert en ce moment de figure paternelle adoptive, pourquoi le ferais-je ? Mon pire ennemi en personne ne mérite pas un destin pareil. Personne ne le mérite.

— Sch… Schaffa a peut-être envie de vivre, balbutie courageusement la fillette, qui pourtant tremble encore.

— C'est possible, mais le devrait-il ? Existe-t-il une créature qui devrait vivre à jamais ? Telle est la question. »

Le fardeau absent d'innombrables années pèse à Nassun et lui donne par ricochet honte d'être une enfant. Mais c'est au fond une enfant généreuse, à qui il est impossible de ne pas éprouver à l'égard d'Acier autre chose que la colère habituelle, maintenant qu'elle connaît son histoire. Elle détourne nerveusement les yeux.

« Je… je suis désolée.

— Moi aussi. » Silence. Elle rassemble lentement ses esprits. Lorsque enfin elle rend son attention au mangeur de pierre, il a perdu le sourire. « Quand tu auras ouvert la Porte, je ne pourrai plus t'arrêter. Je t'ai certes manipulée, mais le choix t'appartient toujours, au bout du compte. Réfléchis-y. Moi, je vivrai jusqu'à la mort du Père Terre. Tel est le châtiment dont il nous a frappés : nous sommes devenus parties de lui, enchaînés, destin à destin. Le Père n'oublie ni ceux qui l'ont poignardé dans le dos… ni ceux qui nous ont mis le poignard entre les mains. »

Nassun cligne des yeux à ce *nous*… mais les interrogations qu'il lui inspirait se diluent dans le chagrin terrible qui l'envahit à la pensée de son incapacité à guérir Schaffa. Jusqu'ici, quelque chose en elle nourrissait l'espoir irrationnel qu'Acier avait toutes les réponses, puisqu'il est adulte, y compris un moyen quelconque de sauver le Gardien. Elle sait maintenant que c'était un espoir idiot. Enfantin. Elle est une enfant. Et le seul adulte à qui elle ait jamais pu se fier va mourir, nu, douloureux, impuissant, sans pouvoir lui dire adieu.

C'en est trop. Elle s'affaisse, recroquevillée, un bras autour des genoux, l'autre replié sur la tête pour qu'Acier ne la *voie* pas pleurer, même s'il sait ce qu'il en est.

Le spectacle le fait rire très bas mais, étonnamment, sans méchanceté.

« Nous garder en vie, tous autant que nous sommes, n'est que cruauté, reprend-il. Épargne-nous d'autres souffrances, Nassun. Au Père Terre, à Schaffa, à toi et moi… tous autant que nous sommes. »

Il disparaît alors, la laissant seule sous la Lune blanche, de plus en plus imposante.

Syl Anagist : zéro

Un instant au présent, avant que je ne retourne au passé.

Dans les ombres brûlantes et fumantes, soumis à la pression insupportable d'un lieu sans nom, j'ouvre les yeux. Je ne suis plus seul.

Une des miennes s'extirpe de la pierre. Visage anguleux et froid, aussi patricien et élégant qu'il convient à une statue. Elle s'est débarrassée du reste, mais a conservé la pâleur de ses origines ; j'en prends enfin conscience, au bout de dizaines de milliers d'années. Toutes ces réminiscences m'ont empli de nostalgie.

Voilà pourquoi je le dis tout haut :

« Gaewha. »

Elle tressaille à peine. Jamais l'un de nous n'arrivera plus près d'une expression de… de déjà-vu ? De surprise ? Nous avons été frère et sœur, autrefois. Amis. Puis, par la suite, rivaux, ennemis, étrangers, légendes. Depuis peu, alliés précautionneux. Je m'aperçois que je contemple une partie de ce que nous avons été, mais non la totalité. La totalité, je l'ai oubliée, tout comme elle.

« Était-ce mon nom ? demande-t-elle.

— Ça y ressemble.

— Mmh. Et toi, tu étais… ?

— Houwha.

— Ah. Bien sûr.

— Tu préfères Antimoine ? »

Autre mouvement imperceptible – l'équivalent d'un haussement d'épaules.

« Je n'ai pas de préférence. »

Moi non plus. Voilà ce que je réponds en mon for intérieur, mais ce n'est pas vrai. Jamais je ne t'aurais donné mon nouveau nom, Hoa, sinon en hommage à ce que je me rappelle de l'ancien. Mais je me vautre dans mes rêveries.

« Elle veut provoquer le changement, dis-je tout haut.

— J'ai remarqué », acquiesce Gaewha, Antimoine, qui et quoi qu'elle soit à présent. Une pause. « Regrettes-tu ce que tu as fait ? »

Question idiote. Nous regrettons tous ce jour-là, de différentes manières et pour différentes raisons. Je n'en réponds pas moins :

« Non. »

Il me semble qu'elle devrait commenter à son tour cette réponse, mais sans doute n'y a-t-il en réalité rien à ajouter. Elle produit d'infimes bruits en s'installant dans la roche. En se mettant à l'aise. Dans l'intention d'attendre en ma compagnie. J'en suis heureux. Certaines choses sont plus faciles à affronter à plusieurs.

*
**

Albâtre s'est toujours abstenu de te confier certains de ses secrets.

Je le sais, parce que je l'ai étudié ; après tout, il fait partie de toi. Mais il n'est pas nécessaire que tous les protégés de tous les enseignants soient conscients du moindre vacillement de leur mentor sur le chemin de la maîtrise. À quoi bon ? Aucun de nous ne l'a atteinte en un jour. Quand la société à laquelle nous appartenons nous trahit, le processus de maturation comporte plusieurs phases. L'hypocrisie, la découverte de la différence, les mauvais traitements inexplicables ou incongrus nous tirent brutalement de notre complaisance. Suit une période d'égarement – nous sommes contraints de désapprendre ce que nous prenions pour la vérité, de nous immerger dans une nouvelle vérité puis de décider qu'en faire.

Certains se plient à leur destin. Ils ravalent leur fierté, oublient la nouvelle vérité, embrassent le mensonge de tout leur être – parce qu'ils décident qu'ils ne valent pas grand-chose. Forcément : si une société tout entière s'est vouée à leur assujettissement, ils ne peuvent que le mériter, n'est-ce pas ? D'ailleurs, même si tel n'était pas le cas, lutter serait trop douloureux ; ce n'est pas possible. Au moins, leur choix leur apporte un certain apaisement. Fugace.

L'alternative consiste à exiger l'impossible. Ce n'est pas juste, chuchotent-ils, sanglotent-ils, hurlent-ils. Ce qu'on leur a fait n'est pas juste. Ils ne sont *pas* inférieurs. Ils ne méritent pas ça. C'est donc à la société de changer. On peut aussi trouver l'apaisement de cette manière, mais pas avant qu'il n'y ait conflit.

Nul n'en arrive là sans un ou deux faux départs.

Dans sa jeunesse, Albâtre aimait avec facilité et insouciance. Certes, la colère le tenaillait, même à l'époque ; bien sûr. Les enfants sont très conscients des injustices qui leur sont faites. Mais il avait choisi de coopérer, momentanément.

Une des missions que lui avait assignées le Fulcrum lui a fait croiser le chemin d'un universitaire. Lequel lui a inspiré un intérêt qui n'excluait pas le désir : l'érudit était bel homme, d'une timidité charmante face aux galanteries de son interlocuteur. S'il n'avait été occupé par des fouilles qui ont mis au jour une antique cache de mnésie, l'histoire s'arrêterait là. Albâtre l'aurait aimé puis quitté, à regret peut-être, mais plus probablement sans en souffrir.

Au lieu de quoi son amant lui a montré ce qu'il avait découvert. Il existait à l'origine plus de trois tablettes de lithomnésie, Albâtre te l'a dit. Et la Tablette troisième a été réécrite par le Sanze. J'irai plus loin : elle a été *re*-réécrite par le Sanze ; ce n'était pas la première fois. Car, vois-tu, elle parlait dans sa version originale de Syl Anagist et de la Lune disparue – sujets qui, pour diverses raisons, avaient été jugés tabous à plusieurs reprises au fil des millénaires. Personne n'a réellement envie d'affronter le fait que le monde est ce qu'il est par la faute d'ancêtres si arrogants, si égocentriques qu'ils ont cherché à réduire en esclavage la planète même. Et personne n'était prêt à admettre qu'il existait à tous les problèmes une solution fort simple : laisser les orogènes vivre, prospérer et faire ce pour quoi ils étaient faits.

Cette mnésie a bouleversé Albâtre au point qu'il s'est enfui. C'en était trop pour lui. Il ne supportait pas de savoir que tout ce qui arrivait était déjà arrivé auparavant ; qu'il descendait d'un peuple bafoué, dont les ancêtres l'avaient également été ; que *le monde tel qu'il le connaissait ne pouvait fonctionner sans réduire une partie de sa population en esclavage.* À l'époque, il ne voyait pas comment mettre fin au cycle en demandant l'impossible à la société. Il a craqué, et il s'est enfui.

Sa Gardienne l'a retrouvé, bien sûr. À trois quartants de l'endroit où il était censé être, ne sachant absolument pas où il allait. Au lieu de lui casser la main – ils n'utilisaient pas les mêmes techniques, avec les orogènes de haut rang comme lui –, Leshet l'a entraîné dans une taverne, où elle lui a payé à boire. Il lui a confessé en pleurant dans son verre qu'il ne supportait plus le monde tel qu'il était. Il avait cherché à se soumettre, à embrasser les mensonges, mais *ce n'était pas juste.*

Elle l'a consolé puis ramené au Fulcrum, où on lui a laissé un an pour se remettre. Pour accepter une fois de plus les règles et le rôle créés à son intention. Un an pendant lequel il a connu un certain contentement, je crois ; Antimoine le croit, en tout cas, et c'est elle qui le connaissait le mieux, à l'époque. Il s'était calmé, il faisait ce qu'on attendait de lui – il a produit trois enfants, et il s'est même porté volontaire pour enseigner aux juniors les plus doués. Il n'a cependant jamais eu l'occasion de le faire, car les Gardiens avaient décidé que sa fuite ne pouvait rester impunie. Lorsqu'il a fait la connaissance d'un autre dix-anneaux, Hessonite, dont il est tombé amoureux…

Je te l'ai déjà dit, ils n'utilisent pas les mêmes techniques avec les orogènes de haut rang.

Moi aussi, un jour, je me suis enfui. D'une certaine manière.

*
**

Le lendemain de notre retour, après la sortie destinée à nous accorder. Je suis différent. Le jardin de lumière pourpre que je regarde par la fenêtre à nématocystes a perdu sa beauté à mes yeux. Le clignotement des fleurs-étoiles m'apprend qu'elles ont été conçues par un génégénium, qui les a connectées au réseau énergétique de la cité pour qu'elles puissent être nourries d'un peu de magie. Comment aurait-on obtenu ce scintillement, autrement ? Les motifs élégants dessinés par le lierre sur les immeubles environnants m'apprennent que, quelque part, un biomestre cherche à déterminer combien de lammotyrs de magie peut produire cette harmonie. La vie est sacrée à Syl Anagist – sacrée, lucrative, *utile*.

Voilà ce que je pense, d'où ma très mauvaise humeur à l'arrivée d'une contrôleuse subalterne. Stahnyn. J'aime bien Stahnyn, en principe. Elle est assez jeune pour que les pires habitudes de ses collègues lui soient encore étrangères. Et, maintenant que je la regarde avec des yeux ouverts par Kelenli, je m'aperçois qu'elle a les traits un peu rudes et une petite bouche. Oui. C'est beaucoup plus subtil que les yeux de givre de Gallat, mais les ancêtres de cette Sylanagistine n'avaient manifestement pas compris, eux non plus, tout l'intérêt d'un génocide.

« Comment vas-tu, aujourd'hui, Houwha ? me demande-t-elle, souriante, en jetant un coup d'œil à ses notes. Prêt pour un petit examen médical ?

— Je suis prêt pour une promenade. Allons au jardin. »

Elle tressaille et bat des paupières.

« Ce n'est pas possible, Houwha, tu le sais pertinemment. »

Ils nous surveillent mal, c'est évident. Des capteurs leur transmettent nos signaux vitaux, des caméras nos mouvements, des micros nos bruits, des senseurs spéciaux notre usage de la magie... mais ils sont incapables – tous autant qu'ils sont – de détecter ne serait-ce que le dixième de ce que nous faisons. Je trouverais leur négligence insultante, si je n'avais pas découvert hier l'importance que revêt pour eux notre infériorité. Mieux surveiller des créatures inférieures ? À quoi bon ? Les créations de la mestrise sylanagistine ne peuvent la surpasser en rien. C'est impensable ! Ridicule ! Ne sois pas idiot.

Bon, je trouve *en effet* leur négligence insultante. Et je n'ai plus la patience de supporter la condescendance polie de Stahnyn.

D'où mon intérêt pour les lignes de magie qui mènent aux caméras. Je les enchevêtre à celles qui mènent à leurs propres cristaux de stockage, et je noue le tout. À partir de maintenant, les caméras ne vont plus montrer que ce qu'elles ont filmé ces dernières heures – c'est-à-dire, pour l'essentiel, moi en train de regarder par la fenêtre d'un air maussade. Je procède de même avec l'équipement audio, en effaçant méticuleusement au passage mon dernier échange avec Stahnyn. Ces interventions ne me demandent guère qu'un tressaillement de volonté, car j'ai été conçu pour affecter des machines aussi imposantes que des gratte-ciel ; les caméras ne sont que broutille. Il me faut davantage de magie pour communiquer une plaisanterie aux autres.

Autres qui valuent ce que je fais. Lorsque Bimniwha prend conscience de mon humeur, elle en avertit aussitôt nos frères et sœurs – parce que je suis en principe le gentil. Celui qui, jusqu'ici, croyait à la Géoarcanité. En principe, c'est Remwha le rebelle. Mais il conserve pour l'instant un silence froid en méditant ce que nous avons appris. Gaewha, également silencieuse, cherche avec désespoir un moyen de demander l'impossible. Dushwha se serre dans ses propres bras afin de se consoler. Salewha dort trop. L'avertissement de Bimniwha atteint des esprits las, frustrés, tournés vers l'intérieur ; personne n'y prête attention.

Pendant ce temps, le sourire de Stahnyn vacille, car elle comprend enfin que je suis sérieux. Elle change de position pour se poser les mains sur les hanches.

« Ce n'est pas drôle, Houwha. Je sais que vous avez eu l'occasion de sortir, l'autre jour… »

J'ai réfléchi au moyen le plus efficace de la faire taire.

« Le contrôleur Gallat sait-il que vous le trouvez séduisant ? »

Mon interlocutrice se fige, les yeux ronds, immenses. Des yeux bruns, mais elle les aime de givre. J'ai bien vu comment elle regarde Gallat, même si je ne m'y suis jamais intéressé jusqu'ici. Je ne m'y intéresse toujours pas. Mais je suppose qu'aimer les yeux de Niess est tabou à Syl Anagist ; que c'est une perversion dont ni Gallat ni Stahnyn ne peuvent se permettre d'être accusés. Il la renverrait à la moindre rumeur – y compris si c'était moi qui en parlais.

Je m'approche d'elle, qui recule un peu, les sourcils froncés, mécontente de mon audace. Une création artificielle ne s'affirme pas. Un outil. Mon comportement est anormal, elle devrait le signaler, mais ce n'est pas ce qui l'inquiète.

« Personne ne m'a entendu, lui dis-je avec douceur. Personne ne voit ce qui se passe ici en ce moment. Détendez-vous. »

Sa lèvre inférieure frémit, à peine, avant qu'elle ne prenne la parole. Je regrette, à peine, de l'avoir autant déconcertée.

« Tu n'iras pas loin, affirme-t-elle. V… vous souffrez d'une carence en vitamines… toi et les autres… Vous avez été conçus comme ça. Si vous ne vous nourrissez pas d'une manière particulière… la manière dont vous êtes nourris ici… vous mourrez en quelques jours. »

Alors seulement la pensée me vient qu'elle me croit prêt à m'enfuir.

Alors seulement la pensée me vient de m'enfuir.

Ce qu'elle m'a m'appris ne constitue pas un obstacle insurmontable. Il me serait relativement facile de voler de la nourriture et de l'emporter, même si l'épuisement de mon stock signerait mon arrêt de mort. Quoi qu'il arrive, ma vie serait très courte. Ce qui me dérange vraiment, c'est que je n'aurais nulle part où aller. Le monde entier est Syl Anagist.

« Le jardin. » Telle sera ma grande aventure, mon évasion. J'en rirais volontiers, mais l'habitude de ne montrer aucune émotion m'en empêche. À vrai dire, je n'ai pas de but particulier. Je veux juste avoir l'impression d'exercer un minimum de contrôle sur ma vie, ne serait-ce que quelques instants. « Je veux aller cinq minutes dans le jardin, c'est tout. »

Stahnyn danse d'un pied sur l'autre, en proie à une détresse visible.

« Je risque d'y laisser ma position, surtout si un contrôleur de rang supérieur s'en aperçoit. Je risque d'être jetée en *prison*.

— Vous y disposerez peut-être d'une jolie fenêtre donnant sur un jardin. »

Elle tressaille.

Puis, parce que je ne lui laisse pas le choix, elle m'entraîne hors de ma cellule, dans l'escalier, dehors.

Vu sous cet angle, le jardin empourpré a quelque chose d'étrange à mes yeux. L'odeur des fleurs-étoiles est aussi très différente de près, surprenante, curieusement suave – presque sucrée, avec en note de fond, pour les plantes les plus vieilles, fanées ou écrasées, de vagues relents de fermentation. Stahnyn parcourt les alentours d'un regard nerveux pendant que je me promène d'un pas lent, en regrettant d'avoir à subir sa présence. Le fait n'en demeure pas moins : il m'est impossible de me rendre seul dans le parc du complexe. Si des gardes, des employés ou d'autres contrôleurs nous y croisent, ils se diront que Stahnyn vaque à ses obligations et ne se poseront pas de question à mon sujet… pourvu qu'elle se calme.

Je m'immobilise soudain derrière un arbre araignée. Elle m'imite, les sourcils froncés, en se demandant visiblement ce qui m'arrive… puis elle voit ce que j'ai vu et se fige, elle aussi.

Kelenli est sortie dans le jardin, un peu plus loin, et vient de s'arrêter entre deux buissons, sous l'arche formée par un rosier à fleurs blanches. Le contrôleur Gallat la suit. Elle croise les bras ; il crie quelque chose dans son dos. Nous sommes trop loin pour que je comprenne quoi, mais sa voix trahit indéniablement la colère. Et leurs corps racontent une histoire aussi claire que celle des strates.

« Oh, non, murmure Stahnyn. Non, non, non. Il ne faut pas…

— Ça suffit », dis-je, tout aussi bas.

Je veux en réalité lui dire de se taire, ce qu'elle fait. J'en déduis qu'elle m'a compris.

Nous restons donc là, à regarder Gallat et Kelenli se disputer. Sa voix à elle m'est totalement inaudible, ce qui me vaut une soudaine illumination : il lui est *impossible* de l'élever face à lui ; ce serait dangereux. Toutefois, quand il l'attrape par le bras pour la faire brutalement pivoter, elle se pose par réflexe la main sur le ventre. Un geste fugace. Gallat la lâche immédiatement, aussi surpris me semble-t-il par sa propre violence que par son absence de réaction à elle. Elle laisse sa main glisser de côté en douceur. À mon avis, il ne s'est aperçu de rien. La querelle reprend. Cette fois, il écarte les bras, comme s'il se montrait conciliant. Sa posture plus ou moins implorante ne m'empêche pas de remarquer son dos rigide : il a beau supplier, il estime qu'il ne devrait pas y être obligé. D'ailleurs, je ne doute pas qu'il passe à d'autres tactiques quand ses arguments se révéleront vains.

Je ferme les yeux, submergé par la souffrance qui m'envahit lorsque la compréhension finit enfin, enfin par s'imposer : Kelenli est des nôtres – elle l'a toujours été, pour tout ce qui a de l'importance.

Il n'empêche qu'elle se détend, lentement. Penche la tête de côté, fait mine de capituler à contrecœur, répond. Mensonge. La terre résonne de sa rage, de sa peur, de son refus. Le dos de Gallat ne s'en détend pas moins à son tour, un peu. Il sourit, gesticule avec plus d'aisance, se rapproche d'elle, la prend par les bras, lui parle gentiment. Je m'émerveille qu'elle ait à ce point désarmé sa colère. Apparemment, il n'a pas conscience de la manière dont elle détourne les yeux pendant qu'il discourt, de l'absence de réciprocité dont elle fait preuve quand il l'attire plus près de lui. Ce qu'il raconte arrache un sourire à Kelenli, mais moi qui me trouve à quinze mètres de là, je n'en vois pas moins qu'elle joue la comédie. Il doit quand même bien le voir aussi ? Mais j'ai enfin compris aussi que les gens croient ce qu'ils ont envie de croire. Peu importe ce qui est là, visible, palpable, valuable.

Gallat se détourne, radouci, prêt à partir – par une autre allée que celle où nous nous cachons, Stahnyn et moi. Heureusement. Son attitude a changé du tout au tout ; son humeur s'est améliorée, ça se voit. Je devrais être content, non ? C'est lui le chef de projet. Nous sommes tous plus en sécurité quand il est de bonne humeur.

Kelenli le suit des yeux jusqu'à ce qu'il disparaisse. Puis elle tourne la tête et regarde droit dans ma direction. Stahnyn lâche près de moi un petit bruit étouffé, mais ses craintes sont stupides. Kelenli ne nous dénoncera évidemment pas. Pourquoi le ferait-elle ? Sa petite comédie n'avait pas pour but de tromper Gallat.

Elle quitte le jardin, elle aussi.

C'était la dernière leçon. Celle dont j'avais le plus besoin, sans doute. Quand je demande à Stahnyn de me ramener à ma cellule, je m'attends presque à ce qu'elle pousse un grand soupir de soulagement. De retour dans ma prison, je préviens gentiment la contrôleuse de ne pas se montrer idiote, la renvoie vaquer à ses occupations puis détisse la magie appliquée à l'équipement de surveillance. Cela fait, je m'allonge sur mon canapé pour méditer le savoir tout neuf, logé en moi telle une braise. Ce qui l'entoure s'échauffe et se met à fumer.

*
**

Quelques jours après la mission d'accordement de Kelenli, la braise déclenche un incendie en chacun de nous.

Lorsqu'on nous réunit pour la première fois depuis notre promenade, nous entrelaçons nos présences dans une strate de charbon froide, peut-être l'endroit le plus approprié, car Remwha nous envoie à tous le sifflement du sable grinçant dans des fissures. Le bruit/la sensation/la valuation des lignes de soutien – les orties –, mais aussi l'écho du vide statique qui a remplacé dans notre réseau la présence de Tetlewha, d'Entiwha, d'Arwha et compagnie.

Voilà ce qui nous attend quand nous leur aurons donné la Géoarcanité, ajoute Remwha.

Oui, acquiesce Gaewha.

Il se remet à siffler. Jamais je ne l'ai valué aussi furieux. À vrai dire, il a passé les quelques jours écoulés depuis notre sortie à attiser sa propre fureur – mais, après tout, nous avons tous fait de même. L'heure est maintenant venue d'exiger l'impossible. *Nous ne devrions rien leur donner*, déclare-t-il. Puis sa résolution s'aiguise, se fait méchante. *Non. Nous devrions rendre ce qu'ils ont pris.*

Des pulsations sinistres en mode mineur, chargées d'impressions et d'actions, parcourent notre réseau : un plan, enfin. Un moyen de créer l'impossible, si nous ne pouvons l'exiger. Appliquer la poussée de puissance adéquate à l'instant adéquat, après l'activation des fragments, mais avant le déchargement de la machine. Rediriger vers les systèmes de Syl Anagist la magie stockée dans les gemmes géantes – rassemblée des décennies durant par une civilisation tout entière et des millions de vies. Elle commencera par brûler les orties et leurs fruits pathétiques, ce qui permettra enfin aux morts de reposer en paix. Puis elle flambera en nous, les composants les plus fragiles de l'immense engin. Cet incendie nous tuera, mais le sort qu'ils nous réservent est pire que la mort ; nous sommes satisfaits.

Après notre disparition, la magie de la Machine Plutonique se ruera sans entrave dans tous les canaux de la cité, qui en seront calcinés. Les nœuds de Syl Anagist fermeront tous ; les véhimaux mourront, à moins de disposer de générateurs de secours ; les lumières s'éteindront ; les machineries s'arrêteront ; les innombrables commodités de la mestrise moderne disparaîtront des meubles, appareils, cosmétiques. Les générations d'efforts destinés à préparer la population à la Géoarcanité seront perdues. Les fragments cristallins deviendront autant de blocs de pierre géants brisés, brûlés, impuissants.

Nul besoin de nous montrer aussi cruels que nos créateurs. Il nous sera possible d'ordonner aux fragments de tomber à l'écart des zones les plus densément peuplées. Nous sommes les monstres que les Sylanagistins ont faits de nous, et davantage, mais nous serons dans la mort le genre de monstres que nous avons envie d'être.

Alors, sommes-nous tous d'accord ?

Oui. Remwha, furieux.

Oui. Gaewha, malheureuse.
Oui. Bimniwha, résignée.
Oui. Salewha, vertueuse.
Oui. Dushwha, las.
Et moi, aussi pesant que le plomb : *Oui.*
Nous sommes tous d'accord.

Je pense cependant, en mon for intérieur uniquement : *Non.* Car le visage de Kelenli est là, dans l'œil de mon esprit. Mais, en ce monde brutal, il arrive que l'amour doive l'être plus encore.

*
**

Le jour du lancement.

On nous apporte à manger – des protéines, accompagnées de délicieux fruits frais et d'une boisson universellement appréciée, paraît-il : le sin, qui prend des couleurs ravissantes quand on y ajoute divers compléments vitaminés. Une boisson très particulière pour saluer un jour très particulier. Ce liquide crayeux ne me plaît pas. Enfin, vient l'heure de gagner le site Zéro.

Voici un résumé aussi succinct que simple de la manière dont nous sommes censés mettre en route la Machine Plutonique.

Premièrement, nous devons réveiller les fragments, incrustés depuis des dizaines d'années dans leurs alvéoles, à partir desquelles ils canalisent l'énergie de la vie pour la transmettre aux nœuds de Syl Anagist ; ils en stockent aussi une partie – y compris celle qu'ils sont obligés d'absorber dans les orties – aux fins d'utilisation postérieure. Chacun d'eux ayant atteint son optimum en termes de stockage et de génération, il s'agit à présent de machines magiques indépendantes.

Notre appel les fera décoller de leurs alvéoles, nous les unirons dans un réseau stable qui conjoindra leur pouvoir et l'expédiera jusqu'à un réflecteur, afin de l'amplifier et de le concentrer davantage, puis nous déverserons l'énergie obtenue dans l'onyx. Il la redirigera droit vers le centre de la Terre, provoquant un trop-plein qu'il déviera ensuite vers les canaux avides de Syl Anagist. La Terre deviendra de fait elle aussi une énorme Machine Plutonique, dont la dynamo – le noyau – livrera bien davantage de magie qu'elle n'en recevra. À partir de là, le système s'autoentretiendra. Syl Anagist se nourrira de la vie de la planète même, à jamais.

(Le terme « ignorance » est inapproprié. Certes, nul ne pensait à l'époque que la Terre était vivante… mais nous aurions *dû* le deviner. La magie est un sous-produit de la vie. Il s'en trouvait dans la Terre, à portée… Nous aurions dû deviner, tous autant que nous étions.)

Nous n'avons rien fait jusqu'ici que nous préparer à cela. Jamais nous n'aurions pu activer l'ensemble de la Machine Plutonique sur Terre – trop de complications dues aux angles obliques, à la vitesse et à la résistance du signal, à la courbe de l'hémisphère. Les planètes sont rondes, ce qui est terriblement gênant. Après tout, la Terre est notre *cible* ; lignes de vision, lignes de force, attraction. Si nous y restons, nous ne pouvons réellement affecter que la Lune.

Voilà pourquoi le site Zéro n'a jamais été sur Terre.

Aux petites heures du jour, on nous entraîne jusqu'à un véhimal très particulier, sans doute un produit de la génégénierie obtenu à partir de la sauterelle ou de quelque chose d'approchant. Malgré ses ailes en losange, il a de longues pattes en fibre de carbone, pour l'heure débordantes d'énergie comprimée. Pendant que les contrôleurs nous installent à bord, je constate qu'on prépare d'autres véhicules : un groupe nombreux est censé nous accompagner pour assister à la conclusion longtemps différée du grand projet. Je prends place où on me le dit ; on nous attache tous, car il arrive à la poussée du véhimal de vaincre l'inertie géomestrique. Mmh… je me contenterai de dire que le départ peut alarmer. Il ne saurait se comparer à la plongée au cœur d'un fragment vivant, bouillonnant, mais sans doute les humains le ressentent-ils comme un déchaînement impressionnant. Nous restons assis tous les six, figés et froids, déterminés, entourés de bavardages, en attendant que le bond du véhimal nous amène sur la Lune.

Là, nous attend la pierre de lune – un gros cabochon blanc iridescent, incrusté dans un sol gris pulvérulent. Le plus imposant des fragments, aussi énorme qu'un des nœuds de Syl Anagist, a pour alvéole l'ensemble du satellite. Sa base est entourée d'un complexe de bâtiments, scellés afin de se protéger de la nuit dépourvue d'air, mais semblables à ceux que nous venons de quitter, si on oublie où ils se trouvent. Sur la Lune. Au site Zéro, où va s'écrire l'histoire.

On nous entraîne à l'intérieur. Le personnel permanent, aligné dans les couloirs, nous regarde passer avec la fierté admirative réservée aux instruments dont la fabrication a exigé une extrême précision. Les berceaux qu'on nous montre sont les mêmes que ceux dont nous nous sommes servis chaque jour de notre entraînement, mais on nous attribue à tous des pièces différentes, voisines de la salle d'observation des contrôleurs, dont les sépare une vitre de cristal transparente. J'ai l'habitude de travailler devant témoins, pas de me rendre dans la salle d'observation, où on m'emmène aujourd'hui pour la toute première fois.

Je me retrouve là, petit et banalement vêtu, en proie à un malaise palpable parmi des gens beaucoup plus grands, aux tenues de luxe compliquées. Gallat me présente comme « Houwha, notre meilleur accordeur », affirmation qui prouve à elle seule que les contrôleurs n'ont aucune idée de notre mode de fonctionnement ou que la nervosité le pousse, lui, à dire n'importe quoi. Les deux, peut-être. Dushwha éclate d'un rire de microsecousses en cascade – les strates lunaires, si évanescentes, poussiéreuses et mortes soient-elles, ne diffèrent guère de leurs équivalentes terrestres –, pendant que je multiplie les salutations aimables qu'on attend évidemment de moi. Il est fort possible que Gallat n'ait rien voulu dire d'autre, en réalité : je suis le meilleur accordeur quand il s'agit de feindre l'intérêt pour les idioties de nos créateurs.

Présentations et banalités s'enchaînent, je me concentre afin de prononcer les mots adéquats aux moments adéquats, mais quelque chose n'en finit pas moins par attirer mon attention. Je me retourne. Au fond de la salle se trouve une colonne de stase bourdonnante. Son scintillement trahit l'énergie plutonique propre qui lui permet de générer le champ préservant la stabilité des objets exposés. Au-dessus de sa surface cristalline flotte…

Une inconnue, plus grande et vêtue de manière plus élaborée que n'importe qui d'autre, suit mon regard puis se tourne vers Gallat.

« Ils ont été informés du forage d'essai ? »

Le contrôleur tressaille et me jette un coup d'œil, avant de considérer la colonne de stase.

« Non. » Il n'a employé ni nom ni titre, mais sa voix charrie un immense respect. « On ne leur a dit que le nécessaire.

— J'aurais cru le contexte nécessaire, y compris pour les vôtres. » Il se hérisse, parce qu'on vient de le mettre dans le même sac que nous, mais ne répond pas. Sa réaction amuse visiblement son interlocutrice, qui se penche afin de me regarder bien en face. Elle n'est pourtant pas *tellement* plus grande que moi. « Alors, petit accordeur, tu aimerais savoir ce qu'est cet artefact ? »

La haine s'allume aussitôt en moi.

« Oui, s'il vous plaît », dis-je cependant.

Avant que Gallat ne puisse l'en empêcher, elle me prend par la main – le contact ne me met pas mal à l'aise, car elle a la peau sèche – puis m'entraîne jusqu'à la colonne. De près, la chose qui flotte juste au-dessus m'apparaît plus clairement.

Au premier abord, on dirait une simple masse de fer sphérique, en lévitation à quelques centimètres du socle, qui la baigne par en dessous de son éclat blanchâtre. C'est d'ailleurs bel et bien une simple masse de fer sphérique, à la surface craquelée par des fissures sinueuses. Un morceau de météore ? Non. Je m'aperçois enfin qu'elle bouge – elle tourne lentement sur un axe nord-sud légèrement incliné. Au bord du pilier sont gravés les symboles correspondant à une chaleur et une pression extrêmes, accompagnés d'une mise en garde standard – il ne faut pas briser le champ de stase. J'en déduis qu'on a recréé à l'intérieur l'environnement premier de l'objet.

Nul ne ferait une chose pareille pour une simple masse de fer. Je cligne des yeux, ajuste ma perception à la valuation et à la détection de la magie, mais m'empresse de battre en retraite quand une lumière blanche brûlante flambe jusqu'à moi et à travers moi. La sphère *déborde* de magie – filaments concentrés, crépitants, tassés les uns contre les autres, s'étendant parfois au-delà de sa surface, jusqu'à l'extérieur... de plus en plus loin. Impossible de suivre ceux qui sortent de la salle : ils échappent à ma portée. Tout ce que je vois, c'est qu'ils s'étirent vers le ciel, je ne sais pourquoi. Mais, inscrite dans les frémissements argentés qui me restent visibles, je lis... Mes sourcils se froncent.

« Elle est en colère », dis-je.

Et familière. Où ai-je déjà vu quelque chose d'approchant ? Le même genre de magie...

L'inconnue me considère en battant des paupières. Gallat gémit tout bas.

« Houwha...

— Non. » Elle lève la main pour le faire taire puis me considère à nouveau. Attentive, cette fois, et curieuse. « Qu'as-tu dit, petit accordeur ? »

Je me tourne vers elle. C'est manifestement quelqu'un d'important. Peut-être devrais-je avoir peur, mais tel n'est pas le cas.

« Cette chose est en colère. Elle est *furieuse*. Elle n'a aucune envie d'être ici. Vous l'avez prise ailleurs, non ? »

D'autres gens ont vu que nous nous sommes mis à discuter. Ce ne sont pas tous des contrôleurs, mais tous ceux qui nous regardent, l'inconnue et moi, sont visiblement en proie à une perplexité et à un malaise palpables. Gallat retient son souffle, je le sais au bruit.

« Oui, admet enfin mon interlocutrice. Nous avons réalisé un forage d'essai dans un nœud antarctique, puis nous avons envoyé des sondes prélever un peu de métal. C'est un échantillon de la graine, du cœur même de la planète. » Sourire de fierté. « La magie surabondante qui s'y trouve permettra la Géoarcanité. C'est cet essai qui nous a poussés à construire Aunoyau, les fragments et les accordeurs. »

Je considère à nouveau la sphère de métal, émerveillé que l'inconnue s'en approche autant. *Cette chose est furieuse*, me dis-je une fois de plus, sans bien comprendre pourquoi me viennent ces mots précis. *Elle fera ce qu'elle a à faire.*

Mais qui ? Qui fera quoi ?

Je secoue la tête, inexplicablement agacé, puis me tourne vers Gallat.

« Ne devrions-nous pas commencer ? »

La grande dame se met à rire, ravie. Gallat me fixe d'un œil noir, mais se détend un peu quand il devient évident qu'elle me trouve amusant.

« Oui, Houwha, je le crois aussi. Si vous n'y voyez pas d'inconvénient… » ajoute-t-il néanmoins pour elle.

(Cette fois, il l'appelle par son nom et lui donne un titre quelconque, mais le temps les effacera également de ma mémoire. Dans quarante mille ans, je ne me souviendrai plus que du rire de cette femme, du fait que Gallat est comme nous, à ses yeux, et de l'insouciance avec laquelle elle se tient près de la sphère, d'où émanent à la fois une méchanceté absolue… et une magie assez abondante pour détruire le moindre bâtiment du site Zéro.

Je me souviendrai aussi de la manière dont j'ai chassé de mon esprit tout ce qui pouvait m'avertir des événements à venir.)

Gallat me ramène au berceau qui m'a été assigné, on m'ordonne de m'installer dans mon fauteuil en fil de fer et on m'y attache, comme d'habitude – je n'ai jamais compris pourquoi, car c'est tout juste si j'ai encore conscience de mon corps après avoir intégré l'améthyste, sans parler de me mouvoir. Les lèvres me picotent à cause du sin, ce qui tendrait à prouver qu'un stimulant y avait été ajouté. Je n'en avais pas besoin.

Quand je me tends vers les autres, ils se montrent aussi fermes dans leur résolution que le granit. Oui.

Des images apparaissent devant moi sur le mur de vision : la boule bleue de la Terre, les berceaux de mes cinq compagnons, Aunoyau, au-dessus duquel plane l'onyx, prêt. Mes frères et mes sœurs me rendent mon regard depuis le mur. Gallat s'approche afin de vérifier ostensiblement les points de contact de mon siège, censés transmettre diverses mesures à la division de biomestrise.

« Aujourd'hui, Houwha, tu prends l'onyx. »

Le petit tressaillement de surprise de Gaewha me parvient depuis un des autres bâtiments. Nous sommes très accordés les uns aux autres, depuis ce matin.

« C'est Kelenli qui prend l'onyx, dis-je.

— Plus maintenant. »

Gallat me parle sans lever la tête en palpant inutilement les sangles qui m'attachent, comme pour en éprouver la solidité ; ses gestes me rappellent ceux par lesquels il a attiré Kelenli près de lui, dans le jardin. Ah, je comprends. Il redoute depuis le début de la perdre… à notre bénéfice. Il craint que ses propres supérieurs ne finissent par ne plus voir en elle qu'un outil supplémentaire. La lui laisseraient-ils, une fois atteinte la Géoarcanité ? Ou redoute-t-il qu'elle ne soit jetée aux orties, elle aussi ? Sans doute. Sinon, pourquoi apporterait-il pareil changement à notre configuration, le jour le plus important de l'histoire humaine ?

« D'après la biomestrise, ajoute-t-il, comme pour me donner raison, tu présentes maintenant une compatibilité plus que suffisante pour maintenir la connexion le temps nécessaire. »

Il me regarde, à présent ; il espère que je ne vais pas protester… ce qui me fait comprendre que je *peux* en effet protester. La moindre de ses décisions a tellement de témoins attentifs, aujourd'hui, que des gens importants ne manqueraient pas de remarquer mon mécontentement, si jamais je disais haut et fort que c'est une mauvaise idée d'adopter cette nouvelle configuration. Il me suffit d'élever la voix pour lui prendre Kelenli. Pour le détruire comme il a détruit Tetlewha.

Pensée idiote et inutile, car je ne puis exercer mon pouvoir sur *lui* sans faire de mal à celle qui *dépend* de lui… et à qui je vais déjà en faire bien assez, quand nous allons retourner la Machine Plutonique contre elle-même. Kelenli survivra sans doute à la convulsion magique initiale. Admettons qu'elle soit en contact avec un point où se déverse la magie ; ses capacités lui permettront de la rediriger. Par la suite, quand il faudra affronter les conséquences de notre décision, elle ne sera qu'une simple survivante, égale aux autres dans la souffrance. Nul ne saura ce qu'elle est vraiment – ni elle ni son enfant, s'il s'avère qu'il lui ressemble. Qu'il nous ressemble. Grâce à nous, elle sera libre… de lutter pour survivre, de même que n'importe quel être humain. Ça vaut nettement mieux qu'une sécurité illusoire dans une prison dorée.

Ça vaut nettement mieux que tout ce que tu aurais jamais pu lui donner. Voilà ce que je pense à l'adresse de Gallat.

« Bon. » Il se détend imperceptiblement.

Puis il me quitte pour regagner la salle d'observation, où attendent les autres contrôleurs. Je reste seul. Je ne suis jamais seul ; les autres sont avec moi. Le signal qui nous enjoint de nous mettre au travail arrive, alors que le temps semble retenir son souffle. Nous sommes prêts.

D'abord, le réseau.

Accordés comme nous le sommes, moduler nos flux d'argent et gommer toute résistance se révèle facile, voire agréable. Remwha a décidé de jouer le rôle du joug, mais nous n'avons guère besoin de ses provocations pour moduler la hauteur de notre résonance ou exercer notre traction avec ensemble. Nous sommes alignés ; tous d'accord pour faire ce que nous allons faire.

Au-dessus de nous, quoique indéniablement à notre portée, la Terre bourdonne, elle aussi, du moins nous le semble-t-il. On la dirait presque vivante. Au début de notre entraînement, nous sommes allés à Aunoyau ; nous avons traversé le manteau et vu les torrents bouillonnants de magie que la nature fait jaillir de la graine de fer et de nickel enfouie au cœur de la planète. Jamais l'humanité n'aura accompli plus grand exploit que de puiser à cette fontaine intarissable. Autrefois, cette pensée aurait fait ma fierté. Aujourd'hui, quand je la partage avec les autres, un frisson *de pierre flocon de mica scintillement* d'amusement nous parcourt tous. Nos créateurs ne nous ont jamais crus humains, mais nous allons leur prouver par l'action que nous ne sommes pas de simples outils. Nous ne sommes peut-être pas humains, mais nous sommes des *personnes*. Ils ne pourront plus prétendre le contraire.

Assez de frivolité.

D'abord, le réseau ; ensuite, l'assemblage des fragments. Nous commençons par l'améthyste, car c'est le plus proche. Elle se trouve à un monde de là, mais nous connaissons la note qu'elle produit, basse et prolongée ; lorsque nous y plongeons, nous élevant dans son flux torrentiel, sa matrice de stockage éclatante déborde d'énergie. Déjà, elle a renoncé à aspirer les dernières gouttes de magie des orties où s'enfoncent ses racines pour se transformer en système fermé. Nous la sentons quasi vivante, en la cajolant afin de la mener de l'engourdissement à une activité résonante. Elle se met à palpiter puis, enfin, à scintiller, par motifs évoquant le vivant – l'émission des neurotransmetteurs ou les contractions péristaltiques, par exemple. Est-elle *réellement* vivante ? C'est la première fois que je me pose la question, lointain écho aux cours dispensés par Kelenli. L'améthyste se compose d'une matière complexe, qui coexiste cependant avec une magie complexe, à son image – une magie prélevée dans les corps de gens qui ont ri, fulminé, chanté. Subsiste-t-il dans le fragment quelque chose de leur volonté ?

Le cas échéant… les Niess approuveraient-ils ce que nous avons l'intention de faire, nous, leur descendance caricaturale ?

Le temps me manque pour ce genre de pensées. La décision a été prise.

Nous étendons la séquence de démarrage de niveau macro à travers le réseau. Nous valuons sans valupinae. Nous *sentons* le changement. Nous l'expérimentons dans nos os, parce que nous faisons partie de la Machine, nous sommes des composants de la plus grande merveille de l'humanité. Sur Terre, au cœur du moindre nœud de Syl Anagist, les sirènes commencent à hurler, pendant que les pylônes s'illuminent de mises en garde rouges flamboyantes, visibles de très loin. Les fragments se mettent les uns après les autres à vrombir et à scintiller en se détachant de leur alvéole. Mon souffle s'accélère quand, résonnant en chacun d'eux, je sens survenir la séparation entre cristal et pierre grossière, s'imposer la traction qui accompagne notre illumination et notre palpitation naissante – signe que la magie change d'état –, débuter notre ascension…

(À cet instant enivrant survient une sorte de bégaiement rapide, quasi imperceptible quoique de mauvais augure, lorsque je le revois à travers le prisme de la mémoire. Certains des fragments nous blessent en se détachant, à peine, éraflures imprévues, métal inattendu, égratignures infligées à notre peau cristalline par des aiguilles déconcertantes, odeur fugace de rouille. Douleur fugitive qui ne laisse qu'un souvenir fugitif, comme de juste avec des pointes si fines. Nous ne nous en souviendrons et ne regretterons que plus tard.)

… notre ascension bourdonnante, tournoyante. J'inspire longuement pendant que les alvéoles et le paysage citadin environnant rapetissent en contrebas. Syl Anagist se contient pour soutenir les systèmes d'alimentation. Ils devraient tenir jusqu'à la Géoarcanité, mais ces banales préoccupations sont hors de propos. Je coule, je vole, je tombe vers le haut dans la lumière pourpre ou indigo, mauve ou or, le spinelle, la topaze, le grenat, le saphir… des fragments si nombreux, si éclatants ! Si vivants, emplis d'une puissance croissante.

(Si *vivants*, me dis-je, une fois de plus. La pensée expédie un frisson à travers le réseau, parce que Gaewha l'avait aussi, de même que Dushwha, mais Remwha nous met au travail par une fissure digne d'un glissement de terrain : *Espèces d'idiots ! Si vous ne vous concentrez pas, nous allons y perdre la vie !* Je laisse donc sombrer cette idée.)

D'ailleurs… oui, le voici, ici encadré par l'écran, là au centre de notre perception, tel un œil menaçant fixé sur sa proie : l'onyx. Il plane au-dessus d'Aunoyau, comme Kelenli le lui a ordonné la dernière fois.

Je n'ai pas peur, me dis-je en me tendant vers lui.

L'onyx ne ressemble pas aux autres fragments. La pierre de lune elle-même semble inerte, par comparaison. Après tout, c'est un simple miroir, alors que l'onyx est puissant, effrayant, plus noir que la nuit, inconnaissable. Les autres fragments, je suis contraint de les chercher puis de faire l'effort de m'engager en eux ; lui, il me suffit de l'approcher pour qu'il s'empare de ma conscience et essaie de m'attirer dans les profondeurs de ses violents courants d'argent porteurs. Jusqu'ici, il m'a rejeté chaque fois que nous sommes entrés en contact ; les autres aussi. Les meilleurs mestres de Syl Anagist se sont révélés incapables de déterminer pourquoi, mais maintenant que je m'offre et qu'il me prend, je comprends soudain. L'onyx est *vivant*. La question qui se pose avec les autres fragments trouve avec lui sa réponse : il me *value*, il me découvre, il m'enveloppe d'une présence multiple, brusquement indéniable.

Au moment précis où je me rends compte de ce qui se passe, où j'ai le temps de me demander avec terreur ce que ces présences pensent de moi, leur descendant pathétique, fusion de leurs gènes et de la haine de leurs destructeurs…

… je prends enfin conscience d'un secret de la mestrise que les Niess eux-mêmes acceptaient sans vraiment le comprendre. Il ne faut pas oublier qu'il est ici question de magie, pas de science, et que la magie échappera toujours en partie à la compréhension. Ma certitude n'en est pas moins absolue : il suffit de déverser assez de magie dans un objet inanimé pour lui donner vie. Si on remplit une matrice de stockage d'innombrables vies, elles conservent une sorte de volonté collective. Ce qui reste d'elles – leur âme, si tu veux – se *rappelle* l'horreur, l'atrocité.

Voilà pourquoi l'onyx se livre enfin à moi : il sent que j'ai connu la souffrance. Mes yeux se sont ouverts à l'exploitation, la dégradation qu'on m'inflige. J'ai peur, bien sûr, j'ai mal, je suis furieux, mais les émotions qu'il découvre en moi ne lui inspirent aucun mépris. Il cherche cependant quelque chose d'autre, quelque chose de plus, qu'il finit par trouver, niché derrière mon cœur dans un petit nœud brûlant : la détermination. Je me suis juré de faire de tout ce mal quelque chose de bien.

Or c'est ce que veut l'onyx : *justice*. Et, parce que c'est aussi ce que je veux…

J'ouvre mes yeux de chair.

« Je maîtrise le cabochon de contrôle. »

Cette annonce est destinée aux spectateurs.

« Confirmation », acquiesce Gallat, le regard rivé à l'écran où la biomestrise affiche nos connexions géoarcaniques. Des applaudissements éclatent parmi les témoins de l'événement, qui m'inspirent un brusque mépris. Leurs instruments maladroits et leurs valupinae anémiques trop simples les ont enfin informés de ce qui nous est aussi évident que la respiration. La Machine Plutonique s'est mise à tourner.

Maintenant que tous les fragments ont été lancés, qu'ils lévitent tous en bourdonnant au-dessus d'un des deux cent cinquante-six nœuds et centres d'énergie sismique de la cité, nous entamons la séquence d'accélération. Les tampons au flux pâle sont les premières gemmes à s'allumer, avant que nous n'introduisions dans le cycle les générateurs aux tons plus profonds. L'onyx prend note de l'initialisation en série par une brève rafale sonore, dont les ondes parcourent l'océan hémisphérique tout entier.

Mes poils se sont hérissés ; mon cœur bat la chamade. Ailleurs, sur un autre plan d'existence, mes poings se sont serrés. *Nos* poings se sont serrés – six corps différents à la division dérisoire, deux cent cinquante-six paires de bras et de jambes, un unique cœur noir palpitant gigantesque. Ma bouche s'ouvre (nos bouches s'ouvrent), lorsque l'onyx s'aligne à la perfection pour ponctionner le bouillonnement perpétuel de magie terrestre qui anime le noyau dénudé, loin, très loin en dessous de lui. Voici venu l'instant pour lequel nous avons été créés.

Maintenant, sommes-nous censés dire. Ici et maintenant, *connexion*. Après quoi nous devons enfermer les flux bruts magiques de la planète dans un cycle sans fin au service de l'humanité.

Parce que c'est pour cela que nous avons été créés, en réalité : pour affirmer la philosophie des Sylanagistins. La vie est sacrée à Syl Anagist, comme il se doit, car la cité la brûle, carburant nécessaire à sa gloire. Sa gueule immense a broyé bien des peuples, avant que les Niess ne soient victimes de la dernière, la plus cruelle des exterminations perpétrées par ses soins. Mais, pour une société basée sur l'exploitation, il n'existe pas pire danger que de ne plus avoir personne à opprimer. À partir de maintenant, si personne n'intervient, Syl Anagist va devoir une fois de plus diviser son peuple en sous-groupes et inventer de nouvelles raisons de conflit entre eux. La flore et la faune génusinées ne peuvent tout simplement pas fournir assez de magie. Il faut que *quelqu'un* souffre pour permettre aux autres de vivre dans le luxe.

D'après Syl Anagist, mieux vaut que ce soit la Terre. Mieux vaut réduire en esclavage une énorme chose inanimée qui ne connaît pas la souffrance et ne risque pas de protester. Mieux vaut la Géoarcanité. Toutefois, le raisonnement ne tient pas, car, au bout du compte, la cité n'est pas viable. C'est un parasite, dont l'appétit de magie ne fait que croître à chaque goutte absorbée. Le noyau de la Terre a ses limites. Il finira par s'épuiser, lui aussi, même s'il y faut cinquante mille ans. Et tout mourra.

Ce que nous faisons n'a pas de sens ; la Géoarcanité est un mensonge. Si nous aidons les Sylanagistins à suivre le chemin sur lequel ils se sont engagés, cela reviendra à dire : *Ce qu'on nous a fait était bien, normal, inévitable.*

Non.

Donc. *Maintenant*, disons-nous. Ici et maintenant, connexion : les fragments clairs menant aux plus sombres, leur ensemble menant à l'onyx, l'onyx menant… retour à Syl Anagist. Nous coupons toutes les connexions de la pierre de lune avec le circuit. L'énergie emmagasinée dans les autres gemmes géantes va exploser à travers la cité, qui mourra en même temps que la Machine.

La manœuvre commence et s'achève bien avant que les instruments des contrôleurs ne leur signalent le moindre problème. Les autres se sont joints à moi ; le silence engloutit notre accord quand nous nous interrompons, en attendant d'être frappés par la boucle de rétroaction. Je m'aperçois que je suis serein : ce sera bon de ne pas mourir seul.

*
**

Mais.

Mais.

Rappelle-toi. Ce jour-là, nous avons choisi de nous battre. Ce choix n'a pas séduit que nous.

Je ne le comprendrai que plus tard, quand je visiterai les ruines de Syl Anagist, plongerai le regard dans les alvéoles vides et découvrirai les épingles de fer qui dépassent de leurs parois. Je ne comprendrai l'ennemi qu'après avoir été rabaissé et recréé à ses pieds… mais je vais t'expliquer maintenant, afin que tu apprennes de mes souffrances.

Je t'ai parlé il y a peu de la guerre qui oppose le Père Terre à la vie établie à sa surface. Laisse-moi te donner un aperçu de la psychologie de l'ennemi : le Père Terre ne fait aucune différence entre nous.

Orogènes, fixes, Sylanagistins, Niess, avenir, passé… en ce qui le concerne, l'humanité est l'humanité. Certes, d'autres avaient présidé à ma naissance et à mon développement ; certes, Syl Anagist rêvait de la Géoarcanité bien avant la naissance de mes contrôleurs ; certes, je ne faisais qu'obéir aux ordres ; certes, nous avions l'intention de nous battre, les autres et moi… Le Père Terre n'en avait cure : tous coupables, tel était son verdict. Tous complices du même crime : chercher à réduire le monde en esclavage.

Son verdict s'appliquait sans discrimination, et l'heure était venue de prononcer les condamnations. Là, il consentait à prendre en compte les intentions et la bonne conduite.

Voici ce dont je me souviens, ce que j'ai déduit par la suite et ce que je crois. Mais n'oublie pas – n'oublie jamais – que nous n'en étions qu'au début de la guerre.

*
**

La perturbation nous apparaît d'abord comme une vague présence dans la Machine.

Une présence toute proche, *intérieure*, puissante et intrusive. Elle m'arrache l'onyx avant que je ne comprenne ce qui arrive et réduit au silence nos signaux de stupeur – *Hein, quoi ? Il y a un problème ! Ce n'est pas possible ?!* L'onde de choc qu'elle nous inflige dans la langue de la terre est aussi étourdissante pour nous que la création du rift le sera un jour pour toi.

Bonjour, petits ennemis.

Dans la salle d'observation, les alarmes se déclenchent enfin. Figés dans nos fauteuils de fil de fer, nous hurlons en silence, et ce qui nous répond échappe à notre compréhension. La biomestrise ne prend donc conscience du problème que quand neuf pour cent du moteur plutonique – vingt-sept fragments – se déconnectent brusquement. Je ne suis pas là pour voir le contrôleur Gallat lâcher une exclamation étouffée puis échanger des regards horrifiés avec ses collègues et les respectables invités ; je ne fais que spéculer, à partir de ce que je sais de lui. Sans doute, à un moment, se tourne-t-il vers une console afin de faire avorter le lancement. Je ne suis pas là non plus, derrière les témoins, pour voir la sphère de métal palpiter, enfler, éclater, détruisant son champ de stase, les arrosant tous d'échardes de fer brûlantes, aussi fines que des épingles. Je suis là en revanche pour entendre les blessés hurler, pendant que les pointes se forent un chemin à travers leurs veines et artères, avant que ne tombe un silence sinistre – mais j'ai alors mes propres problèmes à régler.

Remwha, celui d'entre nous qui a l'esprit le plus vif, nous tire brutalement de notre saisissement en nous giflant de la constatation que *quelque chose d'autre a pris le contrôle de la Machine*. Le temps nous manque pour nous demander quoi et dans quel but. Gaewha, qui perçoit comment, nous en informe par signaux frénétiques : les vingt-sept fragments « déconnectés » sont toujours actifs. À vrai dire, ils ont formé une sorte de sous-réseau – une clé de secours. Ainsi la présence intruse a-t-elle réussi à me déloger de l'onyx. Les fragments, qui génèrent et renferment l'énergie colossale de la Machine Plutonique, sont tous passés sous la coupe d'une force étrangère hostile.

Je suis au fond pétri de fierté ; cette situation m'est intolérable. L'onyx a été offert à *mon* contrôle. Je m'en saisis donc à nouveau et le réintroduis de force dans les connexions de la Machine, ce qui en déloge aussitôt l'imposteur. Salewha écrase les ondes de choc magiques causées par cette violente perturbation, de crainte qu'elles ne ricochent à travers tout le réseau et ne déclenchent une résonance qui… Honnêtement, nous ne savons trop ce que provoquerait pareille résonance, mais ce serait dramatique. Je tiens bon, malgré les réverbérations. Dans le monde réel, un rictus découvre mes dents ; les cris ou les grognements de mes frères et sœurs accompagnent les miens, quand les répliques du séisme initial qui les ballottent ne leur font pas pousser des exclamations étouffées. Tout n'est plus que chaos. Au royaume de la chair et du sang, les lumières des pièces que nous occupons se sont éteintes ; seuls brillent les panneaux de contrôle d'urgence répartis sur les murs. Les alarmes braillent sans répit, ce qui ne m'empêche pas d'entendre, quelque part dans le site Zéro, des instruments casser ou s'entrechoquer, victimes de la surcharge infligée au système. Les contrôleurs hurlants de la salle d'observation sont bien incapables de nous aider – non qu'ils en aient jamais été capables. Je ne sais pas ce qui se passe, pas vraiment ; je sais juste qu'il s'agit d'une bataille, scène de chaos sans cesse renouvelée, comme toutes les batailles. À partir de là, rien n'est clair…

La présence étrangère qui nous a attaqués tire avec force sur les connexions de la Machine Plutonique, dans l'espoir de déloger une fois de plus notre contrôle. Ma fureur se traduit par un hurlement de rage sans paroles, bouillonnement de geyser explosion de magma : *Va-t'en ! Laisse-nous tranquilles !*

C'est vous qui avez commencé, siffle-t-elle dans la roche en réitérant ses efforts. Son nouvel échec lui tire cependant un grondement de frustration… puis elle s'enferme dans les vingt-sept fragments si mystérieusement déconnectés. Dushwha, craignant ses intentions hostiles, tente bien de s'emparer de certaines de ces gemmes, mais elles lui échappent comme si on les avait huilées. L'impression n'est pas fausse, figurativement parlant : elles ont été contaminées par quelque chose qui les a polluées au point de les rendre quasi impossibles à attraper. Nous arriverions peut-être à nous en emparer, une par une, grâce à des efforts concertés, mais le temps manque. En attendant, l'ennemi les tient.

C'est l'impasse. Nous, nous tenons toujours l'onyx et les deux cent vingt-neuf autres fragments, prêts à émettre la pulsation de rétroaction qui détruira Syl Anagist – et nous détruira, nous. Nous avons cependant remis cette émission à plus tard, car il nous est impossible de laisser les choses en l'état. D'où peut bien venir cette entité – en proie à une telle fureur et d'une force aussi phénoménale ? Que va-t-elle faire des obélisques qu'elle contrôle ? Long silence tendu. Je ne puis parler pour les autres, mais quant à moi, je commence à croire que nous en avons terminé avec les assauts de l'intrus. J'ai toujours été complètement idiot.

Le silence cède la place au défi amusé, malicieux d'un ennemi ancré dans la magie, le fer et la pierre.

Brûlez pour moi, dit notre Père Terre.

*
**

Ce qui suit n'est parfois que pure spéculation, malgré les millénaires que j'ai passés à chercher des réponses.

Il m'est impossible de me montrer plus précis ; sur le moment, tout a été quasi instantané, chaos et dévastation. La Terre change très graduellement, jusqu'à ce qu'il en aille autrement. Et, lorsqu'elle se défend, ses actes sont décisifs.

Le contexte : le premier forage d'essai, celui qui a donné naissance au programme de la Géoarcanité, l'a aussi prévenue des efforts de l'humanité pour prendre son contrôle. Elle a ensuite passé des dizaines d'années à étudier l'ennemi et donc commencé à deviner ce que nous comptions faire. Le métal était à la fois son instrument et son allié – voilà pourquoi il ne faut pas se fier au métal. La Terre a envoyé des morceaux d'elle-même à la surface examiner les fragments dans leur alvéole – là, au moins, la vie était stockée dans le cristal, donc plus compréhensible à une entité de matière inorganique que la simple chair. La planète n'a appris que lentement à prendre le contrôle des vies humaines individuelles, et encore lui fallait-il pour ce faire passer par les pierres-noyaux. Sans cela, nous sommes des créatures si minuscules, si difficiles à saisir. Une vermine si négligeable, hormis notre malencontreuse tendance à nous rendre parfois dangereusement importants. Les obélisques constituaient toutefois des outils plus utiles. Faciles à retourner contre nous, comme n'importe quelle arme maniée avec négligence.

Brûlez.

Tu te souviens d'Allia ? Imagine ce désastre-là, multiplié par deux cent cinquante-six. Imagine le Fixe perforé en chaque nœud et site sismique actif, de même que l'océan – des centaines de points chauds, de poches de gaz, de gisements de pétrole transpercés, le puzzle des plaques tectoniques déstabilisé dans son entier. Il n'existe pas de mot pour décrire une catastrophe pareille. Elle liquéfierait la surface de la planète, vaporiserait les mers, stériliserait tout à partir du manteau. Ce serait la fin du monde, pour nous et pour la moindre créature potentiellement capable d'évoluer à l'avenir jusqu'à faire du mal à la Terre. Le monde lui-même ne s'en porterait cependant pas plus mal.

Nous pouvions empêcher cela. Si nous en avions envie.

Je ne vais pas prétendre que, confrontés à ce choix, nous n'avons pas été tentés : permettre la destruction, soit d'une civilisation, soit de toute vie sur la planète. Le destin de Syl Anagist était scellé. Ne t'y trompe pas : nous avions décidé de le sceller. Entre ce que voulait le Père Terre et ce que nous voulions, nous, il n'existait qu'une différence d'échelle. Mais *quelle* fin le monde allait-il connaître ? Nous, les accordeurs, allions mourir, ce qui réduisait considérablement à mes yeux l'importance de la distinction. Il n'est jamais sage de poser une question pareille à ceux qui n'ont rien à perdre.

Sauf que. J'avais en réalité quelque chose à perdre. En cet instant éternel, j'ai pensé à Kelenli et à son enfant.

Ainsi ma volonté l'a-t-elle emporté dans le réseau. S'il te reste le moindre doute, je le dis tout net aujourd'hui : c'est *moi* qui ai choisi la fin qu'allait connaître le monde.

C'est moi qui ai pris le contrôle de la Machine Plutonique. Il nous était impossible d'empêcher le Grand Incendie, mais nous pouvions introduire un délai dans la séquence et en rediriger l'énergie – du moins l'essentiel. Après l'intervention du Père Terre, la magie était trop volatile pour être purement et simplement réexpédiée à Syl Anagist, comme nous en avions l'intention au départ ; ce serait revenu à donner à l'ennemi ce qu'il voulait. Vu l'énormité de cette force, il fallait cependant la dissiper, mais pas sur la planète, si je voulais voir survivre l'humanité. Or la Lune était là, avec la pierre de lune prête, en attente.

Le temps pressait. Je ne pouvais penser à tout. La pierre de lune avait été conçue pour *réfléchir* l'énergie, mais le Grand Incendie n'en aurait été que plus grand. Non. J'ai grogné en m'emparant des autres pour les forcer à m'aider – ils étaient d'accord, quoique un peu lents. Nous avons fait éclater la gemme.

Une fraction de seconde plus tard, l'énergie en frappait les débris, qui ne la réfléchissaient pas, tant et si bien qu'elle commençait à se frayer dans le satellite un passage destructeur. Si atténué que fût le coup, il n'en restait pas moins d'une force dévastatrice et d'une violence telle qu'il a expulsé la Lune de son orbite.

Mésuser ainsi de la Machine aurait dû provoquer une réaction en retour fatale pour nous, mais le Père Terre était toujours là, dans les fragments. Nous nous tordions de douleur, en proie aux affres de l'agonie, le site Zéro tombait en ruine autour de nous ; alors il a pris le contrôle.

Je te l'ai dit, il nous estimait responsables de la tentative de meurtre dont il avait été victime. Certes. Mais, d'une manière ou d'une autre, grâce peut-être aux années qu'il avait consacrées à l'étude de l'humanité, il comprenait que nous étions des outils et que nous n'agissions pas de notre propre volonté. N'oublie pas cependant que sa compréhension de l'humain est partielle. Quand il nous contemple, il voit des créatures fragiles, éphémères, étonnamment détachées par la substance et la conscience de la planète dont dépend leur vie, incapables de se rendre compte du mal qu'elles cherchaient à faire – peut-être d'ailleurs *parce qu'*elles sont fragiles, éphémères, détachées. Il a donc décidé de nous infliger ce qui constituait à son avis un châtiment significatif : nous intégrer à son être. J'ai hurlé dans mon fauteuil de fil de fer, pendant que des vagues d'alchimie successives œuvraient en moi, transformant ma chair en magie vivante solidifiée, à l'aspect minéral.

Ce n'est pas nous qui avons le plus souffert. Le pire, le Père Terre le réservait à ceux qui l'avaient le plus gravement offensé. Il a utilisé les débris de la pierre-noyau pour prendre le contrôle de cette vermine suprêmement dangereuse… mais les choses n'ont pas fonctionné comme il le pensait. La volonté humaine est plus difficile à anticiper que la chair humaine. Ils n'étaient pas censés se perpétuer.

Je ne te décrirai pas le saisissement et la confusion qui m'ont envahi juste après ma transformation. Si tu me demandais comment j'ai regagné la Terre, je ne pourrais te répondre. Je me rappelle juste le cauchemar d'une chute sans fin, incendiaire, mais peut-être s'agit-il du fruit du délire. Je ne t'encouragerai pas à imaginer ce que j'ai ressenti en me retrouvant soudain seul, sans voix, après une vie passée à chanter avec mes frères et sœurs. Ce n'était que justice. Je l'accepte ; je reconnais mes crimes. J'ai cherché à faire amende honorable, mais…

Bref. Ce qui est fait est fait.

Les derniers instants précédant la transformation nous ont permis d'annuler l'ordre adressé aux deux cent vingt-neuf fragments de déclencher le Grand Incendie. Le stress induit en a fait exploser certains. D'autres sont morts au fil des millénaires suivants : des forces incompréhensibles avaient déstabilisé leur matrice. La plupart se sont juste mis en stand-by puis ont continué à dériver au-dessus d'un monde qui n'avait plus besoin de leur puissance – jusqu'à ce que, à l'occasion, une des fragiles créatures en contrebas envoie au hasard une requête d'accès brouillée.

Il nous a été impossible d'empêcher les vingt-sept cristaux du Père Terre d'agir, mais nous avons réussi à introduire dans leurs réseaux de commande un ordre de délai : cent ans. Les histoires ne se trompent que sur ce point, tu vois. Cent ans après le rapt qui avait arraché son enfant à la planète, vingt-sept obélisques l'ont brûlée jusqu'au cœur, creusant des plaies de feu sur toute sa surface. Ce n'était pas l'incendie purificateur que le Père avait appelé de ses vœux, mais la catastrophe n'en a pas moins constitué la première et la pire des Cinquièmes Saisons – l'Éclatement. Si l'humanité existe toujours, c'est que cent ans ne sont rien à l'échelle du monde ni même de l'histoire humaine, mais qu'ils ont permis – de justesse – aux Sylanagistins survivants de se préparer.

La Lune, qui perdait sa substance par la blessure qu'elle avait au cœur, a disparu en quelques jours.

Et…

Je n'ai jamais revu Kelenli. Je n'ai jamais vu son enfant non plus. Je n'ai jamais cherché à les voir, car j'avais honte du monstre que j'étais devenu. Elle a pourtant vécu. Il m'est arrivé à l'occasion d'entendre le grincement-grondement de sa voix de pierre puis, après leur naissance, celle de ses nombreux enfants. Ils n'étaient pas totalement seuls ; les derniers restes de sa technologie mestrique ont permis à l'humanité de décanter quelques accordeurs supplémentaires et de les utiliser pour construire des abris d'urgence, des systèmes d'alarme et de protection. Ces ultimes accordeurs sont cependant morts à leur heure, parce qu'on n'avait plus besoin d'eux ou que d'aucuns les accusaient d'avoir déclenché la colère du Père Terre. Seuls se sont perpétués les enfants de Kelenli, qui ne se distinguaient en rien des autres humains et dont la force restait cachée en pleine vue. Seul s'est perpétué son héritage, sous la forme des mnésistes qui passaient de village en village afin d'avertir les populations de l'holocauste à venir et de leur enseigner la coopération, l'adaptation et le souvenir – tout ce qui restait des Niess.

Il n'empêche. Ça a marché. Vous avez survécu. C'est mon œuvre aussi, nous sommes d'accord ? J'ai fait de mon mieux. Aidé autant que possible. Et aujourd'hui, mon amour, nous avons une seconde chance.

Il est temps pour toi de provoquer une fois de plus la fin du monde.

*
**

2501 : Déplacement des compartiments le long de la faille Minimal-Maximal : massif. Onde de choc balayant la moitié des Moyennord et de l'Arctique, arrêtée à la limite du réseau des nœuds équatoriaux. Forte augmentation du prix des produits alimentaires l'année suivante, mais famine jugulée.

Notes préparatoires de Yaetr Innovateur Dibars

13. Nassun et Essun, sur la face cachée du monde

Au crépuscule, Nassun décide de changer le monde.

Elle a passé la journée blottie près de Schaffa, à utiliser les vieux vêtements encore pleins de cendre du Gardien comme oreiller, à respirer son odeur et à souhaiter l'impossible. Lorsque enfin elle se lève, elle lui fait manger avec un soin extrême le reste du bouillon de légumes qu'elle a préparé elle-même. Elle lui donne aussi beaucoup d'eau. Quand elle aura amené la Lune sur une trajectoire de collision, la Terre ne volera en éclats qu'au bout de quelques jours. Elle ne veut pas que Schaffa souffre trop en attendant, puisqu'elle ne sera plus là pour l'aider.

(C'est au fond une si bonne fille. Il ne faut pas lui en vouloir. Les choix qu'elle fait dépendent de l'éventail limité de ses expériences, forcément, et ce n'est pas sa faute si la plupart de ses expériences ont été terribles. On ne peut au contraire que s'émerveiller de la facilité, de l'abandon complet avec lesquels elle aime. Un amour capable de changer le monde ! Elle a bien appris *quelque part* à aimer de cette manière.)

En essuyant à l'aide d'un chiffon le bouillon qui a coulé des lèvres de Schaffa, elle se tend vers le haut pour entamer l'activation du réseau. Ici, à Aunoyau, elle n'a pas besoin de l'onyx pour ça, mais l'ouverture de la Porte va prendre du temps.

« Un commandement s'inscrit dans la pierre », déclare-t-elle à son patient d'un ton solennel.

Il a les yeux ouverts, une fois de plus, mais il bat des paupières, peut-être en réaction au bruit, mais elle sait que ça ne veut rien dire.

Ces mots, elle les a lus dans le curieux livre manuscrit qui lui a expliqué comment faire d'un réseau réduit d'obélisques une « clé de secours », capable de subvertir le pouvoir de l'onyx sur la Porte. L'homme qui a rédigé ces explications devait être fou – la preuve : il semblerait qu'il ait été amoureux d'Essun, il y a très longtemps. C'est étrange, anormal et pourtant naturel, d'une certaine manière. Si vaste que soit le monde, Nassun en arrive à comprendre qu'il est aussi en réalité tout petit. Les mêmes histoires s'y déroulent en boucle. Les mêmes fins y surviennent, encore et encore. Les mêmes erreurs s'y répètent pour l'éternité.

« Il y a des choses trop abîmées pour être réparables, Schaffa. » Elle pense à Jija, sans savoir pourquoi. La douleur qu'elle en éprouve la réduit un instant au silence. « Je… je ne peux rien arranger. Mais je peux au moins arrêter ce qui ne va pas. »

Sur ces mots, elle se lève, prête à partir.

Elle ne voit pas le visage du Gardien se tourner pour la suivre des yeux, comme la Lune glisse dans l'ombre.

*
**

À l'aube, tu décides de changer le monde. Tu dors toujours, dans le couchage que Lerna a posé sur le toit de l'immeuble au X jaune. Vous avez passé la nuit ensemble, sous le château d'eau, à écouter le grondement omniprésent du rift et les claquements occasionnels des éclairs. Vous auriez sans doute dû faire l'amour encore une fois, mais tu n'y as pas pensé et il n'en a pas parlé, alors bon. Il faut dire que ça t'a déjà valu assez de problèmes. Tu n'aurais jamais dû te fier à l'âge et à la famine comme moyens de contraception.

Il te regarde te lever et t'étirer. Tu ne comprendras jamais ça, et tu ne seras jamais vraiment à l'aise avec l'admiration que tu lis dans ses yeux. Il te donne l'impression d'être quelqu'un de mieux que toi. Voilà pourquoi tu regrettes une fois de plus, éternellement, de ne pas pouvoir rester le temps de voir naître son enfant. La bonté immuable et persévérante de Lerna devrait d'une manière ou d'une autre être préservée en ce monde. Malheureusement.

Tu n'as pas mérité son admiration. Mais tu as l'intention de changer ça.

Tu descends l'escalier et te figes. Hier soir, tu n'as pas seulement prévenu Lerna, mais aussi Tonkee, Hjarka et Ykka que l'heure était venue et que tu partirais au matin, après le petit déjeuner. Quant à savoir si elles allaient ou non t'accompagner, la question n'a pas été posée et rien n'a été décidé. Si elles se portent volontaires, très bien, mais tu ne vas rien leur demander. Quel genre de personne serais-tu, si tu les poussais à courir au-devant du danger ? Les choses étant ce qu'elles sont, elles en connaîtront bien assez, de même que le reste de l'humanité.

Tu ne t'attendais pas à les trouver dans le hall de l'immeuble, au rez-de-chaussée. *Tout le monde* est là, occupé à ranger son couchage, bâiller, griller des saucisses, se plaindre haut et fort que quelqu'un ait bu tout le thé rouillé : Hoa, dans la position idéale pour te voir arriver par l'escalier, un sourire plutôt suffisant sur ses lèvres de pierre, ce qui ne te surprend pas ; Danel et Maxixe, la première très occupée à pratiquer un art martial quelconque dans un coin, le second à couper une pomme de terre en dés dans une poêle – car, oui, il a allumé du feu dans le hall, ce que font parfois les hors-comm. Certaines des fenêtres étant cassées, la fumée sort par là. La présence de Hjarka et Tonkee, elle, te surprend ; elles dorment toujours, blotties ensemble dans un tas de fourrures.

Mais tu ne t'attendais vraiment, vraiment pas à voir arriver Ykka, arborant quelque chose de son effronterie d'antan et les yeux maquillés à la perfection, une fois de plus. Elle passe le hall en revue, toi y comprise, puis se pose les mains sur les hanches.

« J'ai l'impression que je vous prends au débotté, bande de rouilleux.

— Vous ne pouvez pas ! » t'exclames-tu. Tu as du mal à t'exprimer, avec ta gorge nouée. À cause de Ykka, surtout. C'est elle que tu regardes. Terre cruelle ! Elle a même remis son manteau de fourrure. Toi qui croyais qu'elle l'avait laissé dans la géode. « *Tu* ne peux pas. La comm. »

Elle roule théâtralement ses yeux maquillés.

« Eh, va te faire voir, toi aussi. Mais tu as raison, je ne viens pas. Je suis juste passée dire au revoir, à toi et à ceux qui t'accompagnent. Bon, je devrais plutôt vous faire tuer, puisque vous allez juste vous cendrer à mort, mais je suppose qu'on peut oublier ce petit détail pour l'instant.

— Quoi ? On n'a pas le droit de revenir ? » s'exclame Tonkee en s'asseyant enfin, quoique très penchée et tous les cheveux aplatis du même côté.

Hjarka s'est levée en marmonnant des imprécations, furieuse d'être réveillée, a pris et lui tend une assiette de pommes de terre écrasées – Maxixe en a déjà cuisiné pas mal.

Ykka considère Tonkee.

« Toi ? Tu vas visiter une énorme ruine parfaitement préservée, construite par les créateurs des obélisques. Je ne te reverrai jamais. Mais bien sûr que vous avez le droit de revenir, si jamais Hjarka arrive à te rentrer un peu de bon sens dans le crâne. *Elle*, au moins, elle m'est utile. »

Maxixe bâille assez fort pour attirer l'attention générale. Sa nudité te permet de constater qu'il a enfin l'air un peu plus en forme, malgré une allure quasi squelettique – la même que celle de la moitié des Castrimiens, en ce moment. Il tousse moins et ses cheveux repoussent, bien qu'ils en soient encore au stade hilarant du goupillon, par lequel passent toujours les crinières acendres avant d'être assez lourdes pour retomber correctement. Comme c'est la première fois que tu vois nus les moignons de ses jambes, tu t'aperçois à retardement que l'amputation a été d'une netteté qu'un bandit hors-comm équipé d'une scie à métaux n'aurait jamais atteinte ; ça se voit aux cicatrices. Ma foi, c'est son histoire, c'est à lui de la raconter.

« Ne sois pas idiot, lui dis-tu.

— Je ne viens pas, répond-il avec un certain agacement, mais je *pourrais*.

— Non, tu ne pourrais pas, riposte Ykka. Je t'ai déjà dit qu'on avait besoin d'un orogène du Fulcrum. »

Il soupire.

« Bon. Mais il n'y a pas de raison que je ne puisse pas dire au revoir. Maintenant… » il s'est retourné vers toi « … arrête avec tes questions et viens manger. »

Pendant qu'il entreprend de s'habiller, tu t'approches du feu, obéissante, pour te servir quelque chose. Les nausées du matin t'épargnent encore ; quelle chance.

En déjeunant, tu parcours la salle du regard, à la fois émue et un peu agacée. Tu es touchée qu'ils soient tous venus te faire leurs adieux, évidemment ; ça te réchauffe le cœur, tu ne vas pas prétendre le contraire. Quand es-tu déjà partie de cette manière ? Sans te cacher, sans violence, parmi les rires. Ça te fait… tu ne sais pas ce que ça te fait. Du bien ? Tu ne sais pas comment y réagir.

N'empêche. Tu aimerais que la plupart décident de rester à Rennanis. Sinon, Hoa va devoir traîner une caravane rouillée à travers la terre.

Quand tu arrives à Danel, tu bats des paupières, surprise. Elle s'est de nouveau coupé les cheveux. Apparemment, elle n'aime vraiment pas les avoir longs, car elle a les tempes rasées de frais et… les lèvres noires. La Terre sait où elle a trouvé de la teinture ; à moins qu'elle n'ait confectionné elle-même une pâte à base de cendre et de graisse. En tout cas, il t'est soudain difficile de la voir comme la générale Costaude qu'elle a été. Qu'elle n'a pas été. Tu vas affronter un destin dont une mnésiste équatoriale veut conserver la trace pour la postérité. Ça change les choses, d'une certaine manière. Ce n'est pas une simple caravane. C'est une quête rouillée.

Cette pensée te fait lâcher une sorte de rire-grognement. Tout le monde se fige en plein mouvement et te regarde.

« Rien, rien… » Tu agites la main puis poses ton assiette de côté. « C'est juste que… Et merde. Venez tous, si vous voulez. »

Quelqu'un a apporté son sac à Lerna, qui s'en charge en silence, sans te quitter des yeux. Tonkee jure puis se met à s'activer pour rassembler ses affaires, pendant que Hjarka l'aide patiemment. Danel essuie son visage suant avec un chiffon.

Tu t'approches de Hoa, qui a modelé son expression en masque d'amusement désabusé. Le spectacle du cirque environnant t'arrache un soupir.

« Tu peux emmener autant de monde ?

— Oui, du moment que chacun d'eux reste en contact avec moi ou avec quelqu'un qui est en contact avec moi.

— Désolée, je ne m'attendais pas à ça.

— Vraiment ? »

Tu le regardes, mais Tonkee – toujours en train de mâchouiller tu ne sais quoi et se chargeant de son sac à l'aide de son bras valide – saisit la main de pierre levée puis se fige pour la fixer avec une fascination flagrante. L'instant passe.

« Bon, c'est censé marcher comment ? » Ykka fait les cent pas, les bras croisés, en parcourant l'assistance des yeux. Elle est nettement plus agitée que de coutume. « Une fois là-bas, tu attrapes la Lune, tu la pousses en position, et là… là, quoi ? Il y aura des signes de changement ?

— Le rift refroidira, réponds-tu. Ça n'y changera pas grand-chose à court terme, parce qu'il y a déjà trop de cendre dans l'atmosphère. Il faudra que la Saison s'essouffle, et ce ne sera pas facile, quoi qu'il arrive. Il se peut même que la situation empire, à cause de la Lune. »

Tu values déjà la traction que le satellite exerce sur la planète. Oui, tu es pratiquement sûre que la situation va empirer. Ykka n'en acquiesce pas moins. Elle le value aussi.

Il existe toutefois à long terme une incertitude que tu n'as pas été capable d'éliminer toute seule.

« Mais si j'y arrive, si je ramène la Lune… »

Tu te tournes vers Hoa en haussant les épaules.

« Il sera possible de négocier », dit-il de sa voix creuse. Tout le monde le regarde. Tu sais aux tressaillements divers qui est habitué ou non aux mangeurs de pierre. « Peut-être d'établir une trêve.

— Peut-être ? répète Ykka en faisant la grimace. On s'est donné un mal fou, et tu n'es même pas sûr que ça mettra fin aux Saisons ? Terre cruelle !

— Non, admets-tu. Mais ça mettra fin à cette Saison-ci. »

De cela, tu es sûre. Et cela seul signifie que ça en vaut la peine.

Ykka se calme, mais n'en continue pas moins à marmonner tout bas. Voilà qui t'apprend qu'elle a envie de venir, elle aussi… mais, heureusement, elle s'est interdit de le faire. Castrima a besoin d'elle. Tu as besoin de savoir que Castrima sera toujours là après ta disparition.

Les autres finissent par être prêts. Tu prends de la main gauche la main droite de Hoa, mais tu n'as pas d'autre bras à donner à Lerna, qui t'attrape donc par la taille ; tu lui jettes un coup d'œil ; il hoche la tête, calme et déterminé. Tonkee, Hjarka et Danel se tiennent à gauche de Hoa, alignées, main dans la main.

« Ça va secouer, hein ? » demande Hjarka.

C'est la seule à avoir l'air nerveuse. Danel respire la sérénité, enfin en paix avec elle-même. Tonkee est si excitée qu'elle n'arrive pas à se débarrasser de son grand sourire. Lerna se contente de s'appuyer à toi, aussi fiable que le roc, comme toujours.

« Sans doute, admet Tonkee en sautillant littéralement sur place.

— Je dirais que c'est une idée spectaculairement mauvaise, intervient Ykka, adossée à un mur, les bras croisés, les yeux fixés sur le groupe qui s'assemble. Je veux dire, Essie est *obligée* d'y aller, mais vous autres… »

Elle secoue la tête.

« Tu ne viendrais pas, si tu n'étais pas chef ? » interroge Lerna.

Tranquillement. C'est toujours comme ça qu'il lance ses plus grosses pierres, tranquillement, de nulle part.

Elle lui jette un regard menaçant, les sourcils froncés, puis te jette, à toi, un coup d'œil las, peut-être vaguement embarrassé, avant de soupirer et de s'écarter du mur. N'empêche que tu as vu. L'étau s'est refermé sur ta gorge.

« Eh, Yk », appelles-tu, sans lui laisser le temps de s'enfuir.

Regard noir.

« Je *déteste* ce surnom rouillé !

— Il y a un moment, tu m'as dit que tu avais un stock de sérédis, reprends-tu, sans prêter attention à sa protestation. On était censées se saouler après avoir battu l'armée rennaine, tu te rappelles ? »

Elle cligne des yeux, puis un lent sourire se répand sur ses traits.

« Oui, mais tu t'es retrouvée dans le coma ou quelque chose comme ça. J'ai tout bu toute seule. »

Tu la fixes, outrée, surprise d'être réellement fâchée, et elle te rit au nez. Autant pour les adieux affectueux.

Mais… ma foi… ça fait du bien quand même.

« Fermez les yeux, lance Hoa.

— Il ne plaisante pas », ajoutes-tu, décidée à avertir les autres.

Toi, tu gardes les yeux ouverts quand le monde s'assombrit bizarrement. Tu n'as pas peur. Tu n'es pas seule.

*
**

Il fait nuit. Nassun a gagné ce qu'elle considère comme la verdure d'Aunoyau. Il ne s'agit pas de ça – une cité construite avant les Saisons n'avait pas besoin de ce genre de choses. Il s'agit juste d'une place, qui s'étend près du trou gigantesque constituant le cœur d'Aunoyau. Un trou entouré de bâtiments étrangement inclinés, tels les pylônes de Syl Anagist, mais énormes, faisant plusieurs étages de haut et des dizaines de mètres de large. La fillette a découvert que lorsqu'elle s'approche de ces constructions, dépourvues autant qu'elle puisse en juger de portes et de fenêtres, sa présence déclenche l'apparition de mises en garde, symboles et mots rouge vif de quelques mètres de haut qui étincellent en l'air au-dessus de la ville. Pire, des sirènes au cri bas, ininterrompu, résonnent dans les rues – pas très fortes, mais insistantes. Elles lui donnent l'impression d'avoir les dents déchaussées et qui démangent.

(Ça ne l'a pas empêchée de regarder dans le trou. Il est gigantesque, comparé à celui de la cité souterraine – beaucoup, beaucoup plus large, si immense qu'elle mettrait une heure, voire davantage, à en faire le tour à pied. Malgré sa taille, toutefois, malgré la preuve qu'il donne des prouesses de génierie dont l'humanité n'est plus capable depuis longtemps, Nassun n'arrive pas à le trouver impressionnant. Il ne nourrit personne, il n'offre pas d'abri contre la cendre ou une attaque. Elle n'en a même pas peur… bien que ça n'ait aucune importance. Elle a traversé la cité souterraine et le centre du monde, elle a perdu Schaffa ; elle n'aura plus jamais peur de rien.)

Elle a trouvé un emplacement parfaitement circulaire, juste à l'extérieur de la zone de mise en garde entourant le trou. Le sol y est bizarre, d'une certaine douceur au toucher, élastique sous les pieds – rien à voir avec aucun matériau qu'elle ait jamais vu, mais ce genre d'expérience n'est pas si rare, à Aunoyau. Il n'y a pas de terre dans le cercle, si on oublie celle que le vent a entassée le long de sa bordure ; quelques herbes marines s'y sont enracinées, ainsi qu'un arbuste mort, au tronc filiforme desséché, qui a fait de son mieux avant d'être renversé, il y a des années. Rien de plus.

Elle remarque en se postant au centre du disque que plusieurs mangeurs de pierre sont apparus aux alentours. Acier brille par son absence, mais une vingtaine ou une trentaine des siens sont là, aux carrefours ou dans les rues, assis sur des marches ou adossés à des murs. Quelques-uns ont bougé la tête ou les yeux pour la regarder passer, sans qu'elle leur prête à aucun moment aucune attention. Peut-être sont-ils venus contempler l'histoire en action. Peut-être certains espèrent-ils, comme Acier, que leur terrible existence éternelle va s'achever ; peut-être est-ce la raison pour laquelle ceux qui l'ont aidée sont intervenus. Peut-être s'ennuient-ils, tout simplement. Aunoyau n'est pas exactement la ville la plus intéressante du monde.

Rien de tout ça n'a d'importance en cet instant. Seul importe le ciel nocturne, ciel où la Lune commence à monter.

Basse sur l'horizon, plus grosse que le soir précédent, semble-t-il, ovalisée par les distorsions atmosphériques. Blanche, étrange, presque ronde – indigne de la souffrance et des luttes apportées à la planète par son absence, mais… exerçant sa traction sur tout ce qu'il y a d'orogène en Nassun. Sur le monde entier.

L'heure est donc venue pour le monde d'exercer la sienne en retour.

Nassun ferme les yeux. Ils flottent maintenant autour d'Aunoyau – la clé de secours, trois par trois par trois, vingt-sept obélisques qu'elle a passé les dernières semaines à contacter, apprivoiser, amadouer pour qu'ils se placent en orbite aux environs. Elle a toujours conscience du saphir, mais il est loin, hors de vue, donc inutilisable, et il mettrait des mois à venir si elle l'appelait. Les vingt-sept autres feront l'affaire. C'est curieux d'en voir autant dans le ciel où, sa vie durant, il n'y en a jamais eu qu'un seul – quand il y en avait. Plus curieux encore de les sentir liés à elle, tous, jusqu'au dernier, vibrant à des rythmes distincts, sources de pouvoir aux profondeurs distinctes. Les plus sombres sont les plus profonds, sans qu'elle puisse dire pourquoi. La différence n'en est pas moins perceptible.

Nassun lève les mains, les doigts écartés, comme sa mère – qu'elle n'a aucune conscience d'imiter. Elle entreprend de tisser son réseau d'obélisques avec beaucoup de soin, en connectant d'abord deux des cristaux puis en établissant à partir de chacun deux nouvelles connexions, et ainsi de suite. Ses guides sont les lignes de vision, les lignes de force, les intuitions surprenantes qui exigent des relations mathématiques incompréhensibles pour elle. Chaque fois qu'elle ajoute un artefact au réseau en formation, il le renforce, au lieu de le perturber ou de le réduire à néant. C'est un peu comme si elle attelait ensemble des chevaux très différents, l'un fringant, l'autre lent. Comme si elle mettait sous le joug vingt-sept bêtes à la fois. Le principe est le même.

L'instant où les flux cessent de lutter contre elle et passent en mode synchrone est un instant de beauté. Elle inspire, souriant malgré elle, contente pour la première fois depuis que le Père Terre a détruit Schaffa. Ne devrait-elle pas avoir peur, pourtant ? Tout ce pouvoir. Mais non. Elle tombe vers le haut dans des torrents de gris, de vert, de mauve ou de transparence incolore ; des parties d'elle-même auxquelles elle n'a jamais pu donner de nom bougent, s'ajustent dans une danse à vingt-sept partenaires. C'est tellement beau ! Si seulement Schaffa…

Attends.

Quelque chose lui hérisse le duvet de la nuque, mais si sa concentration lui échappe maintenant, ça va être dangereux. Aussi se force-t-elle à toucher méthodiquement chaque obélisque à tour de rôle, à les calmer pour les ramener en quelque sorte au repos. La plupart l'acceptent, bien que l'opale renâcle un peu, obligeant Nassun à lui imposer la quiétude. Après avoir assuré leur stabilité à tous, elle ouvre prudemment les yeux et regarde autour d'elle.

Les rues noir et blanc baignées de lune lui semblent d'abord inchangées, malgré les nombreux mangeurs de pierre rassemblés pour la regarder opérer. (À Aunoyau, on se sent facilement seule dans la foule.) Jusqu'au moment où elle surprend… un mouvement. Quelque chose – *quelqu'un* – se déplace d'une ombre à l'autre.

Saisie, Nassun fait un pas en direction de la silhouette mouvante.

« Heu… Hé ho ? »

L'homme s'approche en titubant d'une sorte de petite colonne dont la fillette n'a jamais compris l'utilité, bien qu'il s'en trouve apparemment un peu partout dans la cité. Il manque de tomber, se cramponne au pilier pour se retenir, se tord le cou en cherchant des yeux d'où vient la voix. Ses yeux de givre poignardent Nassun depuis l'obscurité.

Schaffa.

Réveillé. Sur ses deux pieds.

Sans réfléchir, elle part au trot puis se met à courir dans sa direction. Le cœur au bord des lèvres. Elle a entendu prononcer ce genre d'expression et n'y a jamais accordé une pensée – c'était juste de la poésie, des bêtises –, mais elle sait maintenant ce que ça veut dire, parce qu'elle a la bouche si sèche qu'elle sent battre son pouls au bout de sa langue. Sa vision se brouille.

« Schaffa ! »

Il se trouve à une dizaine ou une quinzaine de mètres, près d'un des pylônes-bâtiments qui entourent le trou d'Aunoyau. Pas assez loin pour ne pas la reconnaître… mais au regard qu'il lui jette, on ne dirait vraiment pas qu'il la reconnaît. Au contraire. Il bat des paupières puis sourit, un lent sourire froid qui la fige, vacillante, en proie à un malaise tel qu'il lui tiraille la peau.

« Sch… Schaffa ? répète-t-elle, d'une voix très frêle dans le silence.

— Bonjour, petite ennemie », répond-il.

Sa voix à lui se réverbère à travers Aunoyau, la montagne souterraine et l'océan sur des centaines de kilomètres.

Il se tourne vers le pylône le plus proche. Une ouverture haute et étroite y apparaît à son contact, mais s'évanouit derrière lui dès qu'il l'a empruntée de sa démarche trébuchante-titubante.

Nassun se précipite sur ses traces en hurlant.

*
**

Dans le manteau inférieur, près du centre de la planète, tu t'aperçois qu'une partie de la Porte de cristal vient d'être activée.

Du moins est-ce ainsi que ton esprit interprète ce que tu ressens, jusqu'à ce que tu maîtrises assez ton inquiétude pour te tendre afin d'en obtenir confirmation. C'est difficile. Ici, au cœur de la terre, il y a *tellement* de magie ; quand tu cherches à la passer au crible pour distinguer ce qui se passe en surface, tu pourrais aussi bien tendre l'oreille à un ruisseau lointain alors que tu es entourée de cascades tonitruantes. Et plus Hoa t'entraîne profond, pire c'est, au point que tu finis par être obligée de « fermer les yeux » et de renoncer à percevoir la magie – tu te trouves près de quelque chose de si immense, de si éclatant que ça en devient « aveuglant ». Comme si un soleil argenté brillait sous terre, gonflé d'un tourbillon de magie d'une concentration inouïe. Tu sens aussi Hoa le contourner de loin, ce qui signifie que le trajet va prendre plus longtemps que nécessaire. Il faudra que tu lui demandes à quoi rime un détour pareil.

Ici, dans les profondeurs, tu ne vois guère qu'un bouillonnement rouge. À quelle vitesse vous déplacez-vous ? Impossible de le dire, sans point de référence. Hoa est réduit à l'état d'ombre intermittente à ton côté, bref scintillement quand tu as un aperçu de lui – c'est-à-dire rarement. Sans doute scintilles-tu également. Il ne se fraye pas un passage à travers le milieu qui l'entoure, il s'y intègre et fait transiter ses propres particules autour de celles de la Terre, transformé en forme d'onde, valuable au même titre que le son, la lumière ou la chaleur. C'est déjà assez déconcertant sans que tu te dises, en plus, qu'il fait la même chose avec toi. Tu n'as aucune sensation dans cet état, si tu oublies la vague pression de sa main et le fantôme de traction exercé par le bras de Lerna. Tu n'entends pas le moindre bruit, hormis un grondement omniprésent ; tu ne perçois pas la moindre odeur, de soufre ou autre. Tu ne sais si tu respires, et tu n'en éprouves pas le besoin.

Mais la panique te saisit à l'éveil lointain de plusieurs obélisques et manque de te pousser à t'écarter de Hoa pour mieux te concentrer. Quelle idiote ! Ça ne ferait pas que te tuer, ça t'*annihilerait* totalement ; tu te retrouverais réduite en cendres, qui se vaporiseraient avant même que la vapeur ne prenne feu.

« Nassun ! »

Tu cries, ou du moins tu essaies, mais le profond rugissement environnant engloutit les mots. Il n'y a personne pour t'entendre.

Sauf que. Si.

Quelque chose bouge autour de toi… ou, plutôt, tu t'en rends compte à retardement, c'est toi qui bouges par rapport à cette chose. Tu n'y prêtes pas particulièrement attention, jusqu'au moment où ça se reproduit et où Lerna sursaute contre toi. L'idée te vient enfin de regarder les volutes argentées de tes compagnons, que tu distingues un minimum sur le fond rouge du matériau compact environnant.

Un brasier à forme humaine te tient par la main, aussi lourd qu'une montagne sur la carte de ta perception, fonçant vers le haut : Hoa. Il se déplace toutefois d'une manière bizarre, avec des crochets occasionnels à droite ou à gauche ; c'est ce que tu as perçu tout à l'heure. À côté de lui se trouvent des scintillements légers, aux contours délicats. Le flux d'argent de l'un d'eux s'interrompt clairement à un endroit de son bras : Tonkee, bien sûr. Tu ne saurais distinguer Hjarha de Danel ; les cheveux, la taille relative et les détails tels que les dents te sont indiscernables. Lerna ne t'apparaît distinctement que parce que vous êtes tout proches. Derrière lui…

Derrière lui passe quelque chose d'aussi lourd qu'une montagne, là encore, d'une magie aveuglante, de forme humaine quoique pas humain. Et pas Hoa.

Le phénomène se répète, mais cet éclair-ci, traînée lumineuse à la trajectoire perpendiculaire à la tienne, intercepte et éloigne le premier. Il en arrive cependant davantage. Hoa se jette de côté, une fois de plus ; l'un d'eux le manque – de peu. Il te semble sentir Lerna sursauter près de toi. Les voit-il aussi ?

Tu espères bien que non, car tu comprends maintenant ce qui se passe : Hoa *esquive*. Et toi, tu n'y peux rien, absolument rien, à part te fier à lui pour te protéger des mangeurs de pierre qui cherchent à vous *séparer l'un de l'autre*.

Non. Il t'est évidemment difficile de te concentrer quand tu as aussi peur – quand tu as fusionné avec la roche semi-solide et sous haute pression du manteau terrestre, quand tous ceux que tu aimes risquent de mourir dans une lente horreur si ta quête se solde par un échec, quand les courants de magie qui t'entourent sont d'une puissance telle que tu n'en as jamais vu, quand des mangeurs de pierre essaient de te tuer, mais… Ton enfance au Fulcrum t'a appris à agir alors que tu étais en danger de mort.

De simples filaments d'argent n'arrêteraient pas des mangeurs de pierre, mais les fleuves sinueux de la magie terrestre sont là, à disposition. Te tendre vers l'un d'eux te donne l'impression de plonger ta conscience dans un tunnel de lave. Un instant de distraction fugace, tu te demandes si tu aurais la même impression au cas où Hoa te lâcherait – une gifle de chaleur et de douleur terribles, puis le néant –, mais tu écartes cette pensée. Un souvenir te revient.

Meov. Enfoncer un coin de glace dans une falaise et en détacher un rocher, à l'instant idéal pour fracasser un bateau chargé de Gardiens…

Tu modèles ta volonté en forme de coin, que tu enfonces dans le torrent de magie le plus proche, flux imposant à la courbe crépitante. Ça a beau marcher, tu te révèles incapable de viser ; l'argent éclabousse les alentours, obligeant Hoa à esquiver, par ta faute, cette fois. Merde ! Nouvel essai, au cours duquel tu te concentres davantage, en laissant tes pensées se relâcher. Tu te trouves déjà dans la terre ; rouge et brûlante, certes, au lieu de noire et chaude, mais est-ce réellement si différent ? Il s'agit toujours d'un creuset, au sens littéral – sans sa mosaïque symbolique. Il faut planter le coin *ici* et viser *là*, car un autre éclair – montagne à forme humaine – s'est mis à vous suivre et fonce sur vous, prêt à frapper…

… à la seconde où tu dérives un flot de l'argent le plus pur, le plus éclatant, auquel tu fais croiser son chemin. Raté. Viser reste tellement difficile… Votre assaillant ne s'en arrête pas moins, car le flamboiement de magie lui passe autant dire sous le nez. Le rouge profond du manteau empêche de discerner sur ses traits la moindre expression, mais tu dirais qu'il est surpris, voire inquiet. Ce serait une bonne chose.

« Le prochain, tu te le prends, espèce de fils de cannibale rouillé ! »

Voilà ce que tu essaies de crier. Mais tu n'évolues pas dans un espace purement physique. Le son et l'air te sont pour l'instant étrangers. Tu te contentes donc d'*imaginer* les mots, dans l'espoir que le fils de cannibale en question perçoive l'essentiel de ta pensée.

Il n'est en revanche pas question d'imagination dans ce que tu observes : c'en est fini des aperçus fugaces, rapides des mangeurs de pierre. Hoa poursuit sa route, mais les attaques s'interrompent. Bien. Ça fait plaisir de se rendre utile.

Il monte plus vite, maintenant que rien ne l'en empêche plus. La profondeur redevient pour tes valupinae quelque chose de calculable, de rationnel. Le rouge sombre vire au brun sombre, lequel se rafraîchit jusqu'au noir d'encre. Puis…

L'air. La lumière. Le solide. Te revoici *réelle*, chair et sang que n'altère aucune autre matière, sur une chaussée encadrée de curieux bâtiments lisses, aussi hauts que des obélisques sous un ciel nocturne. Le retour des sensations, si étourdissant et profond soit-il, te semble négligeable comparé au choc qui t'ébranle quand tu lèves les yeux.

Toi qui viens de passer deux ans sous des cieux plus ou moins cendreux, tu n'avais aucune idée que la Lune y était apparue, œil de givre sur fond noir, funeste présage, énorme et terrifiant, brodé sur la tapisserie des étoiles.

La simple vue t'évite d'avoir à valuer : il s'agit d'un colossal rocher noir sphérique, d'une petitesse trompeuse par rapport à la vastitude céleste. À ton avis, il te faudrait un obélisque pour le valuer complètement, mais tu distingues à sa surface des choses qui pourraient bien être des cratères. Tu as déjà traversé des cratères. Ceux de la Lune sont assez grands pour que tu les voies de la Terre, assez grands pour qu'on mette des *années* à les traverser à pied, ce qui signifie que le satellite dans son entier est d'un gigantisme inouï.

« Oh, bordel », lâche Danel.

Détourner le regard du ciel te demande un réel effort. Elle est à quatre pattes, comme si elle voulait se cramponner au sol, soulagée de sa solidité. Peut-être regrette-t-elle maintenant d'avoir décidé qu'il était de son devoir de te suivre. Ou alors, elle vient enfin de comprendre qu'il pouvait être aussi terrible et dangereux d'être mnésiste que générale.

« Bordel de bordel de rouille !

— C'est donc ça. »

Remarque de Tonkee, qui regarde elle aussi la Lune.

Tu pivotes pour voir ce qu'en pense Lerna…

Lerna. À côté de toi, là où il se trouvait, il y a un vide.

« Je ne m'attendais pas à être attaqué », dit Hoa.

Tu ne peux te tourner vers lui. Tu ne peux te détourner du *vide* où devrait se tenir Lerna. La voix de Hoa, son ténor habituel, creux et sans inflexion, te semble pourtant… bouleversée ? incrédule ? Tu n'as aucune envie qu'il soit bouleversé. Tu veux l'entendre dire quelque chose du genre : *Mais j'ai réussi à protéger tout le monde, bien sûr. Lerna est quelque part par là, ne t'inquiète pas.*

Alors qu'il dit en réalité :

« J'aurais dû m'en douter. Les factions qui ne veulent pas la paix… »

Il s'interrompt. Son silence le fait ressembler à quelqu'un de très ordinaire qui ne sait plus que dire.

« Lerna. »

La dernière secousse. Celle que tu as prise pour un raté de justesse.

Ça n'aurait pas dû arriver. C'est toi qui te sacrifies noblement pour l'avenir du monde. *Lerna* était censé survivre à ce qui va se produire.

« Qu'est-ce qui s'est passé ? »

Hjarka se tient debout, mais penchée en avant, les mains sur les genoux, comme si elle se demandait si elle n'allait pas vomir. Tonkee lui frotte les reins, sans doute dans l'espoir de la soutenir, mais c'est toi qu'elle regarde. Les sourcils froncés. Tu vois à quel instant précis elle comprend de quoi tu parles ; le saisissement qui s'impose sur ses traits.

Tu te sens… engourdie. Ce n'est pas l'insensibilisation habituelle qui accompagne ton état de semi-statue, ça n'a rien à voir, c'est…

« Je ne pensais même pas l'aimer », murmures-tu.

Hjarka tressaille, mais se force à se redresser et inspire à fond.

« On savait tous que c'était peut-être un voyage sans retour. »

Tu secoues la tête, en proie à… l'égarement ?

« Il est… il *était*… tellement plus jeune que moi. »

Tu t'attendais à ce qu'il te survive. C'était *censé* se passer comme ça. Tu es censée mourir en te sentant coupable de le laisser derrière toi et de tuer son enfant à naître. Il est censé…

« *Eh.* »

La voix de Hjarka s'est aiguisée. L'expression qu'elle arbore maintenant t'est familière. Elle a sa tête de Dirigeante, ou juste de compagne décidée à te rappeler que c'est toi qui diriges le groupe. Car c'est bien toi qui mènes cette petite expédition, non ? Toi qui n'as pas obligé Lerna – ni aucun des autres – à rester à Rennanis. Toi qui n'as pas eu le courage de faire les choses toute seule, alors que tu aurais dû, si tu avais vraiment tenu à leur sécurité. Toi qui es responsable de la mort de Lerna. Pas Hoa.

Tu détournes les yeux en levant involontairement la main vers ton moignon. Un geste irrationnel. Tu t'attends à des blessures de guerre, des brûlures, quelque chose qui montre que Lerna a disparu, mais tout va bien. Tu vas bien. Tes yeux se reposent sur tes compagnons. Ils vont bien aussi ; on ne se sort pas d'un combat contre des mangeurs de pierre avec de simples blessures de la chair.

« Ça date de l'*avant*-guerre ! »

Pendant que tu restes plantée là, complètement perdue, Tonkee pivote, ce qui est ennuyeux pour Hjarka qui s'appuie à elle. La Dirigeante lui pose d'ailleurs en grognant un bras sur les épaules pour l'empêcher de bouger, sans qu'elle en ait vraiment conscience, trop occupée à regarder autour d'elle, les yeux écarquillés.

« Terre cruelle et dévorante ! Vous avez vu ça ?! Tout est intact ! Alors que la ville n'est même pas cachée, qu'il n'y a pas de structure de défense ni de camouflage… ni d'ailleurs d'espaces verts capables d'en faire une comm auto-suffisante… » Elle bat des paupières. « Sa survie exigeait qu'on lui livre régulièrement des cargaisons. Elle n'était pas *conçue* pour la survie. Ce qui signifie qu'elle date d'avant l'ennemi ! » Nouveau battement de paupières. « La population devait venir du Fixe. Il y a peut-être des moyens de transport quelque part… »

Tonkee s'absorbe dans ses pensées puis s'accroupit pour tripoter en marmonnant la substance sur laquelle vous vous tenez.

Peu importe. Tu n'as le temps ni de pleurer Lerna ni de t'abîmer dans les remords. Pas maintenant. Hjarka a raison. Tu as à faire.

D'autant que tu as vu autre chose que la Lune dans le ciel – les dizaines d'obélisques en lévitation, si proches, si bas, tout en énergie contenue. Aucun ne réagit à ta présence quand tu te tends vers eux. Ils ne t'appartiennent pas. Ils ont été amorcés et préparés, enchaînés les uns aux autres d'une manière qui t'informe immédiatement que Ça Va Mal, mais ils restent inertes. En stand-by, va savoir pourquoi.

Concentre-toi. Tu t'éclaircis la gorge.

« Où est-elle, Hoa ? »

Lorsque tu te tournes vers lui, il a adopté une autre attitude : impassible, le regard rivé au sud-est. Il te suffit de suivre ce regard pour découvrir quelque chose d'impressionnant : un groupe d'immeubles de cinq ou six étages en forme de coin, aux façades lisses. Il n'est pas difficile de deviner qu'ils dessinent un cercle ni sur quoi il est centré, même si leur inclinaison signifie qu'ils dissimulent l'intérieur du disque. Après tout, Albâtre t'en a parlé. *La cité existe pour contenir le trou.*

Ta gorge serrée t'empêche de respirer.

« Non », dit Hoa.

Tu te contrains à respirer. Elle n'est pas dans le trou.

« Où, alors ? »

Il se tourne vers toi. Lentement. Les yeux écarquillés.

« Elle… elle est allée à Mandat. »

*
**

Aunoyau au-dessus, Mandat en dessous.

Nassun traverse en courant des corridors creusés dans l'obsidienne, étroits, bas de plafond, oppressants. Il fait chaud, là en bas. La chaleur n'a rien d'étouffant, mais paraît toute proche, omniprésente – elle émane du volcan, de l'antique pierre de son cœur. La fillette value les échos de la création des lieux, car ils sont nés de l'orogénie, pas de la magie, mais d'une orogénie plus précise, plus puissante qu'elle n'en a jamais vu. Ça n'a d'ailleurs aucune importance. Il faut qu'elle retrouve Schaffa.

Les tunnels déserts sont éclairés par les étranges panneaux lumineux rectangulaires qu'elle a déjà vus dans la cité souterraine, mais à part ça, rien ici ne ressemble à ce qu'il y avait là-bas. La cité souterraine évoquait le confort par sa conception. La gare, dotée d'une certaine beauté, était bâtie d'une manière qui tendait à prouver qu'on l'avait agrandie peu à peu, un élément après l'autre, des périodes de réflexion séparant les différentes phases de construction. Mandat se révèle sombre et utilitaire. Nassun descend des rampes, dépasse des salles de conférences ou de classe, des réfectoires, des salons. Tout est désert. Les corridors ont été arrachés au bouclier volcanique en quelques jours ou quelques semaines, à la hâte. Elle ne saurait dire pourquoi, mais, à sa grande surprise, elle en est certaine. La peur a imprégné les murs de pierre.

Elle s'en fiche. Schaffa est là, quelque part. Schaffa, qui n'a pratiquement pas bougé des semaines durant, est maintenant en train de courir sans que son esprit guide son corps. Nassun suit son argent, étonnée que le Gardien ait pris une telle avance. Elle n'a mis que quelques instants à rouvrir la porte dont il s'était servi, bien qu'elle ait été obligée d'utiliser la… magie pour arriver à ses fins. N'empêche qu'il est loin devant et que…

… qu'il n'est pas seul. Elle s'arrête, haletante, mal à l'aise, soudain. Ils sont nombreux. Des dizaines… non. Des centaines. Comme lui, tous, argent étranger, cassant, venu d'ailleurs.

Des Gardiens. Voilà donc où ils se rendent, en Saison. Mais il disait qu'ils le tueraient, parce qu'il avait été « contaminé ».

C'est hors de question. Elle serre les poings.

(La pensée ne lui vient pas qu'ils la tueraient, elle aussi. Ou, plutôt, la pensée lui vient, mais *C'est hors de question* prend nettement plus de place dans la réalité de Nassun.)

Quand elle passe une porte, au sommet d'un petit escalier, le corridor étroit aboutit brusquement à une salle étroite, certes, mais très longue et très haute. Si haute que son plafond se perd presque dans l'ombre et si longue qu'on n'en voit pas l'extrémité. Les murs en sont creusés tout entiers de dizaines, de centaines de curieux trous carrés, bien alignés. On dirait les alvéoles d'un nid de guêpes, si ce n'est qu'elles n'ont pas la bonne forme.

Chacune d'elles contient un corps.

Schaffa n'est plus très loin. Il se trouve quelque part dans cette pièce, et il ne bouge plus. Nassun s'arrête, elle aussi ; l'appréhension prend enfin le pas sur son besoin ardent de retrouver son mentor. Le silence lui hérisse le poil. L'image du nid de guêpes est restée logée dans son esprit, accompagnée, à un certain niveau, de la peur, si elle jette un coup d'œil dans une logette, de croiser le regard d'une larve, perchée peut-être sur le cadavre de la créature (l'être humain) qu'elle a parasitée.

La fillette considère sans le vouloir le trou le plus proche. Il est à peine plus large que les épaules de l'homme qui s'y trouve, manifestement endormi. Jeune, les cheveux gris – un Moyen, sans doute –, vêtu de l'uniforme bordeaux dont Nassun a entendu parler, mais qu'elle n'avait jamais vu. Il respire très lentement. La femme qui occupe l'alvéole suivante a beau porter le même uniforme, elle se révèle par ailleurs très différente : il s'agit d'une Côtière Orientale à la peau parfaitement noire, aux cheveux tressés sur le cuir chevelu de manière à dessiner des motifs complexes, aux lèvres d'un pourpre sombre. Un sourire imperceptible incurve ses lèvres, comme si l'habitude de sourire maintenait son emprise jusque dans le sommeil.

Ils dorment. Ils font plus que dormir. En suivant l'argent des occupants des logettes, en prenant conscience de leurs nerfs et de leur circulation sanguine, Nassun s'aperçoit qu'ils sont plongés dans une sorte de coma. Mais peut-être le coma ressemble-t-il toujours à ça. Ces gens n'ont l'air ni malades ni blessés, ils renferment juste l'écharde d'une pierre-noyau – au repos. Rien à voir avec le flamboiement rageur qui anime celle de Schaffa. Leurs filaments d'argent et ceux de leur environnement forment un réseau sur lesquels ils sont branchés – ce qui est étonnant. Peut-être ces Gardiens se donnent-ils de la force les uns aux autres ? De l'énergie pour accomplir un travail quelconque, comme les obélisques quand ils sont connectés ? Nassun n'en sait rien.

(Ils n'étaient pas censés se perpétuer.)

Au centre de la salle voûtée, une trentaine de mètres devant elle, s'élève soudain le vrombissement âpre d'un mécanisme.

Elle sursaute et s'écarte en trébuchant des alvéoles, non sans jeter autour d'elle un regard apeuré, de crainte que le bruit n'ait réveillé les dormeurs. Pas un ne bouge. Elle déglutit puis appelle tout bas :

« Schaffa ? »

La réponse résonne à travers la salle, gémissement bas familier.

L'intruse avance, chancelante, le souffle court. C'est lui. Au centre de cette pièce surprenante se trouvent des structures étranges, disposées en rangs, toutes composées d'un fauteuil à l'entrelacs complexe de fils métalliques, y compris de nombreuses boucles et pointes. Elle n'a jamais rien vu de tel. (Toi, si.) Ces armatures ont l'air de taille à accueillir un être humain, mais sont inoccupées. Nassun se penche sur l'une d'elles, attentive, et frissonne : elles s'adossent à une colonne de pierre qui abrite un mécanisme d'une complication obscène. Impossible de ne pas remarquer les scalpels minuscules, les forceps délicats, de tailles et de formes variées, les divers instruments, évidemment faits pour couper et forer…

Schaffa gémit à nouveau, non loin de là. Nassun chasse de ses pensées les petits outils tranchants et s'avance d'un pas vif…

… avant de s'arrêter devant le seul siège occupé de la pièce.

Un siège en fil de fer qui a été adapté. Schaffa y est installé sur le ventre, accroché aux fils, ses cheveux courts écartés sur la nuque. Derrière son fauteuil, le mécanisme de la colonne s'est animé pour s'étendre au-dessus et autour de son corps d'une manière qui semble prédatrice à Nassun… mais il se rétracte déjà, au moment où elle s'approche. Les instruments sanglants disparaissent dans le pilier ; des vrombissements plus discrets suivent. Le nettoyage, peut-être. Reste un outil minuscule, une sorte de pince miniature qui tient un trésor encore luisant, faiblement, du sang de Schaffa. Une épingle de métal sombre bosselée.

Bonjour, petite ennemie.

Schaffa ne bouge pas. Nassun le regarde, tremblante. Incapable de repasser à la perception de l'argent, de la *magie*, pour voir s'il est vivant. La plaie fraîchement ouverte au sommet de sa nuque a été recousue avec soin, juste par-dessus la vieille cicatrice sur laquelle sa pupille s'est toujours interrogée. La coupure saigne encore, mais il est évident qu'elle a été infligée très vite et refermée presque aussitôt.

Comme un enfant qui bande sa volonté pour faire disparaître le monstre sous son lit, Nassun veut voir bouger le dos et les flancs de Schaffa.

Ils bougent, car il inspire.

« N… Nassun, croasse-t-il.

— Schaffa ! » Elle se jette à genoux puis s'approche à quatre pattes pour le regarder par en dessous, à travers le siège en fil de fer, indifférente au sang qui goutte toujours du cou et du visage du captif. Ses yeux, ses beaux yeux de givre, sont mi-clos – et, cette fois, ce sont vraiment ses yeux à lui ! Quand elle s'en aperçoit, elle éclate en sanglots. « Schaffa ? Ça va ? Tu es vraiment là ? »

Il répond d'une voix lente, pâteuse ; elle ne veut pas se demander pourquoi.

« Nassun. Je… » Plus lentement encore, l'expression du blessé se modifie, séisme marin qui part du front puis balaie d'un tsunami de compréhension le reste de son visage. Ses yeux s'écarquillent. « Je ne… je n'ai pas mal. »

Elle lui touche le visage.

« Le… la chose… Le bout de fer… Tu ne l'as plus. »

Le cœur de Nassun se serre quand les paupières de Schaffa se ferment, mais son froncement de sourcils s'évanouit. Il sourit – et, pour la première fois depuis qu'elle le connaît, il n'y a dans son sourire ni tension ni hypocrisie. Il ne cherche pas à apaiser ses propres souffrances ou la peur d'autrui. Sa bouche s'ouvre au point qu'elle distingue toutes ses dents. Il *rit*, quoique faiblement, il pleure aussi, de joie et de soulagement. Elle n'a jamais rien vu d'aussi beau. Elle prend son visage à deux mains avec douceur, en faisant attention à sa blessure, et presse le front contre le sien. Son faible rire la fait trembler. Elle l'aime. Elle l'aime tellement.

Et, parce qu'elle le touche, parce qu'elle l'aime et qu'elle est accordée à ses besoins, à sa douleur, parce qu'elle veut le rendre heureux, la perception de Nassun passe à l'argent. Ce n'est pas volontaire de sa part. Tout ce qu'elle veut, c'est se servir de ses yeux pour savourer le regard que lui rend Schaffa, de ses mains pour le toucher, de ses oreilles pour l'écouter.

Mais c'est une orogène ; il ne lui est pas davantage possible d'ignorer son sens de la magie que sa vue, son ouïe, son odorat. Voilà pourquoi son sourire vacille, sa joie s'évanouit : à la seconde où elle s'aperçoit que le réseau argenté de Schaffa commence déjà à pâlir en lui, elle est bien obligée d'admettre qu'il est en train de mourir.

Ça va prendre un certain temps. Il peut vivre des semaines, des mois, un an peut-être, avec les filaments qui lui restent. Mais tout ce qui vit par ailleurs produit sa propre magie bouillonnante, quasi erratique, flot d'argent qui coule, hésite, emplit les vides entre les cellules, alors que seul un mince filet brillant se faufile goutte à goutte entre celles de Schaffa. L'essentiel de ce qui en subsiste chez lui court le long de son système nerveux, où un vide béant, terrifiant, occupe à présent ce qui constituait autrefois le cœur de son réseau d'argent, dans ses valupinae. Il l'avait dit à Nassun : sans sa pierre-noyau, il ne tardera pas à mourir.

Ses yeux se sont fermés. Il dort, épuisé d'avoir forcé son corps affaibli à parcourir les rues. Mais ce n'est pas lui qui a fait ça, hein ? La fillette se relève, tremblante, sans lui ôter les mains des épaules. La tête lourde de Schaffa s'appuie à sa poitrine. Elle fixe la petite épingle d'un regard amer, car elle comprend aussitôt pourquoi le Père Terre l'a retirée au blessé.

L'adversaire sait qu'elle a l'intention de provoquer la chute de la Lune, ce qui entraînera un cataclysme bien plus violent que l'Éclatement. Il veut vivre. Il sait qu'elle aime Schaffa et que, jusqu'ici, elle voyait la destruction du monde comme le seul moyen de lui apporter la paix. Mais, maintenant que le Père Terre l'a recréé, il le lui offre, à elle, en tant qu'ultimatum vivant.

Il est libre, à présent, voilà ce que signifie ce geste muet, plein d'ironie. *Il peut connaître la paix sans la mort. Si tu veux qu'il vive, petite ennemie, tu n'as pas le choix*

Acier n'a jamais dit que ce n'était pas faisable, juste qu'il ne fallait pas le faire. Peut-être a-t-il tort. Peut-être Schaffa le mangeur de pierre ne sera-t-il pas à jamais solitaire et malheureux. Acier est mesquin, il est méchant, ce qui explique que personne ne veuille de sa compagnie. Schaffa, lui, est bon. Il trouvera forcément quelqu'un d'autre à aimer.

Surtout si le monde entier n'est plus peuplé que de mangeurs de pierre.

Nassun prend sa décision : l'humanité n'est pas trop cher payer pour l'avenir de Schaffa.

*
**

D'après Hoa, Nassun est allée sous terre, à Mandat, où reposent les Gardiens. La panique qui t'a envahie à la nouvelle t'emplit la bouche d'un goût amer pendant que tu fais le tour du trou en courant à petites foulées, à la recherche d'un moyen d'y descendre. Tu n'oses demander à Hoa de te transporter jusqu'à ta fille, tout simplement : les alliés de M. Gris rôdent, omniprésents ; ils te tueraient comme ils ont tué Lerna, cela ne fait aucun doute. Les alliés de Hoa sont pourtant là aussi ; tu te souviens très vaguement d'avoir entrevu deux montagnes-traînées se heurter de plein fouet, l'une repoussant l'autre. Mais, tant que la question de la Lune n'est pas résolue, il serait trop dangereux d'entrer dans la terre. À la valuation, tous les mangeurs de pierre sont là ; des centaines de montagnes de taille humaine, à Aunoyau et en dessous, dont certaines te regardent parcourir les rues, à la recherche de Nassun. Les luttes qui opposent leurs antiques factions vont trouver leur résolution cette nuit, d'une manière ou d'une autre.

Tes compagnes t'ont suivie, quoique plus lentement, car ta panique leur est étrangère. Enfin, tu repères un bâtiment-pylône qui a été ouvert – coupé, dirait-on, par un couteau géant : trois entailles irrégulières y ont dessiné une « porte », qu'on a ensuite fait tomber à l'extérieur. Le mur, d'une trentaine de centimètres d'épaisseur, délimite un large corridor bas de plafond qui s'enfonce dans l'obscurité.

Au moment où tu y arrives, toutefois, quelqu'un remonte des profondeurs. Tu t'arrêtes, vacillante.

« Nassun ! »

C'est elle, en effet.

L'enfant qui se tient sur le seuil dépasse celle de tes souvenirs d'une dizaine de centimètres. Ses cheveux plus longs sont tressés en deux nattes qui retombent derrière ses épaules. C'est tout juste si tu la reconnais. À ta vue, elle se fige, un léger pli de perplexité entre les sourcils, ce qui t'apprend qu'elle a du mal à te reconnaître, elle aussi. Jusqu'au moment où elle comprend qui tu es, après quoi elle te regarde comme si tu étais la dernière chose au monde qu'elle s'attendait à voir. Et en effet.

« Salut, maman », lâche-t-elle.

14. Moi, à la fin des temps

Je suis témoin de ce qui suit. Je le raconte en tant que tel.

Je vous regarde vous faire face pour la première fois depuis deux ans, ta fille et toi, séparées par le fossé des épreuves. Je suis seul à savoir ce que vous avez subi toutes deux. Chacune de vous ne peut jauger l'autre que par sa présence, ses actes, ses cicatrices, du moins pour l'instant. Toi : beaucoup plus mince que la mère qu'elle a vue pour la dernière fois le jour où elle a décidé de sécher la crèche. Le désert t'a usée et t'a desséché la peau ; la pluie acide a délavé tes boucles, d'un brun pâli, strié d'un gris plus visible. Les vêtements qui pendent sur ton corps sont également délavés, par l'acide et la cendre. La manche droite nouée de ta chemise se balance, manifestement vide, quand tu prends une brusque inspiration. La première impression après-rift que tu fais à ta fille découle aussi du groupe qui se tient derrière toi et dont elle concentre tous les regards, empreints pour certains d'une méfiance palpable. Alors que ton expression ne trahit que l'angoisse.

Nassun reste d'une immobilité de mangeuse de pierre. Elle n'a grandi depuis la création du rift que d'une dizaine de centimètres, mais en ce qui te concerne, elle pourrait aussi bien en mesurer trente de plus. L'adolescence se devine déjà en elle, du moins pour toi. Une adolescence précoce, mais telle est la nature de la vie en ces temps difficiles. Le corps profite dès que possible de la sécurité et de l'abondance, et ses neuf mois à Jekity ont fait du bien à Nassun. Sans doute ses menstruations commenceront-elles l'an prochain, si elle a assez à manger. Les changements les plus importants sont cependant immatériels. Son regard méfiant ne conserve pas trace de la timidité dont tu te souviens. Quant à son attitude – les épaules rejetées en arrière, les pieds écartés, fermement posés par terre… Tu lui as dit et répété de ne pas se voûter, et elle a en effet l'air d'autant plus grande et robuste qu'elle se tient droite. Merveilleusement robuste.

Son orogénie, aussi immuable que le roc, aussi précise qu'un foret de diamant, fait à ta conscience l'effet d'un poids posé sur le monde. Terre cruelle ! À la valuation, elle est exactement comme toi.

C'est fini avant même de commencer. Cette certitude ne se discute pas davantage que celle de sa force, et les deux sont pour toi désespérantes.

« Je te cherchais », dis-tu.

Ta main s'est levée d'elle-même. Tes doigts s'écartent, tressaillent, se replient, s'écartent à nouveau – geste évoquant à la fois l'appropriation et l'imploration.

Son regard se voile.

« J'étais avec papa.

— Je sais. Je ne suis pas arrivée à te trouver. » Paroles superflues, qui énoncent l'évidence ; tu t'en veux terriblement de ce bavardage idiot. « Tu… ça va, toi ? »

Elle détourne les yeux, préoccupée. Ça t'ennuie d'être aussi évidemment étrangère à ses soucis.

« Il faut que… Mon Gardien a besoin d'aide. »

Tu te raidis. Nassun a entendu parler de Schaffa et de ce qu'il était avant Meov. Le Schaffa que tu as connu et celui qu'elle aime sont deux personnes différentes, elle le sait intellectuellement. Elle a vu un Fulcrum, elle a pris conscience de la manière dont il distordait ceux qu'il abritait, elle se rappelle comment tu te crispais – exactement comme tu viens de le faire –, au moindre aperçu de bordeaux. Et là, au bout du monde, elle comprend enfin pourquoi. Elle te connaît maintenant mieux qu'elle ne t'a jamais connue.

Il n'empêche. À ses yeux, Schaffa reste celui qui l'a protégée des pillards… et de son propre père. Celui qui l'a rassurée quand elle avait peur, qui l'a bordée le soir dans son lit. Elle l'a vu lutter contre sa brutalité innée et contre le Père Terre lui-même pour être le parent dont elle avait besoin. Il l'a aidée à s'aimer telle qu'elle est.

Quant à sa mère… quant à toi… Tu n'as rien fait de tout cela.

En cet instant qui s'étire, où tu cherches de toutes tes forces à dépasser le souvenir d'Innon tombant en pièces, la brûlure des os brisés, dans une main que tu n'as plus, le *Ne me dis jamais non* qui résonne dans ta tête, une intuition que tu as toujours repoussée s'impose à elle :

Ce n'est pas possible. Il ne peut exister entre vous aucune relation, aucune confiance, parce que vous êtes toutes deux ce que le Fixe et la Saison ont fait de vous. Albâtre avait raison : certaines choses sont bel et bien abîmées au-delà du réparable. On n'y peut rien, sauf les détruire entièrement, par compassion.

Elle secoue la tête, une fois, pendant que tu restes là, frémissante. Elle détourne les yeux. Secoue à nouveau la tête. Ses épaules se voûtent légèrement, non sous l'effet de la paresse, mais de la fatigue. Si elle ne te reproche rien, elle n'attend rien de toi non plus. Or tu te trouves en ce moment sur son chemin, tout simplement.

Alors elle se détourne et s'éloigne, ce qui te secoue assez pour te tirer de ta fugue.

« Nassun ? appelles-tu.

— Il a besoin d'aide », répète-t-elle sans s'arrêter, la tête basse, les épaules crispées. Tu inspires brusquement et lui emboîtes le pas. « Il faut que je l'aide. »

Ce qui se passe ne te surprend pas. Tu l'as senti arriver et redouté depuis le début. Derrière toi, Danel parle aux autres pour les empêcher de te suivre – peut-être se dit-elle que vous avez besoin d'intimité, ta fille et toi. Sans leur prêter aucune attention, tu te lances à sa poursuite, l'attrapes par l'épaule en la rejoignant et cherches à la faire pivoter.

« Que… » Elle chasse ta main d'une secousse si brutale que tu chancelles. La perte de ton bras t'a coûté ton sens de l'équilibre, et elle a gagné en force. Tu manques de tomber, mais elle ne s'en rend pas compte. « Nassun ! »

Elle ne te jette pas un regard.

Que ne donnerais-tu pas pour attirer son attention et obtenir d'elle une réaction, quelle qu'elle soit ! Mais que faire ? Tu finis par dire, à son dos :

« Je… je… je sais, pour Jija ! »

Cette fois, elle s'arrête, hésitante. La mort de Jija est toujours en elle une plaie vive, que Schaffa a certes nettoyée et recousue, mais qui mettra du temps à guérir. Le fait que tu saches ce qui s'est passé l'emplit d'une honte qui lui voûte les épaules. Le fait qu'elle ait été obligée d'en arriver là pour se défendre l'emplit de frustration. Le fait que tu lui rappelles à cet instant précis ce qui s'est produit transforme honte et frustration en colère.

« Il faut que j'*aide Schaffa* », martèle-t-elle.

Son dos raidi évoque les après-midi que vous avez passés ensemble dans ton creuset de fortune, près de Tirimo, et l'époque de ses deux ans, où elle a appris le sens du mot *non*. On ne peut pas raisonner avec elle dans ces cas-là. Les paroles ne servent plus à rien. Les actes seuls conservent un sens. Mais par quels actes pourrais-tu bien lui faire comprendre les émotions où tu t'embourbes ? La détresse te pousse à te tourner vers les autres. Hjarka retient Tonkee ; laquelle regarde le ciel, où sont rassemblés davantage d'obélisques que tu n'en as vu de ta vie. Danel se tient un peu à l'écart, les mains derrière le dos ; ses lèvres noires remuent sans interruption – tu sais qu'elle se livre à un exercice mnémotechnique de mnésiste censé l'aider à absorber tout ce qu'elle voit et entend, verbatim. Lerna…

Tu avais oublié. Lerna n'est pas là. Mais s'il y était, sans doute te mettrait-il en garde. C'était un médecin. Les blessures familiales ne relevaient pas vraiment de son domaine de compétences… mais il est évident que, dans le cas d'espèce, quelque chose s'est envenimé.

Tu rejoins une fois de plus Nassun au petit trot.

« Nassun… ça suffit, rouille de merde, regarde-moi quand je te parle ! »

Elle ne te prête aucune attention, ce qui te fait l'effet d'une gifle – le genre de gifle qui éclaircit les idées, pas celui qui donne envie d'en découdre. Bon. Elle ne t'écoutera pas avant d'avoir… aidé Schaffa. Tu te contrains à dépasser cette pensée, quoique ça revienne à traverser un champ de boue plein d'ossements. Bon.

« Je… Écoute, je peux t'aider, si tu veux. »

Cette fois, elle ralentit puis s'arrête. Quand elle se retourne, le regard qu'elle pose sur toi est méfiant – tellement méfiant.

« M'aider ? »

Quant à toi, ton regard la dépasse, et tu t'aperçois alors qu'elle se dirigeait vers un autre bâtiment-pylône – dont un escalier spacieux balafre la façade inclinée. Du toit, on doit voir le ciel à la perfection… certitude dont tu déduis, irrationnellement, que tu dois empêcher Nassun d'y accéder.

« Oui. » Tu lui tends à nouveau la main. *Je t'en prie.* « Dis-moi ce que tu veux faire. Je… Nassun… » Tu es à court de mots. Si seulement elle éprouvait ce que tu éprouves… « Nassun. »

Ça ne marche pas.

« J'ai besoin d'utiliser la Porte de cristal », annonce-t-elle, d'une voix dure comme pierre.

Tu sursautes. Je te l'ai dit il y a des semaines, mais apparemment, tu n'y as pas cru.

« Hein ? Tu ne peux pas. »

Ça te tuerait, voilà ce que tu penses.

Elle serre les dents.

« Si. »

Je n'ai pas besoin de ta permission, voilà ce qu'elle pense.

Tu secoues la tête, incrédule.

« Mais pour quoi faire ? »

Trop tard. Elle en a terminé. Tu as prétendu être disposée à l'aider, puis tu as hésité. C'est aussi la fille de Schaffa, au fond, tout au fond. Feux souterrains ! Deux pères et toi, *toi*, pour la modeler… Est-il vraiment étonnant qu'elle ait tourné ainsi ? Hésiter revient à ses yeux à dire *non*. Et elle n'aime pas qu'on lui dise non.

Voilà pourquoi elle te tourne le dos, une fois de plus.

« Arrête de me suivre, maman. »

Tu lui emboîtes le pas, bien sûr.

« Nassun… »

Sa réaction est instantanée. Elle est dans la terre, où tu la values ; elle est dans l'air, où tu distingues les fils de sa magie ; orogénie et magie s'entremêlent soudain d'une manière incompréhensible pour toi. Le sol d'Aunoyau, mélange de métal, de fibres compressées, de substances dont tu ne connais pas le nom, étalés par couches sur le bouclier volcanique, se soulève sous tes pieds. Une vieille habitude, acquise au fil des années passées à contenir les crises d'orogénie de tes enfants, te fait réagir alors même que tu trébuches ; ton tore s'ancre dans le sol pour annuler le pouvoir de Nassun. Ça ne marche pas, parce qu'elle n'utilise pas seulement l'orogénie.

Elle value aussi ce que tu fais. Ses yeux se plissent. Tes yeux d'un gris de cendre. Une seconde plus tard, un mur d'obsidienne jaillit de terre devant toi, déchirant la fibre et le métal de l'infrastructure d'Aunoyau, dressant entre vous une barrière qui occupe toute la largeur de la chaussée.

La force de la secousse te jette à terre. Lorsque les étoiles qui dansaient dans ton champ de vision s'éteignent et que la poussière se dissipe un peu, tu considères l'obstacle, les yeux écarquillés par le saisissement. C'est ta fille qui a fait ça. Qui t'a fait ça, à toi.

Quelqu'un t'attrape par le bras. Tu sursautes. Tonkee.

« Je ne sais pas si tu en es consciente, dit-elle en te hissant sur tes pieds, mais on dirait que cette petite a hérité de ton caractère. Alors tu vois, tu devrais peut-être éviter de te montrer trop autoritaire.

— Je ne sais même pas comment elle s'y est prise, murmures-tu, un peu étourdie, en remerciant cependant d'un signe de tête Tonkee de t'avoir aidée. Ce n'était pas… Je n'ai pas… » Ce qu'a fait Nassun n'avait pas la précision enseignée au Fulcrum, bien que tu lui aies inculqué les fondamentaux requis là-bas. Complètement perdue, tu poses la main sur le mur ; les scintillements de magie qui s'attardent dans sa substance dansent d'une particule à l'autre en s'évanouissant. « Elle *mélange* magie et orogénie. Je n'ai jamais rien vu de pareil. »

Moi, si. Nous appelions ça l'accord.

Pendant ce temps. Maintenant que tu n'es plus là pour la gêner, Nassun a monté l'escalier du pylône. Elle se tient au sommet, entourée de symboles rouges éclatants en lévitation. La lourde brise vaguement sulfureuse soufflée par le grand trou foré au centre d'Aunoyau soulève les cheveux qui ont échappé à ses nattes jumelles. Elle se demande si le Père Terre est soulagé d'avoir réussi à la manipuler pour qu'elle l'épargne.

Schaffa vivra, si elle transforme en mangeurs de pierre tous les êtres humains du monde. Cela seul importe.

« D'abord, le réseau », lance-t-elle en levant les yeux au ciel.

Les vingt-sept obélisques clignotent, passant à l'unisson de l'état solide à l'état magique quand elle les rallume. Elle tend les mains en avant, les doigts écartés.

Toi, en contrebas, tu tressailles parce que tu values… tu sens… tu es accordée… l'activation ultra-rapide des vingt-sept artefacts. Ils agissent alors comme une seule entité, animés d'un bourdonnement si puissant que tu en as les dents qui te démangent. Tonkee devrait faire la grimace, elle aussi… mais ce n'est qu'une fixe.

Elle n'en est pas pour autant stupide, et elle a consacré sa vie aux obélisques. Pendant que tu contemples ta fille avec stupeur, elle se concentre sur ceux qui lévitent au-dessus de vous.

« Trois au cube », marmonne-t-elle. Tu secoues la tête sans mot dire. Ta lenteur te vaut un coup d'œil exaspéré. « Disons que si je voulais disposer de l'équivalent d'un *énorme* cristal, je commencerais par en rassembler de plus petits dans un réseau configuré en système cubique. »

Là, tu comprends. Nassun a l'intention de créer une imitation de l'onyx. Il faut une clé pour initialiser la Porte, Albâtre te l'a dit. Ce qu'il ne t'a *pas* dit, ce fichu crétin, c'est qu'il existe différentes sortes de clés. Quand il a déchiré le Fixe en créant le rift, il s'est servi d'un réseau composé de tous les opérateurs des nœuds alentour, sans doute parce que l'onyx l'aurait aussitôt changé en pierre. Les opérateurs représentaient un substitut moins énergique – une clé de secours. La première fois que tu as obligé les gèneurs de Castrima à travailler en réseau, eux aussi, tu ne savais pas ce que tu faisais, mais il savait, lui, que l'onyx était trop puissant pour toi. Il ne fallait pas que tu t'en empares directement, car tu n'avais ni la flexibilité ni la créativité de ton professeur. Il t'a donc appris comment t'y prendre de manière moins dangereuse.

Nassun, elle, est l'élève dont il avait toujours rêvé. Elle n'a encore jamais accédé à la Porte de cristal – laquelle t'appartenait, jusqu'à maintenant –, mais ça ne l'empêche pas de se tendre au-delà du réseau de sa clé de secours, à la recherche des autres obélisques, puis de s'en emparer. Stupeur et horreur t'envahissent. Le processus a beau être plus lent qu'il ne le serait avec l'onyx, son efficacité n'en est pas moins réelle. Ça marche. L'apatite, connectée, intégrée. La sardonyx, qui expédie une petite pulsation depuis sa position, hors de vue, très loin au sud, au-dessus de la mer. Le jade…

Nassun va bel et bien ouvrir la Porte.

Tu écartes Tonkee d'un coup d'épaule.

« Éloignez-vous le plus possible de moi. Toutes. »

Elle ne perd pas de temps à discuter, mais fait volte-face, les yeux écarquillés, et part en courant. Tu l'entends crier quelque chose aux autres. Danel proteste… Tu ne peux plus leur prêter la moindre attention.

Nassun va ouvrir la Porte, se transformer en pierre et *mourir*.

Il n'existe qu'un moyen de l'empêcher de former le grand réseau d'obélisques : l'onyx. Il faut donc que tu l'atteignes la première, mais il se trouve pour l'instant de l'autre côté de la planète, à mi-chemin entre Castrima et Rennanis, là où tu l'as laissé. Un jour, il y a de cela bien longtemps, te semble-t-il, il t'a attirée à lui alors que tu te trouvais dans la Castrima de surface. Vas-tu oser attendre qu'il en fasse autant, maintenant que Nassun prend le contrôle des différentes composantes de la Porte ? Il faut que tu l'atteignes la première, mais tu as besoin de magie pour l'atteindre – bien plus de magie que tu n'en peux rassembler seule, ici, sans obélisque qui te soit lié.

Le béryl, l'hématite, la iolite…

Elle va mourir sous tes yeux, si tu restes les bras croisés.

Tu plonges frénétiquement ta conscience dans la terre. Aunoyau est bâti sur un volcan. Peut-être vas-tu pouvoir…

Attends. Quelque chose attire ton attention vers le haut, en direction du sommet de la cheminée principale. Sous terre, mais plus près. La cité de surface est construite au-dessus d'un réseau, tu le sens. Ses fils de magie entrelacés se renforcent les uns les autres, profondément enracinés pour en puiser davantage… mais il est difficile à percevoir ; lent ; et, quand tu le touches, il provoque au fond de ton esprit un affreux bourdonnement familier. Un bourdonnement qui enfle enfle enfle.

Eh oui. Ce réseau se compose de *Gardiens* – près d'un millier. Bien sûr, bien sûr. Jamais encore tu n'avais consciemment cherché à entrer en contact avec leur magie, mais là, tu comprends enfin à quoi rime le bourdonnement – une partie de toi percevait l'étrangeté de cette magie avant même qu'Albâtre ne t'entraîne. La conscience de ce que tu as trouvé te transperce d'une peur aiguë, quasi paralysante. Le réseau est tout proche, facile à utiliser, mais si tu t'en sers, qui empêchera les Gardiens de quitter Mandat telles des guêpes furieuses s'envolant de leur nid secoué ? Tu as déjà assez de problèmes.

Sur son pylône, Nassun gémit. Tu t'aperçois avec un choc que tu… Terre cruelle, tu *vois* la magie qui l'environne et la pénètre croître en éclat, comme le feu qui atteint du petit bois imbibé de pétrole. Elle brûle à tes yeux – et le poids qu'elle représente, posé sur le monde, devient de plus en plus lourd à chaque seconde qui passe. *Le disthène l'orthose la scapolite…*

Ta peur s'évanouit brusquement ; ta petite fille a besoin de toi.

Bien plantée sur tes deux pieds, tu te tends vers le réseau que tu as trouvé, Gardiens ou pas. Un grondement passe entre tes dents quand tu empoignes le tout. Les Gardiens, les fils qui partent de leurs valupinae pour s'enfoncer dans les profondeurs et, autant que possible, la magie qui y circule, mais aussi les épingles de fer, infimes dépositaires de la volonté du cruel Père Terre.

Tu empoignes le tout, tu le soumets à ton joug sévère, puis tu le *prends*.

Sous terre, à Mandat, les dormeurs hurlent, se réveillent, se débattent dans leurs alvéoles, se serrent la tête à deux mains ; tu imposes à chacun d'eux ce qu'Albâtre a imposé un jour à sa Gardienne. Ce que Nassun avait tellement envie d'imposer à Schaffa…

si on oublie qu'il n'y a dans la manière dont tu le fais, toi, nulle tendresse. Non que tu détestes ces gens ; ils te sont juste indifférents. Tu t'empares de l'acier enchâssé dans leur cerveau et de la moindre lueur argentée qui circule entre les cellules de leur corps… tu les sens cristalliser et mourir… et, grâce à ton réseau de fortune, tu disposes enfin d'assez de magie pour atteindre l'onyx.

Il tend l'oreille à ton contact, loin au-dessus du paysage de cendre du Fixe. Tu tombes en lui, tu plonges désespérément dans le noir pour lui exposer ton cas. *Je t'en prie*, implores-tu.

Il examine ta requête. Ni en mots ni en sensations, mais tu sais qu'il l'examine. Puis il t'examine, toi – ta peur, ta colère, ta détermination à arranger les choses.

Ah… il y a là une résonance. Il t'examine derechef, de plus près, avec un certain scepticisme, eu égard à la frivolité de ta précédente requête… (Se contenter d'effacer une cité de la carte, franchement ? Comme si tu avais besoin de la Porte pour ça…) Aujourd'hui, cependant, l'onyx découvre en toi quelque chose d'autre : tu as peur pour les tiens. Peur d'échouer. Une peur qui accompagne tous les changements nécessaires. Et, sous cette peur, le besoin impérieux de rendre le monde meilleur.

Loin, très loin, un milliard d'agonies frissonnent quand l'onyx s'aligne en produisant un son bas, quoique tonitruant à faire trembler la terre.

Au sommet de son pylône, Nassun perçoit sous la palpitation des obélisques l'avertissement que constitue cette lointaine obscurité ascendante, mais elle s'est trop engagée dans l'appel, elle est emplie par trop d'obélisques pour distraire de la tâche en cours une partie de son attention.

Les deux cent seize artefacts restants se soumettent un par un à elle ; elle ouvre les yeux pour regarder la Lune, qu'elle va laisser passer sans y toucher ; elle se prépare au contraire à appliquer toute la puissance de la grande Machine Plutonique à la Terre et à sa population, afin de transformer chaque être humain ainsi que je l'ai été autrefois…

… et elle pense à Schaffa.

Comment pourrait-elle se mentir, à un moment pareil ? Comment pourrait-elle voir ce qu'elle a envie de voir, et rien d'autre, alors que le pouvoir de changer le monde traverse par ricochet son âme, son esprit, le vide entre ses cellules ? Comment pourrait-elle refuser de comprendre qu'elle ne connaît guère Schaffa que depuis un peu plus d'un an et qu'elle ne le connaît pas *vraiment*, étant donné tout ce qu'il a perdu de lui-même ? Comment pourrait-elle ne pas se rendre compte qu'elle se cramponne à lui parce qu'elle n'a personne d'autre…

Malgré sa détermination, une lueur de doute s'allume dans son esprit. Une lueur, pas davantage. À peine une pensée. Qui cependant murmure : *Tu es sûre que tu n'as personne d'autre ?*

Qu'il n'y a pas au monde un *autre être que Schaffa pour tenir à toi ?*

Je la regarde hésiter, les doigts pliés, je regarde un froncement de sourcils crisper son petit visage pendant que la Porte de cristal atteint l'achèvement, je regarde frissonner des énergies qui échappent à la compréhension et entreprennent de s'aligner avec elle. J'ai perdu la capacité à les manipuler il y a des dizaines de milliers d'années, mais je les vois toujours. Le réseau arcanochimique – ce qui n'est à tes yeux que simple pierre brune, et l'état d'énergie qui la produit – se forme à la perfection.

Je te regarde t'en apercevoir, toi aussi, et en comprendre instantanément les conséquences. Je te regarde grogner et faire voler en éclats le mur qui te sépare de ta fille, sans même remarquer que tes doigts se sont pétrifiés, puis te précipiter au pied de l'escalier du pylône pour appeler : « *Nassun !* »

Ta soudaine *exigence*, aussi brute qu'incontestable, provoque bien sûr une réaction : l'onyx apparaît dans le ciel, surgi de nulle part.

Un bruit titanesque accompagne sa matérialisation – une sorte de plainte basse qui fait vibrer les os. Le déplacement d'air associé est assez violent pour vous jeter au sol, Nassun et toi. Elle pousse un cri, glisse sur quelques marches, passe dangereusement près de perdre le contrôle de la Porte quand le choc fait vaciller sa concentration. Tu pousses un cri quand le choc te fait découvrir que ton avant-bras gauche est de pierre, ta clavicule droite est de pierre, ton pied et ta cheville gauches sont de pierre.

Mais tu serres les dents. Tu ne souffres plus que de l'angoisse que t'inspire le sort de ta fille. Tu n'éprouves plus de besoin, sauf un. Elle maîtrise la Porte, toi l'onyx. Et quand tu le contemples, quand tu contemples la Lune, qui brille à travers sa translucidité boueuse, iris de givre dans une mer de sclérotique noire, tu sais ce qu'il te reste à faire.

Aidée de l'onyx, tu te tends à une demi-planète de là pour planter le fulcrum de ton intention dans la blessure du monde. Le rift frissonne, car tu exiges le moindre iota de sa chaleur et de l'énergie cinétique produite par son bouillonnement ; tu frissonnes sous l'afflux d'un pouvoir tel que tu redoutes un instant de le voir jaillir de toi telle une colonne de lave qui consumera tout.

Mais l'onyx fait aussi partie de toi, pour l'instant. Indifférent à tes convulsions – car tu te convulses à terre, la bave aux lèvres –, il prend, il puise, il équilibre l'énergie du rift avec une aisance qui t'incite à la modestie. Il se lie automatiquement aux obélisques tout proches, tellement pratiques – le petit réseau assemblé par Nassun dans le but de dupliquer son pouvoir à lui, mais qui n'a justement que son pouvoir, pas la moindre volonté propre, car un réseau n'a pas de but. L'onyx s'empare des vingt-sept artefacts puis commence aussitôt à grignoter le reste du grand réseau de Nassun.

Mais là, sa volonté n'est plus prépondérante. Nassun a conscience de sa présence ; et la combat. Elle est aussi déterminée que toi. Aussi aimante – toi, tu l'aimes, elle ; elle, elle aime Schaffa.

Moi, je vous aime toutes les deux. Comment pourrait-il en être autrement, après ce qui s'est passé ? Au bout du compte, je reste humain, et le devenir du monde est en jeu. Votre combat est à la fois magnifique et terrible.

Car c'est un combat, mené pour le moindre filament, la moindre vrille de magie. Les énergies titanesques libérées par la Porte et le rift claquent et frissonnent autour de vous, aurore boréale cylindrique aux couleurs vives, lumières dont la longueur d'onde s'étend au-delà des frontières du spectre visible. (Ces énergies *résonnent* en toi, où l'alignement est déjà parfait, mais *oscillent* encore en Nassun, bien que sa forme d'onde ait commencé à s'effondrer.) L'onyx et le rift contre la Porte, toi contre elle – Aunoyau tout entier tremble sous la force de l'affrontement. Dans les couloirs obscurs de Mandat, parmi les corps-joyaux, les murs gémissent, les plafonds grincent, libérant poussière et éclats de pierre. Nassun fait les plus grands efforts pour s'attribuer la magie de la Porte – ce qu'il en reste – afin de la diriger contre tes amies et le monde entier au-delà… jusqu'à ce que tu comprennes enfin, enfin, qu'elle cherche à les transformer, tous, en *mangeurs de pierre* rouillés. Pendant ce temps, tu t'es tendue vers le haut. Pour attraper la Lune et, peut-être, permettre à l'humanité de bénéficier d'une seconde chance. Aucune de vous ne peut atteindre son but sans disposer à la fois de la Porte, de l'onyx et de l'énergie additionnelle du rift.

L'impasse où vous vous trouvez ne peut se prolonger davantage. La Porte ne peut préserver ses connexions qu'un certain temps ; l'onyx ne peut contenir éternellement le chaos du rift ; deux êtres humains, si puissants et décidés soient-ils, ne peuvent survivre longtemps à une telle quantité de magie.

C'est à ce moment-là que survient l'événement. Un cri t'échappe, car le changement t'est perceptible, la brusque harmonisation : Nassun. La magie de son être vient de s'aligner totalement ; sa cristallisation a commencé. Désespérée, tu réagis de manière purement instinctive en captant et en rejetant une partie de l'énergie qui cherche à la transformer, bien que ton intervention ne fasse que retarder l'inévitable. Dans l'océan, trop près d'Aunoyau, naît une vibration si forte que les stabilisateurs de la montagne se révèlent incapables de la contenir. Un énorme éperon rocheux jaillit du fond marin à l'ouest ; un autre à l'est, d'où s'élève une vapeur sifflante. Nassun montre les dents, frustrée, décide de prendre ces formations comme nouvelles sources de pouvoir, en extirpe la chaleur et la violence ; elles se fissurent puis s'écroulent. Les stabilisateurs ont beau s'arcbouter sur le fond afin d'empêcher un tsunami, ils ne sont pas omnipotents. Ils n'ont pas été conçus pour des choses pareilles. Aunoyau même s'écroulera si cela continue.

« Nassun ! » cries-tu une fois de plus, terrifiée.

Elle ne t'entend pas. Mais, si loin que tu te trouves, tu vois que les doigts de sa main gauche sont à présent aussi bruns et minéraux que les tiens. Elle en est consciente, tu le sais. Il s'agit d'un choix de sa part. Elle est prête à sa propre mort inévitable.

Toi, non. Ah, Terre cruelle, tu ne peux regarder mourir un autre de tes enfants.

C'est pourquoi tu renonces.

Ton expression m'est souffrance, car je sais ce qu'il t'en coûte de renoncer au rêve d'Albâtre… et au tien. Tu voulais de toutes tes forces rendre le monde meilleur pour Nassun, mais tu veux surtout que ta fille, ton dernier enfant, *vive*… et tu fais ton choix. Continuer la lutte vous tuera toutes les deux. Le seul moyen de gagner consiste donc à cesser de lutter.

Je suis désolé, Essun, tellement désolé. Au revoir.

Quand Nassun sent ta pression sur la Porte se relâcher brusquement – ta pression sur *elle*, alors que tu attirais à toi les terribles boucles de la magie qui la transformait –, elle pousse une exclamation étouffée. Ses yeux s'ouvrent. L'onyx interrompt ses attaques, clignotant au même rythme que les dizaines d'obélisques dont il s'est emparé, débordant d'énergie, une énergie qu'il *faut* dépenser – mais qu'il maîtrise, pour l'instant. La magie stabilisatrice finit par calmer l'océan houleux autour d'Aunoyau. Le monde reste une seconde en suspens, figé, tendu.

Ta fille se tourne vers toi.

« Nassun. »

Ce n'est plus qu'un murmure. Tu te trouves sur les marches inférieures du pylône, tu cherches à la rejoindre, mais tu n'y arriveras pas. Ton bras s'est complètement durci, et ton torse suit. Ton pied de pierre glisse, impuissant, sur le matériau lisse, avant de se bloquer, car le reste de ta jambe se pétrifie. Tu peux encore t'appuyer sur ton autre pied, mais la pierre qui te compose pèse son poids et tu n'es pas très douée pour ramper.

Le front de Nassun se plisse. Tu lèves les yeux vers elle, et c'est un véritable choc. Ta petite fille. Tellement grande, ici, sous l'onyx et la Lune. Tellement puissante. Tellement belle. Tu ne peux pas t'en empêcher : sa vue te fait fondre en larmes. Et *éclater de rire*, bien qu'un de tes poumons se soit pétrifié et que ton rire ne soit en réalité qu'un léger sifflement. Elle est si étonnante, ta petite fille. Tu es très fière d'être vaincue par sa force.

Elle inspire ; ses yeux s'écarquillent, comme si elle n'arrivait pas à les en croire : sa mère, sa redoutable mère, gît à terre. Essaie de ramper sur des membres de pierre. Le visage mouillé de larmes. *Souriante*. Tu ne lui avais jamais, jamais souri.

La ligne de transformation passe sur ton visage. Tu n'es plus là.

Tu es encore là physiquement, masse de grès brune figée sur les marches inférieures, une esquisse de sourire imperceptible sur des lèvres à demi formées. Tes larmes sont toujours là, scintillantes sur la pierre. C'est ce qu'elle regarde.

C'est ce qu'elle regarde en prenant une longue inspiration creuse, parce qu'il n'y a plus rien soudain, vraiment *rien* en elle. Elle a tué son père, elle a tué sa mère, Schaffa est en train de mourir, il ne lui reste rien, rien, le monde lui prend, il lui prend encore et encore et il ne lui laisse *rien*…

Mais elle ne peut détourner le regard de tes larmes qui s'évaporent.

Parce que, après tout, le monde t'avait pris encore et encore à toi aussi. Elle le sait. Mais, malgré tout, pour une raison qu'elle ne se croit pas capable de jamais comprendre… tu cherchais à atteindre la Lune alors même que tu étais en train de mourir.

Et tu cherchais à l'atteindre, elle.

Elle hurle. Elle se prend la tête à deux mains, dont l'une à demi pétrifiée, et elle tombe à genoux, écrasée par le poids du chagrin comme par celui d'une planète.

L'onyx, patient mais impatient, conscient mais indifférent, la touche. Nassun est le seul composant restant de la Porte à avoir une volonté fonctionnelle complémentaire. Le contact lui permet de percevoir le plan que tu avais concocté, sous forme de commandes activées, prêtes à déclencher des mécanismes précis, quoique mises en attente. Ouvrir la Porte, y faire passer l'énergie du rift, attraper la Lune. Mettre fin aux Saisons. Réparer le monde. Telle était ta dernière volonté, Nassun le value-sent-sait.

Exécuter O/N ? demande l'onyx à sa manière pesante, sans passer par les mots.

Seule dans le silence froid de la pierre, Nassun fait son choix.

OUI.

Coda

Toi et moi

Tu es morte. Mais pas toi.

Du point de vue des gens qui se trouvent sur Terre, la récupération de la Lune n'a rien de théâtral. Tonkee et les autres se sont réfugiées dans un immeuble, sur le toit duquel l'Innovatrice monte suivre heure par heure la course du satellite en utilisant un antique instrument d'écriture – à sec depuis longtemps, mais dont elle enduit la pointe d'un mélange de salive et de sang afin de le ressusciter. Ça ne sert à rien, parce qu'elle n'a pas assez de données d'observation pour effectuer des calculs corrects et qu'elle n'a rien à voir avec un rouilleux d'astromestre, feux souterrains. De toute manière, elle n'est pas sûre de ses premières mesures, à cause de la secousse de magnitude cinq ou six qui s'est produite pendant qu'elle les faisait et qui a poussé Hjarka à l'écarter de la fenêtre manu militari.

« Les vitres des constructeurs d'obélisques n'explosent pas pour un rien, se plaint-elle ensuite.

— Ma colère, si », rétorque Hjarka, mettant ainsi un point final à la dispute avant qu'elle ne commence.

Tonkee apprend à accepter le compromis pour le bien d'une saine relation.

Il n'empêche que la Lune a bel et bien changé, tes amies s'en rendent compte au fil des jours, puis des semaines. Elle ne disparaît plus. Elle passe par différentes formes et couleurs en suivant un schéma incompréhensible, au début, mais sans rapetisser dans le ciel nuit après nuit.

Le démantèlement de la Porte est un peu plus théâtral. Après avoir dépensé toute son énergie pour accomplir quelque chose d'aussi énorme que la Géoarcanité, elle se lance comme prévu dans le protocole de fermeture. Les dizaines d'obélisques qui lévitent autour du monde prennent tous la direction d'Aunoyau. Ils sont maintenant totalement dématérialisés, états quantiques sublimés en énergie potentielle – tu n'as pas besoin d'en comprendre davantage. Et ils tombent les uns après les autres dans le gouffre noir, ce qui prend plusieurs jours.

L'onyx, cependant – le dernier, le plus grand –, part à la dérive au-dessus de la mer. Son bourdonnement gagne en profondeur, pendant qu'il perd de l'altitude jusqu'à plonger dans les flots en douceur, sur une trajectoire conçue pour minimiser les dégâts – contrairement aux autres fragments, il a en effet conservé sa matérialité. Les contrôleurs en avaient décidé ainsi il y a fort longtemps, afin qu'il soit disponible en cas de besoin futur. Les derniers restes des Niess vont donc enfin reposer dans un tombeau marin abyssal.

Espérons qu'il ne se trouve pas à l'avenir un jeune orogène intrépide pour découvrir et ressusciter l'artefact.

C'est Tonkee qui va voir Nassun. Dans la matinée, quelques heures après ta mort, sous un chaud soleil qui brille dans un ciel bleu dépourvu de cendre. L'Innovatrice s'arrête un moment pour contempler ce ciel, émerveillée, avide, fascinée, puis elle regagne le bord du trou et l'escalier du pylône. Nassun est toujours là, assise sur une des marches inférieures, près de la masse brune de ton corps. Les genoux relevés, la tête basse, sa main pétrifiée jusqu'au poignet maladroitement posée par terre – les doigts écartés, figée dans le geste qu'elle faisait en activant la Porte.

Tonkee s'assied à côté de toi, elle aussi, et te regarde sans mot dire. Nassun lève les yeux en sursaut quand elle prend conscience de sa présence, mais l'arrivante se contente de lui sourire en posant une main hésitante sur ce qui a été tes cheveux. Ta fille déglutit difficilement, frotte les traces de larmes séchées sur son visage puis la salue de la tête. Elles passent un moment assises près de toi, à te regretter.

Plus tard, Danel part en compagnie de Nassun chercher Schaffa dans la nuit morte de Mandat. Les autres Gardiens, qui avaient encore leur pierre-noyau, ont été changés en joyaux. La plupart sont apparemment morts dans leur alvéole, quoique quelques-uns en soient tombés en se débattant ; leurs corps scintillants sont maladroitement appuyés au mur ou allongés par terre.

Schaffa seul vit toujours. Désorienté, affaibli. Quand il retrouve la lumière de la surface, avec l'aide de Danel et de Nassun, ses cheveux mal coupés sont déjà striés de gris. Danel s'inquiète de la blessure recousue de sa nuque, qui a pourtant cessé de saigner et ne lui fait manifestement pas mal. Ce n'est pas ce qui le tuera.

Il n'empêche. Lorsqu'il arrive à se tenir debout, l'esprit éclairci par le soleil, il serre Nassun dans ses bras près de ce qu'il reste de toi. Elle ne pleure plus. Elle se sent tout engourdie. Les autres sortent. Tonkee et Hjarka se joignent à Danel, Schaffa et Nassun, pendant que le soleil se couche et que la Lune se lève à nouveau. Peut-être s'agit-il d'une commémoration. Peut-être ont-ils juste besoin de temps et de compagnie pour se remettre de ce qu'ils viennent de vivre, ces événements si vastes et si étranges qu'ils en deviennent incompréhensibles. Je l'ignore.

Ailleurs, à Aunoyau, dans un jardin depuis longtemps retourné à l'état sauvage, Gaewha et moi rencontrons Remwha – Acier, M. Gris – sous la Lune décroissante.

Il est là depuis que Nassun a fait son choix. Lorsque enfin il s'adresse à nous, je me surprends à trouver sa voix terriblement frêle et lasse. À une époque, les pierres même se gondolaient sous l'effet de l'humour caustique qu'il exprimait dans la terre. Aujourd'hui, il me paraît vieux. Voilà ce que font à un homme des milliers d'années d'existence ininterrompue.

« Je voulais juste que ça s'arrête, dit-il.

— Ce n'est pas pour cela que nous avons été créés », répond Gaewha – Antimoine.

Il tourne la tête vers elle, lentement. Il suffit de le regarder bouger pour se sentir fatigué. Quelle obstination imbécile. Son visage trahit un désespoir plurimillénaire, fruit de son seul refus d'admettre qu'il existe différentes manières d'être humain.

Gaewha lui tend la main.

« Nous avons été créés pour *rendre le monde meilleur.* »

Elle tourne les yeux vers moi, quêtant mon soutien. Je soupire en mon for intérieur, mais tends également la main, proposition de paix.

Remwha regarde nos deux mains. Bimniwha, Dushwha et Salewha se trouvent je ne sais où, peut-être parmi ceux des nôtres qui se sont rassemblés pour assister à la scène. Ils ont oublié depuis longtemps ceux qu'ils étaient, à moins qu'ils n'aient tout simplement préféré embrasser ceux qu'ils sont devenus. Nous sommes les trois seuls à avoir conservé quelque chose du passé. C'est à la fois une bonne et une mauvaise chose.

« Je suis fatigué, reconnaît Remwha.

— Tu pourrais faire une petite sieste, lui fais-je remarquer. Après tout, l'onyx est là. »

Eh bien, il reste en lui quelque chose du Remwha d'autrefois. Je ne crois pas avoir mérité ce regard-là.

Il n'en prend pas moins nos mains. Ensemble, suivis de ceux qui ont fini par comprendre eux aussi que le monde *devait* changer, que la guerre *devait* s'achever, nous descendons dans les profondeurs bouillonnantes.

Le cœur du monde est plus calme que d'habitude, nous nous en apercevons en prenant position autour de lui. C'est bon signe. Il ne se met pas aussitôt en colère contre nous, ce qui est encore meilleur signe. Nous exprimons nos conditions en flux de réverbérations lénifiants : le Père Terre conserve par-devers lui la magie de la vie qui lui appartient, tandis que nous conservons tous la nôtre sans qu'il intervienne. Nous lui avons rendu la Lune, nous y avons ajouté les obélisques afin de l'assurer de notre bonne foi, mais en échange, il faut que cessent les Saisons.

Silence figé. Plus tard seulement, je saurai qu'il dure quelques jours. Sur le moment, on dirait un millénaire supplémentaire.

Une lourde secousse-embardée de gravitation y met fin. *Accepté*. Suit le meilleur signe de tous : le Père Terre libère les innombrables présences ingérées au fil de l'époque révolue. Elles s'éloignent en tournoyant et s'évanouissent dans les courants de magie. J'ignore ce qu'elles deviennent par la suite ; jamais je ne saurai ce qu'il advient des âmes après la mort – du moins, pas avant sept milliards d'années, quand le Père Terre mourra.

Pensée intimidante. Les premiers quarante mille ans ont été difficiles.

D'un autre côté... à partir de là, les choses ne peuvent que s'arranger.

*
**

Je retourne les voir – ta fille et tes amies – pour leur donner les nouvelles. À ma grande surprise, quelques mois se sont écoulés entre-temps. Elles se sont toutes installées dans l'immeuble où vivait Nassun. Le jardin d'Albâtre et les provisions que nous avions apportées pour lui, puis pour Nassun, constituent leur ordinaire. Ça ne suffira pas à long terme, bien qu'elles se débrouillent admirablement pour y ajouter les poissons pêchés grâce à des lignes improvisées, les oiseaux pris à des pièges artisanaux et les algues comestibles séchées que Tonkee a apparemment appris à cultiver au bord de l'eau. L'humain moderne est plein de ressources. Il n'en est pas moins de plus en plus évident qu'elles vont devoir regagner le Fixe sous peu si elles veulent vivre.

Nassun est assise seule sur le pylône, une fois de plus. Ton corps est resté où tu étais tombée, mais des fleurs sauvages fraîches ont été rassemblées dans ta main restante et une autre main disposée comme une offrande près de ton moignon de bras. Elle a beau être trop petite pour toi, c'est l'intention qui compte. Le silence se prolonge après mon apparition, ce qui me fait plaisir. Les tiens parlent trop. Il se prolonge toutefois au point qu'une certaine impatience finit par me gagner.

« Tu ne reverras pas Acier », dis-je, au cas où Nassun s'inquiéterait à ce sujet.

Elle a un petit sursaut, comme si elle avait oublié que j'étais là. Puis elle soupire.

« Dis-lui que je suis désolée. C'est juste que… je n'ai pas pu.

— Il comprend. »

Elle acquiesce. Avant de reprendre :

« Schaffa est mort aujourd'hui. »

J'avais oublié son Gardien. Je n'aurais pas dû ; il faisait partie de toi. Mais enfin. Je ne réponds pas. On dirait qu'elle préfère.

Elle inspire à fond.

« Est-ce que tu vas… Les autres m'ont dit que c'était toi qui les avais amenées ici, avec maman. Tu peux nous remmener ? Je sais que c'est dangereux.

— Plus maintenant. »

Elle fronce les sourcils. Je lui explique : la paix négociée, la libération des otages, la cessation des hostilités immédiates sous forme de disparition des Saisons. Ce qui ne signifie pas une stabilité parfaite. La tectonique des plaques reste la tectonique des plaques. Il se produira encore des désastres du genre des Saisons, quoique à une fréquence grandement moindre.

« Vous pouvez regagner le Fixe en véhimal », conclus-je.

Elle frissonne. Je me rappelle à retardement ce qu'elle a souffert à l'aller.

« Je ne sais pas si je peux lui donner de la magie, dit-elle aussi. Je... je me sens... »

Elle lève le moignon couronné de pierre de son poignet gauche, ce qui me permet de comprendre. Elle a raison. Elle est alignée à la perfection et le restera toute sa vie. L'orogénie lui est interdite à jamais. À moins qu'elle ne veuille te rejoindre.

« J'alimenterai le véhimal, dis-je. La charge devrait subsister environ six mois. Il va falloir partir avant qu'elle ne se dissipe. »

J'ajuste ensuite ma position en gagnant le pied de l'escalier. Elle sursaute et regarde autour d'elle. Je te tiens dans mes bras. J'ai aussi ramassé sa main pétrifiée, parce que nos enfants font toujours partie de nous. Elle se lève, ce qui me fait craindre un instant que les choses ne prennent un tour désagréable, mais elle n'a pas l'air mécontente. Juste résignée.

J'attends, une minute ou un an. Peut-être a-t-elle une dernière chose à dire à ton corps.

« Je ne sais pas ce que nous allons devenir, dit-elle à la place.

— *Nous* ? »

Elle soupire.

« Les orogènes. »

Ah.

« La Saison actuelle va être longue, même si le rift a été calmé, réponds-je. Toutes sortes de gens vont devoir coopérer pour y survivre. Qui dit coopération dit opportunités. »

Elle fronce les sourcils.

« Opportunités… de quoi ? Tu viens de dire qu'après il n'y aurait plus de Saisons.

— En effet. »

Elle lève les mains ou, plutôt, une main et un moignon en un geste de frustration.

« Les gens nous tuaient et nous détestaient quand ils avaient *besoin* de nous. Maintenant, il ne nous reste même pas ça. »

Nous. Elle se considère toujours comme une orogène, alors qu'elle est condamnée à ne plus jamais rien faire d'autre qu'écouter la terre. Je décide de ne pas le lui signaler. Je lui signale toutefois autre chose :

« Vous n'avez pas non plus besoin d'eux. »

Elle ne répond pas, peut-être réduite au silence par la perplexité. J'ajoute, pour être plus clair :

« La fin des Saisons et la mort des Gardiens signifient qu'il est maintenant possible aux orogènes de conquérir ou d'éliminer les fixes s'ils en ont envie. Jusqu'ici, aucune des deux populations n'aurait survécu sans l'aide de l'autre.

— C'est horrible ! » s'exclame Nassun.

Je ne prends pas la peine de lui expliquer que, si une chose est horrible, elle n'en est pas forcément moins vraie.

« Il n'y a plus de Fulcrum », continue-t-elle, avant de détourner les yeux, mal à l'aise. Peut-être se rappelle-t-elle la destruction du Fulcrum antarctique. « Je crois… Ce n'était pas bien, mais je ne vois pas comment faire autrement… »

Elle secoue la tête. Je la regarde se débattre en silence dans ses contradictions, un moment ou un mois, puis je reprends la parole :

« Les Fulcrums ne sont *pas* bien.

— Hein ?

— Il y a toujours eu d'autres moyens d'assurer la sécurité de la société que d'emprisonner les orogènes. » Je marque une pause délibérée. Elle bat des paupières. Peut-être se rappelle-t-elle que les parents orogènes sont parfaitement capables d'élever leurs enfants orogènes sans qu'il se produise aucun désastre. « Il y a toujours eu d'autres moyens que de les tuer. Que de construire des nœuds. Tout cela a été le fruit de choix. Il y a toujours eu d'autres choix possibles. »

Ta petite fille déborde de chagrin. J'espère qu'elle découvrira un jour qu'elle n'est pas seule au monde. J'espère qu'elle réapprendra à espérer.

Elle baisse les yeux.

« Ils n'en feront pas d'autres.

— Si, à condition que vous les y obligiez. »

Plus sage que toi, elle ne regimbe pas à l'idée de forcer les gens à se conduire décemment avec leurs prochains. Ce qui lui pose problème, c'est la méthodologie.

« Je n'ai plus d'orogénie.

— Il y a toujours eu d'autres moyens de changer le monde que l'orogénie », dis-je d'un ton assez sec pour qu'elle me prête attention.

Elle me regarde. Persuadé d'avoir dit tout ce que j'avais à dire, je la quitte, la laissant méditer mes paroles.

Je me rends à la station du véhimal, que je charge d'assez de magie pour qu'il regagne le Fixe. Il faudra ensuite des mois à Nassun et à ses compagnes pour rallier Rennanis en partant de l'Antarctique. La Saison empirera sans doute pendant ce temps, parce que nous avons retrouvé la Lune, mais… elles font partie de toi. J'espère qu'elles survivront.

Après leur départ, je viens ici, au cœur de la montagne, sous Aunoyau. M'occuper de toi.

Il n'existe pas de manière idéale d'initier le processus. La Terre – que je ne qualifierai plus de cruelle, afin de préserver de bonnes relations – avait réorganisé nos atomes instantanément. Nombre d'entre nous sont maintenant capables de dupliquer cette réorganisation sans passer par une gestation prolongée, mais je me suis aperçu que la rapidité donnait des résultats mitigés. Albâtre, comme tu l'aurais appelé, ne se rappellera peut-être pas totalement celui qu'il était avant des siècles… ni même jamais. Toi, il faut que tu sois différente.

Je t'ai apportée ici, j'ai réassemblé la substance arcanique brute de ton être et réactivé le réseau censé préserver l'essence critique de ta personnalité. Tu vas perdre quelques souvenirs. Le changement entraîne toujours des pertes, plus ou moins grandes. Mais si je t'ai raconté cette histoire, si j'ai préparé ce qu'il reste de toi, c'est dans le but de préserver le mieux possible celle que tu étais.

Non que je veuille t'obliger à adopter une forme particulière. À partir de maintenant, il t'est possible de devenir qui tu veux. Simplement, tu as besoin de savoir d'où tu viens pour savoir où tu vas. Tu comprends ?

Si jamais tu décides de me quitter… je le supporterai. J'ai vécu bien pire.

J'attends donc. Le temps passe. Un an, une décennie, une semaine. Peu m'importe. Gaewha finit cependant par se désintéresser du processus et par aller vaquer à ses propres affaires. J'attends. J'espère… Non. J'attends, tout simplement.

Jusqu'au jour où, au fond de la fissure où je t'ai logée, la géode se fend et s'ouvre dans un sifflement. Tu émerges de ses deux moitiés usées ; la matière dont tu es faite ralentit et refroidit pour s'établir dans son état naturel.

Magnifique, me dis-je. Des boucles de jaspe bien coiffées. Une peau de marbre striée d'ocre qui laisse deviner des rides de rire autour des yeux et de la bouche. Les stratifications des vêtements. Tu me regardes ; je te rends ton regard.

« Dis-moi ce que tu veux, demandes-tu, d'une voix qui fait écho à celle que je t'ai connue autrefois.

— Être avec toi, ni plus ni moins, réponds-je.

— Pourquoi ? »

J'adopte une attitude d'humilité, la tête basse, une main sur la poitrine.

« Parce que c'est ainsi qu'on survit à l'éternité ou à quelques années. Les amis. La famille. On évolue avec eux. On avance. »

Te rappelles-tu la première fois où je t'ai dit cela même, alors que tu désespérais de jamais réparer le mal que tu avais fait ? Peut-être. Ton attitude à toi change aussi. Les bras croisés, l'air sceptique.

Je connais. J'essaie de ne pas espérer et échoue totalement.

« Les amis, la famille, répètes-tu. Qui suis-je pour toi ?

— Tout cela et plus encore. Nous sommes au-delà de ces choses.

— Mmh. »

Je ne suis pas anxieux.

« Et toi, que veux-tu ? »

Tu réfléchis. Je tends l'oreille au lent rugissement du volcan, perpétuel dans ces profondeurs.

« Je veux que le monde devienne meilleur », dis-tu enfin.

Jamais je n'ai autant regretté mon incapacité à faire des bonds en poussant des cris de joie.

Je me contente de transiter vers toi, la main tendue.

« Alors allons le rendre meilleur. »

La réponse t'amuse, me semble-t-il. C'est toi. C'est vraiment toi.

« Juste comme ça ?

— Il se peut que cela prenne un peu de temps.

— Je ne crois pas être très patiente. »

Tu n'en prends pas moins ma main.

Ne sois pas patiente. Jamais. C'est ainsi que commence un nouveau monde.

« Moi non plus, te dis-je. Alors mettons-nous au travail. »

Glossaire de quelques termes usités dans tous les quartants du Fixe

Anneau : Symbole du rang des orogènes impériaux. Les apprentis sont soumis à une série d'examens pour gagner le premier ; le dixième symbolise le rang le plus élevé que puisse atteindre un orogène. Ils sont tous en pierre fine polie.

Antarctique : Latitudes de l'extrême sud du continent. S'applique aussi aux habitants des comms de ces régions.

Arctique : Latitudes de l'extrême nord du continent. S'applique aussi aux habitants des comms de ces régions.

Bâtard : Personne dépourvue à la naissance de caste d'usage, ce qui n'est possible que pour les garçons nés de père inconnu. Ceux qui se distinguent sont parfois autorisés lors du baptême de comm à porter le nom de la caste d'usage maternelle.

Cache : Réserve de nourriture et autres fournitures. Les comms entretiennent en permanence des caches, surveillées et interdites, pour parer à une éventuelle Cinquième Saison. Seuls les membres reconnus d'une comm ont droit à leur part de ces réserves, même si les adultes sont autorisés à nourrir avec la leur des enfants ou autres personnes non reconnues. La plupart des maisonnées entretiennent aussi leurs propres caches, également interdites à quiconque n'appartient pas au cercle familial.

Cebaki : Membre de la race cebaki. Le Cebak, une nation d'antan des Moyessud (c'est-à-dire une unité du système politique obsolète en vigueur avant l'Impérial), fut réorganisé et intégré dans le système des quartants à partir de sa conquête par l'Antique Impérial sanzien.

Cheveux acendres : Caractéristique raciale typiquement sanzienne, avantageuse à en croire les instructions générales des Reproducteurs et donc favorisée dans la sélection. Les cheveux acendres, visiblement épais et rêches, constituent en général une houppe verticale puis, plus longs, retombent autour du visage et des épaules. Ils résistent bien à l'acide, retiennent peu l'eau après immersion et se sont révélés efficaces pour filtrer la cendre dans des conditions extrêmes. Les Reproducteurs ne s'intéressent dans la plupart des comms qu'à leur texture ; toutefois, les instructions générales des Équatoriaux n'accordent souvent cette désignation convoitée qu'aux cheveux possédant de surcroît une couleur « cendre » naturelle (gris ardoise à blanc, dès la naissance).

Choc : N'importe quel volcan. Dit aussi montagne de feu, dans certaines langues côtières.

Cinquième Saison : Hiver prolongé – six mois, minimum, suivant la définition impériale –, déclenché par l'activité sismique ou toute autre altération écologique à grande échelle.

Comm : Communauté. Unité sociopolitique inférieure du système de gouvernance impériale, soit en général une ville ou un village, quoique les plus grandes villes soient parfois divisées en plusieurs comms. Les membres reconnus d'une comm bénéficient du partage des caches et de la protection de la communauté, qu'ils soutiennent en retour par le paiement des taxes et impôts et par d'autres contributions.

Costaud : Une des sept castes d'usage les plus banales. Les Costauds sont choisis pour leurs prouesses physiques. En cas de Saison, les tâches les plus pénibles et la sécurité leur sont confiées.

Côtier : Membre d'une comm côtière. La plupart de ces comms n'ont pas les moyens de louer les services des orogènes impériaux pour se protéger des tsunamis, en faisant surélever des récifs, par exemple. Elles sont donc obligées de reconstruire en permanence, ce qui amoindrit leurs ressources. Les habitants de la côte ouest du continent ont en règle générale la peau claire et les cheveux raides, à quoi s'ajoute parfois un pli épicanthique au coin des yeux. Ceux de la côte est ont en général la peau sombre et les cheveux crépus, à quoi s'ajoute aussi parfois un pli épicanthique au coin des yeux.

Crèche : Endroit où l'on s'occupe des enfants trop jeunes pour travailler, pendant que les adultes se chargent des tâches nécessaires au nom de la comm. Lieu d'apprentissage, lorsque les circonstances le permettent.

Débiteur : Fabricant de petits outils travaillant la pierre, le verre, l'os et autres matériaux. Dans les grandes comms, les débiteurs utilisent parfois des techniques de production de masse ou mécaniques.

Ceux qui travaillent le métal ou qui se révèlent incompétents sont familièrement qualifiés de « rouilleurs ».

Équatorial : Latitudes entourant et comprenant l'équateur, à l'exception des régions côtières. S'applique également aux habitants des comms équatoriales. Grâce au climat tempéré et à la stabilité relative du centre de la plaque continentale, ces comms sont souvent prospères et puissantes du point de vue politique. L'Équatorial constituait autrefois le cœur de l'Antique Impérial sanzien.

Faille : Endroit où les fissures de la croûte terrestre augmentent la probabilité de voir survenir des séismes et des chocs importants.

Fixe (Péjoratif, Fixette) : Terme appliqué par les orogènes aux gens incapables d'orogénie.

Fulcrum : Ordre paramilitaire créé par l'Antique Sanze après la Saison des Crocs (1560 de l'Impérial). Le quartier général du Fulcrum se trouve à Lumen, mais l'Arctique et l'Antarctique abritent tous deux un Fulcrum satellite qui permet de couvrir le continent au maximum. Les orogènes entraînés au Fulcrum (dits « orogènes impériaux ») sont légalement autorisés à pratiquer l'art par ailleurs interdit de l'orogénie, en se pliant à des règles organisationnelles strictes et sous la supervision d'un Gardien de l'ordre. Le Fulcrum est autogéré et autosuffisant. Les orogènes impériaux, reconnaissables à leur uniforme noir, sont plus familièrement appelés « bêtes noires ».

Gardien : Membre d'un ordre supposément plus ancien que le Fulcrum. Les Gardiens traquent et guident les orogènes dans le Fixe, où ils veillent sur eux et les surveillent.

Génium : De « géonium ». Ingénieur spécialisé dans les ouvrages en terre – mécanismes à énergie géothermique, tunnels, infrastructures souterraines, mines.

Géomestre : Personne qui étudie la pierre et sa place dans le monde naturel ; terme général désignant un scientifique. Les géomestres s'intéressent plus spécifiquement à la lithologie, la chimie, la géologie, disciplines qui n'en forment qu'une dans le Fixe. Quelques-uns se spécialisent en orogenèse – l'étude de l'orogénie et de ses effets.

Hors-comm : Criminel ou autre indésirable incapable de se faire accepter dans une comm.

Innovateur : Une des sept castes d'usage les plus banales. Les Innovateurs, choisis pour leur créativité et leur intelligence pratique, sont chargés de résoudre les problèmes techniques et logistiques lors des Saisons.

Jeunecomm : Appellation familière des comms fondées après la dernière Saison. La plupart des gens préfèrent vivre dans des comms ayant survécu à une Saison, minimum, puisqu'elles ont ainsi prouvé leur force et leur efficacité.

Kirkhusa : Mammifère de taille moyenne qu'on adopte comme animal de compagnie, gardien du foyer ou du bétail. Herbivore, en principe ; carnivore pendant les Saisons.

Loi Saisonnière : Loi martiale que peut déclarer n'importe quel chef de comm, gouverneur de quartant ou de région ou Dirigeant lumenien reconnu. La loi Saisonnière interrompt la gouvernance des quartants et des régions ; les comms opèrent alors en unités sociopolitiques souveraines, bien que l'Impérial encourage vivement la coopération intercomm.

Mangeur de pierre : Représentant d'une espèce humanoïde consciente qu'on ne croise que rarement. Sa peau et ses cheveux ressemblent à de la pierre. On ne sait que peu de choses des mangeurs de pierre.

Marmite : N'importe quels geyser, source chaude ou fumerolles.

Mela : Plante des Moyennes, de la famille des melons équatoriaux. La mela est une rampante qui produit en général des fruits aériens, lesquels se transforment toutefois en tubercules souterrains lors des Saisons. Les fleurs de certaines melas piègent les insectes.

Métallogie : Comme l'alchimie et l'astromestrise, il s'agit d'une pseudo-science discréditée, désavouée par la Septième Université.

Mnésiste : Personne qui étudie la lithomnésie et l'histoire perdue.

Mosaïque : Terrain chaotique, marqué par une activité sismique violente et/ou récente.

Moyen : Habitant des Moyennes.

Moyennes : Latitudes « moyennes » du continent – entre l'Équatorial et l'Arctique ou l'Antarctique. Ces régions, perçues comme les provinces profondes du Fixe, produisent une proportion considérable de la nourriture, du matériel et autres ressources essentielles. Il existe deux Moyennes : celles du Nord (Moyennord) et celles du Sud (Moyessud).

Nœud : Abri appartenant au réseau entretenu par l'Impérial à travers tout le Fixe pour étouffer ou, du moins, réduire l'activité sismique. Vu la rareté relative des orogènes impériaux, l'essentiel des nœuds est réuni en Équatorial.

Nom de comm : Troisième nom de la plupart des citoyens, indiquant à quelle comm ils appartiennent et de quels droits ils jouissent. Il leur est généralement octroyé à la puberté, lorsqu'ils entrent dans l'âge adulte, et prouve qu'on a reconnu en eux des membres précieux de la communauté. Toutefois, les immigrants ont le droit de demander à être adoptés par la comm où ils se sont installés. En cas d'acceptation, ils prennent eux aussi le nom de leur comm adoptive.

Nom d'usage : Deuxième nom de la plupart des citoyens, indiquant à quelle caste d'usage ils appartiennent. Il existe vingt castes d'usage reconnues, bien qu'on n'en utilise largement que sept (il en allait déjà de même dans l'Antique Impérial sanzien). Chacun hérite du nom d'usage du parent de son sexe car, en théorie, les caractéristiques utiles se transmettent plus facilement de père en fils et de mère en fille.

Orogène : Personne entraînée ou non, capable d'orogénie. Insultant : gêneur.

Orogénie : Capacité de manipuler les forces thermiques et cinétiques, ainsi que d'autres formes d'énergie, pour influencer les secousses sismiques.

Poussière : Au Fulcrum, enfants orogènes sans anneaux qui suivent toujours l'entraînement de base.

Quartant : Niveau intermédiaire du système de gouvernance impérial, le quartant, constitué de quatre comms adjacentes, est dirigé par un gouverneur, à qui les chefs de comm rendent des comptes et qui en rend lui-même au gouverneur régional. La comm la plus nombreuse d'un quartant en constitue la capitale ; les capitales de quartant les plus peuplées sont reliées les unes aux autres par le réseau des routes impériales.

Région : Niveau supérieur du système de gouvernance impérial. L'Impérial en reconnaît sept – l'Arctique, les Moyennord, la Côtière Occidentale, la Côtière Orientale, l'Équatorial, les Moyessud et l'Antarctique –, toutes soumises à l'autorité d'un gouverneur de région à qui les gouverneurs des quartants locaux doivent obéissance. Officiellement, l'empereur en personne nomme les gouverneurs régionaux ; en pratique, le choix se fait par et/ou parmi les Dirigeants lumeniens.

Relais : Abri tel qu'on en trouve à intervalles le long des routes impériales et de la plupart des routes secondaires. Tous les relais comportent un point d'eau et sont situés près de terres arables, de forêts ou autres ressources utiles. La plupart sont construits en zone d'activité sismique minimale.

Reproducteur : Une des sept castes d'usage les plus banales. On choisit les Reproducteurs en fonction de leur santé et de leur conformation avantageuses. En cas de Saison, ils prennent des mesures de sélection pour préserver la robustesse des lignées et améliorer la comm ou l'espèce. Les Reproducteurs-nés qui ne correspondent pas aux standards de la communauté sont parfois autorisés lors du baptême de comm à intégrer la caste d'usage d'un parent proche.

Résistant : Une des sept castes d'usage les plus banales. On choisit les Résistants pour leur capacité de survie à la famine ou à la maladie. Lors des Saisons, ils s'occupent des infirmes et disposent des cadavres.

Route impériale : Axe de communication majeur, surélevé, destiné aux marcheurs, aux cavaliers et aux véhicules. Le réseau des routes impériales, qui relie toutes les comms importantes et la plupart des grands quartants, constitue l'une des innovations magnifiques de l'Antique Impérial sanzien. Ces ouvrages ont été réalisés grâce à la collaboration de géniums et d'orogènes impériaux, les seconds déterminant le chemin le plus stable à travers les zones d'activité sismique (ou étouffant ladite activité, s'il n'existait pas de chemin stable), les premiers amenant l'eau et autres ressources importantes jusqu'aux routes pour faciliter les déplacements pendant les Saisons.

Sac de survie : Petit paquet facile à transporter que la plupart des gens gardent chez eux, caché dans un coin, en prévision d'une secousse ou autre cas d'urgence.

Sain : Boisson traditionnellement servie lors des négociations, de diverses réunions formelles et de la première rencontre entre des parties potentiellement hostiles les unes aux autres. Le sain se compose de la sève d'une plante qui réagit à toute substance étrangère.

Sanze : Il s'agit à l'origine d'une nation – unité du système politique obsolète appliqué en Équatorial avant l'Impérial ; berceau de la race sanzienne. Passé la Saison de la Folie (en 7 de l'Impérial), le Sanze a été aboli et remplacé par l'Affiliation équatoriale sanzienne, composée de six comms à prédominance sanzienne et gouvernée par l'impératrice Verishe Dirigeante Lumen. L'Affiliation s'est rapidement étendue dans le sillage de la Saison pour finir par englober en 800 de l'Impérial l'ensemble du Fixe. Aux environs de la Saison des Crocs, elle était plus couramment appelée l'Antique Impérial sanzien ou, tout simplement, l'Antique Sanze. Les accords de Shilteen, signés en 1850 de l'Impérial, ont officiellement mis fin à l'Affiliation, car on estimait que des chefs locaux (conseillés par des Dirigeants lumeniens) étaient plus efficaces lors des Saisons. En pratique, la plupart des comms se plient toujours aux systèmes impériaux de gouvernance, de finance, d'éducation et autres, et la plupart des gouverneurs régionaux paient toujours un tribut à Lumen.

Sanze-mat : Langue parlée par les Sanziens, puis langue officielle de l'Antique Impérial sanzien. Langue véhiculaire actuelle de la majorité du Fixe.

Sanzien : Membre de la race sanzienne. Les critères de reproduction lumeniens le décrivent dans l'idéal comme doté d'une peau dorée, de cheveux acendres, d'une conformation endomorphe ou mésomorphe et d'une taille adulte supérieure à un mètre quatre-vingts.

Secousse : Mouvement sismique.

Septième Université : École célèbre pour son étude de la géomestrise et de la lithomnésie, actuellement financée par l'Impérial et sise dans la ville équatoriale de Dibars. Les versions antérieures de l'Université dépendaient de la générosité de personnes privées ou de collectivités ; la Troisième Université d'Am-Elat, notamment (vers 3000 avant l'Impérial), était reconnue à l'époque comme une nation souveraine. Les écoles plus modestes des quartants ou des régions paient un tribut à l'Université, qui leur dispense en échange ses compétences et diverses ressources.

Valuation : Conscience des mouvements de la terre. Les organes sensoriels qui permettent cette conscience sont les valupinae, situées dans le tronc cérébral. Verbe correspondant : **valuer**.

Verdure : Terrain en jachère situé dans l'enceinte ou juste à l'extérieur de la plupart des comms, suivant les conseils de la lithomnésie. Les verdures des comms peuvent être soumises n'importe quand à l'agriculture ou à l'élevage, à moins qu'elles ne servent juste hors Saison de parc ou de jachère. Les maisonnées entretiennent souvent elles aussi leurs propres jardin ou jachère.

Remerciements

Pfiou. Ç'a été laborieux, hein ?

En ce qui me concerne, *Les Cieux pétrifiés* ne représente pas seulement la fin d'une trilogie, une de plus. Pour diverses raisons, la période d'écriture de ce livre a aussi été une période de grands changements dans ma vie. J'ai, entre autres, quitté mon travail de jour pour devenir écrivain à plein temps en juillet 2016. Bon, mon travail de jour me *plaisait*, puisque j'aidais les gens à prendre de saines décisions – ou, du moins, à survivre le temps de les prendre – à un des points de transition les plus décisifs de la vie adulte. Je crois toujours les aider en tant qu'écrivain, du moins est-ce l'impression que m'ont donnée ceux d'entre vous qui m'ont envoyé des lettres ou des courriels pour me dire à quel point mes œuvres les avaient touchés. Mais, dans mon travail de jour, mon aide était plus directe ; les horreurs et les résultats encourageants qui en résultaient aussi. Il me manque énormément.

Comprenez-moi bien ; la transition était une bonne chose et une nécessité. Ma carrière d'écrivain avait explosé de la meilleure manière possible et, après tout, ça me plaît également d'être écrivain. Mais il est dans ma nature de réfléchir pendant les périodes de changement et de saluer ce que j'ai perdu autant que ce que j'ai gagné.

Ce changement-là a été facilité par une campagne Patreon (une plate-forme de financement participatif pour artistes) entamée en mai 2016. Dans un registre plus sombre, l'argent de Patreon m'a aussi permis de me concentrer pleinement sur ma mère pendant ses derniers jours, fin 2016-début 2017. J'aborde rarement des sujets personnels en public, mais peut-être avez-vous constaté que la trilogie de la Terre fracturée représentait pour moi une manière de me colleter avec la maternité. Les dernières années de ma mère ont été difficiles. Il me semble (avec le recul, les fondements de nombre de mes romans m'apparaissent clairement) que, à un certain niveau, je sentais approcher sa mort ; peut-être essayais-je de m'y préparer. Je n'étais toujours pas prête quand elle s'est produite… mais personne ne l'est jamais.

Je suis donc reconnaissante à tous ceux qui m'ont aidée à traverser cette période – ma famille, mes amis, mon agent, les mécènes de la plate-forme, le personnel d'Orbit, y compris ma nouvelle éditrice, mes anciens collègues, les employés de l'hospice, *tout le monde.*

Voilà pourquoi j'ai travaillé si dur afin de sortir *Les Cieux pétrifiés* à temps, malgré les trajets, les hospitalisations, le stress et les centaines d'indignités bureaucratiques qu'on subit après la mort d'un parent. Je n'étais clairement pas au mieux en écrivant ce livre, mais je peux au moins affirmer une chose : lorsqu'il s'y trouve de la souffrance, cette souffrance est réelle ; lorsqu'il s'y trouve de la colère, cette colère est réelle ; lorsqu'il s'y trouve de l'amour, cet amour est réel. Vous avez fait le voyage avec moi ; vous aurez toujours le meilleur de moi-même. C'est ce qu'aurait voulu ma mère.

12927

Composition
NORD COMPO

Achevé d'imprimer en Slovaquie
Par NOVOPRINT SLK
le 20 octobre 2020

Dépôt légal : mars 2020
EAN 9782290228777
L21EPGN000547A002

Éditions J'ai lu
87, quai Panhard-et-Levassor, 75013 Paris

Diffusion France et étranger : Flammarion